Elogios a Corrido

«Reyna Grande puso todo en esta valien[...]
y más durante la Guerra México-Estad[...]

— Eva Longoria, actriz, activista, cineasta

«Meticulosamente documentada, *Corrido de amor y gloria* de Reyna
Grande es una novela oportuna y fascinante sobre la determinación, el
amor y la lealtad. Me cautivó desde la primera línea hasta la última».

— Janet Skeslien Charles, autora *bestseller* del *New York Times* de
La biblioteca de París

«Impacta con su pasión y su precisión histórica. Una novela simplemente
cautivante e inolvidable».

— Patricia Engel, autora *bestseller* del *New York Times* de
Las venas del océano

«Ricamente bordada con exactitud histórica... Un triunfo literario».

— Armando Lucas Correa, autor *bestseller* internacional de
La niña alemana

«Un testamento del poder irrefutable del amor para florecer en los tiempos
más difíciles».

— María Amparo Escandón, autora *bestseller* del *New York Times*
de *El clima de Los Ángeles*

«Con esta conmovedora saga, Grande entra en el rango de los narradores
que se han ganado la simpatía de los lectores, como Luis Alberto Urrea y
Víctor Villaseñor, quienes retratan con habilidad y gracia la inextricable
y, a menudo, dolorosa historia entre Estados Unidos y México».

— Ana Castillo, autora *bestseller* de *Tan lejos de Dios* y
Guardianes de la frontera

«Reveladora y fascinante... Una narración que transporta a la historia
poco contada de la guerra entre México y Estados Unidos».

— Sofía Segovia, autora *bestseller* de *El murmullo de las abejas*

OTRAS OBRAS DE REYNA GRANDE

A través de cien montañas

La distancia entre nosotros

La búsqueda de un sueño

Donde somos humanos

The Distance Between Us, Young Reader's Edition

Dancing with Butterflies

CORRIDO DE AMOR Y GLORIA

Una novela

Reyna Grande

HarperCollins *Español*

CORRIDO DE AMOR Y GLORIA. Copyright © 2022 de Reyna Grande. Todos los derechos reservados. Impreso en los Estados Unidos de América. Ninguna sección de este libro podrá ser utilizada ni reproducida bajo ningún concepto sin autorización previa y por escrito, salvo citas breves para artículos y reseñas en revistas. Para más información, póngase en contacto con HarperCollins Publishers, 195 Broadway, New York, NY 10007.

Los libros de HarperCollins Español pueden ser adquiridos con fines educativos, empresariales o promocionales. Para más información, envíe un correo electrónico a SPsales@harpercollins.com.

Título original: *A Ballad of Love and Glory*

Publicado en inglés por Atria Books en los Estados Unidos en 2022

PRIMERA EDICIÓN

Copyright de la traducción de HarperCollins Español

Traducción de Raúl Silva y Alicia Reardón

Este libro ha sido debidamente catalogado en la Biblioteca del Congreso de los Estados Unidos.

ISBN 978-0-06-307294-7

23 24 25 26 27 LBC 7 6 5 4 3

A la memoria de:

Patrick Antison

John Appleby

John Benedick

Patrick Casey

John Cavanaugh

Dennis Conahan

John Cuttle

Patrick Dalton

George Dalwig

Kerr Delaney

Frederick K. Fogal

Marquis T. Frantius

Parian Fritz

Robert W. Garretson

Richard Hanley

Barney Hart

Roger Hogan

George W. Jackson

William H. Keech

Harrison Kenney

John W. Klager

Henry Longenhammer

Elizier S. Lusk

Martin Lydon

Hugh McClellan

John McDonald

Gibson McDowell

James McDowell

Laurence McKee

Lachlin McLachlin

John A. Meyers

Thomas Millett

Auguste Morstadt

Peter Neil

Andrew Nolan

Francis O'Conner

William C. O'Conner

Henry Ockter

William Outhouse

Richard Parker

John Price

Francis Rhode

John Rose

Herman Schmidt

John Sheehan

James Spears

Henry Venator

William A. Wallace

Lemuel N. Wheaton

Henry Whistler

y John Riley

Habla y dinos, nuestra Ximena, mira hacia el norte,
hacia el campamento de los invasores, hacia las filas mexicanas,
¿quién pierde? ¿quién gana? ¿Están lejos o se acercan?
Mira más allá y dinos, hermana, de dónde viene esa tormenta.

«Al pie de las colinas de La Angostura no se detiene la tormenta
    de la batalla;
la sangre fluye, los hombres mueren; ¡Dios tenga piedad de
    nuestras almas!».
¿Quién pierde? ¿quién gana? «Sobre las colinas y las llanuras,
sólo veo el humo de los cañones nublando la lluviosa montaña».
—DE «LOS ÁNGELES DE BUENA VISTA»,
JOHN GREENLEAF WHITTIER, 1847

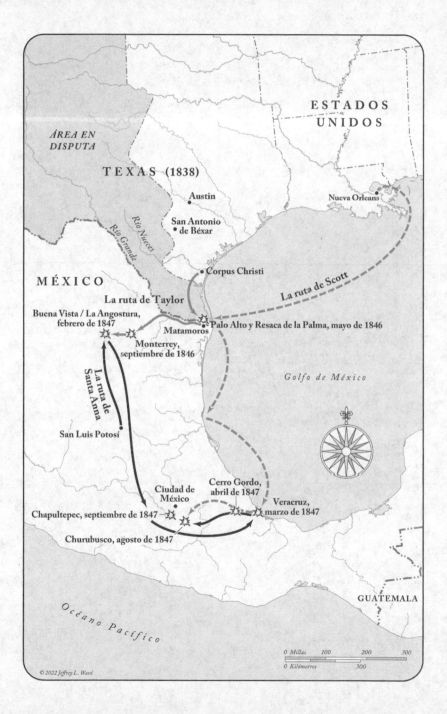

ESTADOS
UNIDOS

ÁREA EN
DISPUTA

TEXAS (1838)

Nueva Orleans

Austin

San Antonio
de Béxar

Río Nueces

Río Grande

Corpus Christi

La ruta de Scott

MÉXICO

La ruta de Taylor

Buena Vista / La Angostura,
febrero de 1847

Matamoros

Palo Alto y Resaca de la Palma, mayo de 1846

Monterrey,
septiembre de 1846

Golfo de México

La ruta de
Santa Anna

San Luis Potosí

Ciudad de
México

Cerro Gordo,
abril de 1847

Chapultepec, septiembre de 1847

Veracruz,
marzo de 1847

Churubusco, agosto de 1847

GUATEMALA

Océano Pacífico

0 Millas   100   200   300
0 Kilómetros   300

© 2022 Jeffrey L. Ward

Unas palabras de la autora

LA GUERRA ENTRE México y los Estados Unidos ha sido considerada la guerra que los Estados Unidos no puede recordar y México no puede olvidar. Al igual que la mayoría de los niños que asisten a escuelas en los Estados Unidos, a mí nunca me hablaron de ella. No fue sino hasta que tomé una clase de la historia de México, cuando estudiaba en la Universidad de California en Santa Cruz, que me enteré de lo que había sucedido. Para entonces ya tenía veintidós años. Ojalá hubiera sabido antes que el estado al que consideraba mi hogar, California, había sido una vez parte de México, y que mi lengua materna, el español, se hablaba aquí mucho antes que el inglés. Saber eso me habría ayudado a suavizar el trauma de crecer como mexicana en un país que me rechazaba, que de manera sutil y no tan sutil me indicaba que debía regresar al lugar de donde provenía.

Escribí *Corrido de amor y gloria* para conocer más sobre esta guerra (o invasión, como le llaman en México), un conflicto que llevó a mi país natal a perder la mitad de su territorio y que ayudó a los Estados Unidos a cumplir su sueño del «Destino Manifiesto». Yo quería profundizar acerca de la compleja relación que existe entre los dos países, y obtener más información sobre la frontera entre los Estados Unidos y México, esa «herida abierta, donde el tercer mundo choca con el primero y se desangra», como la describe la académica chicana Gloria Anzaldúa. Es mi sueño que *Corrido de amor y gloria* ayude a los lectores a entender nuestra historia, poniendo en primer plano un momento decisivo que en los Estados Unidos se ha relegado a una mera nota a pie de página. Espero que cuanto más conozcamos sobre esta historia, más podamos recordar que los mexicanos somos nativos de estas tierras, que pertenecemos a este país, que no somos «extranjeros» o «forasteros».

A lo largo de mi carrera he escrito sobre la inmigración, principalmente sobre mi propia experiencia como inmigrante. Pero escribir e investigar para esta novela me dio la oportunidad de explorar otra experiencia migratoria. En 2013, durante una presentación de libros, alguien me preguntó si había oído hablar del Batallón de San Patricio, una unidad de artillería compuesta por soldados irlandeses que desertaron del ejército estadounidense y lucharon en el bando mexicano. Nunca había oído hablar de ellos. «Debería escribir su historia», me sugirió esta persona.

Por curiosidad, busqué en Google información del Batallón de San Patricio y así me enteré de quién había sido su líder, John Riley. Al leer los libros de los historiadores Peter Stevens (*The Rogue's March*), Robert Miller (*Shamrock and Sword*) y Michael Hogan (*The Irish Soldiers of Mexico*), mi fascinación creció. Aprendí que casi la mitad del ejército estadounidense que luchaba en la guerra estaba compuesto por soldados nacidos en el extranjero, en su mayoría inmigrantes irlandeses, alemanes e italianos. Debido al racismo y al rencor religioso que encontraron en el ejército, muchos de estos soldados cruzaron a nado el río Grande, arriesgando sus vidas para encontrar algo mejor al otro lado. El 12 de abril de 1846, el soldado John Riley desertó del ejército estadounidense y se unió a las filas mexicanas como primer teniente. Ese mismo año, el general mexicano Antonio López de Santa Anna creó el Batallón de San Patricio, con Riley como líder.

Es interesante señalar que durante varias décadas los Estados Unidos negaron la existencia del batallón. Tal vez para restar importancia al elevado número de deserciones que habían sufrido durante la guerra, especialmente de los inmigrantes que en sus filas fueron maltratados por oficiales nativistas. Tal vez para evitar llamar la atención sobre la mayor ejecución por ahorcamiento en la historia de los Estados Unidos, que tuvo lugar en septiembre de 1847 en la Ciudad de México.

No se conoce mucho de la historia personal de Riley ya que un incendio destruyó los registros parroquiales en Irlanda. Lo que se sabe es que dejó un hijo en su país y tal vez una esposa, a quienes les enviaba dinero. Esta historia me resultaba familiar. Mi propio padre había emigrado a los Estados Unidos, dejando a su esposa y a tres hijos en México. Yo imaginaba que Riley habría llegado a este país por las mismas razones que mi padre: para encontrar una manera de ayudar a su familia a escapar de la pobreza extrema y para darles una mejor vida. En la década de 1840 los irlandeses eran el grupo de inmigrantes más despreciado: se los deshumanizaba y vilipendiaba, como ahora les sucede a los de origen latino. Me di cuenta de que tenía una conexión personal con Riley, aunque procediéramos de culturas y épocas históricas diferentes. Así que, un día, escribí una escena desde el punto de vista de Riley y luego escribí otra. Para captar su voz y honrar sus raíces culturales, hice una extensa investigación, leí literatura y diarios irlandeses del siglo XIX, consulté a historiadores irlandeses y visité Clifden, la ciudad natal de Riley, en el condado de Galway.

Al investigar sobre la guerra descubrí el poema de John Greenleaf Whittier, «Los ángeles de Buena Vista», inspirado en una mujer mexicana llamada Ximena, quien atiende a los heridos de ambos bandos en el campo de batalla. Quedé intrigada por esta mujer. ¿Quién era? ¿Cómo acabó en ese campo de batalla? ¿Quién y qué perdió en la guerra? A través de Ximena, quería honrar a las soldaderas mexicanas —esposas, madres, e hijas— que siguieron a sus hombres a la batalla para servir como cocineras, lavanderas y enfermeras y, cuando fuera necesario, incluso tomar las armas junto a sus hombres. Que Ximena se convirtiera en soldadera fue mi manera de reconocer las contribuciones y los sacrificios que estas valientes mujeres hicieron en nombre de México.

Como tenía muy poca información sobre ella, Ximena resultó ser el personaje más difícil de crear. Sin embargo, su voz se convirtió en la más importante de la novela. Fue a través de sus experiencias que sentí, en cada fibra de mi ser, la gravedad del momento: las pérdidas, la lucha por sobrevivir, el deseo de defender el hogar y la patria contra los invasores, la feroz determinación de salvar a los héroes irlandeses de México de la horca, especialmente al hombre que amaba.

En los Estados Unidos, los soldados del Batallón de San Patricio fueron vistos como traidores y renegados, pero en México son héroes y mártires. Esta novela es un canto de amor y luto dedicado a estos valientes hijos de Erin, y a México, un país que fue devorado.

Gracias por leer *Corrido de amor y gloria*, por unirse a Ximena, a John Riley y al Batallón de San Patricio en su lucha por la libertad, el honor y el amor.

PRIMERA PARTE

De dónde viene esa tormenta

1

Marzo de 1846
El Frontón de Santa Isabel, Golfo de México

CUANDO LOS TRES barcos de vapor aparecieron en el horizonte, ondulando sobre las resplandecientes aguas del golfo, los pobladores se quedaron inmóviles y en silencio, como lo hacen las alondras cuando un halcón está a punto de cazarlas. Parada en la orilla de la laguna Madre, con el agua empapándole las faldas, Ximena entrecerró los ojos mientras miraba los barcos pasar por la entrada de la ensenada. El humo oscuro que salía de sus chimeneas formaba nubes de tormenta. Ella tembló por dentro. Estos navíos no eran buques cargueros o mercantes, como los que traían productos para vender en el mercado.

El puerto de El Frontón de Santa Isabel, ubicado justo al norte de la desembocadura del río Bravo, era el sustento de los pequeños asentamientos de villas y ranchos dispersos por el área, así como de la vecina ciudad de Matamoros. A Ximena le encantaban las olas, el aire fresco y salado, nadar y pescar en la bahía; por eso cada vez que su esposo iba al puerto a vender o intercambiar los productos de su rancho, como pieles de vaca, sebo, lana, ganado y los frutos de la última cosecha, ella lo acompañaba entusiasmada. Mientras los barcos de vapor anclaban en el puerto, distinguió unos destellos de rojo y azul en el aire y algo que brillaba en las cubiertas iluminado por el sol de la tarde. Aunque no podía ver claramente qué era aquello, una imagen se formó en su mente: cañones de bronce y soldados vestidos de azul.

Ximena había oído rumores de guerra desde que el ejército de los Estados Unidos y los soldados de Tejas habían acampado en la bahía de Corpus Christi por ocho meses. Pero mientras se mantuvieron a doscientos cincuenta kilómetros de distancia, su vida siguió siendo la misma. Tres meses antes, durante los últimos días de 1845, la República de Tejas se había convertido en el vigésimo octavo estado de la Unión Americana, lo cual dio lugar a una disputa sobre la franja de tierra entre el río Bravo —o el río Grande, como lo llamaban los norteamericanos— y el río Nueces más al norte. Al igual que todos, ella sabía que el presidente yanqui, James Polk, tarde o temprano ordenaría a sus tropas marchar hacia el sur para tomar posesión de la tierra en disputa. Ximena se dio cuenta de que estos barcos de guerra estaban por acabar con la poca tranquilidad que existía en su región.

—Hay que irnos —susurró Ximena, volviéndose hacia su abuela, que estaba de pie junto a ella en el agua. Las trenzas plateadas de Nana Hortencia colgaban sueltas a ambos lados de su cabeza y aunque los años le habían retorcido el cuerpo como a las ramas de un mezquite, sus manos se mantenían firmes.

La anciana suspiró preocupada y dijo:

—Vamos a buscar a tu esposo, mijita.

El repicar de las campanas de la iglesia rompió el silencio. De repente, las madres sacaron a sus hijos del agua y los llevaron rápidamente a sus casas, las pescadoras jalaron sus canastas y los vendedores de frutas y verduras se apuraron para cargar las cajas en sus carretillas. Más allá, en la laguna Madre, los pescadores remaban en sus botes para regresar al muelle. Las cornetas sonaron en señal de alarma y el puñado de soldados mexicanos que protegía el puerto se apresuró a ocupar sus puestos.

Ximena salió del agua y guió a su abuela hacia las bodegas. La falda mojada se le pegaba a las piernas, sus sandalias chirriaban salpicando agua, pero no había tiempo para cambiarse. Apuró el paso, pero al ver que a Nana Hortencia le costaba seguirla tuvo que ir despacio. Apretando la mano de la anciana, Ximena buscó a su esposo Joaquín. Vio a los peones del rancho en una de las bodegas apresurándose para cargar en las carretas los costales de carbón, pero Joaquín no estaba con ellos.

—Quédate aquí, Nana —le dijo y salió de prisa.

Por la parte trasera del puerto apareció un grupo de *Rangers* tejanos cabalgando rumbo a la plaza, vociferando salvajemente y disparando sus revólveres al aire. Los lugareños gritaban y corrían para protegerse. Los soldados mexicanos que custodiaban la aduana hicieron disparos de advertencia y los *Rangers* respondieron al fuego.

El techo de paja de la aduana ya había comenzado a humear y de repente comenzó a arder.

—¡Joaquín! —gritó Ximena, mientras luchaba por salir de entre la multitud, su corazón latía como si fuera una gaviota atrapada en una red. Al ver a su marido salir corriendo del edificio, fue a su encuentro.

—Vámonos —le dijo Joaquín tomándole la mano.

El aire apestaba a humo. Ximena podía escuchar el crepitar de la madera y la paja que ardían mientras se quemaban las chozas.

Las campanas seguían repicando y las llamas lamían las vigas de la iglesia. La gente huía de sus casas con sus pertenencias. Unos cargaron sus carretas y sus vagones para luego huir. El resto los siguió a pie, buscando refugio más allá de la pradera.

La caballería yanqui apareció de repente entre el humo, encabezada por un extraño anciano vestido de granjero y con sombrero de paja. Sus soldados hicieron disparos al aire, y el hombre del sombrero detuvo su caballo y levantó una mano.

—No tengan miedo, soy el general Zachary Taylor, comandante en jefe del Ejército de Ocupación de los Estados Unidos de América.

Nadie se detuvo a escuchar qué más iba a decir el general yanqui. Joaquín le dio a Ximena las riendas de su caballo y tan pronto como Nana Hortencia se sentó en una de las carretas, los peones le dieron rienda suelta, eludiendo al general, a su caballería y también a los *Rangers*.

Se abrieron camino por la llanura, pero les estorbaba el peso de las carretas y los vagones cargados con las provisiones que recogieron en el puerto. Cuando en el crepúsculo aparecieron titilando las luciérnagas, Ximena trató de ver entre la penumbra y se preguntó cuánto tardarían en recorrer los nueve kilómetros que faltaban para llegar al rancho. Volteó hacia atrás y miró al pueblo que se hallaba a lo lejos, cubierto por una bruma anaranjada.

—Se acerca la guerra —dijo.

—No, mi amor —le respondió Joaquín—. Van a negociar, estoy seguro de que no habrá guerra.

Él trataba de calmarla. Pero era inútil protegerla de lo que ya ella había presenciado ese día. ¿Qué otra cosa podría ser eso sino un acto de guerra?

Ximena recordó que diez años antes, cuando Tejas se rebeló en contra de México y se declaró una república independiente, proclamó que su límite se extendería casi trecientos kilómetros más hacia el sur, hasta el río Bravo, a pesar de que el río Nueces había sido la frontera establecida desde que México lograra su independencia de España. México nunca reconoció la independencia de Tejas ni su reclamo de frontera sobre el río Bravo, que le permitía anexar a su territorio la región entre los dos ríos y le advirtió a los Estados Unidos que no se atrevieran a tocar estas tierras.

Al mirar hacia el cielo, Ximena pensó en la única estrella que tenía la bandera de la República de Tejas y se dio cuenta de que ahora sería parte de la constelación americana. Si los Estados Unidos estaban dispuestos a destruir todo a su paso, ¿qué sería de ella y su familia?

2

Marzo de 1846
Rancho Los Mesteños, río Bravo

AL DÍA SIGUIENTE, Ximena montaba en su caballo y miraba
hacia el noreste, más allá de la pradera llena de flores silvestres,
hacia la humareda que se elevaba sobre los restos de El Frontón
de Santa Isabel. Habían llegado al rancho antes del amanecer, y
aunque estaba cansada no pudo dormir. Por eso se vistió y cabalgó por la pradera para rezar por los pobladores. Si no lograban
detener a los yanquis, ¿sería El Frontón de Santa Isabel el primero
de muchos pueblos mexicanos en ser incendiado?

El viento ondulaba entre los pastizales de zacahuistle. En la
mano abierta de Ximena caían rastros de ceniza arrastrados por
el viento que lamió de su palma, probando el amargo dolor de las
inocentes familias desplazadas de sus hogares. ¿Qué pasaría con
ellos ahora? De seguro que quienes habían huido estaban desper-
digados por la pradera, sin refugio y expuestos a más peligros.
Pero, ¿a dónde podrían ir? Aquellos que no lograron huir segu-

ramente se hallaban a merced de sus enemigos, enfrentando un destino igualmente incierto.

Al regresar a casa, Ximena vio otra nube que se elevaba en el oeste. Esta vez no se trataba de un incendio, eran jinetes a caballo que levantaban polvo al acercarse al rancho a toda prisa. Ximena galopó de regreso a los establos, llamando a los hijos del capataz para que fueran a buscar a su marido y a los peones que habían llevado a pastar a los caballos, pero los jinetes llegaron a la casa principal antes que Joaquín. El ladrido de los perros hizo salir a Nana Hortencia y a las tres criadas de la casa, quienes esperaban temerosas bajo la enramada.

Escondiendo su escopeta entre los pliegues de su falda, su dedo en el gatillo y lista para disparar si tenía que hacerlo, Ximena se paró frente a la puerta de su casa y esperó, su corazón latía con fuerza al ritmo de los cascos de los caballos. No eran los temidos *Rangers* de Tejas ni los acechantes indios comanches; sin embargo, sintió poco alivio una vez que identificó al líder de los doce jinetes. Era Cheno, el amigo de Joaquín, o más oficialmente, el cabo Juan Nepomuceno Cortina de la milicia mexicana Los Defensores de la Patria.

—Cheno, qué sorpresa —le dijo ella, aflojando la mano que sostenía con firmeza la escopeta, aunque la preocupación se hizo más intensa. ¿Qué estaba haciendo la milicia aquí?

Cortina desmontó rápidamente.

—Ximena, lamento aparecer así, pero necesito tu ayuda. —Miró hacia Nana Hortencia, que estaba parada detrás de Ximena, y le dijo—: Por favor, no le queda mucho tiempo.

Uno de los hombres de Cortina estaba desplomado sobre su caballo, a punto de caerse, su sangre goteaba sobre el suelo.

—Tráiganlo aquí adentro, ¡pronto, por Dios! —dijo Ximena.

Los llevó al cuartito que estaba detrás del huerto, donde ella y su abuela atendían a sus pacientes. Después de quitar de la mesa las plantas medicinales que Nana Hortencia había estado moliendo, colocaron encima al hombre. Ordenó a las criadas que hirvieran agua y le trajeran trapos limpios. La abuela cortó la camisa ensangrentada y apareció el agujero por donde una bala de mosquete había atravesado el hombro del miliciano.

Ximena le preguntó a Cortina:

—¿Quién lo hirió?

Cortina se quitó el sombrero y se secó la cara sudorosa con el pañuelo sucio que traía alrededor de su cuello.

—Los yanquis. Nos encontramos con Taylor y su caballería y tuvimos un pequeño combate. Capturé a dos de sus dragones.

—¿Taylor? ¿O sea que ya no está en El Frontón?

—No. Se está llevando a toda su tropa para acampar en la orilla norte del río Bravo frente a Matamoros. Pero dejó a varios de sus hombres en el pueblo para que construyan un depósito de suministros y un fuerte. Nuestro puerto cayó en manos enemigas y no se van a ir por las buenas.

—¡Entonces saquemos a esos pinches yanquis de nuestra tierra, Cheno! —dijo Joaquín que estaba de pie en la puerta.

—¡Claro que sí, amigo! —Cortina sonrió y los dos hombres se abrazaron. Ximena sabía que, como ella, Joaquín no podía quitarse de la mente los aterradores gritos de la gente del pueblo que había oído el día anterior.

Los hombres salieron del cuarto y Ximena se dirigió al huerto para buscar las hierbas con las que curaría al herido. Mientras el resto de los milicianos se instalaban en el patio, Joaquín se sentó bajo la enramada y le sirvió un trago de tequila a su amigo. Cortina tenía veintidós años, ocho menos que Joaquín, y su familia era dueña de la mayor cantidad de tierras otorgadas en la región, casi dieciocho mil hectáreas, y de miles de cabezas de ganado. Muchas veces trató de reclutar a Joaquín en la guerrilla. Varios rancheros se unieron a él o a otros líderes guerrilleros de la localidad, como Antonio Canales, para patrullar el campo y defender la frontera norte, pero Joaquín se negó, aunque sí colaboró con varios caballos para los guerrilleros. Sólo combatía con ellos cuando los comanches y los apaches lipanes llegaban a saquear los asentamientos que bordeaban el río Bravo. Diez años antes, durante un asedio comanche, el padre de Joaquín y dos de sus tíos habían sido asesinados y la mayor parte de su ganado había sido sacrificado o robado.

Pero ahora Ximena escuchaba a su esposo discutir vivamente con Cortina sobre sus planes para hostigar al general yanqui, con el fin de saquear sus carretas de suministros y, sobre todo, llevar a cabo lo que el gobierno central mexicano todavía no estaba preparado para hacer: iniciar las hostilidades.

—¡Los yanquis se han apoderado de nuestro puerto y los militares mexicanos lo permitieron! —dijo Joaquín—. Ese puerto es vital para el comercio.

Aunque Ximena quería escuchar el resto de la conversación, su abuela necesitaba ayuda. Cortó un poco de hierba del pollo y se apuró para regresar al cuarto de curación, cuyas paredes de adobe estaban impregnadas con el aroma de lavanda y salvia, de cera de vela e incienso de copal. Nana Hortencia limpió la herida del hombre con una infusión de llantén.

—¿Vivirá? —le preguntó Ximena.

—Perdió mucha sangre, pero la bala no dejó ningún fragmento dentro —dijo Nana Hortencia, enjuagando la toalla ensangrentada—. Aunque quedaron pedazos de su camisa en la herida y hay que sacarlos.

Su abuela era la mejor curandera de la región y había salvado muchas vidas, incluida la de Ximena. Nana Hortencia había nacido con el don de la curación y había aprendido de su propia abuela, una curandera con profundo conocimiento de la medicina tradicional. No había doctores en estas regiones y por eso, semana tras semana, los lugareños llegaban al rancho buscando que los curara.

Ximena tomó la mano del paciente y presionó la arteria de su muñeca.

—Su pulso es débil pero estable —dijo. Luego apartó el cabello sucio de la frente del hombre y le limpió el sudor y la mugre de la cara. Era joven, no tenía más de dieciocho años, con toda una vida por vivir. Mientras molía las hierbas con su molcajete y su tejolote para hacer una cataplasma, oraba pidiendo la misericordia de Dios.

Después de atenderlo, Ximena y Nana Hortencia lo pasaron a un catre. El día llegaba a su fin. Joaquín y Cortina estaban en el patio trasero con los demás. Por lo visto, Cortina y sus hombres se quedarían esa noche en el rancho. Asaban unos pollos sobre la fogata y dos de las sirvientas de la casa, Inés y María, hacían tortillas en el comal y recalentaban una olla de frijoles, mientras Rosita repartía tazas de café y los hombres les agregaban aguardiente de una botella que se pasaban de mano en mano. Sentados sobre unos troncos, envueltos en sus sarapes y fumando tabaco enrollado en hojas de maíz, hablaban de la invasión yanqui. Algunos de ellos estaban tirados en el suelo y usaban sus sillas de montar como almohadas.

Ximena suspiró, se envolvió en su rebozo y fue a sentarse con Joaquín. Él la abrazó. Cuando ella apoyó la cabeza sobre su hombro, sintió su calor y aspiró su aroma a sudor y a caballo, a vaqueta y a hojas de tabaco. Cerró los ojos y recordó el día que lo había conocido, hacía ya cuatro años. Una serpiente de cascabel había mordido a su caballo. Su padre la había llevado al rancho de Joaquín para comprarle un nuevo potro. Todos en Matamoros les habían dicho que los caballos de Joaquín Treviño eran los mejor adiestrados.

Cuando llegaron, Ximena vio a Joaquín antes de que él la viera a ella y a su padre afuera del corral. Estaba domando a una hermosa yegua ruana azul de unos dos años. Ximena quedó cautivada por la forma en que él acariciaba y palmeaba a la potra, con firmeza pero con suavidad, para que se acostumbrara al contacto humano. No sólo era un entrenador paciente sino también compasivo, porque ni una sola vez lo vio maltratar al animal, aunque éste intentó morderlo varias veces. Cuando terminó la rutina se produjo un cambio en la potranca, que en lugar de tratar de lastimar a Joaquín, posó su cabeza sobre él con suavidad. Ximena pudo sentir el vínculo emocional que se formaba entre el hombre y la bestia. Se dio cuenta de que ella también quería recargar su cabeza en él. Incluso antes de que cruzaran palabra alguna, ella había confiado en Joaquín. Lo había amado.

Sin ganas, escuchó a Cortina, que estaba sentado frente a ella al otro lado del fuego, relatar sus expediciones para espiar a los yanquis en el campamento de Corpus Christi. Siendo él uno de los muchos exploradores al servicio del Ejército Mexicano, Cortina fue uno de los primeros en enterarse de las órdenes que el presidente Polk le dio a Taylor para que avanzara en dirección al sur hasta el río Bravo. La mayoría de los cañones fueron enviados por barco y el grueso de las tropas a pie.

—¿Sabes qué es lo que me enfurece? —le dijo Cortina a Joaquín—. Que por un puñado de lentejas nuestros propios compatriotas, los rancheros mexicanos, le dieron al general yanqui los animales de carga que necesitaba para transportar sus suministros.

Joaquín negó con la cabeza y maldijo.

—Traicionaron a nuestro país al ayudar a que esos ladrones llegaran aquí.

Ximena pensó en los cientos de mesteños, esos caballos salvajes que Joaquín había capturado y domado durante tantos años. A diferencia de otros rancheros que continuaron vendiendo ganado a los estadounidenses, ella y Joaquín dejaron de enviar sus caballos de montar, sus mulas y sus bueyes a Nueva Orleans tan pronto como el ejército de Taylor se instaló en Corpus Christi. Ahora sólo se los vendían a mexicanos o los exportaban a La Habana. Como el rancho sobrevivía con lo que ganaban vendiendo el ganado, esa situación les hizo la vida más difícil.

Cortina relató cómo fue su enfrentamiento con las tropas de Taylor en el arroyo Colorado. Unos emisarios mexicanos y la milicia le leyeron al general yanqui una proclama del comandante mexicano, en la cual le advertían que no avanzara más en el territorio de México y que se regresara por donde había venido. Claro que Taylor no se iba a detener, de manera que respondió amenazante y ordenó a sus soldados que apuntaran con sus armas a Cortina y a sus hombres. Como los jinetes mexicanos no estaban a la altura de las tropas yanquis, desgraciadamente se vieron obligados a retroceder para regresar a Matamoros, donde alertaron a los habitantes y a su comandante que los yanquis venían en camino.

—Es una pena que el general Mejía estuviera fanfarroneando, porque el arroyo era el lugar perfecto para atacar a los yanquis y repeler la invasión —dijo Cortina—. Deberíamos haber recibido a los invasores con las armas listas y los cerillos encendidos. Pero Mejía insiste en que no tiene suficientes tropas, y en que los refuerzos y suministros que le prometieron no han llegado.

—Seguramente nuestro gobierno los enviará pronto —dijo Joaquín.

Cortina se burló, mientras le daba vuelta a los pollos en el asador para que se cocinaran parejos. La grasa que goteaba hizo tronar el fuego, provocando llamas destellantes que iluminaron su rostro enojado.

—Los norteños somos poca cosa para los caudillos en la capital, amigo mío. Están muy ocupados con sus intrigas políticas. En lugar de utilizar las tropas nacionales para la defensa fronteriza, las usan para sus interminables insurrecciones y como siempre nos dejan abandonados a nuestra suerte. Nos toca defender nuestros hogares de las perversas intenciones de los yanquis. Entonces, ¿qué dices Joaquín? ¿Te unes a nosotros para correr a nuestros enemigos hasta el río Nueces? ¿Cumplirás con el deber sagrado de proteger nuestra frontera?

Mientras las preguntas flotaban en el aire, Ximena deseó que Juan Cortina no hubiera venido al rancho. Quería que su marido se quedara en casa, donde ella sabía que estaría a salvo, o por lo menos más seguro que escondiéndose en el chaparral, espiando, saqueando y matando. Librar una guerra de guerrillas en contra de los yanquis sólo les traería problemas. ¿Y entonces qué iba a pasar? ¿Llegaría algún día sangrando y apenas sosteniéndose en su caballo? ¿O algo peor? Temblaba de sólo pensarlo. Ya había perdido a tantos seres queridos, no podía quedarse también sin su esposo.

Ximena tomó la mano de Joaquín y entrelazó sus dedos con los de él, luego escondió sus manos así unidas en los pliegues de su falda. No quería avergonzarlo delante de esos hombres diciendo lo que pensaba. Si estuvieran solos Joaquín por lo menos la escucharía, aunque no siguiera sus consejos. Pero ahora él evitaba mirarla a los ojos y trataba de jalar su mano. Ximena supo que esa noche él no buscaría ni su consejo ni su bendición, entonces lo soltó y lo dejó ir.

Joaquín se levantó y reafirmó lo que había dicho antes.

—¿Qué estamos esperando, Cheno? ¡Vamos! ¡Saquemos a esos pinches yanquis de nuestra tierra!

3

Abril de 1846
Fort Texas, río Grande

MUCHO ANTES DE que las cornetas dieran el toque de diana
al amanecer, John Riley ya se había puesto su uniforme de soldado. Su compañero de tienda de campaña, Franky Sullivan, apenas se dio la vuelta en el camastro que Riley había armado para
protegerlo de las serpientes de cascabel. Riley lo zarandeó pero
él siguió roncando. La noche anterior Sullivan había bebido demasiado, ignorando a Riley de que dejara el alcohol. En los siete
meses desde que se había enlistado, había visto a muchos de sus
compatriotas sufrir todo tipo de castigos a manos de los oficiales
yanquis. A los borrachos siempre les iba peor, pero eso no impidió
que Sullivan, como tantos otros, se escapara por la noche a buscar
a los contrabandistas de alcohol entre la horda que seguía a las
tropas.

A Riley no le gustaba tomar. Por eso tenía dinero para mandar-
les a su esposa y a su hijo. Dios sabía que la comida siempre hacía
falta y aún antes de que la cosecha de papa se pudriera ya la vida

en Irlanda era muy difícil. Además, le gustaba tener control de sus sentidos y de su cuerpo. Los irlandeses tenían que estar siempre alerta, especialmente en este país y en este ejército.

Riley empujó a Sullivan y lo tiró de la cama, pero ni así se despertó. No le quedó más que darle una fuerte cachetada y así logró despertarlo.

—Te quedan cinco minutos, muchacho —le dijo—. Y ya sabes cómo te irá si te tardas.

Riley sacudió la chaqueta y los pantalones celestes de Sullivan para cerciorarse de que no hubiera escorpiones o tarántulas, luego se los aventó mientras éste se levantaba a tropezones.

—Och, estaba soñando con mi mamá —dijo Sullivan, mientras se ponía los pantalones encima de sus sucios calzoncillos de franela—. ¡A veces, ya casi no la recuerdo! Pero ahí estaba, corriendo hacia mí. En mi sueño yo estaba de nuevo en casa, ¿me crees? ¡Estaba en casa!

—Es un sueño bonito, muchacho, pero ya despierta. —Riley no le confesó que él también soñaba con Irlanda desde que se había ido de allí hacía tres años—. Y sacude tus zapatos —le dijo al salir de la tienda—. Ten cuidado con esos bichos venenosos.

Sullivan era flaco, con unos enormes ojos verdes que brillaban como la hierba después de una lluvia reciente. Su cabello rojizo y alborotado, junto con su escasa barba, lo hacían ver más joven que los dieciocho años que tenía. Alguna vez, el mismo Riley tuvo esa mirada, hasta que maduró. El muchacho tenía casi la misma edad que Riley tenía cuando se unió por primera vez al ejército británico, doce años antes. Allí lo nombraron sargento de la Artillería Real y en aquel entonces soñaba en convertirse en alguien, pero en el ejército, y en todo lo demás, los ingleses trataban a los irlandeses como perros. Pronto descubrió que a un irlandés como él jamás le darían oportunidades para ascender. Los ingleses nunca lo dejaron olvidar que los *Paddies* sólo eran carne de cañón. Riley recordaba lo mal que la había pasado y quería evitarle a Sullivan algunas de esas angustias provocadas por las ilusiones y las locuras de la juventud.

Bajo el mando del general yanqui, Zachary Taylor, muy pronto Riley entendió que en el Ejército de los Estados Unidos pasaba lo mismo.

Empujó la vieja lona de la tienda de campaña y respiró el aire fresco de la mañana. El cambio de clima era una bendición. La mayor parte de su servicio lo había pasado en la villa costera de Corpus Christi, donde padeció días húmedos y sofocantes bajo un sol abrasador, y noches lluviosas en una tienda con goteras. Aquí, al norte del río Grande, tenía que acostumbrarse a los cambios bruscos de temperatura. Un día hacía un calor del demonio y al siguiente un norte podía congelar a un hombre mientras dormía.

Riley hizo la señal de la cruz y rezó antes de presentarse al pase de lista de los soldados. Una bandada de gansos volaba a baja altura encima de él. Siguió con la mirada esa formación en V que hacían las aves rumbo al sur para cruzar el río Grande, donde a través de los matorrales se asomaban los edificios blancos con techos rojos de la ciudad de Matamoros. Al escuchar el eco de las campanas de la iglesia, que resonaba a través del río, Riley deseó estar detrás de esas cálidas paredes, respirando los aromas de las velas que se derretían, del incienso y de las flores, como los de las iglesias de su patria. Los yanquis se burlaban de la fe católica y despreciaban a los irlandeses porque los consideraban fanáticos salvajes; además, los obligaban a asistir a los servicios protestantes. A Riley le hervía la sangre de sólo pensar en el desdén con que trataban a su religión. No recordaba cuándo había ido por última vez a misa, cuándo sc había confesado, y deseaba escuchar las palabras que sólo un hombre con sotana podía darle. Por ahora se consolaba con los rezos. *In nomine Patris et Filii, et Spiritus Sancti.* Esperaba que Jesús y su Santa Madre lo entendieran. *Amén.*

—*Anois*, Sullivan, ¿qué esperas? —gritó, poniéndose la gorra. De repente se dio cuenta de los cientos de volantes flotando en el viento, revoloteando entre las tiendas de campaña. A medida que los soldados salían de sus tiendas, se agachaban para agarrarlos y revisarlos, murmurando entre ellos. Riley le quitó la tierra a uno que encontró atorado en un arbusto cercano y lo leyó.

> ### Del comandante en jefe del Ejército Mexicano a los ingleses e irlandeses bajo las órdenes del general estadounidense Taylor:
>
> Debéis saber: que el gobierno de los Estados Unidos está cometiendo repetidos actos de bárbara agresión en contra de la magnánima nación mexicana; que el gobierno existente bajo la bandera de las estrellas es indigno de llamarse cristiano. Recordad que habéis nacido en Gran Bretaña, que el gobierno estadounidense mira con frialdad la poderosa bandera de San Jorge y está provocando una ruptura con el pueblo guerrero al que pertenece; el presidente Polk está manifestando con desafío el deseo de tomar posesión de Oregón, como ya ha hecho con Tejas.
>
> Así pues, venid con toda confianza a las filas mexicanas, y por mi honor os garantizo un buen trato y que todos vues-

tros gastos serán sufragados hasta vuestra llegada a la hermosa capital de México.

¡Alemanes, franceses, polacos e individuos de otras naciones! Separaos de los yanquis y no contribuyáis a la defensa de un robo y una usurpación que, yo os aseguro, las naciones civilizadas de Europa miran con máxima indignación. Venid, pues, y formaos bajo la bandera tricolor, con la confianza de que el Dios de los ejércitos la protege y os protegerá a vosotros al igual que a los ingleses.

PEDRO DE AMPUDIA
FRANCISCO R. MORENO
Ayudante del comandante en jefe
Sede sobre el camino a Matamoros
2 de abril de 1846

Riley miró hacia la orilla opuesta. Los mexicanos habían trabajado toda la noche levantando parapetos, ampliando trincheras, agregando más barreras con sacos de arena y emplazamientos. Los yanquis, en cambio, a plena luz del día construían un fuerte sobre esta tierra en disputa. ¿Por qué los mexicanos no habían atacado en el momento en que apareció Taylor con sus 3900 soldados? Esto le dio muchas ventajas: el control del puerto en Point Isabel, una posición segura y cercana a Matamoros, la construcción de una fortaleza y el haber plantado su bandera en suelo que los mexicanos reclamaban como suyo. Además, los campesinos mexicanos traían cajas con huevos, leche, queso, frutas, pan y carne para vendérselos a los yanquis. Y si no fuera poco, hasta mulas y caballos tenían a la

venta. Riley había visto que los lugareños vestían solamente pantalones blancos enrollados hasta las rodillas o simples taparrabos. Las
mujeres andaban sin sombreros, sólo con un rebozo deshilachado
sobre sus cabezas, blusas hechas en casa que apenas cubrían sus pechos, faldas cortas y andrajosas, sus piernas sin medias. Los niños
estaban descalzos y desnudos. ¿Sería su pobreza la que los hacía
comportarse así? Por experiencia propia, Riley sabía que el patriotismo es un lujo para una familia hambrienta.

No contribuyáis a la defensa de un robo y una usurpación... escribió el general mexicano en el volante. Este conflicto en ciernes
no era sólo una disputa fronteriza. Riley había oído hablar de la
ambición de los yanquis más allá de Tejas, su deseo de una por-
ción más grande de las tierras del norte de México, como la Alta
California y Nuevo México. Los yanquis creían que era su destino
construir un imperio que llegara al océano Pacífico. Pero al no
conseguir que México les vendiera ese codiciado territorio, habían decidido apoderarse de la tierra por la fuerza.

—¿Qué traes ahí? —le dijo Sullivan. Riley le enseñó el volante—.
¿Qué dice? —preguntó, sosteniéndolo al revés.

Muchos de los irlandeses del ejército eran humildes campesinos, como Sullivan, hombres sin estudio que nunca antes habían
empuñado un mosquete, sino sólo un miserable azadón o una pala
para cuidar sus campos. Estos eran los hombres que el gobierno
de los Estados Unidos estaba reclutando por miles, en los barcos
que diariamente llegaban de Irlanda y de otros países empobreci-
dos e inestables.

—Esto es cosa de los mexicanos. —Riley le echó un vistazo al
campamento y no le gustó lo que vio. Por la expresión en los rostros de los yanquis comprendió que debía actuar con rapidez—.
¡Tíralo! —le dijo a Sullivan, rompiendo el papel y deshaciéndose

de él como si le quemara—. ¡Que no te vayan a atrapar con eso! ¡Y por el amor de Dios, no llames la atención!

Se apresuraron para llegar al pase de lista matutino; Sullivan batallaba para seguirle el paso. Riley, de casi 1,90, superaba fácilmente a su compañero que parecía un niño jugando a ser soldado. Alrededor del campamento podía ver a muchos de sus compatriotas y a otros soldados extranjeros reunidos en grupos con los volantes en las manos. Quería repetirles lo que acababa de decirle a Sullivan, pero como sabía cuál era el precio de una tardanza no se detuvo. Hasta ahora, se había escapado de los castigos que los oficiales yanquis imponían con saña a soldados como él, sobre todo porque las deserciones iban en aumento.

Desde que habían llegado las tropas una semana atrás, los soldados se habían empezado a lanzar al río Grande para cruzarlo a nado. Algunos se estaban uniendo a las filas mexicanas. El general Taylor, luego de perder catorce hombres en una sola noche, ordenó inmediatamente a sus centinelas que dispararan a cualquiera que sorprendieran en el acto de desertar. Esos volantes, que invitaban a más hombres a la deserción, alimentarían la desconfianza y el odio que los yanquis ya sentían por los extranjeros en sus filas.

—¿Qué decía ese papel? —Sullivan corrió tras Riley, sosteniendo su mosquete como si fuera una pala.

—Olvídate de eso, muchacho. Concéntrate en lo que tienes que hacer hoy y no busques problemas.

—¡Vamos, dime! Todos menos yo sabrán lo que está pasando. Los yanquis ya me tratan como si fuera un granuja tonto.

Riley se detuvo y se volvió hacia Sullivan. Recordó al sacerdote de su parroquia, el padre Myles, que en paz descanse. Él le enseñó a leer y escribir. Las Leyes Penales de Irlanda, que los ingleses imponían a los católicos irlandeses, negaban a muchos, especialmente a los campesinos sin tierras, la oportunidad de estudiar, y si no hubiera sido por la bondad del sacerdote, Riley tampoco habría entendido la proclama.

—Como te dije, viene de los mexicanos. Quieren que rompamos nuestros juramentos con los yanquis para unirnos a sus filas.

—¿Qué nos ofrecen? ¿Nos tratarán mejor que los yanquis?

—No lo creo. Lo único que quieren los mexicanos son problemas. Además, no olvides que si te sorprenden desertando serás fusilado en el acto. Así que no importa lo que nos ofrezcan. No vale la pena correr el riesgo.

—Pero, Riley...

—¡Basta, muchacho!

Más adelante, varios soldados alemanes recogían volantes y los arrojaban a una fogata, mientras los tenientes Braxton Bragg y James Duncan daban órdenes a gritos, golpeando a los reclutas con sus espadas.

—¡Vamos, *sauerkrauts*, apúrense!

Riley los saludó y siguió su camino, pero Bragg lo detuvo.

—¿Y ustedes, *cabezas de papa*, adónde creen que van?

—A nuestras filas, señor —dijo Riley.

—No, primero recoge los volantes, *Mick* —le dijo Bragg—. ¡Ahora mismo!

Riley volteó a ver a los otros soldados a su alrededor. Éstos saltaban con torpeza para atrapar los papeles que volaban en el viento, mientras sus uniformes se llenaban de polvo y hollín, lo que seguramente les ganaría un castigo cuando regresaran a sus puestos.

—¡Ahora, *Mick*! —le gritó Bragg, golpeando la espalda de Riley con su espada.

Riley escondió su ira y se arrodilló en el suelo; Sullivan hizo lo mismo. *Tranquilo*. Mientras recogía los volantes, miró de reojo el uniforme especial de Bragg y sus botas recién lustradas, hechas a la medida. Bragg y Duncan eran oficiales de artillería, miembros de la élite del ejército, tan sólo superados por los ingenieros. Con arrogancia, se pavoneaban por el campamento gritando e insultando a los soldados inmigrantes. Muchos de los oficiales eran de la Academia Militar de los Estados Unidos en West Point, y la mayoría no tenía más experiencia en el campo de batalla que los hombres a los que intimidaban e insultaban. El peor de estos tipos despreciables era Bragg, un genio en el campo de batalla, pero un monstruo en el campamento. Muchos compatriotas de Riley habían sido azotados o golpeados por órdenes suyas.

Mientras sostenía un volante en la mano, Riley se sintió atraído por las palabras del general. *Venid, pues, y formaos bajo la bandera tricolor...* ¿Cuánto pagarían los mexicanos a un soldado irlandés entrenado en el ejército británico? De seguro más que los yanquis. Un año y medio antes, Riley había estado trabajando en la isla Mackinac, en Michigan, pero no importó cuántas horas pasó acarreando madera y cargando barriles de pieles en barcazas, nunca pudo ahorrar para el pasaje de su familia a los Estados Unidos. Su patrón lo trató bien, pero fue tacaño con el salario, y Riley apenas tenía para sobrevivir. Se preguntó si el ejército sería el camino más seguro para cumplir su promesa de traer a su familia. Los periódicos estadounidenses hablaban de una guerra inminente entre los Estados Unidos y Gran Bretaña por el control de Oregón y el noroeste del Pacífico. Pensó que ésta era su oportunidad para enfrentarse a los británicos y, por lo tanto, redimirse por los años en que fue un casaca roja. Pero, para su consternación, resultó que el enemigo contra el que lucharía no sería Gran Bretaña sino México, una nación católica.

Cuando firmó la lista de reclutamiento de los yanquis, a Riley le prometieron que con cada promoción vería aumentar sus siete dólares de salario mensual. A estas alturas estaba claro que los yanquis nunca lo considerarían más que un soldado raso. Al igual que con los ingleses, sólo sería carne de cañón. ¿Podrían los mexicanos verlo de otra manera?

Se sacudió esos pensamientos. Sonriente, se dio cuenta que el general mexicano bien sabía lo que hacía. Los volantes habían sembrado ideas en su mente. Arrojó el último de los volantes al fuego que Bragg estaba avivando. *No vale la pena correr el riesgo.*

❁

Luego de que los hombres ocuparon sus puestos, el capitán Merrill se puso a gritarles por los volantes. La mitad del batallón de Riley, la Compañía K de la Quinta Infantería, estaba compuesta por inmigrantes irlandeses, alemanes, italianos y escoceses, justamente el tipo de soldados a los que se dirigía el mensaje de los volantes mexicanos.

—Más vale que no los descubra con esa basura de los grasientos y sucios mexicanos —dijo el capitán Merrill—. Y cualquiera que piense desertar esta noche va a encontrar su tumba en el río Grande.

Riley se mantuvo indiferente ante los insultos que Merrill les lanzó antes de pasar lista. Los soldados gritaban «¡Sí!» luego de que los sargentos encargados los nombraran.

—Maloney, James. —Después de este nombre se hizo un silencio y Riley miró a Sullivan. La noche anterior él y Maloney, un viejo soldado, le habían entrado duro al *whisky*. Habrían seguido, pero Riley mandó a Maloney de regreso a su tienda.

—¡Maloney, James! —gritó con más fuerza el sargento, y como nadie respondió, designó a dos cabos para que registraran las tiendas. Justo cuando terminó el pase de lista aparecieron arrastrando a un Maloney inconsciente y en mal estado para prestar servicio.

—Estos extranjeros de cara colorada no son más que borrachos inútiles —dijo uno de los cabos—. ¿Les damos una lección, mi capitán?

Merrill vio el estado deplorable de Maloney y lo tanteó con su bota. *Despierta, viejo*, suplicó Riley en voz baja. El capitán ordenó que ataran las manos y los pies de Maloney. Luego lo arrastraron a través del campo de entrenamiento hasta donde se calentaba en el carbón un hierro con las letras *HD* (*Habitual Drunkard* o borracho habitual). El hierro tenía como destino su frente. El castigo por la borrachera solía ser una marca en la cadera o en las nalgas, pero no cuando se trataba de un inmigrante. Los cabos lo sujetaron en el suelo y un sargento acercó el hierro al rojo vivo a su cara, burlándose, mientras Maloney se retorcía como una oruga.

—Si atrapo a cualquiera de ustedes borracho les pasará lo mismo —dijo el capitán Merrill.

—Carajo, no pueden hacer eso —dijo Sullivan, dando un paso fuera de la fila.

Riley lo agarró por el codo y lo jaló hacia atrás.

—No hay nada que hacer.

Sullivan sacudió su cabeza.

—¿Cómo puedes quedarte ahí sin hacer nada? —Consternado, Riley vio cómo Sullivan se salía de la fila y gritaba—: ¡Déjenlo en paz!

—¡Saca a este insolente hijo de puta de aquí! —gritó el capitán Merrill—. Átalo y amordázalo.

—¡Riley, haz algo! —suplicó Sullivan mientras se lo llevaban.

Riley apretó los puños. ¿Hacer algo? ¿Qué podía hacer? La mitad de su unidad eran inmigrantes como él, con la misma ira en sus rostros y la misma impotencia. Al igual que ellos, Riley se quedó callado. ¿Por qué ese muchacho tonto no hizo lo mismo?

Se oyó un grito desgarrador en el campamento. Cuando a Riley le llegó el olor de la carne quemada de Maloney, sintió que la ira lo incendiaba aún más por dentro. Pensó en Nelly y en su hijo Johnny. *Por ellos, estoy haciendo ésto por ellos*, se dijo. Los gritos de Maloney cesaron de repente y ahora sí, Riley volteó a ver. El pobre hombre yacía en el suelo, inmóvil, derrotado por el dolor que le provocó el hierro caliente. Pero al menos, durante un rato, podría descansar.

El capitán Merrill ordenó que lo llevaran al hospital del campamento y luego les exigió a todos que prestaran atención. Riley hizo la señal de la cruz por segunda vez ese día. «Bendito San Patricio, por favor dame fuerzas».

Después de desayunar unas galletas duras infestadas de gorgojos y cerdo en escabeche, acompañados con una taza de pésimo café negro, Riley se pasó varias horas bajo el despiadado sol, marchando y aprendiendo maniobras en preparación de la guerra que se avecinaba. Con su mosquete en el hombro derecho y la cabeza erguida, Riley hizo recorridos con su batallón a través del polvoriento campo, pero no podía olvidar el olor a carne humana quemada.

Sentado en la silla de montar de su vieja yegua, el general Taylor contemplaba a las tropas, portando un sombrero de paja en su enorme cabeza y vestido sencillamente con pantalones de lino, un abrigo verde polvoriento y zapatos comunes del ejército.

Taylor, que ya contaba con sesenta y un años, no era en lo absoluto un general típico. No se daba aires de importancia, y con frecuencia reía y charlaba con varios de sus hombres, sin importarle el rango que tuvieran. Más de una vez salvó a un soldado inmigrante de ser castigado por un oficial *nativista*. Como veterano de varias guerras, Taylor tenía la sabiduría que sólo se forja en el campo de batalla, pero sin el orgullo vulgar de otros oficiales como Braxton Bragg y James Duncan. Riley había admirado al general Taylor hasta que este dio la orden de disparar a los desertores. Los Artículos de Guerra establecían claramente que la deserción no se castigaba con la muerte si el país no estaba en guerra.

Sullivan y otros soldados estaban sentados en la explanada del campamento. Tenían las piernas dobladas con los brazos atados abrazándolas, un palo debajo de las rodillas y una mordaza en sus bocas. Otros fueron condenados a pasar el día montados en un burro de madera, con las manos atadas a la espalda y hierros en sus pies. Cuando los pobres desgraciados se caían los subían una y otra vez, hasta hacerlos sentir que era preferible estar muertos. A veces se les cumplía ese deseo. En Corpus Christi, Riley vio un soldado caerse del «burro» y romperse el cuello, porque con las manos atadas a la espalda el pobre hombre no pudo protegerse al caer.

Luego de instalar el campamento frente a Matamoros, el capitán de ingeniería Mansfield diseñó una enorme fortaleza de seis baluartes con murallas, cargadores de pólvora y refugios a prueba de bombas. Aquellos asignados a faenas no militares tenían que excavar y transportar la tierra hasta los andamios; otros, como Riley, moldeaban las paredes de tierra, mientras los ingenieros gritaban dando instrucciones desde abajo. Sudoroso y sin camisa, con todo el cuerpo cubierto de barro, Riley veía cómo los muros de cuatro metros y medio iban tomando forma lentamente, mientras él y sus compañeros se asaban bajo el sol.

Con una hermosa vista del campo abierto en lo alto de los andamios, por lo menos podía disfrutar del ligero sabor a sal del aire que traía la brisa desde el Golfo de México, a unos treinta y dos kilómetros de distancia. Más allá del denso chaparral había huertos de higueras y árboles de granadas, parcelas de maíz y pastizales poblados de ganado, pastores con chivos y ovejas. Al observar el río Grande serpenteando a través de la espesura, Riley se dio cuenta de que era el más sinuoso que jamás había visto. Se retorcía y retrocedía tanto sobre sí mismo que hasta una carreta podría atravesar esa tierra más rápido que un barco. El trayecto escabroso de sus aguas fangosas creaba penínsulas que sobresalían como si fueran dedos. El general Taylor había elegido uno de estos «dedos» largos para su campamento, sabiendo que estarían protegidos de asaltos terrestres por tres lados.

Riley apartó su vista del río y la dirigió a los campos donde se efectuaban los ejercicios de artillería. Con su conjunto de cañones de 6, 12 y 18 libras, Taylor tenía a su disposición una magnífica artillería, especialmente de la variedad más ligera, llamada «artillería voladora», porque podían reubicarla de inmediato en cualquier lugar donde fuera necesaria. Desde los andamios, Riley veía a la tropa de Bragg y no pudo evitar maravillarse ante la velocidad deslumbrante con la que los artilleros podían enganchar los cañones de 6 libras a sus caballos, moverlos a una nueva posición, desengancharlos y disparar con una mortal puntería a un asombroso rango de unos 1400 metros. Ese hombre era en verdad un excelente oficial de artillería. Riley odiaba admitir cuánto placer le daba verlo ensayando con su batería, desplazando los cañones por el campo con tanta rapidez y precisión.

Decepcionado, miró sus manos llenas de barro, manos capaces de hacer mucho más que estar moldeando muros.

☬

Cuando cayó la noche, Riley visitó al capitán Merrill en su tienda de campaña y, después de saludar a su comandante en jefe, dijo:

—Permiso para levantar el castigo al soldado Sullivan, señor.

El capitán Merrill lo miró intensamente detrás de su escritorio. Riley se mantuvo atento y con un gesto inexpresivo. Si mostraba cualquier destello de resentimiento, enojo o desafío, de seguro que lo someterían a la misma tortura que a su amigo, o a algo peor.

—Usted es un buen soldado, Riley. Nunca me ha dado ningún problema. ¿Quizá pueda convencer a sus compatriotas de que hagan lo mismo?

—Sí señor.

—Muy bien. Vaya y enséñele al tal Sullivan cómo ser un soldado ejemplar, igual que usted. Retírese.

—¡Señor! —Riley saludó a su jefe y abandonó sus aposentos para dirigirse a toda prisa al campo de entrenamiento.

☸

En la penumbra, Riley pudo ver la cara del muchacho severamente quemada por el sol, los labios agrietados y ensangrentados. ¿Se habría por fin dado cuenta de que era una locura tratar de hacerse el héroe? Le quitó la mordaza y le dio agua de su cantimplora.

—Ten, bebe —le dijo Riley—. Despacio, con calma.

Sullivan se atragantó al tomar demasiado rápido. Se había pasado diez horas sin beber y el sol, al igual que los yanquis, no le tuvo piedad. Riley humedeció su pañuelo y limpió la cara de Sullivan para darle un poco de alivio.

—*Go raibh maith agat* —le dijo Sullivan y luego rompió a llorar.

—No necesitas darme las gracias, muchachito, ya pasó —le dijo Riley, mientras le quitaba las sogas de las manos y los pies. Trató de ayudarlo para que se levantara. Sullivan se secó las lágrimas con la manga y aceptó el apoyo de Riley. Aunque éste lo hizo con cuidado, avanzando despacio, Sullivan gemía de dolor cuando daba un paso hacia delante.

—No puedo —le dijo, apoyando todo su peso en Riley—. ¡No siento mis piernas!

—Un paso a la vez. No te dejaré caer. Te lo prometo.

Fueron cojeando hacia el comedor, con casi todo el peso cargado sobre Riley.

—¿Y Jimmy?

Riley se acordó de los gritos de Maloney y del olor a carne quemada.

—Está en primeros auxilios. Quizás lo veamos mañana. Pero tú, por el amor de Dios ¡ya deja de meterte en problemas, Franky Sullivan! Mantén los ojos abiertos y la boca cerrada.

—Suenas como mi papá —le dijo Sullivan.

—Tu viejo es un hombre sabio...

—¿Sabio? —le preguntó Sullivan, deteniéndose para recuperar el aliento—. No, yo fui criado por un cobarde. Él nunca defendió a su familia. Dejó que esos sucios gusanos ingleses nos quitaran todo.

—No hay nada que él pudiera haber dicho o hecho. Estaba tratando de proteger a su familia, igual que yo.

—¿Por eso aceptaste los chelines de la reina? ¿Por qué traicionaste a tu propia gente?

Riley recordó el día en que se enlistó en una guarnición militar de Galway. Casi cumplía los dieciocho años, pero mintió y dijo que tenía diecinueve. Su hijo acababa de nacer y la única forma de alimentarlo y darle un techo que lo protegiera era servir en el Ejército Real y vestir esa odiada casaca roja, aun si eso significaba que sus compatriotas lo consideraran un traidor. Mientras Irlanda estuviera postrada a los pies de sus conquistadores ingleses, las únicas dos opciones que tenía Riley eran cuidar los campos de un propietario ausente o convertirse en soldado británico. De cualquier manera, estaría sirviendo a esos bastardos, pero al menos en el ejército se ganaría el pan aprendiendo cosas que podría poner en práctica cuando finalmente llegara otro levantamiento de los irlandeses. Se decidió y cambió la guadaña por el mosquete.

—Todo lo que he hecho es por mi familia. Quizás cuando tengas tu propio hijo lo entiendas.

—Ahora te entiendo, John, *a chara*. Sé por qué lo hiciste, y por qué mi papá deseaba que me callara y no hiciera nada. Pero a veces ésa no es la respuesta.

✹

Luego de la cena de panecillos medio crudos y el jamón hervido que se comieron de mala gana, Riley y sus camaradas se sentaron afuera de las tiendas de campaña para fumar sus pipas y compartir historias de la vieja Irlanda. Encendieron una fogata con madera de mezquite que recogieron de los matorrales. Algunos asaron las serpientes de cascabel y las liebres que ese mismo día habían cazado, al mismo tiempo que compartían las botellas de *whisky* que les compraron a los vendedores ambulantes. Como de costumbre, Riley se sentó lejos del grupo y se dedicó a pulir los botones de su chaqueta hasta que el águila americana estampada en cada botón brilló con intensidad bajo el resplandor del fuego. Se quedó pensativo, observando y escuchando. La mayoría de los hombres como Sullivan eran campesinos que fueron maltratados por los ingleses, y como sabían que Riley había sido un casaca roja lo trataban como forastero y no como a uno de los suyos. Salvo Sullivan y Maloney, Riley no tenía amigos. Y esa noche, con Maloney en el hospital del campamento, sólo le quedaba uno.

Sullivan se sentó cerca del fuego. Sus camaradas le pasaban el licor, pensando que lo ayudaría, pero Riley hacía una mueca cada vez que el muchacho tomaba un trago. Si emborrachaban a Sullivan, sería difícil despertarlo en la mañana. ¿Y qué tipo de castigo le esperaba si no podía realizar sus ejercicios? Riley pensó en Maloney, en el olor a carne quemada, y justo cuando Thomas Quinn le ofreció a Sullivan otra botella de *whisky*, Riley, incapaz de contenerse, le dijo:

—Basta ya. Te vas a perder si sigues bebiendo.

—¿Y tú quién eres para decirle lo qué debe hacer? ¿Eres su amo o qué? —replicó Quinn.

—Necesito un trago para consolarme, John, *a chara* —dijo Sullivan.

—Déjalo, el pobre se lo merece —comentó Charlie Flanagan—. A ti, John Riley, como aprendiste a ser un soldado perfecto con los casacas rojas, nunca te han castigado los yanquis, ¿verdad? —Señaló la marca que tenía en su frente, su cara enojada, iluminada con la luz de la fogata, y agregó—: Tú no sabes cómo se siente el muchacho, pero yo sí.

Riley comprendió la ira de su camarada. Sabía que dos años atrás, cuando vivía en los suburbios de Filadelfia, Flanagan apenas había sobrevivido a los disturbios *nativistas* que destruyeron muchos barrios católicos irlandeses. Se enlistó en el Ejército de los Estados Unidos para refugiarse del coraje de las turbas protestantes, pero encontró el mismo rencor racista y religioso en las filas yanquis.

—Bebe, Franky, mi muchacho, no le hagas caso. ¡Tómate otro trago! —le dijo Matthew O'Brien a Sullivan, ofreciéndole su anforita—. *Sláinte is táinte!*

—*Sláinte is táinte!* —respondieron los demás. Riley se levantó para irse, pues no iba a pelear con sus compatriotas. Si querían beberse sus salarios en vez de mandárselos a sus familias en Irlanda, ése era su problema.

—Och! Riley, es el último trago, quédate aquí un rato, ¿quieres? —le dijo Sullivan bebiendo su *whisky*. Luego, como todas las noches, comenzó a cantar una canción patriótica. Muy pronto se le unieron los demás.

—Volverá a ser una nación, otra vez una nación. ¡Tanto tiempo una provincia, Irlanda volverá a ser una nación!

Mientras cantaban, Riley se preguntaba si alguna vez Irlanda se liberaría de los grilletes de la corona británica. ¿Volvería a vivir en la tierra donde nació y se crió, en lugar de tener que traer a su esposa y a su hijo aquí, hasta estas costas extranjeras, para comenzar una nueva vida en un país que no los quería?

—Cantemos una más antes de que den el toque de retirada —dijo Sullivan. Y, como si sintiera la melancolía y la nostalgia de Riley, eligió una canción que no evocaba a la vieja Irlanda. En cambio, dijo—: Escuchen esta tonada que inventé hoy para celebrar que fui maniatado y amordazado.

Vengan, soldados yanquis, escuchen mi canto,
esta pequeña canción no los retrasará tanto;

para qué preocuparse por nuestra ventura
podemos reír, beber y cantar a pesar de la tortura.
Derry down, down, down, Derry down

«Átenlo y amordácenlo», gritan nuestros comandantes.
Por pequeñas rebeldías que encuentran por delante,
hasta que, por amordazar y atar a Dick, Pat y Bill,
seguro las filas mexicanas tendrán más de mil.
Derry down, down, down, Derry down.

El trato que nos dan, como ven es tal,
que nos atan y amordazan por culpar al rival;
pero alegres nos liberan para las batallas
nos atan y amordazan porque son muy canallas
Derry down, down, down, Derry down.

Los hombres no tardaron en aprenderse la cancioncilla y le pidieron a Sullivan que la cantara una vez más para poder acompañarlo. Riley también se unió. Miró a través del fuego a su compañero, sólo seis años mayor que su hijo, y se dio cuenta de que ese muchacho campesino de ojos grandes era el único pariente que tenía por ahora, y esa fogata su único hogar.

4

Abril de 1846
Fort Texas, río Grande

POR LA MAÑANA se corrió la voz rápidamente de que, a pesar de los severos castigos del día anterior, o tal vez debido a ellos, habían desertado más soldados durante la noche. Mientras caminaba hacia el hospital del campamento, siguiendo las órdenes del capitán Merrill para buscar a Maloney y hacerlo entrar en razón, Riley vio que más soldados extranjeros eran maniatados y amordazados u obligados a montar «el burro». Cantó la canción de Sullivan en voz baja y comprendió cuánta razón tenía. Si los oficiales yanquis seguían así llenarían las filas mexicanas con desertores.

Encontró a Maloney en un catre sucio, sumido en un sueño tranquilo. Riley vio a decenas de soldados a su alrededor asolados por enfermedades como la diarrea, la fiebre, la neumonía, con mordeduras de serpientes u otros males. Hizo la señal de la cruz y le pidió a Jesús y a su Santa Madre que los cuidara. Sonrió amargamente al recordar cómo los oficiales de reclutamiento del Ejército de los Estados Unidos les prometían a los reclutas una dieta sana, cuartos cómodos y la mejor atención médica.

La frente marcada de Maloney estaba tremendamente hinchada, su rostro generalmente alegre ahora se veía demacrado y su color afable se había vuelto pálido. ¿Cómo iba a perturbar el sueño de ese pobre hombre que cuando dormía no sufría por el dolor? *Maldito capitán Merrill*. Acercó un banquito junto al catre del anciano sin hacer ruido. Sacó una carta que había recibido dos días antes, cuando llegó el correo, aunque su esposa la había enviado hacía más de tres meses.

26 de diciembre de 1845

Querido esposo:

Le pido a Dios que cuando recibas mi carta estés bien de salud y de espíritu. Johnny y yo rezamos por ti todas las noches, deseando que algún día por fin podamos estar juntos. Me llegó tu carta con el dinero, y mi corazón se alegró de saber que no nos has abandonado, John, cariño. Hemos tenido muchos días difíciles, pero esta Navidad fue aún más triste que las otras porque no estuviste aquí con nosotros en estos tiempos de tanta incertidumbre. Te extraño muchísimo, John. ¿Cuántas Navidades más estaremos separados? Me duele mucho estar lejos de ti. Tengo miedo de lo que pasará si otra vez perdemos nuestra cosecha. Los comisionados no han podido averiguar por qué las papas se pudrieron bajo la tierra. ¿Habría algo malvado en la niebla que se metió en nuestros huertos de papas? ¿Será que los ingleses le echaron una maldición a nuestro suelo para matarnos de hambre? ¿Es un castigo divino? Mi corazón te extraña tanto, *a stór*, y a veces siento que se pudrirá dentro de mí, igual que nuestras papas. Por favor, mi amor, haz lo que puedas para mandarnos dinero para el viaje. Que nada impida que nos lleves contigo a Johnny, a mis padres y a mí. En las noches que no puedo dormir, me imagino cabalgando sobre las olas del Atlántico para ir hacia tus brazos.

Tu esposa que te quicrc tanto,
Nelly

Riley sabía muy bien que ella tenía razón en preocuparse. Si se perdía la próxima cosecha de papas, Irlanda enfrentaría de nuevo la escasez que tantas veces había sufrido en el pasado. ¿Acaso no había nacido él en tiempos así? Todavía recordaba el hambre y el olor a muerte que se apoderó de su ciudad natal, hasta que las cosas mejoraron y la gente tuvo para comer. Cuando era un muchacho, al escuchar las historias de héroes irlandeses que el padre Myles le contaba, o cuando veía a héroes como Daniel O'Connell, o a grupos rebeldes como los *Ribbonmen*, quienes luchaban en nombre de Irlanda; Riley deseaba ser un héroe para algún día salvar a su país. Pero ya como padre se había dado cuenta de que el heroísmo no alimenta a una familia.

Necesitaba sacarlos de Irlanda, eso estaba claro. Pero Nelly no viajaría sin sus padres, aunque él temía que no aguantarían el viaje. ¿Y de dónde sacaría el dinero para mandar a traer a todos?

—¿Qué te preocupa, John Riley?

La voz de su camarada lo sobresaltó. Dobló la carta y la guardó en su bolsillo.

—¿Cómo te va, viejo?

—No te preocupes por mí —le dijo Maloney—. Te hice una

pregunta, ¿no? Ya sabemos que no es fácil para un hombre confesar su dolor, pero no puedes guardártelo todo. Puedes hablar conmigo, ¿eh?

Riley negó con la cabeza.

—No te angusties por mí, no tengo nada que contar. Sólo vine a buscarte. El capitán Merrill dijo que ya fue suficiente.

Maloney maldijo entre dientes.

—Quiere matarme, ¿no es así? Preferiría ser un desertor, un renegado, que quedarme aquí un jodido minuto más.

—¡Cierra la boca, tonto! —le dijo Riley, preguntándose si alguien lo habría escuchado. ¿No sabía que eso sólo haría las cosas más difíciles para él?

—Mira, muchacho, vi a mi esposa y a mi hija destruidas por la enfermedad en ese barco infestado de ratas que me trajo hasta aquí. Cuando arrojaron sus cuerpos al Atlántico, junto con la basura, sentí ganas de lanzarme a su tumba de agua. Pero el suicidio es un pecado y por la fe seguí vivo. Pero todo ésto para qué, si de todos modos caí en el infierno.

Riley miró el cabello canoso de Maloney, su rostro muy arrugado y hundido como una uva seca, pero al menos sus ojos no se habían apagado con la edad y todavía tenía todos sus dientes. A los sesenta y cinco, ya era hora de que su camarada dejara de descuidar sus obligaciones de soldado.

—Hiciste un juramento y firmaste un contrato. Estamos ligados a este país, nos guste o no. Ser un renegado sería una vergüenza para ti y para tu fa... —Se detuvo justo a tiempo, porque iba a decir familia, pero Maloney no tenía a nadie—. Para tus compatriotas —dijo en cambio.

Maloney señaló su frente marcada.

—¡Al diablo con el contrato! También ellos nos hicieron promesas, ¿o no? Los yanquis no cumplen sus juramentos, entonces, ¿por qué deberíamos hacerlo nosotros?

—Porque nuestros juramentos valen más y nos hemos comprometido.

Maloney escupió en el suelo.

—Entonces cumpliré con los juramentos que les hice a Jesús y a San Patricio, pero los yanquis pueden besarme el culo. Qué lástima que no sé nadar, porque si supiera ya sería un soldado mexicano. Y tú, John Riley, alguna vez fuiste fiel a los ingleses y adónde te ha llevado tu obediencia, ¿eh? ¡Qué criatura tan descarriada eres! ¡Tal vez algún día entiendas de dónde eres!

Riley se levantó para irse.

—Es una locura pensar que las cosas serían mejor allá, viejo. Yo sé de eso porque, como dices, ya estuve en dos ejércitos y los dos son lo mismo. ¿Qué diablos te hace pensar que será diferente con los mexicanos? Ahora vístete porque el capitán Merrill te espera para el servicio. Asegúrate de hacerlo bien esta vez.

❁

Como iba distraído, ayudando a que Maloney regresara a su tienda de campaña, Riley no vio al teniente Bragg y a sus compañeros que venían hacia ellos desde el otro lado del campamento sino hasta que fue demasiado tarde.

—Soldados —dijo Bragg—. ¿Cómo se atreven a no saludar a sus superiores?

—Les ruego que me disculpen, señores. No los vimos —dijo Maloney, mientras él y Riley se detenían para saludar a los oficiales.

—¿No nos viste? —preguntó Bragg.

—La hinchazón en su cara le ha afectado la vista, señor —dijo Riley.

—¿Y cuál es tu excusa, *Mick*? —Bragg se acercó más y le escupió sobre la barbilla. Riley estaba agradecido de ser más alto que el teniente, por lo que era Bragg quien tenía que mirarlo hacia arriba—. ¿Tengo que enseñarte a prestar atención?

Bragg se volvió hacia sus compañeros, Duncan y otros dos artilleros, quienes de inmediato agarraron los brazos de Riley y se los doblaron tras su espalda. Riley trató de librarse.

—¡Desiste, *Mick*! —dijo Bragg, golpeándolo en el estómago con la empuñadura de su espada—. Y ni una palabra de insolencia, si es que sabes lo que te conviene.

Riley se dobló, respirando con dificultad. Maloney corrió a su lado para ayudarlo a ponerse de pie, pero Riley se encogió de hombros.

—No te metas en esto —le susurró, sabiendo que Maloney no estaba en condiciones de resistir más castigos. El viejo se retiró a regañadientes entre la multitud que se había reunido a su alrededor. Riley miró a los soldados amontonados en un círculo, presenciando su humillación. En ese momento, vio un pedazo de papel junto al pie de Bragg. Era la carta de Nelly que se le había caído del bolsillo. Bragg siguió su mirada y descubrió el papel. Se inclinó para recogerlo.

—¿Qué es esto? Todavía traes los volantes de esos mugrosos mexicanos, ¿verdad? ¡Te ordené que los quemaras! —Bragg hizo una seña con la cabeza a sus compañeros—. ¡Desnúdenlo!

—¡No es un volante! No soy un traidor, señor —dijo Riley mientras luchaba por zafarse de los artilleros—. Aceptaré el castigo que quiera, pero devuélvame el papel.

Bragg soltó una risa burlona mientras sostenía la carta entre sus manos, y Riley comprendió que la rompería. Logró soltar uno de sus brazos y se lanzó sobre Bragg. El oficial pudo hacerse a un lado y con su espada le picó el pecho a Riley.

—¡Cómo te atreves, imbécil...!

—¡En nombre de Dios, ¿qué está pasando?! —La voz del general Taylor resonó de repente detrás de Riley, quien se volteó para verlo desmontar de su yegua. Junto a él estaba su segundo de mando, el coronel Twiggs, que obscrvaba desde lo alto de su caballo.

—Este desgraciado se ha comportado de una manera imprudente, señor —dijo Bragg—. Tuvo el descaro de atacarme físicamente.

Riley guardó silencio, pero se mantuvo erguido y con la cabeza en alto.

—¿Es cierto eso, soldado? —le preguntó el general Taylor—. ¿Atacó a un superior?

—Sí señor, es verdad, pero...

—Traía un volante de los mexicanos —dijo Bragg, agitando el papel en el aire.

—¡No es un volante, señor, es una carta!

—Está mintiendo —dijo Bragg, a punto de romperla.

—¡General Taylor, señor! —dijo Riley con voz de urgencia—. Si es tan amable, señor, ¿me la puede devolver?

—¿A qué se debe todo este alboroto? —preguntó el general extendiendo la mano. Bragg le entregó el papel. Mientras lo leía, cambió la expresión de su rostro curtido y de alguna manera la compasión en sus ojos provocó que Riley volviera a sentir ira. El general Taylor le devolvió la carta y luego montó su caballo—. Teniente Bragg, deje que el soldado siga su camino.

—¡Pero, señor! —dijo Bragg.

El coronel Twiggs miró a Riley, con el rostro fruncido y molesto.

—¿No deberíamos darle un castigo ejemplar? ¿Hacer que lo juzgue un consejo de guerra por desobediencia y falta de respeto a un oficial? Si no lo hacemos, sus compatriotas podrían imitarlo.

—Necesitamos a cada uno de los soldados que tenemos para ganar la guerra del señor Polk. ¿No está usted de acuerdo, coronel Twiggs? —le dijo el general Taylor—. Mire soldado, otro incidente de falta de respeto y yo supervisaré su castigo personalmente. ¿Entendido?

—Sí, señor.

Taylor se montó en su vieja yegua y dio la vuelta para irse; Twiggs lo seguía atrás echando humo. Riley se quedó quieto, mirando fijamente a Bragg.

—Cuidado, *croppie* —El oficial maldijo en voz baja—. Esto no ha terminado.

Riley y Maloney vieron a Bragg y a sus compañeros seguir a Taylor y a Twiggs hasta los aposentos de los oficiales.

—Och, ni con toda la leña de los pantanos de Irlanda podría entibiarme para que me cayeran bien ese tipo —dijo Maloney, escupiendo en el suelo—. No dejes que te saque de quicio, muchacho. Todos los perros son valientes a las puertas de su propia casa. —Se volteó hacia Riley y sonrió—. Pero en cuanto al general... te acaba de hacer un pequeño favor ¿no es así?

—¿De dónde sacas esa tontería? —No, el general Taylor no le había hecho ningún favor. Bragg cumpliría su amenaza y Riley necesitaba estar atento.

Durante los días siguientes se escucharon disparos a toda hora. Los desertores eran cada vez más audaces y ya no esperaban a que estuviera oscuro para desafiar al río. Algunos desertores no lograron cruzar, pero los que lo hacían los saludaban y les gritaban desde el otro lado del río. Como Riley trabajaba duramente bajo el infernal sol construyendo el fuerte, podía reconocer a sus camaradas que estaban a menos de doscientos metros de distancia. «¡Vengan y únanse a nosotros, muchachos!» gritaban. «¡Los mexicanos nos tratan como amigos!».

Los yanquis levantaban sus mosquetes, pero como Taylor había ordenado que sólo les dispararan a los hombres que atrapaban en el acto de desertar y no después, entonces concentraban su ira en los extranjeros que aún estaban en sus filas. Los castigos se intensificaron y a la vez, también, aumentaron las deserciones. Los esclavos negros que trajeron los oficiales yanquis para que los atendieran, muy pronto se unieron a quienes huían nadando hacia el sur. Las leyes mexicanas que habían abolido la esclavitud los consideraban libres ni bien pisaban esas tierras luego de atravesar el río.

El general Taylor ordenó trabajar las veinticuatro horas del día en la construcción del fuerte y eso hizo Riley con su equipo de labores no militares. Cuando el reducto estuvo terminado las paredes sostenían cuatro cañones de 18 libras, que brillaban a la luz del sol mientras apuntaban hacia la ciudad. Uno de ellos tenía en la mira el cuartel del general mexicano.

Sin hacerle caso a su cuerpo adolorido y a su piel quemada por el sol, Riley perseveraba. Pero las rigurosas órdenes de Mansfield, capitán de ingenieros, provocaron que algunos ya no aguantaran más. Desesperados, cinco de los hombres asignados al trabajo desertaron a plena luz del día. Arrojaron sus palas a un lado y se lanzaron al río Grande. Antes de que los soldados de la guardia pudieran apuntar sus mosquetes para dispararles, cuatro de ellos fueron tragados por el agua y no volvieron a salir a la superficie. Al quinto lo mataron de un disparo tan pronto como salió del otro lado.

Riley pudo ver el horror en los ojos de Maloney y Sullivan que trabajaban a unos pasos de él en los parapetos del fuerte. Habría querido decirles: *¿Ahora sí ya vieron el peligro?* Desvió su mirada del cadáver y estudió las nuevas barreras de sacos de arena y las zanjas que los mexicanos habían construido la noche anterior. A estas alturas, sus emplazamientos contenían varios cañones que apuntaban directamente al campamento yanqui. Pero hasta ese momento sus armas callaban.

Riley se sorprendió al ver aparecer del otro lado del río a soldados mexicanos acompañados por un sacerdote, quienes procedieron a enterrar al desertor que había sido abatido. «*Fidelium animae, per misericordiam Dei, requiescant in pace*. Amén...». El viento le acercaba esa plegaria en latín, y Riley gozó al escuchar tales palabras familiares y también lo animó ver el respeto que había en ese entierro.

—Los mexicanos son nuestros hermanos —dijo Maloney acercándose a Riley—. Si morimos allí, al menos moriremos como católicos.

—Y como traidores —dijo Riley.

—O héroes —respondió Sullivan, uniéndose a ellos.

Riley miró hacia el otro lado del río y vio los colores mexicanos que ondeaban desde el cuartel general de su comandante. En los dos ejércitos a los que había servido, los oficiales nunca habían tratado a los forasteros como amigos y mucho menos como iguales. ¿Por qué iban a ser distintos los mexicanos?

—¡Cállense *Micks*, y regresen al trabajo! —gritó desde abajo el capitán Mansfield.

Riley obedeció, pero se quedó pensando en lo que había dicho Sullivan sobre los héroes. Recordó a su tío, que en su patria se había unido a los *Ribbonmen*, una sociedad secreta que luchaba en contra de las condiciones miserables que sufrían los campesinos que rentaban tierras en Irlanda. Fue capturado por los casacas rojas y lo ahorcaron. Riley tan sólo tenía nueve años cuando vio a su tío balanceándose en la soga, mientras las gotas de lluvia resbalaban sobre su cuerpo como si fueran lágrimas. *Eso es lo que les pasa a los héroes*, pensó Riley.

5

Abril de 1846
Rancho Los Mesteños, río Bravo

EL PUEBLO ARDÍA a su alrededor, pero ella seguía allí. Aunque el humo le irritaba los ojos y sus pulmones pedían aire a gritos, se quedó a su lado, mirándolo respirar por última vez. Oprimió su pecho para detener el flujo, pero la sangre corría entre sus dedos como un río rojo. ¡Fuego, sangre, miedo, todo la ahogaba! ¡No te mueras, Joaquín! ¡No me dejes! *Un edificio se derrumbó, luego otro, y de pronto, su cuerpo también sucumbió. En sus ojos sin vida pudo ver los meses, los años, todo lo que estaba por venir.*

—¡Mijita, despierta, despierta!

Ximena se despertó de golpe, empapada en sudor y ahogando un grito. Nana Hortencia la sacudía y la abrazaba para tranquilizarla. La anciana olía a tierra húmeda, a hierbas silvestres y a las dulces flores de acacia que temblaban en la brisa, su voz suave como el murmullo de un arroyo. Ximena se aferró a su abuela y aspiró su aroma. Cerrando los ojos, escuchó el pum-pum-pum de su propio corazón. Se concentró en respirar profundamente, una y otra vez, hasta que la presión de su pecho disminuyó y el acre olor a humo y sangre se desvaneció.

—Soñaste lo mismo, ¿verdad?

Ximena asintió, todavía con la sensación de tener en sus brazos el peso de su esposo muerto. Desde que Joaquín se había ido con Juan Cortina estuvo soñando lo mismo durante varias noches, pero nunca antes la imagen había sido tan vívida y la sangre tan real.

—Es el susto que tienes por haber visto arder el pueblo —le dijo Nana Hortencia—. Hoy en la tarde te haré una limpia para curarte.

—¿Por qué no regresa, Nana?

Todos los días ella salía en su caballo para buscar en la pradera alguna señal de jinetes, esperando su regreso. Un día antes, el guerrillero herido se había ido del rancho a reunirse con la banda de Cortina y ella le suplicó que le pidiera a Joaquín que mandara noticias de su paradero. Mientras no supiera si estaba a salvo, estaría intranquila.

Los gallos anunciaron el amanecer. A través de la ventana Ximena podía ver el cielo teñirse de carmesí con el primer resplandor de la mañana. Nana Hortencia tomó un cepillo y comenzó a trenzarle su oscura cabellera que le llegaba hasta la cintura. Una vez más, Ximena cerró los ojos, la atormentaban las visiones que había tenido. Los vestigios de su sueño se aferraron a su mente como las espinas del zacate cardillo: su marido en brazos, la sangre brotando de su pecho. Gritos. El resonante estrépito de un cañón y ella misma de pie en medio de un campo de batalla rodeada por una nube de pólvora quemada. Muerte por todas partes.

Cuando terminó de vestirse, Ximena siguió a su abuela a los establos y juntas salieron a recolectar plantas medicinales para reponer sus provisiones. Exploraron el terreno con bastones en mano y ojos atentos a las serpientes de cascabel que se enrollaban en los matorrales. Bajo la bendita luz del sol, las gotas de rocío hacían brillar a las plantas, mientras que los racimos dorados de la agarita y el guajillo perfumaban el aire de la mañana.

A Ximena le encantaba estar con su abuela aprendiendo sobre el curanderismo y el poder de las plantas. Disfrutaba las historias que le contaba sobre las viejas costumbres y su tribu ancestral, los pajalat, que fueron desplazados de su tierra natal cuando llegaron los españoles; los relatos de su infancia en la misión, a lo largo del río San Antonio y su matrimonio forzado con un soldado español cuando ella y su familia trataron de huir de los misioneros. Pero Nana Hortencia no se dejaba atrapar por la tristeza de esos recuerdos, sino más bien le enseñaba a Ximena cómo concentrarse en las maravillas y en la magia que la rodeaban. Le enseñaba a escuchar.

La madre de Ximena llegó a acusarla de querer más a su abuela que a ella. Ximena no sabía cómo explicarle que los caminos de Nana eran más simples y que su amor era incondicional. La madre de Ximena, una mestiza de piel clara nacida en San Antonio de Béxar, tenía expectativas sobre qué tipo de mujer tenía que ser su hija: una bella tejana con muchos pretendientes que caerían a sus pies y que se casaría con alguien de familia acomodada. Pero Ximena nunca cumplió con las expectativas de su madre. A diferencia de sus dos hermanos mayores, que heredaron de ella su piel clara y el cabello cobrizo, los rasgos de Ximena eran más indígenas que españoles. Se parecía a Nana Hortencia, incluso en su necesidad de silencio y quietud, así como en su reverencia por la tierra y los cielos abiertos, por la bendición de todo lo espiritual, y por eso su madre le guardó rencor hasta el día de su muerte.

Ximena tenía doce años cuando en 1833 la epidemia de cólera

arrasó la región. Su madre y sus hermanos perecieron, pero Nana Hortencia logró salvar a Ximena y a su padre de las garras de la muerte. ¿Sería ella capaz de hacer lo mismo cuando llegara el momento de salvar a Joaquín? ¿Y si los tés, ungüentos y cataplasmas de su abuela no fueran suficientes esta vez? ¿Cómo podría ella protegerlo de lo que estaba por suceder?

—Mijita, tú sabes que él no te va a escuchar —le dijo Nana Hortencia, como si estuviera leyendo sus pensamientos. Estaba recolectando cuidadosamente las vainas de semillas de un chicalote y colocándolas en una bolsa—. Tus sueños lo asustan, pero no les hará caso.

Su abuela tenía razón. Joaquín no cambiaría su manera de pensar. Para él, los sueños de Ximena eran perturbadores, incluso aterradores, y prefería no discutirlos. Ella había tenido esos extraños sueños desde que casi se muere de cólera, visiones del futuro que no siempre se cumplían. Su abuela le dijo que esos sueños la ayudaban a ver el futuro y eran una parte de su don como curandera. Pero para Ximena, a veces eran más bien una maldición.

Un año antes había soñado que el bebé que llevaba en su vientre no iba a sobrevivir. Cuando le contó a Joaquín ese sueño, no hizo caso de sus miedos y emocionado le dijo que quería un niño. Así fue, ella tuvo un niño, pero su débil corazón dejó de latir ese mismo día y su vida se apagó con el sol. Después de eso, Joaquín le prohibió hablar de sus sueños. Ximena misma se echaba la culpa, sin importar cuántas veces su abuela, quién también había perdido hijos, le dijera que era el Creador quien había llamado al espíritu del bebé para que regresara a su lado. Ximena no podía liberarse de la sensación de haber faltado al sagrado deber de madre de mantener a salvo a su hijo. Pero ¿de qué le servían esas visiones de Dios si no podía hacer nada para evitar sus presagios?

—No puedo perder a Joaquín, Nana. Si le pasa algo...

—Tu esposo conoce los riesgos y está dispuesto a sacrificarse para proteger su hogar. ¿Prefieres que no lo haga?

Ella suspiró.

—Que se quede conmigo y que sea un cobarde vivo y no un héroe muerto. Mi padre una vez quiso ser un héroe, ¿recuerdas?

Cuando Ximena vivía con su familia en San Antonio de Béxar, que en ese entonces era parte de México, miles de norteamericanos empezaron a llegar a la provincia después de que el gobierno mexicano le diera a Stephen Austin permiso para establecer una colonia. Primero llegaron agricultores y sembradores de algodón a explotar esa tierra con mano de obra esclava, incluso después de que México aboliera la esclavitud. Más tarde, la región fue asediada por aventureros revoltosos, invasores de tierras y forajidos armados que buscaban una nueva vida. Tan pronto como los blancos superaron en número a los mexicanos de la región todo cambió. Se hicieron del poder y luego, en 1835, se rebelaron contra el gobierno central de México.

Ximena todavía recordaba cuando el alcalde de San Antonio y comandante del Ejército de Tejas, Juan Nepomuceno Seguín, llegó a su casa para convencer a su padre de unirse a los anglotejanos en su rebelión armada contra México, para así obligar al presidente Santa Anna a restablecer la constitución liberal que había abolido y a restaurar los derechos de los estados. Después de siete meses de lucha, la revuelta de Tejas se convirtió en una guerra de secesión: los anglotejanos querían que Tejas se liberara completamente del gobierno mexicano. Esto obligaba a su padre y a los otros tejanos a elegir entre permanecer en la lucha contra México, o renovar su lealtad al gobierno mexicano. Su padre eligió ponerse del lado de los anglotejanos, sin saber que lo lamentaría hasta el día de su muerte.

Después de la revuelta de Tejas las cosas nunca fueron iguales entre los anglotejanos y los mexicotejanos. Cualquier persona de origen mexicano era repentinamente vista como sospechosa y hasta con odio. Un pueblo entero fue arrasado, a otros se los amenazó violentamente y cientos de familias mexicotejanas debieron huir de sus hogares. Con el tiempo, también su propia familia tuvo que irse al sur. Meses más tarde, perdieron sus tierras a manos de los blancos y se vieron obligados a quedarse en Matamoros, donde Ximena conoció a Joaquín. Su padre murió poco después de la boda, devastado por el dolor que le causó ver que su lealtad y servicio a la nueva república fueran pagados con sospecha, exilio y ruina.

Su vida con Joaquín le dio a Ximena una nueva esperanza. Sentía que a su lado podría echar raíces para construir un hogar y una familia con los hijos que esperaban tener. Pero ahora los yanquis amenazaban con quitarle todo nuevamente.

❀

Esa noche Ximena se despertó a cada rato, temerosa de que los sueños volvieran al quedarse dormida. Al levantar la cobija de piel de oveja que se había caído de la cama, lo vio. Joaquín estaba de pie junto a la ventana, mirando como si fuera de día. Veía con admiración la belleza de su rancho, un campo abierto que se extendía hasta donde alcanzaba a ver. Al escucharla y sentir sus movimientos, volteó. Tenía una expresión de inmenso dolor en su rostro, quizá anticipándose a lo que estaba por venir.

—Ximena —dijo. La sangre comenzó a brotar de su pecho, como si fuera una radiante flor de tulipán. Presionó su mano a la altura del corazón y jadeó al verla ensangrentada.

Ella gritó su nombre y él desapareció entre los rayos de luna que atravesaban las cortinas. Los perros empezaron a ladrar y despertó sobresaltada al escuchar que golpeaban la puerta principal. Luchando por recuperar el aliento, alcanzó a oír pasos apresurados en medio de los continuos golpes. Salió corriendo de su habitación y se topó con Nana Hortencia.

—¿Es Joaquín...?

Su abuela le sonrió.

—Ya estate tranquila, mi niña, ha regresado contigo.

Juntas fueron a la cocina y encontraron a Joaquín sentado en una silla. Su caporal, Ramiro, estaba a su lado con los ojos demacrados por la falta de sueño. Al descubrir unas manchas de sangre en la camisa de su esposo, Ximena corrió hacia él y cayó en sus brazos.

—¡Joaquín!

—No llores, querida —le dijo, limpiándole las lágrimas.

Ni cuenta se había dado Ximena de que estaba llorando.

—¿Dónde te hirieron? —Revisó su pecho en busca de la herida.

Él apartó su mirada de ella.

—No es mi sangre.

—Díganme qué pasó —imploró Ximena, mirando a los hombres.

—Matamos a un yanqui —Joaquín se quedó mirando el té de azahar que Nana Hortencia le había servido. Dio un puñetazo sobre la mesa y lo derramó—. Un coronel. ¡Maldita sea!

—Nos encontramos con Ramón Falcón y sus guerrilleros —contó Ramiro—. Falcón le dijo a Cheno que el yanqui andaba solo. Quería que lo acompañáramos para emboscarlo. Cuando lo encontramos lo arrastramos hacia el chaparral.

—Queríamos entregárselo al general Mejía en Matamoros —agregó Joaquín   . ¡Pero Falcón decidió matarlo de un golpe en la cabeza y luego le robó su reloj y sus pistolas!

—Y su vida —agregó Ximena.

Avergonzado, Joaquín apartó la mirada.

—¿Dónde dejaron su cuerpo? —preguntó Ximena.

—Escondido en la maleza —dijo Joaquín—. Falcón decidió dárselo a los buitres, ya lo conoces, tan malo como una víbora de cascabel.

—¿Y con esa gente te juntas? ¿Quieres volverte como él?

—No, Ximena, pero mientras el gobierno no haga nada, ¿qué me queda? ¿Quieres que me esconda en la casa mientras los yanquis invaden nuestras tierras?

Ximena tomó de las manos a su esposo y le dijo:

—¿En verdad estás dispuesto a poner en riesgo nuestro futuro con toda esta violencia, Joaquín? ¿Vas a arriesgar todo lo que hemos conseguido?

Joaquín clavó su mirada en el suelo y Ximena se dio cuenta de que estaba pensando en lo que acababa de decirle. Luego volteó a verla.

—Tenías razón, la guerra está próxima y no me perdonaré si dejo que los gringos nos quiten todo, como lo hicieron con tu padre.

✳

A la mañana siguiente Ximena se despertó al sentir las caricias de Joaquín. Sonrió y lo abrazó. En general, por las mañanas, cuando despertaba, él ya se había ido y su lugar estaba frío y vacío. Por eso ahora, al sentirlo sobre su cuerpo se aferró a él y lo atrajo, respirando los dulces y terrosos aromas del chaparral mezclados con cuero curtido. Eso la ayudó a olvidar el miedo que había estado oprimiéndola, igual que a una liebre asustada en las garras de un búho.

Como si se diera cuenta de su inquietud, Joaquín le susurró su nombre al oído y le dijo palabras dulces, mientras la acariciaba tratando de lograr que su cuerpo tenso se relajara y se entregara al placer.

Ya saldremos de esto. Así debe ser.

Más tarde, mientras ella yacía en sus brazos y gozaba de la cálida aura que los rodeaba luego de hacer el amor, él la invitó a dar un paseo a caballo por el rancho. Aunque no quería que ese momento de intimidad llegara a su fin, como hacía tiempo que no salían a montar juntos, Ximena se levantó de la cama y se vistió para acompañarlo.

Poco después, salía de los establos en su caballo para ver el amanecer mientras las últimas estrellas se desvanecían y los grises cedían lugar a los tonos violetas, que luego serían rojos y dorados. Ella y Joaquín miraban al sol asomarse sobre la pradera, iluminando con sus primeros rayos la casa, las chozas de los peones del rancho, los pozos, el granero, los establos, los corrales, el chiquero, la arboleda de nogales, los árboles frutales y los campos cultivados. Más allá, el río y la cordillera. De repente todo el rancho quedó iluminado, su tierra, su hogar, bañado por el sol de la mañana. Ximena oró para que Dios la bendijera con más hijos. Rezaba para que un día ella y Joaquín pudieran llevar a sus hijos a un paseo como éste, donde escucharían los estridentes gritos de las chachalacas que anidan en los huizaches rebosantes de vívidas flores amarillas, e inhalarían la fragancia fresca de la mañana al contemplar la pradera vibrante de vida. Se imaginaba a sus hijos cabalgando en sus ponis, mostrándoles a la cierva y a sus cervatillos gemelos pastando entre las flores blancas de un matorral mientras las abejas libaban en las flores violetas de un guayacán y los pollos de la pradera perseguían a los chapulines.

—Tú sabías que no era buena idea involucrarme con la guerrilla —le dijo Joaquín, interrumpiendo su fantasía—. Discúlpame, mi amor, que no lo platiqué contigo.

Ximena apartó la mirada de los buitres que volaban en círculos a lo lejos y volteó a verlo.

—Me equivoqué, Ximena, pero por favor entiende que no soy yo el que está poniendo en peligro nuestro futuro. Eso sucedió en el momento en que llegaron los yanquis. Tú, más que nadie, sabes qué pasará si triunfa la invasión. Lo perderemos todo. ¿Qué tipo de hombre sería yo, cariño, si por lo menos no tratara de proteger lo nuestro?

Ella pensó en su sueño, en el campo de batalla y el estruendo de los cañones, en el humo tan amenazante como las nubes de una tormenta.

—Pero no hay nada que podamos hacer para detener lo que se viene, Joaquín. Ninguno de los dos puede.

El rostro de Joaquín se puso pálido y por un segundo sus ojos brillaron como brasas. Le clavó las espuelas a su caballo y, sin ella, partió hacia los campos. Ximena lo vio alejarse y, de repente, tirar de las riendas.

Cuando lo alcanzó vio algo que sus sueños no le advirtieron.

Entre los campos recién sembrados, algunos tallos de maíz y frijol habían sido aplastados o arrancados de raíz, y el suelo estaba todo pisoteado por caballos que, evidentemente, habían pasado por encima en círculos. El hedor de la sangre llegó hasta ellos y siguieron a los pájaros carroñeros hasta la pradera, donde el ganado había estado pastando el día anterior. La hierba y el centeno silvestre estaban manchados de sangre. Había reses muertas que servían como festín a unos buitres y caracaras. El resto del rebaño había desaparecido, tal vez había huido o quizás se lo robaron.

—¿Comanches? —preguntó ella.

Joaquín negó con la cabeza.

—No. Los Rinches.

—¿*Rangers*? ¿Aquí en nuestra tierra?

—No te quería preocupar, pero los *Texas Rangers* que llegaron con Taylor han estado merodeando y destruyendo salvajemente las propiedades, violando mujeres y matando a inocentes. Los anglotejanos han venido como voluntarios en el ejército de los Estados Unidos sólo para vengarse.

—¿Vengarse de qué? ¿Acaso no nos hemos hecho suficiente daño unos a otros?

Joaquín volteó a verla, impaciente por sus comentarios. Fue entonces que ella cayó en la cuenta de que él tenía razón. El Álamo, Goliad, Mier... Los anglotejanos nunca dejarían de buscar venganza por la muerte de sus amigos y familiares.

—No es así, mi amor —le dijo Joaquín tomando su mano—. Tejas sabía lo que hacía cuando renunció a sus derechos de independencia para iniciar su venganza. Bajo la bandera de los Estados Unidos, los anglotejanos esperan poder saldar cuentas pendientes y deshacerse de nosotros de una vez por todas.

—Y no importa a cuántos de nosotros maten, nunca será suficiente —dijo ella.

6

Abril de 1846
Fort Texas, río Grande

EL 11 DE abril hubo un revuelo en Matamoros, al otro lado del río. Las campanas de la iglesia resonaron sobre la ciudad y un cañón estalló en señal de saludo. El general Pedro de Ampudia y sus tropas hicieron su entrada. Desde los parapetos del fuerte atrincherado, Riley podía ver a las tropas mexicanas y a los civiles que se alineaban en las calles y tejados, saludando con música patriótica y aplausos a su nuevo comandante y a los refuerzos tan largamente esperados.

—Ya llegó —dijo Sullivan, acercándosele—. Ya pronto habrá guerra, ¿no? ¿Tal vez mañana?

—Sí, con la llegada del general Ampudia y con la desaparición de Cross, podría suceder.

La mañana anterior, el oficial del general Taylor, el coronel Cross, no regresó de su paseo a caballo. Taylor envió varias patrullas a buscarlo, pero corrían rumores de que el coronel había sido capturado o asesinado por tropas irregulares mexicanas.

—¿Y por qué se están peleando? ¿Por este río fangoso? —preguntó Sullivan. Riley le explicó a su compañero lo que sabía sobre la disputa en torno a la frontera del río Grande y sobre cómo los estadounidenses buscaban un enfrentamiento con México para apropiarse de sus tierras.

—¿Así que por eso van a la guerra, por este río lodoso y estas tierras con más culebras que personas? —Sullivan sacudió la cabeza.

—No es tan simple. Los yanquis ven estas tierras como parte de su destino y los mexicanos nos ven como invasores, ¿no es así?

—¿Destino? Es la avaricia inglesa que corre por sus venas —dijo Sullivan.

—Y una mala dosis de superioridad que han heredado —agregó Riley. Se acordó de los ingleses y sus métodos para llenar las arcas reales conquistando territorios, y de la forma en que saqueaban, violaban y asesinaban para demostrar su dominio. Después de todo, los Estados Unidos era un hijo bastardo de Inglaterra. A pesar de que los yanquis se rebelaron contra los ingleses y los derrotaron en combate seis décadas antes, la insaciable ansia de poder y el egoísmo de sus antepasados ya se había hecho carne en ellos.

Los yanquis decían que los mexicanos no eran más que ignorantes, inmundos, semisalvajes, una miserable raza mestiza. Riley había escuchado lo mismo acerca de su propia gente, aunque fueran descendientes de reyes y caudillos, pero Irlanda era una tierra conquistada después de todo. Miró hacia Matamoros y se preguntó si México tendría el mismo destino muy pronto.

—Mala suerte la de México, al tener a los Estados Unidos como vecino —dijo—. Igual que nosotros, la mala suerte de tener a Inglaterra acechándonos sobre el mar de Irlanda.

Sin perder tiempo, el general Ampudia envió a uno de sus oficiales con una bandera blanca y una orden para que el general Taylor desplazara sus tropas fuera del territorio mexicano. Les dio veinticuatro horas de plazo. Taylor respondió que sus órdenes eran quedarse donde estaba, y si Ampudia comenzaba las hostilidades sería su responsabilidad y no de Taylor. De inmediato Taylor ordenó a la marina bloquear el puerto y apoderarse de los buques que transportaban suministros para las tropas mexicanas. La noticia del enfrentamiento llenó de ansiedad al campamento que esperaba el próximo paso que darían los mexicanos.

Esa noche alrededor de la fogata hablaban de los desertores. No de los infelices que fracasaron, sino de los que sí lo lograron.

—Oí que los mexicanos pagan buenos salarios —dijo O'Brien—. Quizá no tenemos que esperar una eternidad para volver a ver a nuestras familias.

—Además, tratan a los irlandeses como iguales, no como ganado —dijo Maloney, tocándose la frente—. ¿Acaso no sabemos nosotros, los irlandeses, en carne propia, lo que se siente ser echados de nuestras tierras por invasores protestantes?

—Los mexicanos son católicos —dijo Flanagan—. ¿Cómo les vamos a disparar a nuestros hermanos católicos?

—Seguro, eso manchará nuestras almas —dijo Quinn.

—¿Cuántas veces más nos van a amarrar y a amordazar? ¿Cuántas marcas con hierro candente tenemos que soportar? —preguntó Sullivan.

Riley escuchó en silencio, prefirió no opinar. Cuando finalmente se levantó para irse a su tienda de campaña, Maloney lo llamó.

—Se acerca la maldita guerra, John Riley. ¿De qué lado estarás cuando comience?

—Yo te vi, mi valiente amigo —intervino Quinn—, cuando te enfrentaste a ese insignificante gusano del teniente Bragg. Me alegré al verte ponerlo en su lugar. De no haber sido por el general Taylor apuesto a que le arrancas la cabeza.

—¡Dios sabe que, mínimo, le tumbabas una o dos muelas! —dijo Flanagan riéndose—. Mira, John Riley, sé muy bien que me equivoqué contigo. Pero si nos guías para cruzar, te seguiré. Todos lo haremos, ¿no es así, muchachos?

—Sí, sí —asintieron los hombres.

Riley miró a sus compatriotas y se preguntó cuál de ellos ya no estaría al día siguiente.

—No me la jugaré por México. Voy a quedarme aquí con mi regimiento, pero ustedes son libres de elegir. —Sintió que los estaba decepcionando y agregó—: Que San Patricio los proteja.

Recordó el juramento que lo comprometía con el Ejército de los Estados Unidos, sus deberes de esposo y de padre, promesas hechas ante Dios.

Un soldado obedece órdenes, ¿no aprendió eso ya en el ejército británico? ¿Cuántas veces se vio obligado a hacer cosas que no aprobaba? Cosas despreciables que mancillaron su alma y no importaba cuántos padrenuestros o avemarías rezara, de nada servirían para absolverlo. Todavía sentía la inmensa vergüenza por haber recorrido la campiña irlandesa de arriba abajo con los casacas rojas, obligando a sus compatriotas para que obedecieran los caprichos de los terratenientes ingleses, sirviendo de refuerzo a los policías y alguaciles mientras desalojaban a los inquilinos pobres, derribando cabañas y arrojando a la calle a familias enteras, rumbo a una vida de pobreza y ruina.

Él, John Riley, del infeliz condado de Galway, se había puesto el uniforme rojo y ahora vestía de azul. Pronto iría a México y ayudaría a los yanquis a despojar al pueblo mexicano de sus tierras, obligándolos a rendirse.

¿Acaso no era así la vida? Una nación poderosa siempre deseará más poder. Siempre encontrará a hombres como él, miserables hambrientos, lejos de su hogar y de su patria, desesperados por cumplir con sus familias; ellos harían el trabajo sucio.

Sentado en su catre, limpiando su mosquete para la inspección del día siguiente, Riley oyó murmullos y borbotones de risas alegres que venían de afuera. ¿Se reían sus compañeros de él? Se podían burlar todo lo que quisieran. Las cornetas dieron el toque de silencio y Sullivan entró en la tienda de campaña mientras los demás se dispersaban. Se metió debajo de su cobija sin palabra alguna. De seguro que estaba enojado con él. *Da lo mismo*, pensó Riley. Estaba harto de intentar que el muchachito entendiera cómo funciona la vida.

En ese momento, unos agudos lamentos, como los de las cornetas de los mexicanos, hicieron que Sullivan se sentara en su catre y agarrara su mosquete.

—No te alarmes —le dijo Riley—. Es sólo un coyote.

Sullivan asintió, pero no se acostó. Bajo la suave luz de una vela de sebo examinó detenidamente el volante que sacó de su bolsa de dormir.

—¿Estás loco? ¿No te dije que lo tiraras? —le dijo Riley.

Sullivan se lo entregó a Riley.

—¿Me lo lees?

Riley sostuvo el papel cerca de la vela y leyó lentamente y en voz baja, cauteloso por si había alguien al acecho. Esa noche había más guardias con buena puntería, alertas para atrapar a los desertores, y tenían órdenes de disparar en el acto. Cuando llegó al último párrafo del volante lo leyó dos veces. *Separaos de los*

yanquis y no contribuyáis a la defensa de un robo y una usurpa-
ción... ¿Se había unido a un ejército que estaba a punto de atacar
a una nación católica? ¿Les harían los yanquis a los mexicanos lo
mismo que los ingleses le hicieron a su pueblo?

Le regresó el volante a Sullivan y apagó la vela; sus pensamientos daban vueltas en su cabeza.

—Los yanquis me prometieron una aventura llena de diversión
y fiestas, además de mucho *whisky* fino —dijo Sullivan minutos
después—. Me prometieron carne asada y preciosas señoritas de
ojos negros —continuó con risa amarga—. ¡Pero son los más grandes mentirosos de este lado del infierno! No dejé Irlanda y a mi
familia para acabar en este agujero de mierda yanqui.

Riley tenía su propia versión de las falsas promesas de los yanquis. Podía «recuperar sus galones de sargento», le dijeron. Ascender de rango. Obtener la ciudadanía estadounidense, además
de un buen salario que le permitiría pagar para que su familia entrara por la puerta dorada. Pensó en su mujer y en su hijo, que
hacía tres años no veía. Cerró los ojos y se dispuso a dormir.

Se estaba quedando dormido cuando oyó un susurro en la oscuridad. Franky Sullivan se estaba vistiendo.

—No lo hagas, muchacho —dijo Riley.

—Ven conmigo —le pidió Sullivan en voz baja, arrodillándose
junto a su catre—. Juntos podemos hacerlo, velar el uno por el
otro.

—No puedo.

—¡Esos miserables nos mintieron! ¿Cómo es que quieres quedarte?

Riley no respondió.

—Muy bien, yo me voy. ¿Me das tu bendición?

Pero Riley más bien le dijo:

—¿Debo recordarte que afuera hay guardias que están listos para dispararte? ¿Hasta dónde crees que llegarás? Porque si ellos no te atrapan el río lo hará.

Suspirando, Sullivan se sentó de nuevo en su catre.

—Ya no aguanto más.

—No dejes que la furia te lleve por el mal camino, muchacho. Estos hijos de puta están ansiosos de que comience la guerra y no tienen nada mejor que hacer que divertirse con nosotros. Pero vamos a demostrarles nuestro valor, ya verán que somos muy buenos soldados, mejores que los imbéciles de West Point.

—Yo sólo soy un campesino —dijo Sullivan—. Pero ni para eso he sido bueno. Si no, mis pobres padres no estarían pasando hambre.

—No fue tu culpa que las papas se pudrieran, ¿verdad? Si Dios quiere, la próxima cosecha será abundante y nuestra gente sobrevivirá, ya verás. —Escuchó a Sullivan suspirar, mientras se recostaba de nuevo y se acomodaba en su catre—. Ten paciencia, Franky, *a chara*. Te prometo que te cuidaré y me encargaré de que obtengas tu cuota de gloria y honor.

Cuando Sullivan logró cerrar sus ojos, Riley se mantuvo alerta al murmullo del río Grande, al clamor de los sapos, los grillos y los búhos que resonaban en la oscuridad, al ladrido de los perros al otro lado del río, en la adormecida ciudad y a los melancólicos aullidos de un lobo solitario más allá. Finalmente, los ronquidos de Sullivan se unieron al coro y Riley por fin se rindió a su propia fatiga.

Apenas había cerrado los ojos cuando de repente se despertó, pero no por un toque de corneta sino por disparos de mosquete.

Al ver el catre de Sullivan vacío, se levantó y salió corriendo de la tienda de campaña con los zapatos desatados. El campamento estaba alborotado, los tambores tocaban a redoble, los soldados corrían en todas direcciones, con los mosquetes preparados, pensando que los mexicanos estaban sobre ellos. Pero Riley sabía que no era así. Corrió hacia el río, con el corazón palpitando en su pecho. Escuchó algo que podía haber sido el chillido de gansos, aunque más bien era una voz humana que gritaba con angustia:

—¡Deténgase, por favor, se lo ruego!

Recién amanecía y era difícil ver con claridad a través de la niebla, pero supo sin verlo que se trataba de Franky Sullivan. Riley se abrió paso entre la multitud y, a través del carrizo, observó a ese tonto muchacho que se esforzaba por nadar de regreso al campamento, luego de que lo sorprendieran en su intento por desertar. En la orilla del río un centinela le apuntaba con su mosquete.

—¡Cometí un error! —dijo Sullivan, mientras luchaba por salir agarrándose de los juncos. El centinela bajó su mosquete y Sullivan comenzó a vadear el río. Justo en ese momento el coronel Twiggs se acercó con su caballo al centinela y le dijo:

—¡Obedezca sus ordenes, soldado!

—Pero coronel...

—¡Le he dicho que obedezca sus ordenes!

El centinela volvió a levantar su mosquete y jaló el gatillo. Riley vio con horror cómo Sullivan caía de rodillas, con el agua a su alrededor teñida de rojo. Muy pronto estaba flotando río abajo y poco después se hundió, desapareciendo de la vista.

—¿Quién sigue? —preguntó el coronel Twiggs mientras observaba a los soldados desde lo alto de su caballo.

Riley dio un paso adelante, sintiendo que la sangre le hervía por dentro. Twiggs le disparó a Sullivan, ignorando sus ruegos de clemencia.

Atrás de él, Maloney le dijo:

—Tranquilo —tomándolo con firmeza del hombro para contenerlo—. Cuando llegue el momento apropiado destrozaremos sus malditas almas.

—¡Regresen a sus filas y prepárense para un arduo día de trabajo! —gritó el general Taylor, acercándose al grupo montado en su yegua—. ¡Ampudia ya está en Matamoros! ¡Tenemos encima la guerra y quiero que de una vez por todas terminen el fuerte!

7

Abril de 1846
Fort Texas, río Grande

EL DOMINGO SIGUIENTE, mientras llovía, Riley revisó las escasas pertenencias de Franky Sullivan. No había nadie a quien enviárselas. En los meses que compartieron la tienda de campaña, el muchacho no recibió ninguna carta de sus parientes.

Las campanas de la iglesia de Matamoros empezaron a repicar. Riley volteó en dirección a ese sonoro tañido y sintió que el corazón le dolía. Recogió las pertenencias de Sullivan y fue de prisa a la orilla del río. Antes de que el general Taylor impusiera la orden de dispararles en el acto a los desertores, a Riley le encantaba ir a ese lugar. Echaba de menos ver cómo las garzas, gansos y patos se posaban a lo largo de la orilla para jugar. Pero ahora el paisaje del río Grande ya no era el mismo, no luego de presenciar el despiadado castigo que había sufrido ese muchacho por su torpeza.

Del otro lado del río, una suave niebla se desplazaba sobre las torres de la iglesia y Riley imaginó que adentro el sacerdote se preparaba para la misa. Por un momento se sintió allí, a salvo en la casa de Dios. Se agachó sobre el fangoso suelo y rápidamente cavó un agujero para enterrar las pertenencias de Sullivan, a excepción de un tosco trébol de madera que el mismo joven había tallado. Sería un recuerdo para tenerlo presente, decidió Riley, y rezó una oración antes de cubrir con tierra el agujero.

—De polvo eres y en polvo te convertirás.

—¡Oye, aléjate del río!—Riley volteó hacia el centinela que caminaba en su dirección, apuntándole con su mosquete—. Sabes lo que les pasa a los desertores, ¿verdad?

—Sí, claro que lo sé —le respondió Riley, alejándose unos pasos del río. Miró hacia la iglesia, deseando poder llegar a ella.

—Sigue tu camino, entonces, *Mick* —le dijo el centinela—, si no quieres terminar como el resto de los traidores de tu calaña.

Luego de dar una última mirada a la iglesia, Riley se dio vuelta y a toda prisa regresó a su tienda de campaña, mientras la lluvia empezaba a amainar. En el camino algo le llamó la atención. Era un hombre colgado de los pulgares en la rama de un árbol, los dedos de sus pies apenas tocaban el suelo. Corrió hacia él y descubrió que era Maloney. Agarró la cuerda para ayudarlo, pero el viejo se hizo a un lado, llorando de dolor.

—¡Detente! Te van a castigar.

Riley miró a los centinelas que patrullaban. Uno de ellos seguramente los descubriría en cualquier momento.

—¿Pero por qué? —preguntó Riley, arrepintiéndose de inmediato. ¿Acaso importaba el por qué?

—Duncan se enfureció porque no lo saludé como es debido —le explicó Maloney apretando los dientes. El sudor goteaba por su cara, las letras marcadas en su frente tenían costras y resaltaban horriblemente. Miró hacia el río y dijo—: Si no fuera porque no sé nadar, lo haría, ¿sabes?

—¿Para terminar como Sullivan? —le preguntó Riley.

Maloney asintió.

—Sí, ahogarme en el río es mejor que esto. Pero mira, mucha-cho, sé que para ti es importante honrar tus juramentos, y yo soy un tonto sinvergüenza que sabe más de cosechar papas que de leyes militares, pero sé muy bien que un contrato obliga a ambas partes. ¿Por qué no te enteras de cómo son los mexicanos? ¿Lo harías por Franky?

Los centinelas estaban cada vez más cerca.

—Que Dios te dé fuerzas, Jimmy, *a chara* —dijo Riley, antes de alejarse rápidamente.

—Volverás por mí, ¿verdad? Lucharé contigo llueva o truene. ¡Es una promesa! —gritó Maloney mientras Riley se alejaba.

Braxton Bragg, James Duncan y otros oficiales de West Point atravesaban el campo. Algo que dijo Bragg los hizo reír. Riley apretó su mandíbula y enrojeció. Cuando Bragg clavó su mirada malévola en él y torció sus labios con desprecio, Riley entendió que el West Pointer quería hacerle daño. ¿Y si Maloney tenía ra-zón? Se escondió detrás de las tiendas de campaña y se dirigió directamente hacia los aposentos del oficial al mando.

❈

Luego de saludar a su comandante, pidió permiso para hablar. Sabía que los yanquis sentían desprecio por su religión, pero era la mejor mentira que se le podía ocurrir en ese momento.

—Pido permiso para salir del campamento, señor —dijo Ri-ley—. He sabido que un sacerdote va a dar misa en una granja del norte. Me gustaría pedirle una oración para mi compañero que ha muerto. —Riley se mantuvo erguido y quieto, mirando fijamente la pared que estaba detrás del capitán Merrill, para que sus gestos no lo traicionaran.

—El general Taylor fue claro sobre las consecuencias de desertar, ¿no es así?

—Sí, señor.

El capitán observó a Riley por unos segundos.

—Es usted un buen elemento, soldado Riley —le dijo finalmente—. Qué lástima que sus compatriotas no puedan darse cuenta de lo equivocados que están.

Riley pensó en Maloney colgado de los pulgares en ese árbol, en Franky Sullivan en el fondo del río, en la iglesia y en las campanas que lo llamaban. Cerró los puños y los abrió. *Tranquilo*, se dijo a sí mismo. *Tranquilo*. Contuvo la respiración mientras veía a Merrill firmar el papel que le permitiría sortear a los guardias.

—No me decepcione, soldado —le dijo el capitán Merrill, entregándole el pase.

Cuando le permitieron retirarse, Riley caminó bajo la lluvia rumbo al perímetro del campamento, llevando el permiso que había guardado en su bolsillo. Aceleró el paso, sintiendo que Merrill lo observaba desde su cuartel. Muy pronto descubrirían su mentira. Pasó junto a las casas de campaña, el patio de armas y los cañones que apuntaban hacia Matamoros. Cuando llegó al perímetro, sacó el permiso y se lo entregó a los centinelas.

Atento al paisaje de los alrededores del campamento, se mantuvo alerta ante cualquier movimiento. Los centinelas estaban al acecho, pendientes de los desertores, y tal vez incluso Bragg o Twiggs anduvieran por ahí, buscando una pequeña diversión. El río Grande rugía abajo mientras él trataba de sortear una espesa maraña de arbustos y juncos cercanos a la orilla del agua. Su uniforme estaba empapado por la lluvia, pero no importaba, pronto estaría en el río. Aun así, su corazón palpitaba tan fuerte que podía sentirlo. Se volvió para ver la fila de guardias que se encontraban atrás, apuntando con sus mosquetes a una bandada de gansos que de repente levantaron el vuelo, como si quisieran darle una oportunidad a Riley. Haciendo una rápida señal de la cruz se zambulló en el río. Comenzó a nadar con toda la fuerza que pudo. La corriente era poderosa, pero su determinación era mayor. A través del tremendo rugido del agua le pareció escuchar unos gritos y luego disparos. Nada lo detuvo hasta que llegó a la otra orilla.

❂

El agua se acumulaba a sus pies. Dos soldados mexicanos se le acercaron con los mosquetes en alto. Riley no hablaba español y no sabía si los soldados hablaban inglés. Además, no tenía idea si iban a entender su acento irlandés.

Le indicaron que fuera con ellos. Flanqueado por un soldado a cada lado, Riley caminó por un sendero fangoso que al llegar al corazón de la ciudad se convirtió en una calle empedrada. Las casas rectangulares de adobe se alineaban en las calles y se extendían hasta adonde él lograba ver, con sus techos brillantes de tejas rojas o paja de palma. Tenían fachadas revocadas con cal blanca y robustas puertas dobles, además de ventanas altas con barrotes de hierro.

Mientras esquivaba los charcos de lluvia y los excrementos de los animales, Riley percibió las miradas de los lugareños que pasaban a toda prisa a pie, montando burros o en carretas. Una mujer asomó la cabeza por la ventana de una tienda de abarrotes para mirarlo con ruda curiosidad. Se fijó en su uniforme yanqui y cuando él pasó, escupió. Riley mantuvo la mirada en alto. Se preguntó cuánto tiempo tenía antes de que lo echaran de menos en el campamento.

Pasaron junto a la iglesia que daba a la plaza pública. Era una hermosa iglesia antigua y más alta que la mayoría de los edificios. Riley la señaló y dijo, «*Ecclesia*», esperando que los soldados entendieran su latín, pero estos negaron con la cabeza y siguieron caminando. Lo llevaron directamente al cuartel principal, donde Riley se vio parado ante el general del Ejército Mexicano y varios oficiales. Aunque al general no parecía importarle su aspecto, ¡como deseó Riley no parecer un perro de presa abandonado en la lluvia! Era más alto que el general y, sin embargo, se sentía pequeño. El general Ampudia, de unos cuarenta años, se erguía orgulloso con su uniforme azul brillante adornado con charreteras doradas. Bajo sus gruesas y oscuras cejas, sus ojos examinaban a Riley de pies a cabeza mientras retorcía su largo bigote como si tratara de adivinar sus intenciones. Otro general se acercó y Ampudia le dijo algo en español. Luego ambos se volvieron hacia Riley.

—Soy el general Mejía. Mi comandante le da la bienvenida a México, soldado. ¿Quién es usted y por qué está aquí? —dijo el general en inglés.

—Soy el soldado John Riley, señor —le dijo, haciendo un saludo. Habló despacio y con cuidado para que lo entendieran—. Estoy aquí para buscar consuelo en su iglesia, si me dan permiso, señor.

El general Mejía tradujo e intercambió miradas con el general Ampudia.

—Las puertas de nuestra iglesia están abiertas —dijo el general Ampudia, a través de Mejía—. Sé muy bien que los herejes yanquis no permiten que los irlandeses practiquen su fe.

—Se lo agradezco mucho, señor —dijo Riley. De pronto, recordó la voz de Franky Sullivan suplicando piedad, su cuerpo flotando en el agua, y se decidió a contar sin tapujos lo que lo había llevado hasta aquí.

—Si se me permite, deseo también conocer a la persona que escribió el volante. Quiero saber si habla en serio.

El general Mejía tradujo sus palabras y el general Ampudia le indicó a Riley que tomara asiento. Ésta era una experiencia nueva para él, ser invitado a sentarse y tener una conversación con sus superiores.

—El comandante respalda cada palabra de ese volante —dijo el general Mejía. El general Ampudia acarició su espesa barba de chivo, observándolo con ojos agudos.

Riley asintió.

—Demasiados compatriotas míos han perecido en el río. A mi compañero lo mataron cuando intentaba venir aquí. Quiero creer que no murió en vano.

—Puedo asegurarle, soldado Riley, que las muertes de sus compatriotas me pesan —dijo el general Ampudia—. Que descanse en paz su compañero y todos los que han perecido tratando de jurar su lealtad a México.

»El presidente Polk ha dejado muy clara su ambición por las ricas tierras y los puertos de los territorios del noroeste de México. Por eso ganó la presidencia, ¿no es así? Y hará lo que sea para alcanzar su objetivo de expansión hacia el oeste y para continuar con la aborrecible institución de la esclavitud. México es una nación joven y no tan rica como los Estados Unidos, ¡pero haremos todo lo que esté a nuestro alcance para mantener nuestra integridad territorial!

Al notar que el general Mejía se quedaba sin aire por tener que traducir su diatriba, el general Ampudia hizo una pausa y aclaró su garganta antes de continuar.

—Ya basta de eso. Hablemos ahora de usted, soldado Riley. Me parece que a su persona no le pertenece el uniforme de un soldado raso. ¿Qué tipo de experiencia militar tiene?

—Fui sargento de la Artillería Real, señor.

Los ojos de Ampudia se iluminaron.

Le contó a Riley que él había sido oficial de artillería en las campañas contra la Rebelión de Tejas. Había estado al servicio de México durante más de veinte años y, además de luchar contra los anglotejanos, había defendido a México en contra de los invasores franceses. El general continuó preguntándole a Riley sobre las tácticas de artillería que había aprendido al servicio de Su Majestad, y Riley sabía que las preguntas estaban destinadas a ponerlo a prueba. Respondió cuidadosamente y el general pareció complacido.

—Nunca he estado en Inglaterra —dijo el general Ampudia—, pero los británicos ciertamente saben cómo librar una guerra.

—Sí —afirmó Riley, pensando en Braxton Bragg, ese hombre al que odiaba y envidiaba a la vez—. ¿Está el general familiarizado con la artillería voladora de los yanquis?

—Me han informado al respecto. ¿Qué piensa usted, soldado?

Después de que Riley terminó de describir en detalle sus observaciones de la artillería yanqui, el comandante mexicano se quedó pensativo. De repente, se levantó y Riley hizo lo mismo. El general Mejía también se puso de pie y escuchó atentamente mientras su comandante le hablaba. El general Ampudia parecía entusiasmado por algo y no quitaba los ojos de Riley mientras su intérprete traducía sus palabras.

El general Mejía miró a Riley y le dijo:

—El general Pedro de Ampudia, comandante en jefe del Ejército del Norte, desea ofrecerle una comisión como teniente en las filas mexicanas. ¿Acepta, soldado Riley?

Riley se quedó sorprendido. No había oído hablar de ningún desertor al que se le encomendara una comisión al unirse a las filas mexicanas. ¿Acaso los mexicanos se burlaban de él? Miró al general a los ojos para ver si se estaba burlando. Pero no, claramente pudo ver la admiración del general, que lo observaba con gran interés.

—Aunque sea extranjero, México lo recibe con los brazos abiertos. Tan sólo véame a mí —le dijo el general Ampudia, hinchando su pecho de barril—. Soy cubano de nacimiento y sin embargo aquí estoy ¡como comandante en jefe del Ejército Mexicano del Norte! Aquí encontrará lo que ha estado buscando, soldado Riley. Bueno, ¿qué le parece?

En ese momento las campanas de la iglesia comenzaron a repicar anunciando el mediodía.

—Con su permiso, señor, ¿puedo ir a la iglesia antes de darle mi respuesta?

—Por supuesto —dijo el general Ampudia, haciendo un gesto a los soldados junto a la puerta para que acompañaran a Riley hacía la salida—. Que encuentre la paz y el consuelo que busca, soldado.

✹

Cuando Riley salió del cuartel general, el día ya estaba luminoso y soleado, sin rastro de los chubascos de la mañana. Su uniforme seguía húmedo, pero cuando llegó a la iglesia ya el sol había hecho su trabajo. Los soldados lo acompañaron hasta la puerta y esperaron a que entrara.

Respiró profundamente, saboreando la serena tranquilidad. Sus ojos se adaptaron a la penumbra del interior y agradeció la ausencia de luz brillante. Aún no se había acostumbrado al resplandor del sol en esa tierra de calor sofocante.

Cientos de velas ardían junto a las frías paredes, iluminando las pinturas y las figuras de tamaño natural hechas de cera que estaban sobre pedestales y representaban al Salvador y a los santos. Los bordados de plata y los abalorios de sus vestimentas brillaban a la luz de las velas. Los rayos del sol entraban por los vitrales y caían sobre las paredes en forma de coloridas manchas. Se arrodilló a los pies de la Santa Madre e hizo la señal de la cruz. Finalmente brotaron las lágrimas por Franky Sullivan. Si tan sólo le hubiera dado al muchacho su bendición. Si hubiera venido con él como le había pedido, tal vez el pobre muchacho aún estaría vivo. De su bolsillo sacó el trébol que Sullivan había tallado y lo frotó con los dedos. *Tenías razón, Franky, a chara. Aquí, habrías sido un héroe.*

Un sacerdote entró en la iglesia por la puerta de atrás y se dirigió al confesionario. Riley lo reconoció. Era el sacerdote que había rezado por el desertor muerto. Se levantó, secó sus ojos y lo siguió. Se arrodilló e hizo la señal de la cruz.

—*In nomine Patris, et Filii et Spiritus Sancti.* Amén —dijo el sacerdote.

—Bendígame padre, porque he pecado. Han pasado más de siete meses desde que me confesé. —Se preguntó si el sacerdote hablaría inglés y si sería capaz de entenderle.

—Habla, hijo mío, Dios escucha —le dijo una voz desde el interior del confesionario, con un inglés suave y cuidadoso. Riley suspiró aliviado.

—Soy culpable por la muerte de mi amigo. Fallé en protegerlo y mantenerlo a salvo. —Cerró los ojos y le contó al sacerdote lo ocurrido la mañana anterior, el miedo en la voz de Sullivan y su propia impotencia.

—No tienes la culpa de que haya muerto, hijo. Ahora está con Dios.

—Tan sólo tenía dieciocho años, padre, toda una vida por delante.

—Tu amigo está en un lugar mejor, y ahora te cuida, como tú lo hiciste antes.

Riley se limpió las lágrimas. Si tan sólo pudiera creer eso.

—Dime ¿en qué más te puedo ayudar, hijo? Habla. Estás en casa de Dios.

—Me han ofrecido una comisión como teniente en las filas mexicanas. Si acepto me convertiré en un desertor. Me convertiré en un hombre que traiciona sus juramentos. No quiero ser esa clase de hombre.

—Los yanquis no tratan bien a los irlandeses. Los protestantes herejes les niegan la práctica de su fe. Recuerda, hijo, la única promesa verdadera es a Dios, no a los yanquis.

Riley se quedó callado. Recordó lo que le había dicho Maloney. Los yanquis les hicieron un juramento y fueron los primeros en romperlo. Si para ellos su juramento no era sagrado, si no tenía validez, entonces Riley no estaba obligado a cumplir el suyo.

—Gracias, padre. ¿Dará una misa para honrar a mi amigo? Se llamaba Franky Sullivan.

—Sí, hijo mío. Ve en paz. *Ego te absolvo a peccatis tuis, in nomine patris, et filii, et spiritus sancti.* Amén.

—Amén.

Riley terminó de hacer la señal de la cruz y caminó hacia la puerta. Los soldados lo siguieron. Podía escuchar el borboteo del río Grande y en esa dirección fue. Se paró junto a la orilla, donde el agua seguía su curso y miró hacia el campamento. Los yanquis continuaban sus labores. ¿Ya habrían notado su ausencia? Se volvió para ver a los soldados mexicanos que esperaban pacientemente y se preguntó si tendrían órdenes de dispararle si decidía regresar nadando al campamento. Pero no era un prisionero. Había llegado ahí por su propia voluntad y se iría de la misma manera en que vino. Podía volver al campamento, a su tienda de campaña, a su unidad y continuar como si nada hubiera pasado. Nadie se daría cuenta. Sólo él sabría que dos veces había cruzado a nado el río Grande sin que pasara nada. ¿Pero era eso lo que quería?

Sacó el pase que el capitán Merrill le había dado esa mañana. Caminó hasta la orilla del río. Recordó cuando salió de Clifden, impulsado por la ambición de dar a su familia una vida digna y próspera sin tener que vender su alma al ejército británico. Quería llegar a ganar suficiente dinero para comprar su propio pedazo de tierra. Por eso había cruzado un océano, para probar su suerte en este lado del Atlántico. En Canadá, no encontró lo que quería, entonces cruzó un lago para buscar oportunidades en Michigan. Ahora había cruzado un río y los sueños seguían ahí, lejos de su alcance, pero esperando que se cumplieran, esperando que él se decidiera.

Riley dejó caer entre sus dedos el pase y observó cómo se lo llevaba la corriente, igual que a Franky Sullivan. Con la decisión tomada, regresó al cuartel general para aceptar su nombramiento como teniente del Ejército Mexicano del Norte.

8

Abril de 1846
Rancho Los Mesteños, río Bravo

XIMENA SE DESPERTÓ con el golpeteo de la lluvia sobre el techo. El lado de la cama de Joaquín estaba vacío. Lo vio en la oscuridad: fumaba un cigarrillo junto a la ventana abierta, con las
cortinas blancas y el humo que flotaba a su alrededor. Parecía un
fantasma y Ximena se preguntó si estaba soñando. Una ráfaga de
viento llenó la habitación con el olor a lluvia primaveral de hierbas
dulces, lodo y paja húmeda. Lo aspiró y su mente despertó.

Escuchó a Joaquín suspirar con resignación. Se acercó a él y
miró hacia afuera. Allá a lo lejos, en la húmeda oscuridad, en dirección a la entrada oeste del rancho, había luces que se encendían
y se apagaban. Los guerrilleros utilizaban esas señales para comu-
nicarse entre sí. Usaban luces de antorcha por la noche y señales
de humo cuando era de día.

Joaquín comenzó a vestirse.

—¿Qué quieren?

—Tú sabes —le dijo. Se puso las botas, ató las espuelas y se acercó para besarla en la frente—. Debo cumplir con el sagrado deber de proteger nuestra frontera —dijo, repitiendo las palabras de Juan Cortina.

Ella lo abrazó y lo miró.

—Pase lo que pase ahí afuera, no habrá marcha atrás.

—Así es, mi amor, pero no hay de otra. —Se agachó para besarla, lento y suave al principio, pero luego la apretó y su beso se volvió más profundo, urgente y suplicante. Ella se aferró a él, pero Joaquín se apartó quejándose—. Regresa a la cama, cariño. Al menos uno de nosotros tiene que dormir un poco. —Se dio la vuelta y caminó hacia la puerta.

—¡Joaquín!

Se detuvo en la puerta, sosteniendo su escopeta, su cuchillo y su cuerno de pólvora.

Ximena bajó la mirada.

—Ten cuidado —le dijo simplemente.

Joaquín volvió a su lado, le acarició el pelo y la abrazó mientras ella apoyaba la cabeza en su pecho.

—Volveré a tu lado —susurró y luego se apartó.

Minutos después, en la tenue luz añil del amanecer, Ximena apenas podía vislumbrar la figura solitaria de un hombre a caballo que desafiaba la tormenta mientras se alejaba del rancho. Llamaron a la puerta y Nana Hortencia entró con una bandeja de té.

—No se habría quedado, aunque le hubieras contado lo que viste en tus sueños —le dijo a Ximena.

Nana Hortencia miró por la ventana hacia la lluvia torrencial, y agregó:

—Siempre que llega una tormenta el ganado le da la espalda y trata de huir. Pero el poderoso búfalo la enfrenta y corre para meterse en ella. Tu marido quiere ser como el búfalo, mijita, hace falta valor para eso. —Su abuela tomó el cepillo y lo pasó por el abundante cabello de Ximena. Mientras sorbía su té, Ximena pensó en las palabras de Nana Hortencia y negó con la cabeza. El búfalo podía hacer lo que se le diera la gana. Ella quería a Joaquín a su lado, para que así ambos pudieran huir de la tormenta.

Cuando la anciana comenzó a trenzarle el pelo, Ximena la detuvo. Hoy quería tenerlo suelto para poder esconderse detrás de él.

—Vamos, hay que prepararnos para atender a nuestros pacientes —le dijo Nana Hortencia—. Entregándonos y ofreciendo nuestros dones es como se supera la angustia que hay en nuestros espíritus.

—Lo siento, Nana, pero hoy no te puedo acompañar. Perdóname.

Nana Hortencia le dio una palmadita en la cabeza en señal de comprensión.

—No dejes que tus preocupaciones se apoderen de tu alma, mijita —le dijo y la dejó sola.

Durante el resto del día, unas nubes negras cubrieron el cielo. La lluvia iba y venía, mientras la tierra lo absorbía todo. El sol se empeñaba en salir y algunos de sus destellos se asomaban de repente a través de las nubes, iluminando el rancho con rayos dorados. ¿Cómo podía culpar a Joaquín por luchar para proteger el espíritu de estas fértiles llanuras? Su santuario. Para evitar que cayera en manos de los invasores, esos blancos «hombres visionarios», que vendrían a profanar el suelo con sus plantaciones de algodón, su maquinaria y sus esclavos torturados, esos seres impulsados por la ambición que explotarían la tierra y violarían su alma mientras se beneficiaban de ella. Buitres que venían a darse un festín en tierras mexicanas.

Joaquín regresó al anochecer. Ximena apenas alcanzó a verlo llegar, cabalgando penosamente por el sendero fangoso en dirección al rancho, con la cabeza caída como una flor maltratada por la lluvia. Cuando llegó estaba tan desorientado que ni siquiera se quitó las botas y las chaparreras y arrastró el lodo hasta su recámara, con las espuelas sonando como las cadenas de hierro de un condenado.

—Ximena —le dijo, la lluvia goteaba de su sarape sobre el suelo. Olía a tierra mojada y a artemisa, mezclado con algo más. Sangre.

—¡Válgame Dios! Pero, ¿qué has hecho, Joaquín?

Sus ojos tenían un aspecto salvaje. Se le tiró encima y la besó con violencia. Desgarró su blusa y le levantó la falda y las enaguas, oprimiéndola contra la pared para tomarla por detrás de manera que ella no pudiera mirarlo. Ximena no alcanzó a ver el gesto salvaje y febril de un hombre que acababa de matar a otro. Entonces, súbitamente, Joaquín estalló en sollozos y se derrumbó en el suelo.

—Perdóname —le dijo—. Perdóname.

Ella se arrodilló y lo atrajo hacia sí, acunándolo y arrullándolo en sus brazos como si fuera un bebé.

❄

Joaquín tuvo escalofríos y fiebre que lo dejaron dos días delirando en la cama. Sanó gracias a los tés medicinales y a las limpias espirituales que Nana Hortencia le procuró. Cuando finalmente recobró fuerzas como para poder salir a tomar el aire y absorber el sol, insistió en dar un paseo con Ximena. Pero no fue sino hasta que regresaron a casa que comenzó a hablarle del hombre al que había matado. Una patrulla de soldados de Taylor, que probablemente buscaban al coronel desaparecido, se encontró con él y con los otros guerrilleros que estaban escondidos en el chaparral, espiando al campamento enemigo. Sacaron las armas y comenzaron a dispararse. La pólvora de Joaquín estaba mojada por la lluvia. Con su escopeta inservible y los yanquis disparándole por la espalda, Joaquín lanzó su cuchillo por encima de los arbustos hacia el teniente que le apuntaba con su pistola. Cuando el yanqui cayó del caballo con el cuchillo enterrado en sus entrañas, Joaquín se lanzó sobre él y volvió a clavárselo una y otra vez. Los demás yanquis se dispersaron y abandonaron a su oficial caído.

Miró sus manos.

—¿Qué he hecho?

—Estabas protegiendo tu hogar. No tienes que avergonzarte de eso —le dijo Ximena, tomándolo de la mano—. Pero, si es necesario luchar, mi vida, ¿no sería mejor enfrentarse a los yanquis en el campo de batalla y no escondiéndote entre el chaparral?

—Todavía deben estar rastreando el campo para encontrarlo —dijo él.

Poco después, cuando se acercaban a los establos, una nube de polvo apareció en el horizonte y el sonido de los cascos de caballos golpeando la tierra rompió el silencio. Los jinetes se dirigían con gran velocidad en dirección a ellos. Joaquín y Ximena se miraron.

—¡Métanse en la casa y escóndanse! —dijo él—. Y no salgan hasta que les diga que es seguro.

Ella le obedeció, pero primero llamó a Ramiro y a los otros peones del rancho para que se unieran a Joaquín. Entró corriendo en la casa y reunió a Nana Hortencia y a las tres sirvientas. Se encerraron en el cuarto de curación, atrancando la puerta. Al asomarse a la ventana, Ximena pudo ver que en los establos los hombres corrían en todas direcciones. Oyó la voz apagada de Joaquín mientras daba órdenes.

—¿Qué está pasando ahí afuera? —preguntó Inés, agarrándose del brazo de Ximena.

—Son los Rinches —le dijo ella—. Han seguido su rastro hasta el rancho.

Se oyeron disparos, seguidos por las voces airadas de Joaquín y de los forasteros. Luego los establos estallaron en llamas. Estaban demasiado lejos como para que el humo las alcanzara, y a pesar de ello, los pulmones de Ximena se sofocaban. Podía sentir el intenso calor del fuego ardiendo, no afuera sino dentro de ella. De repente recordó su sueño. El fuego. El humo. La sangre.

—¡Necesito ayudar a Joaquín! —Se apresuró a quitar la barra de la puerta.

—¡Mi niña, no salgas! Tenemos que escondernos. —Le suplicó Nana Hortencia, apresurándose en llegar a su lado.

—¡Se están llevando los caballos! —dijo María, mirando por la ventana.

—Déjame salir, Nana —le suplicó, tratando de hacer a un lado a la anciana. Pero Nana Hortencia la agarró del brazo con una fuerza que sorprendió a Ximena.

—Te harán daño a ti y a estas inocentes criaturas si las ven —dijo, señalando a las jóvenes—. Ya sabes cómo son los Rinches. Vamos, no hagas ninguna tontería. Deja que tu marido y los peones del rancho se hagan cargo.

—Nana, por favor.

—Patrona, tengo miedo.

Se volteó y vio a Inés encogida en un rincón, con las manos sobre los ojos. Corrió hacia ella y la abrazó.

—No tengas miedo.

—Quédese con nosotras, señora Ximena —suplicó Rosita.

Ximena asintió. Miró a su alrededor con resignación y vio el montón de flores de caléndula que Nana Hortencia había recolectado esa mañana para hacer un bálsamo. Tomó algunas y las deshojó en el altar del rincón, luego le encendió velas nuevas a la Virgen de Guadalupe. Se quitó el rosario que llevaba en el cuello, un regalo de Nana Hortencia hecho con frijolitos de mezcal color rojo brillante, y les dijo a las demás:

—Vengan a rezar conmigo.

Se hincaron y durante las pausas entre sus oraciones Ximena podía oír el revuelo de lo que sucedía afuera: el relincho de los caballos, los gritos de los hombres, los disparos que arreciaban el caos. De repente, todos los sonidos desaparecieron y sólo se escucharon los suaves cánticos de las mujeres.

—Quédense aquí. Volveré por ustedes cuando sea seguro —les dijo Nana Hortencia levantándose. Salió de la habitación e Inés volvió a atrancar la puerta. Ximena se asomó a la ventana, pero sólo se podían ver los establos envueltos en llamas. No había rastro de Joaquín ni de nadie. El humo empezó a entrar en el cuarto por el hueco de la puerta. La casa principal estaba en llamas.

Ximena quitó la tranca de la puerta y dijo:

—¡Salgan! ¡Ahora!

Apartó a las tres mujeres de la ventana y las guió apresuradamente hacia la puerta. En ese momento regresó Nana Hortencia.

—Ya se han ido, pero...

—Está herido, ¿verdad? —preguntó Ximena. Miró alrededor del cuarto y sus ojos se posaron en las flores de caléndula que estaban sobre la mesa. Las recogió y se echó a correr, cruzando enfrente de la casa en llamas y de los establos. Incluso antes de llegar hasta él ya sabía que su sueño se había hecho realidad. Lo encontró tirado en el suelo, con un disparo en el pecho.

—¡Joaquín! —Metió la caléndula bajo la camisa de Joaquín y presionó sobre la herida para detener la hemorragia, pero la sangre se chorreaba entre los pétalos, entre sus dedos.

—Ximena —dijo él, respirando con dificultad, tomándola de las manos y con los labios ensangrentados—. Tienes que irte. No es seguro, llama a Cheno y dile...

—¡Joaquín, no me dejes!

Los establos se derrumbaron justo cuando Joaquín comenzaba a ahogarse con su propia sangre. Ximena lo sostuvo mientras su cuerpo sufría espasmos y lentamente se iba quedando inmóvil, hasta que su corazón dejó de latir. Sus ojos sin vida la miraban fijamente y a su alrededor los pétalos anaranjados se tiñeron de rojo.

9

Abril de 1846
Rancho Los Mesteños, río Bravo

DESDE QUE ERA niña, cuando su abuela la inició en el curanderismo, ver sangre nunca le había afectado a Ximena. Pero ahora, en el cuarto de curaciones, mientras lavaba la herida del pecho de su marido con agua de lavanda, al verla fluir tuvo que controlar una sensación de malestar. Era la sangre de Joaquín. Esa hendidura en su cuerpo era por donde se había fugado su vida.

Meses antes, al regresar de un día de pesca en el río, fueron sorprendidos por una tormenta repentina. El estruendo se hizo más fuerte y los relámpagos llegaban más cerca, mientras ellos se aferraban a sus caballos y los espoleaban para atravesar los campos a toda prisa. De repente, un poderoso rayo cayó delante de Joaquín y lo derribó de su silla de montar. Bajo la parpadeante luz Ximena lo vio tirado, inmóvil, y sintió que la había dejado a merced del mundo. Pero entonces, bajo la luz de otro relámpago, ella vio cómo abría los ojos y le sonreía. Estaba a salvo, sólo ligeramente aturdido y desorientado.

Ahora, mientras lo miraba rígido sobre la mesa, ¡lo que daría para que Joaquín se moviera, que abriera los ojos y le sonriera una vez más!

—Deja que yo lo haga, mijita —le dijo Nana Hortencia, poniendo su cálida mano sobre la de Ximena—. Yo puedo terminar.

Ximena negó con la cabeza.

—Gracias, Nana. Yo quiero hacerlo. —Apretó la toalla y siguió limpiando el cuerpo de su marido, luego lo secó suavemente. Nana Hortencia lavó, remendó y planchó su camisa ensangrentada y se la entregó. El cuerpo de Joaquín se estaba poniendo rígido y era difícil vestirlo. Ximena hubiera querido ponerle su traje favorito: los pantalones de gamuza y la chaqueta bordada con hilos de seda y adornada con botones de plata. Ella le hubiera puesto el corbatín de moño en forma de mariposa alrededor de su cuello, tal como lo hizo el día en que usó ese traje para casarse con ella. Pero ya eran puras cenizas. De la casa sólo quedaban paredes ennegrecidas y el techo caído.

Cuando terminaron, Nana Hortencia recogió las toallas y la cubeta de agua teñida de sangre y se excusó. Ximena se quedó a solas con Joaquín para velarlo hasta que lo enterraran en la parcela consagrada del bosquecillo de nogales, donde yacía su hijo. Estaba agradecida de poder acompañarlo para honrar su cuerpo y rezar por su espíritu. Por fin podía dejar fluir las lágrimas que había estado conteniendo, pero estas no brotaron.

Colocó una almohada debajo de la cabeza de Joaquín y recorrió con los dedos su cabello ondulado. Le acarició la fría mejilla y se inclinó para acercarse a su pecho inmóvil.

—¿Te acuerdas de la ternera que encontramos luego de que la tormenta del golfo azotó la pradera? —le preguntó—. ¿Te acuerdas cómo se cayó en un pozo enlodado y por más que lo intentaba no podía salir?

El bramido del animal se alcanzaba a oír hasta la casa; Joaquín y los peones se pasaron un día entero tratando de liberarlo.

—Ahora sé cómo se sentía —dijo. Sola, asustada, atrapada. Entre más luchaba más la absorbía su tristeza y la llevaba a una sofocante oscuridad.

Llamaron a la puerta y entró Juan Cortina casi sin aliento.

—Recibí tu mensaje. Lo siento mucho, Ximena.

Al ver a Cortina su pena se convirtió en ira. ¡Él metió a Joaquín en este lío, convirtiéndolo en un asesino y por eso lo mataron!

Cortina trató de consolarla, pero ella se alejó. Entonces, lo escuchó sollozar y vio cómo su cuerpo se convulsionaba por su propia pena.

—¡Maldita sea! —dijo—. ¡Esos cabrones diablos! ¡Qué se pudran en el infierno! ¡Los haré pagar por esto!

Con un gesto le indicó que se acercara y se despidiera de Joaquín. Cuando estuvo al lado de su amigo, Cortina movió la cabeza negando.

—La culpa es mía. No debí haberlo presionado para que se uniera a nosotros.

Al oír que hacía eco de sus pensamientos, Ximena se preguntó si tenía razón en culparlo. Pensó en lo que Nana Hortencia le había dicho muchas veces y finalmente comprendió.

—No, Cheno. Joaquín hizo lo que creía que era su deber: defender su hogar y su país contra los invasores. Él conocía los riesgos.

Cortina guardó silencio mientras reflexionaba sobre las palabras de Ximena. Asintió y dijo:

—Él fue un buen hijo de la frontera que ofreció su sangre por su país y eso no será en vano. —Luego se volvió hacia ella y añadió—: Pero tenemos que pensar en ti. Ven conmigo a Matamoros.

He oído que la hermana de Joaquín se irá en unos días a Saltillo para alejarse de la amenaza de la batalla. Deberías irte con ella.

—No me iré, Cheno —dijo Ximena—. Aquí es donde Joaquín hubiera querido que lo enterraran.

—Y aquí se quedará él, pero tú no, por lo menos ahora no.

Al mirar a su marido muerto sobre la mesa, un dolor agudo se le clavó en el corazón y se sintió cansada, muy cansada. Quería acurrucarse al lado de Joaquín y quedarse dormida.

—Ojalá me hubieran matado a mí también —susurró, arrepintiéndose por haber hablado en voz alta. No quería confesarle a Cortina el anhelo de su alma y admitir que vivir le dolía demasiado.

—No digas eso. No, jamás pienses eso. Cuando se acaben las batallas y hayamos ganado podrás regresar a casa para comenzar una nueva vida. Mientras tanto te prometo que haré todo lo posible para protegerte...

—¿Igual que lo hiciste con mi marido? —La acusación salió de su boca antes de que pudiera detenerla. Su ira regresó y se arremolinó dentro de ella. Quiso dejarla crecer, que se volviera oscura y amenazante como un norte que arrasa con todo a su paso. Como el granizo que azota la hierba de las praderas y el furioso viento que arranca la corteza de los mezquites, dejándolos desnudos y expuestos. Como esos poderosos relámpagos que hacen grietas en la tierra. Ella también quería herir algo o a alguien.

Respiró profundamente, miró a Cortina y le dijo:

—No necesito tu protección. Pero sí quiero que hagas algo. Dile al general yanqui dónde están sus muertos.

Cheno tenía los ojos fijos en Joaquín y no en ella cuando le dijo:

—No sé dónde quedó el teniente Porter, pero sí sé dónde dejó Falcón al coronel Cross.

—No quiero que los dejen pudrirse en el chaparral, Cheno —le dijo—. Si dejamos que sus almas vagueen también se podría quedar vagando la de Joaquín. ¿Me lo prometes entonces?

—Sí. Te lo prometo.

✸

Al amanecer del día siguiente salieron del rancho en silencio. Cortina y sus hombres al frente, en la retaguardia Ramiro y los pocos peones que quedaban, detrás de las familias que viajaban en carretas. Ximena iba sentada en el caballo extra que Cheno había traído y no le dirigió la palabra a nadie. Todos respetaron su necesidad de silencio, incluso Nana Hortencia, que se recluyó en la carreta con los sirvientes de la casa, dejando a Ximena sola con sus pensamientos. Mantuvo su mirada hacia el frente y no se volvió para ver el humo ni las ruinas que quedaron atrás.

La ruta rumbo a Matamoros era de tierra, firme y muy transitada. A medida que atravesaban las amplias llanuras, el camino era ancho y el paisaje hermoso. La pradera lucía vívida con las hierbas que se mecían, mientras el viento susurraba entre las hojas verde-azules del pasto, las salvias, los altramuces, las doradas zizias, la herbertia y la malva globo, un oleaje de colores bajo el sol y el aire radiante lleno de mariposas. En otros tiempos Ximena se habría detenido para contemplar la belleza que la rodeaba y rezar una oración de gratitud hacía la tierra por sus benditos regalos. Pero ahora, ni las flores silvestres, ni el canto de las charas verdes desde la espesura de los huisaches en flor, ni los clamorosos llamados de las grullas que vadeaban en las charcas le podían levantar el ánimo. Una pequeña manada de caballos mesteños salvajes vagaba a lo lejos, ella pensó que si Joaquín hubiera estado allí los habría atrapado. Pero él ya no estaba y tampoco su casa. ¿Qué sería de ella y de su abuela?

Cuando se iban acercando al río, el chaparral comenzó a ganarle terreno a la pradera, haciéndose cada vez más espeso a medida que se adentraban en el camino. Una familia de jabalíes se revolcaba en la tierra, gruñendo con satisfacción. Ximena podía oír el chip-chip-chip de las codornices dándose un festín con los frutos rojos de los espinos del desierto. Los correcaminos que anidan en los arbustos espinosos los saludaban alegremente con su cuc-cuc-cuc. ¿Cómo podían estos pájaros encontrar alguna alegría viviendo entre espinas? Pero luego la atrajo otro sonido. Una tortolita solitaria posada en una rama de palo verde la llamaba, y sus melancólicos arrullos eran un eco del luto en su alma. *Murió, murió, murió.*

Se encontraron con el general Antonio Canales y sus guerrilleros, quienes también iban al cruce del ferri.

—Nos enteramos de lo que sucedió con Joaquín Treviño —le dijo Canales a Cheno, y después se dirigió a Ximena—: Lo siento, señora.

Ella asintió, pero no tenía ganas de conversar con esos guerrilleros con los que Joaquín se había involucrado. Unos años antes, Canales había convencido a más de quinientos rancheros para que se unieran a él en su rebelión contra el gobierno mexicano con el fin de establecer la República del río Grande, formada por los estados de Coahuila, Nuevo León y Tamaulipas. Pero, a diferencia de la Rebelión de Tejas, su insurrección fue aplastada por las fuerzas mexicanas, y ahora estaba ahí, sirviendo como espía para el general mexicano. Ximena había llegado a oír rumores de que mientras Taylor acampaba en Corpus Christi, Canales le había ofrecido sus servicios a cambio de recibir ayuda para hacer realidad su sueño de la República del río Grande. Taylor había rechazado su oferta, o al menos eso decían los rumores.

Volteó a ver a Canales y se preguntó si estaba traicionando a los mexicanos. Si era así se iba a llevar una gran sorpresa, porque a los yanquis sólo les importaba su propio sueño. Si ayudaba al enemigo a ganar la guerra, Canales sólo aseguraba su propio exilio. Lo mismo le había ocurrido al padre de Ximena, que como Juan Seguín y otros tejanos se hicieron amigos de algunos de los norteamericanos establecidos en Tejas. Ellos admiraban sus industrias y su avanzada maquinaria y con asombro habían visto cómo San Felipe de Austin, y otros asentamientos anglosajones florecían, mientras San Antonio se estancaba. A pesar de lo joven que era en aquella época, Ximena comprendió algo que su padre no había entendido: que el éxito económico de los pueblos blancos se debía a la mano de obra esclava. Ella, a diferencia de su padre, no sentía admiración por los colonos anglosajones. Pero su padre hasta contrató a un tutor para que les enseñara inglés a sus hijos y a él, aunque Ximena resultó ser la mejor alumna. Al final, la admiración y amabilidad de su padre hacia los norteamericanos resultaría su perdición.

Atravesaron en silencio el denso chaparral y por fin llegaron al cruce de El Paso Real, donde el ferri los llevaría a Matamoros. Podían ver el perímetro del campamento yanqui en un recodo de la orilla norte, con los cañones apuntando directamente hacia Matamoros. Pero aún más amenazante que los cañones era la bandera de barras y estrellas que se alzaba sobre el fuerte recién construido, una clara proclamación de posesión y propiedad de una tierra que no era suya.

Cheno se detuvo junto a Ximena para observar la bandera del enemigo.

—Están aquí para provocar una guerra —dijo—. Y si guerra quieren, guerra tendrán.

—¿Acaso no aprendimos nada de Tejas? —dijo Ximena indignada—. Nuestro gobierno les permitió migrar a esa región y luego nos la quitaron. Y ahora aquí estamos de nuevo, dejando que nos vuelvan a invadir.

—Debimos haberles disparado en cuanto aparecieron —dijo Cheno.

Mientras esperaban el ferri, Ximena miró la bandera de los Estados Unidos en una orilla y la bandera de México en la otra. Entre ellas corría salvajemente el río Bravo o río Grande. Ese río inquieto, con su sinuoso curso, pronto tendría un vívido color rojo, como un tajo en el corazón de la tierra. ¿Se convertiría en una herida infectada que jamás se curaría?

Como si leyera sus pensamientos, el general Canales dijo:

—Esta batalla durará sólo un día. El general Arista y sus tropas están en camino. Con ellos y los dos mil hombres que trajo el general Ampudia haremos que los yanquis invasores se arrepientan de haber pisado nuestra tierra.

Abordaron el ferri y cuando desembarcó en Matamoros los peones y sus familias se dispersaron: algunos de ellos irían a encontrar trabajo en el rancho de la madre de Cheno y otros se iban a reunir con sus parientes, alejándose lo más que pudieran de los yanquis. Después de despedirse con tristeza de esos hombres, mujeres y niños que habían sido casi como su familia, Ximena sintió que la desintegración de su hogar era definitiva.

※

A la mañana siguiente, los lugareños y las tropas mexicanas celebraron la llegada del general Arista a Matamoros. Las campanas de la iglesia repicaron alegremente y la gente se formó en las calles, se agolpó en los balcones y se subió a los tejados para celebrar al general recién llegado. Desde el balcón de la casa de su cuñada Carmen, donde se alojaban Ximena y su abuela, se podían ver bien a las tropas reunidas en la plaza.

Desde lo alto de su caballo, el general Arista se dirigía a sus hombres. Ximena estaba demasiado lejos y no lo escuchaba con claridad, pero bien que podía oír la aprobación de la gente. «¡Viva el general Arista!», gritaban mientras la banda entonaba otra animada melodía.

Carmen salió al balcón para acompañarla. El día anterior no había querido hablar de la muerte de Joaquín con Ximena. Mencionó que Joaquín se lo había buscado por tratar de resolver los problemas por sí mismo, en vez de permitir que los soldados se encargaran de los yanquis. Para evitar problemas, Ximena no dijo lo que pensaba. Ella y su cuñada tenían poco en común, pero siempre la había tratado con respeto por ser la hermana mayor de Joaquín.

—Qué alivio me da ver al general Arista aquí —dijo Carmen, procurándose aire con un abanico español decorado con nácar y encaje. Su marido era un exitoso comerciante que siempre le traía costosos regalos de sus viajes—. Con el general Arista al mando derrotaremos a nuestro enemigo. Vengaremos la muerte de mi hermano y la vida será más segura para todos cuando los invasores yanquis se hayan ido.

Ximena ojeaba las tropas; no se sentía tan segura como Carmen. En el ejército era habitual que la mayoría de los generales y

oficiales fueran criollos, de «pura» sangre española, pero los soldados de a pie eran de sangre india o mestiza, pobres campesinos
reclutados que no sabían nada de ser soldados. Estaban demacrados y mugrientos, sus rostros morenos mostraban los estragos de
la brutal marcha hacia Matamoros. Como estaban formados cerca
del balcón de Carmen, Ximena podía ver sus viejos y desaliñados
uniformes. Algunos ni siquiera tenían uniforme, sino que llevaban el típico atuendo de los campesinos: pantalones blancos y tos-
cos enrollados hasta las rodillas, sarapes de colores y sombreros
anchos. Muchos de ellos tampoco llevaban calzado militar, sino
huaraches de cuero. Pero lo que más le sorprendió fue que muchos sólo llevaban un machete o una resortera. ¿Dónde estaban
las escopetas, las pistolas, los rifles o las bayonetas que se nece-
sitarían para derrotar al enemigo? Los únicos que parecían bien
preparados eran los soldados de la caballería, la flor del ejército
mexicano, compuesta por criollos y por unos pocos mestizos que
estaban vestidos con uniformes de colores brillantes y largos pe-
nachos que sobresalían de sus cascos.

Se fijó en un grupo de soldados que no eran ni indios ni mestizos. De hecho, no parecían mexicanos. No alcanzaba a ver sus
rostros, pero sí podía distinguir su piel blanca y un pelo tan rojizo
como las plumas de los pájaros carpinteros del desierto.

—¿Hay soldados extranjeros en nuestras filas? —preguntó Ximena.

—Sí, los irlandeses, por supuesto —le dijo Carmen—. Y algunos alemanes y polacos. Han estado desertando de las filas enemigas para unirse a nosotros. ¿Ves a aquel de ahí con el pelo oscuro?
Ése es su líder, el teniente John Riley.

Ximena miró adonde señalaba Carmen y vio a un hombre alto,

más alto que la mayoría, que con un porte seguro empuñaba su espada de oficial. Llevaba un uniforme azul. En la cabeza llevaba un chacó de cuero negro con un pompón rojo.

—¿Y qué pasaría con ellos, si fueran capturados por los yanquis?

—Los ejecutarían, supongo —dijo Carmen.

Mientras seguía a Carmen que se metía en la casa, Ximena se volvió para mirar la plaza una vez más y se preguntó por qué aquellos soldados extranjeros estaban dispuestos a arriesgar sus vidas para ayudar a defender a su país.

10

Abril de 1846
Matamoros, río Grande

CUANDO TERMINÓ LA revisión matutina, el nuevo general convocó a Riley a su cuartel. Desde que se unió a sus filas, Riley estuvo capacitando a los artilleros. Por desgracia, los cañones del arsenal mexicano eran reliquias de hacía veinte años y algunos no servían. Sus proyectiles eran de menor calidad y su alcance demasiado corto. Pero el problema más grave era que los mexicanos no tenían cañones de grueso calibre; los más grandes eran de 12 libras. Él sabía que con esos cañones no podrían penetrar los muros del fuerte yanqui que él había ayudado a construir con sus propias manos.

Mientras iba al encuentro con el general Arista, Riley pensó en lo familiar que le resultaba ahora Matamoros. La ciudad estaba distribuida en manzanas y el general Ampudia hacía marchar a las tropas de arriba abajo por las calles para engañar a los yanquis, haciéndoles creer que las fuerzas mexicanas contaban con más hombres de los que realmente tenían. Así fue como Riley aprendió a moverse por la ciudad.

La periferia de Matamoros tenía calles de tierra y toscas chozas hechas de cañas largas y techos de paja, con paredes frágiles y sin ventanas, como las míseras cabañas de los campesinos irlandeses, salvo que, en lugar de la huerta de papas y coles, aquí cultivaban frijoles, jitomates y maíz para las tortillas. La parte interior de la ciudad, donde vivían las clases altas, tenía calles empedradas. Sus casas estaban hechas de ladrillos de adobe y techos de tejas tan rojas como el atardecer. Los edificios encalados de los alrededores de la plaza tenían enormes muros con grandes ventanas protegidas de arriba abajo por rejas de hierro, entrelazadas por buganvillas.

El aire olía a la comida del mediodía y Riley percibió un aroma a frijoles y carne frita, tortillas hechas a mano y sabrosos chiles picantes que los mexicanos utilizaban generosamente en la cocina. El ejército mexicano no tenía comedores. Los soldados se alimentaban gracias a los civiles que vendían en los portales comidas caseras recién hechas.

El cuartel general estaba en el mejor hotel de la ciudad, con elegantes arcos y un techo de tejas rojas. Los guardias de la entrada se apartaron para dejar entrar a Riley. Lo acompañaron a través de un luminoso patio lleno de exuberantes plantas verdes, alegres fuentes y canarios que piaban alegremente en jaulas.

Cuando Riley entró, el general Ampudia parecía totalmente desanimado. No disimuló para nada su disgusto por haber sido sustituido como comandante en jefe por el general Arista. Riley no sabía por qué el ministro de Guerra había tomado esta decisión, pero el cambio de mando en este momento crucial había retrasado aún más el asalto a los yanquis y el tiempo estaba del lado de Taylor. La discordia y la rivalidad entre los mexicanos sólo podía aumentar esa ventaja.

—Teniente Riley, pase por favor —le pidió el general Mejía—.

¿Me permite presentarle a nuestro nuevo comandante, el general de división Mariano Arista?

Como nuevo adjunto de Arista, Mejía parecía satisfecho con el cambio.

—Es un honor, señor —le dijo Riley después de saludar. Había oído que Arista era considerado uno de los mejores oficiales de caballería de México.

—Descanse, teniente Riley, estoy encantado de conocerlo. Tanto el general Ampudia como el general Mejía consideran que podemos confiar en usted —dijo el general Arista en un inglés con acento, y Riley recordó haber oído que este militar, de cuarenta y tres años, había vivido en los Estados Unidos durante un tiempo antes de volver a servir en el Ejército de México. Lo que más lo sorprendió fue su tez pecosa y su pelo rojo. Si no fuera por su acento mexicano, podría pasar por un irlandés.

—Es un honor servir a la gran República de México —dijo Riley.

—Vamos a la guerra, teniente —dijo el general Arista—. A echar a los yanquis de nuestra tierra de una vez por todas.

—Sí, señor —dijo Riley—. Eso haremos.

No quiso decir nada sobre el estado de sus armas.

Como si leyera sus pensamientos, el general Arista dijo:

—Los yanquis, a pesar de sus defectos, tienen sin duda un magnífico ejército y las más modernas armas de guerra. Nuestro entrenamiento puede ser insuficiente y nuestras armas viejas, pero los mexicanos luchamos como demonios cuando se nos provoca.

Arista le hizo una seña a Ampudia para que le entregara la pila de papeles que tenía sobre su escritorio y luego se volvió a dirigir a Riley.

—Como usted ha servido en las filas del enemigo, sus agudas observaciones y recomendaciones son de máximo valor para nosotros y haremos todo lo posible por tener en cuenta su consejo. Pero ahora requerimos su asistencia en otro asunto. —Le entregó a Riley uno de los papeles y le dijo—: El general Ampudia tuvo un gran éxito cuando escribió un volante dirigido a sus compatriotas. Por lo tanto, emplearé la misma táctica. Hay un gran descontento en las filas americanas y voy a aprovecharlo. Al anochecer usted debe repartirles estos volantes a sus compatriotas y a todos los soldados extranjeros de las filas yanquis, así podrán tomar una decisión antes de que ataquemos.

Los tres generales observaron con atención a Riley mientras éste leía el volante que el general Arista le había entregado. Era una buena carta, donde se instaba a los irlandeses y a otros soldados inmigrantes a abandonar las filas de los estadounidenses. En ella les prometía concesiones de tierras según su rango, de ciento treinta hectáreas o más. Pensó en Maloney, Flanagan, O'Brien y en el resto de sus compatriotas que compartían el mismo sueño que él: tener sus propias tierras. ¿Sería posible que eso por fin estuviera a su alcance?

—Mañana a esta hora ya habrá comenzado la batalla —le dijo el general Arista a Riley cuando éste terminó de leer.

El general le habló de los planes que emprendió antes de llegar a Matamoros. En los días previos había dado la orden de cruzar el río de forma encubierta, por lo que el general Torrejón condujo a 1600 hombres de las fuerzas mexicanas de caballería e infantería a través del río Grande, al norte del campamento yanqui. Su objetivo final era interrumpir las comunicaciones y las caravanas entre Fort Texas y su depósito de suministros en Point Isabel. Para cuando le llegaron rumores de esta maniobra al general Taylor, las tropas mexicanas ya estaban a salvo, descansando en la ribera norte. Los espías de Arista lo alertaron que Taylor iba a enviar dos patrullas de caballería esa noche para buscar evidencias del cruce e interceptar a los mexicanos. Ahora Riley se daba cuenta de por qué debía apresurarse a repartir los volantes. Si para el día siguiente a esta hora se derramaba sangre, la guerra habría comenzado.

—Deseo ver a sus compatriotas luchando junto a nosotros, como hermanos católicos, y no recibiendo el fuego de nuestras armas —dijo el general Arista.

—Invitaré a mis compatriotas —dijo Riley mientras miraba a los tres generales—. Yo me encargo de que crucen el río en forma segura aquellos que decidan venir conmigo.

—Muy bien, teniente —dijo el general Arista—. Entonces esta noche usted será nuestro mensajero.

❋

Después de retirarse, Riley regresó a los cuarteles para buscar a los hombres, desertores como él, y contarles cuál era el plan. Eligió a tres de ellos para que lo acompañaran: John Little, James Mills y John Murphy.

Nunca pensó que volvería a vestirse con el odiado uniforme yanqui, pero esa noche se abotonó su vieja chaqueta del ejército. Tal vez fue San Patricio quien le había impedido seguir el impulso de tirarla con disgusto al recibir su nuevo uniforme mexicano. Ahora estaba claro que le seguiría siendo útil.

—¡Por Dios, parece un yanqui! —le dijo Murphy cuando Riley se acercó a ellos.

—Esperemos que no me atrapen —respondió Riley, alegrándose de que los hombres estuvieran listos para la acción.

—Es peligroso lo que está haciendo, teniente —le dijo Mills—. Déjenos que lo acompañemos. Conozco el campamento como si fuera mi propia huerta de papas.

—Y yo puedo ser tan silencioso como un zorro robando gallinas —dijo Murphy.

—Yo soy un buen nadador —dijo Little—. Si se necesita puedo llevar a dos compañeros sobre mi espalda.

Riley negó con la cabeza.

—*Nil*, de ninguna manera muchachos, los necesito de este lado, esperando junto al río para ayudar a los que crucen nadando.

Dos soldados mexicanos los escoltaron desde sus barracas hasta la orilla del río. Mientras la noche se cernía sobre ellos, al cruzar las calles, Riley podía oír a las familias en sus casas. Por las ventanas abiertas les llegaba el sonido de sus alegres risas al compartir la cena y se preguntó cuándo podría vivir momentos así con su familia.

Siguió hacia el río y al ver que el campamento yanqui seguía en plena actividad, sintió que era el momento adecuado. Corría un gran riesgo yendo a esa hora, antes del toque de retirada, cuando todo el mundo todavía estaba despierto, pero necesitaba que sus antiguos compañeros estuvieran reunidos. No le hubiera servido de nada escabullirse en el campamento cuando ya todos estuvieran durmiendo en sus tiendas de campaña.

Riley buscó en la oscuridad el lugar adecuado para cruzar. Había centinelas que tenían instrucciones de disparar primero y preguntar después.

—Que la Virgen Madre lo guarde y lo proteja, dígale a nuestros compatriotas que estaremos aquí, listos para ayudarlos —lo animó Murphy.

—Mantengan los ojos abiertos y los oídos alerta, muchachos, y recen para que San Patricio nos cuide esta noche —dijo Riley cuando entró en el agua.

Uno de los soldados mexicanos le entregó el saco con los volantes recién impresos, firmemente envueltos en caucho, y él los guardó en su alforja. *Sed, pues, sabios, justos y honrados, y negaros a participar en este ataque contra nosotros, que no tenemos sentimientos negativos hacia vosotros*, escribió el general. *Tirad vuestras armas y venid con nosotros, os vamos a abrazar como a verdaderos amigos y católicos.*

Parado en la orilla del río, Riley pensó en la generosidad de los cincuenta y siete dólares al mes, y en las hectáreas de tierra que los mexicanos ofrecían a cambio de su lealtad y en cómo eso lo ayudaría a reunirse con su familia. Una vez más, al borde de este feroz río, afloró un miedo familiar. Pero nunca había estado más seguro de que a sus compatriotas les aguardaba una vida digna y próspera. Ansioso por darles esas noticias, se lanzó a la corriente y nadó con fuerza y rapidez.

11

Abril de 1846
Fort Texas, río Grande

ESCONDIDO ENTRE LOS matorrales, al otro lado del río, Riley se sacudió el agua. Los volantes estaban envueltos en su alforja y se mantenían secos. Mientras se abría paso entre el follaje, su grueso uniforme de lana se le pegaba incómodamente al cuerpo. Mirando con gratitud ese cielo nublado que ocultaba a la luna, se dirigió hacia las fogatas del campamento. El aire olía a humo y a maíz tostado y se escuchaban risas dispersas. Una de las bandas del regimiento tocaba «Oft, in the Stilly Night».

—¿Quién anda allí? —se oyó una voz desafiante y profunda desde el otro lado de los matorrales.

Riley se detuvo y maldijo en voz baja mientras se hacía de su cuchillo. Un anciano apareció detrás de las retorcidas ramas de mezquite, entre la luz tenue. Estaba vestido con pantalones desaliñados y una camisa de lino blanca, lo podrían haber confundido con un contrabandista, pero Riley enseguida se dio cuenta de que era el general Taylor.

—¿Quién es usted?

Riley se preguntó qué diablos hacía el general a esta hora tan tardía caminando solo por el campamento.

—Soldado Sullivan, señor. —¿Lo recordaría el viejo?

—¿Y qué cree que está haciendo, soldado, a ciegas en la oscuridad?

Riley no sabía qué decir, pero se sintió aliviado al ver que no daba señales de reconocerlo, al fin de cuentas sólo era uno de los miles que había en sus filas.

—¿No estará desertando? —le preguntó el general, escupiendo su tabaco de mascar.

—No, señor.

Pero luego, tal vez dándose cuenta de que Riley se dirigía hacia el campamento, el general le dijo:

—Oh, ya veo. Ya veo. Se escapó para ver a las muchachas, ¿verdad?

Riley recordó a esos seguidores del campamento, a las putas y a los vendedores ambulantes de alcohol, siempre cerca, tentando a los soldados para que gastaran su salario en placeres y vicios.

—Disculpe, señor —dijo Riley, aliviado por la suposición del general—. Las noches son largas y solitarias.

—Pero ésa es la suerte del soldado, ¿no? —Taylor miró el luminoso pedazo de luna que ahora asomaba entre las nubes. Riley se preguntó si el general tendría esposa, familia que lo esperaba en su plantación de Luisiana. Seguramente el viejo también se sentía solo—. Ah —dijo el general, mirándolo con agudeza—, ahora que puedo ver su cara, creo que lo conozco. Usted se metió en líos con el teniente Bragg, ¿no es así?

—Sí, señor —Riley apretó el cuchillo con más fuerza. No quería usarlo, pero lo haría de ser necesario.

—Bueno, le aconsejo que se mantenga lejos de él, soldado —le dijo el general—. Pero ahora siga su camino. No es seguro andar por aquí. Podrían confundirlo con un desertor y ya sabe cuál sería la consecuencia de eso.

—Sí, señor. Lo sé muy bien. —La imagen de Franky Sullivan volvió de repente a él, junto con su antigua ira. Giró sobre sus talones y se dirigió a las tiendas de campaña, sin molestarse en responder al general cuando le deseó buenas noches.

❁

Maloney fue el primero en ver a Riley cuando se acercaba a la resplandeciente luz de la fogata.

—¡Santo cielo! —dijo—. Mira quién regresó...

—¡Shhh, shhh! —chistó Riley, uniéndose rápidamente a ellos—. Me vas a delatar, con tus lamentos de *banshee*.

Al darse cuenta de su descuido, Maloney hizo señas a todos para que se acercaran e impidieran que alguien pudiera ver a Riley. Los soldados pasaban de vez en cuando y a Riley le dio miedo que alguno de ellos fuera corriendo a denunciarlo ante el capitán Merrill. Se acercó al fuego, agradecido de recibir un poco de calor pues su uniforme todavía estaba húmedo.

—No esperaba verte —dijo Flanagan.

—¿Y qué haces aquí, John Riley? ¿Por qué arriesgas tu vida regresando? No te unirás a los yanquis de nuevo, ¿verdad? —le preguntó O'Brien.

—¡Jamás! —dijo Riley—. Les traigo buenas noticias, muchachos. Hay una vida mejor al otro lado del río Grande y he venido a buscarlos para que me acompañen.

Sacó los volantes de su saco y le entregó uno a cada uno. Luego, recordando que la mayoría no sabía leer, les explicó rápidamente lo que decían.

—Santa Madre de Dios —dijo O'Brien—. ¿Hasta ciento treinta hectáreas de tierra? ¿Hablas en serio, muchacho?

—¿Te imaginas eso? Yo, sería dueño de tierras por primera vez en mi vida —dijo Quinn.

—Sí. Así puede ser —dijo Riley—. Todos sus días de trabajo pesado quedarán atrás. No habrá más propietarios ausentes, no habrá más casacas rojas ni policías que vengan a derribar sus tejados y los echen de sus campos, no habrá más yanquis que los maltraten y que los hagan lamentar el día en que cruzaron el Atlántico. Tendrán tierras y podrán practicar su fe como quieran.

—Y los mexicanos... ¿han demostrado ser mejores cristianos que los yanquis? —le preguntó Quinn.

—Sí —dijo Riley—. Me han ofrecido su amistad y su confianza. Aprecian mis habilidades y recompensan mi trabajo duro y mis conocimientos. Y hasta me han ascendido a teniente, ¿cómo la ven? Si ustedes vienen conmigo también serán tratados así.

—Es un gran riesgo —dijo Flanagan—. Si nos atrapan, correremos la misma suerte que Franky Sullivan.

—El río Grande es ahora un cementerio —dijo O'Brien.

—Escuchen, muchachos, la guerra está a punto de estallar y no los quiero de enemigos; quiero que estén a mi lado, en la artillería mexicana —les dijo Riley—. ¡No soportaría la amargura en mi alma de sólo pensar que podría derramar su sangre! Los mexicanos han accedido a que los entrene como artilleros. No serán soldados de a pie, sino cañoneros.

Los hombres se miraron entre sí y no dijeron nada.

—Por la bendita fuerza de San Patricio, tomen en cuenta lo que digo. Aquí también se pueden morir todos vestidos con el azul de la infantería. Les irá mejor con los mexicanos. Más allá, al otro lado del río, los tratarán con respeto, les ofrecerán amistad y los llamarán hermanos y católicos.

Riley se levantó. Todavía debía distribuir los volantes alrededor del campamento, pero tenía que esperar hasta que todos estuvieran preparándose para dormir.

—Nos vemos en la orilla del río en una hora, cerca del ferri que cruza junto al fuerte mexicano. Al otro lado, mis amigos mexicanos estarán esperándolos con mis hombres, listos para ayudarlos. —Miró a Maloney, que no había hablado en todo ese tiempo—. Y tú, amigo, me pediste que volviera por ti, y lo he hecho. Llueva o truene, ¿recuerdas?

—Sí. Sé muy bien que estás aquí por mí. —Maloney tomó un trago de *whisky*, miró hacia el fuego y dijo—: Pero Riley, esta pobre criatura de sesenta y cinco años no ha...

—... perdido aún su valentía —completó Riley—. Entonces te veo en el río, ¿sí?

Se escondió entre las sombras para esperar que las cornetas hicieran el toque de silencio y vio a sus antiguos compañeros retirarse a sus tiendas de campaña. El campamento se quedó pronto en calma, salvo por la patrulla nocturna. Un hombre alto, Riley era un blanco fácil, pero era rápido y sin ruido se desplazaba por las zonas de cada unidad de infantería. A medida que avanzaba iba colocando pequeños montones de volantes en el suelo delante de las tiendas de campaña, dejando que el viento se encargara del resto.

Al terminar caminó hacia la orilla del río. No era fácil ver por donde pisaba, pero escuchando el rumor del río y siguiéndolo finalmente sus pies alcanzaron la orilla. Al principio la vio desierta. ¿No había convencido a nadie?

—¡Riley, por aquí! —susurró alguien. Giró justo a tiempo para ver a ocho de sus antiguos compañeros salir de entre los juncos donde se habían escondido. Flanagan, Quinn, O'Brien y algunos más. Pero no estaba Maloney.

Como si leyera sus pensamientos, Quinn le dijo:

—A esa pobre criatura lo aterra el río.

Riley guardó silencio. Los guio hasta la orilla del río. Sus ojos debían esforzarse en la oscuridad. ¿Y si los guardias estaban ahí, esperando para dispararles en cuanto empezaran a nadar?

—Naden todo lo que puedan —dijo Riley—. El río es tranquilo por arriba, pero tiene fuertes corrientes. No miren hacia atrás. No duden. Nuestros amigos los esperan al otro lado. ¿Entendido?

—Sí —dijeron los hombres.

Observó cómo uno a uno los hombres entraron en el río y comenzaron a cruzar nadando. *¡Protégelos, San Patricio!*

Cuando el último de ellos entró en el río, Riley regresó rápidamente al campamento. Sabía dónde estaba la tienda de Maloney y también que él se había hecho amigo de su compañero de tienda, un inmigrante alemán, el soldado Kirsch, veterano de las guerras napoleónicas. Tal como los demás alemanes, él también había sido maltratado por los yanquis. Si Kirsch lo seguía, Riley se los llevaría a ambos.

Al acercarse a la tienda de campaña de Maloney, cuatro centinelas pasaron por delante, portando sus mosquetes a un lado. Riley apenas tuvo tiempo de tirarse al suelo. Una vez que estuvieron lejos continuó con cautela, pero no había dado más que tres pasos cuando tropezó con algo pesado. Era un esclavo que dormía en el suelo, fuera de la tienda de su amo. El joven se quedó mirando a Riley, demasiado asustado como para hablar.

Con un dedo en los labios, Riley le indicó que lo siguiera y se alejara de donde pudieran oírlos. Le entregó un volante, pero como sospechó que el hombre no sabía leer le susurró el contenido.

—Serás un hombre libre —le dijo señalando el río—. Los yanquis no permiten que los de tu clase sean parte de su ejército, pero los mexicanos sí. Si te unes a nosotros, del otro lado te esperan la libertad y la gloria.

El joven miró hacia el río y asintió en señal de comprensión.

Riley se apuró para cumplir su misión. Una vez a salvo dentro de la tienda de campaña respiró aliviado. Sacudió a Maloney con violencia para sacarlo de sus intensos ronquidos.

—Despierta, tonto jornalero. —Pero Maloney seguía roncando—. ¡Despierta! ¿De veras creías que me iba a ir sin ti?

Riley escuchó un ruido y una agitación en el otro catre. Pensó en despertar al alemán primero, pero se asustó al volverse y encontrarlo ya despierto y encendiendo una vela. Un resplandor bastó para ver que de ninguna manera podía ser Kirsch.

—¿Quién es usted y qué hace en esta tienda de campaña? —le dijo el soldado en un perfecto inglés americano.

Riley respiró bruscamente. De todas las cosas que podían pasar, la peor era que Maloney se quedara con un yanqui como compañero de tienda de campaña.

—No te alarmes —dijo Riley—. Sólo estoy aquí por este viejo amigo, eso es todo.

Sacudió a Maloney con más fuerza.

—¿Qué diablos? ¿eres tú, Riley? —dijo Maloney al abrir los ojos.

—Me pediste que volviera por ti y lo hice —le dijo Riley mientras por el rabillo del ojo observaba cómo el yanqui se movía decidido a alcanzar el mosquete que estaba apoyado en un rincón.

—Och, te pido perdón por fallarte, muchacho. Pero en nombre del cielo, ¿no sabes que estoy durmiendo con el enemigo?

—Es un desertor, ¿no? —dijo el yanqui mientras agarraba su mosquete. Apagó la vela y los sumió en una total oscuridad.

Con una rapidez que Riley no esperaba, Maloney se lanzó sobre su compañero. Riley le quitó el mosquete, aunque una vez que lo tuvo no pudo ver bien quién era quién.

—¡Silencio o dispararé!

—Y despertarás a todo el campamento —dijo el yanqui—. Es mejor que se entreguen.

Se soltó de Maloney y se lanzó contra Riley, gritando como si quisiera despertar a los muertos. Riley le dio un puñetazo en el estómago. El yanqui cayó y se dobló, jadeando.

—Hazlo, muchacho —dijo Maloney.

Riley negó con la cabeza.

—¡Sujétalo! — Cogió la sábana de Maloney, arrancó un pedazo y lo hizo una bola para meterlo en la boca del soldado. Luego arrancó otra tira y le ató las manos y los pies—. Lo mataremos, pero en el campo de batalla —dijo Riley mientras se levantaba, limpiándose la frente—. Yo no soy un asesino.

Asomó la cabeza fuera de la tienda. Los centinelas estaban al otro extremo de la fila, lo suficientemente lejos como para que a él y Maloney siguieran su camino, siempre y cuando se escondieran entre las sombras.

—Ven aquí. Sígueme.

Maloney salió llevando un bulto y se lo entregó.

—Lo encontré en tu tienda antes de que los yanquis se dieran cuenta de que te habías ido.

Riley agarró las cartas de Nelly y las envolvió en el caucho de los volantes.

—¡Nunca pensé que las volvería a ver! —dijo—. *Go raibh maith agat*. Estoy en deuda contigo.

—*Níl*, tú regresaste por mí.

Llegaron sanos y salvos al río, justo adonde habían cruzado los otros. Maloney se quedó a un lado, mirando el agua con ojos aterrorizados. Riley lo abrazó.

—El río me hace temblar. Ojalá hubiera tomado más.

—No, es mejor tener la mente clara —dijo Riley.

—Desde que mi señora y mi hija murieron, mi corazón está tan desolado como una botella de *whisky* vacía. Si esta noche me ahogo, al menos volveré a estar con ellas.

—Nadie se ahogará esta noche, viejo amigo —dijo Riley.

Juntos se metieron al río. Maloney se aferró a Riley con una fuerza asombrosa.

—¡Jesús, María y José, y todos los Santos Mártires, por favor protéjannos —dijo en voz baja.

Riley luchaba contra la corriente mientras Maloney dejaba caer todo su peso sobre él. Riley apenas podía mantener la cabeza afuera del agua.

—Todavía puedo ver cómo las olas se las tragaron, sepultándolas para siempre —susurró Maloney. Aterrorizado, trató de subirse encima de Riley, hundiéndolo aún más. Riley luchó por soltarse, pataleó y se esforzó por salir a la superficie, sus pulmones pedían aire a gritos. La corriente los arrastraba y Riley sabía que los centinelas estaban río abajo. Tenía que nadar con más energía o los atraparían. Al sentir que se hundían, con un último esfuerzo empujó a Maloney hacia arriba para poder respirar, pero cuando logró volver a la superficie apenas sostenía a Maloney de su mano.

Respiró profundamente y trató de sostener con firmeza a su amigo.

—Agárrate.

—¡No puedo, no puedo!

De pronto el río los separó y nuevamente Maloney desapareció bajo las aguas. Riley fue tras él, pero no podía ver nada.

Escuchó disparos río abajo y nadó hasta llegar a la orilla, arrastrándose de rodillas sobre la grava, escondiéndose entre el carrizo. Con la ropa mojada y temblando luchó por recuperar el aliento. Sintió vergüenza y las lágrimas encendicron sus ojos. *He dejado que el río se lo lleve ¡Que Dios se apiade de mi alma!*

12

Abril de 1846
Matamoros, río Bravo

—LO EXTRAÑO MUCHÍSIMO, Nana —dijo Ximena, mientras salía con su abuela de la Catedral de Nuestra Señora del Refugio. Fue allí, en ese templo, donde ella y Joaquín se casaron. Pero ahora, en vez de su boda, asistió a una misa por el descanso de su alma. Éste no era el futuro que Ximena había imaginado para los dos cuando prometieron amarse hasta que la muerte los separara.

—Debí detenerlo.

—Si no lo dejabas hacer lo que el honor le exigía te habría guardado rencor —dijo Nana Hortencia envolviéndose en su rebozo, con sus trenzas plateadas que brillaban como dos rayos de luna—. Era un buen hombre y un buen marido. Y aunque ya no está contigo en carne y hueso, su espíritu siempre vivirá contigo.

Ximena miró al suelo y no dijo nada. Su abuela le levantó suavemente la barbilla y la miró con ternura.

—Que Dios te ayude a soltar tu pena, mijita. Aceptar su pérdida llevará tiempo, pero tienes la fuerza para sanar, siempre la has tenido.

—Ojalá tuviera tu fe, Nana.

Un día la tendrás. —Nana Hortencia la abrazó con fuerza y le dijo—: Ven, vamos por un poco del estafiate que hay junto al río, te haré una limpia para aliviar la pena de tu corazón.

Mientras bajaban las escaleras, Ximena notó que el teniente irlandés, Riley, también salía de la iglesia detrás de ellas. Parecía muy preocupado. Cuando él levantó la vista y se miraron por un segundo, ella pudo sentir en él una energía negativa, un aura conflictiva. Ya antes, dentro de la iglesia, lo había visto encender una vela a San Judas, el patrono de las causas perdidas. Ahora que Ximena lo veía pasar apresuradamente delante de ellas, en dirección al río, se preguntó qué sería lo que angustiaba su alma.

Siguieron a un grupo de campesinas que llevaban cántaros de barro vacíos para recoger agua. A pesar de que el campamento del enemigo estaba al otro lado, en el río había mucha gente. Varias mujeres lavaban ropa y se bañaban o bañaban a sus hijos. Ximena observó cómo en lo alto del fuerte los soldados yanquis miraban boquiabiertos a las jóvenes que chapoteaban juguetonamente en el agua, desnudas hasta la cintura. Los soldados silbaban y las llamaban:

—¡Bonitas! ¡Hermosas señoritas! ¿Podemos ser amigos?

Mientras Ximena guiaba a Nana Hortencia por la orilla, las dos se quedaron viendo con admiración los sauces y tepehuajes que tendían sus sombras sobre el río. La anciana señaló la savia que escurría de los troncos de los mezquites, entibiada por el sol, y lamentó no tener una olla para recogerla.

—Parece como si los árboles estuvieran llorando —dijo Ximena.

Nana Hortencia le dio una palmadita en el hombro y dijo:

—No hay que avergonzarse de llorar, mi niña. Hasta los árboles lo saben.

Ximena quiso decirle que no era vergüenza, sino que no podía, como si sus lágrimas se hubieran endurecido dentro de ella.

—No dejes que tu sufrimiento te agobie, mijita. Ni tu rabia. No dejes que esos sentimientos oscurezcan tu alma; libéralos con tus lágrimas y tus oraciones. Es cierto que el camino que Dios ha elegido para ti está lleno de espinas. Pero desesperar sería darle la espalda al Señor.

Desde la orilla, vieron que al otro lado del río una patrulla de milicianos mexicanos a caballo abordaba el ferri para cruzar hacia el sur.

—Nana, ¿es ése quien creo que es?

—Es Juan Seguín —respondió su abuela.

El hombre del ferri era el comandante que una vez había convencido a su padre para que se alzara en contra de México durante la Rebelión de Tejas. Pero después de la rebelión, la desconfianza que los anglotejanos sentían por cualquier persona que tuviera ascendencia mexicana causó que las represalias no tardaran en llegar. Hasta Juan Seguín, alcalde de la ciudad y héroe de la independencia de Tejas, fue víctima de una conspiración para arruinarlo. Luego de ser agredido físicamente no tuvo más remedio que huir al sur, hacia Laredo, porque lo acusaron de deslealtad y temía perder la vida. Pero ya en México fue capturado y lo obligaron a unirse a la causa mexicana a cambio de no ser ejecutado como traidor a la patria. Por eso, en septiembre de 1842, cuando el ejército mexicano intentó recuperar nuevamente San Antonio, entre sus comandantes estaba Juan Seguín.

Al verlo, el padre de Ximena había dicho: «Los anglos nos ven como traidores, pero también los mexicanos. Entonces, ¿dónde quedamos los mexicotejanos? Tan pronto como las tropas mexicanas se vayan, de seguro que los anglos se van a desquitar con nosotros. No hay de otra más que marcharnos».

Y así fue. Cuando terminó la ocupación de San Antonio, Ximena, su padre y Nana Hortencia, junto con otras doscientas familias, cargaron en carretas todas las pertenencias que pudieron y siguieron a Seguín y a las tropas mexicanas hacia el sur, hasta el río Bravo.

Ximena le había guardado rencor a Seguín por haber arrastrado a su padre a la rebelión y hacer que se aliara con los anglotejanos, pero su padre ya no estaba y este hombre era su única conexión con su pasado en San Antonio de Béxar. Así que cuando el ferri terminó la travesía, Ximena se apresuró a interceptar al grupo. Él fue el último en bajar del ferri, y mientras pagaba al barquero, Ximena gritó su nombre.

—¡Don Juan!

Se dio vuelta y se sorprendió al verla.

—Ximena, ¡pero qué sorpresa!

—Tal parece que sigue al servicio del gobierno mexicano —dijo ella.

—Es la única opción que tengo, por ahora.

Un grito los sobresaltó, y ambos voltearon a ver hacia la orilla del río; la mano de Seguín firme sobre su escopeta. Los soldados yanquis se habían zambullido en el río para bañarse bajo la atenta mirada de los guardias, y tanto ellos como las mexicanas se salpicaban con agua, gritando de placer. ¿Cómo podían esas mujeres jugar y coquetear con el enemigo? ¿No veían que los cañones yanquis estaban apuntando directamente a sus casas?

Caminaron alejándose de la orilla del río en busca de Nana

Hortencia, donde el único sonido que podían escuchar era el estridente parloteo de los periquitos verdes entre los árboles. Ximena había visto por última vez a Juan Seguín dos años antes, cuando éste acudió a presentar sus respetos en el funeral de su padre.

—¿Cree que alguna vez podrá regresar a casa? —le preguntó.

Seguín suspiró.

—Serviré a México con lealtad y fidelidad, pero un día volveré a la tierra que me vio nacer para reclamar mi propiedad y limpiar mi nombre o morir en el intento. Y tú, ¿has sido feliz aquí con tu marido y el rancho?

—Mi marido ha muerto, don Juan. Los *Rangers* que llegaron con Taylor lo asesinaron, quemaron nuestra casa y saquearon nuestros establos. No estoy segura de lo que voy a hacer, pero sé que nunca podré volver a Béxar. Allí no hay nada para mí y puede que aquí tampoco.

Seguín le apretó el hombro.

—Lo siento, Ximena, siento verte sufrir. Me gustaría poder ayudarte, pero ahora estoy tan desamparado como tú. Sin embargo, mientras tengamos esperanza nada estará perdido. La guerra está a punto de comenzar y lo único que nos queda es tratar de sobrevivir.

—¿No cree que luchamos en el bando equivocado, don Juan? ¿Podría haberse evitado esta guerra si Tejas no se hubiera rebelado en contra de México, si nosotros no hubiéramos ayudado a los anglos a ganar? ¿Servirá esta guerra para que Tejas vuelva a ser parte de la nación mexicana? ¿Para que vuelva a ser nuestra?

Él sonrió y negó con la cabeza, pero no respondió a sus preguntas. Miró a lo lejos y Ximena empezó a sentirse tonta por hablar con tanta ingenuidad. Pero deseaba con desesperación creer que aún existía la oportunidad de recuperar Tejas. Odiaba la idea de que su tierra natal se convirtiera en un estado esclavista.

No te atormentes con esos pensamientos, Ximena. Lo hecho, hecho está —dijo finalmente Seguín—. Es cierto, una vez que el humo se disipó tras la rebelión, los mexicotejanos nos convertimos en extranjeros en nuestra propia tierra. Tanto yo como tu padre tuvimos que dejar Tejas. Abandoné todo aquello por lo que había luchado y me convertí en un vagabundo. Pero bien sabemos que el gobierno central de México nunca ha tomado en cuenta nuestros intereses. Con un levantamiento político tras otro, en la capital nunca hemos tenido estabilidad ni progreso, especialmente aquí en la frontera norte. Luego ese vil caudillo, Santa Anna, subió al poder y amenazó nuestros derechos de autogobierno y no nos quedó de otra, Ximena, sino defender nuestra tierra de su gobierno tiránico.

Seguín se detuvo y la tomó con firmeza de los hombros, haciéndola girar para que lo mirara.

—¿Quieres volver a eso? No, querida amiga, no. Béxar, y toda Tejas, merecía su libertad y nunca me arrepentiré de haber sido parte de su independencia. Aunque al hacerlo nos tocó pagar el precio de esta libertad. —La soltó y besó su mano con ternura, luego montó su caballo—. Estaré haciendo labores de exploración para el general Arista, así que puede que no me veas muy seguido. Pero si me necesitas, avísale a mi tocayo, Juan Cortina. Supongo que lo conoces. —Ella asintió y se despidió—. Saldremos de esta —dijo—. Y cuando esté de vuelta en Béxar, si deseas regresar a casa allí tendrás un amigo.

Ximena lo vio alejarse y pensó en sus palabras, más segura que nunca de que no regresaría a San Antonio de Béxar. Pero, si México perdía la guerra, ¿se repetiría la historia? ¿Sería nuevamente despojada de todo?

Aceleró el paso para alcanzar a Nana Hortencia. Algo de color azul llamó su atención. Al principio pensó que eran las alas iridiscentes de las mariposas azuladas hundidas en el barro. Pero cuando miró a través de los arbustos y juncos que estaban a la orilla del agua, descubrió a un soldado de uniforme azul, enredado en las ramas de un árbol caído al borde de la orilla.

—Nana, ¿puedes ver a ese hombre o me lo estoy imaginando?

—Lo veo, pero no estoy segura si estoy viendo a un hombre muerto o a uno vivo —respondió su abuela.

Vestía un uniforme yanqui y Ximena se preguntó si podría ser uno de los soldados extranjeros que estaban desertando de las filas de Taylor. ¿Había muerto este pobre hombre tratando de cruzar para unirse al ejército de su país?

—¡Nana, ve a buscar ayuda! Pronto, ¡por el amor de Dios!

Mientras Nana Hortencia se alejaba a toda prisa, Ximena bajó hacia la orilla y cientos de mariposas de alas azules revolotearon hacia el cielo como una deslumbrante plegaria. *Por favor, Dios. Por favor.* Ya en el agua, se adentró en el río sujetándose de la rama de un árbol. Luchando contra la corriente logró llegar hasta adonde estaba el soldado, que se sostenía de una rama con la mano. Se había subido al tronco del árbol hasta la mitad, y su cabeza y su torso descansaban sobre él, pero la parte inferior de su cuerpo seguía sumergida en el agua fría. En su frente pudo distinguir dos letras: *HD*). ¿Quién había marcado así a este pobre anciano y por qué?

Su mano se sentía fría y flácida, y Ximena no encontraba su pulso. Lo agarró por el cuello y lo sacudió, temiendo ya lo peor.

—¿Hola? ¿Puede oírme? —dijo en inglés mientras lo sacudía con más fuerza—. ¿Hola? —Hasta que por fin el hombre tosió débilmente.

Escuchó un chapoteo repentino detrás de ella y vio al teniente irlandés nadando hacia ella.

—¿Está vivo? —gritó—. Dígame, ¿está vivo?

—¡Si! Rápido, por favor. ¡Dese prisa!

13

Abril de 1846
Matamoros, río Bravo

JUNTOS, SACARON AL hombre del río y lo llevaron a casa de Carmen, quien de mala gana les permitió usar un cuarto. Allí, Ximena y su abuela lo atendieron inmediatamente. El teniente parecía conocer al hombre y se negaba a separarse de su lado.

—¿Se recuperará? —preguntó cuando Nana Hortencia salió del cuarto para recoger sus provisiones.

Ximena quería tranquilizarlo sin darle falsas esperanzas. El anciano empezó a inquietarse en la cama y ella se acercó para tranquilizarlo. Ardía de fiebre.

—Riley, no me sueltes —gritaba—. ¡Ayúdame, muchacho! ¡Ayúdame!

—Shhh. Aquí estamos —dijo Ximena en inglés—. Está a salvo. Shhh.

—Fue mi culpa —dijo el teniente Riley—. Lo estaba ayudando a cruzar el río para que se uniera a nuestras filas, y yo, bueno, como puede ver, mi locura puso en peligro su vida.

—¿Por eso fue usted al río en la mañana?

Asintió con la cabeza.

—Tenía un poco de esperanza...

Ella lo miró y tuvo el impulso de tocarlo, pero no hubiera sido apropiado.

—Mi abuela lo curará. No se preocupe. —Tocó la frente del paciente, trazando un dedo sobre las letras HD—. ¿Quién le hizo esto?

—Los yanquis. Castigar a mis compatriotas es su diversión favorita.

—¡Un día pagarán por esto! —dijo ella.

—Sí, haremos que se arrepientan —dijo él, con la misma ira en sus ojos azules.

—Dile que se retire —le pidió Nana Hortencia cuando regresó con los materiales de curación necesarios.

—Discúlpenos, ahora tenemos que trabajar —le dijo Ximena.

—Me iré —dijo el teniente—, pero por favor mándeme a llamar al cuartel en cuanto se despierte.

Mientras lo acompañaba fuera de la habitación, él se volvió para verla y le preguntó:

—Disculpe, pero no sé su nombre... —Se le quebró la voz y sus mejillas enrojecieron. Era mucho más alto que ella, pero por alguna razón no la hacía sentir pequeña.

—Me llamo Ximena Salomé Benítez y Catalán, viuda de Treviño. —Él tosió al escuchar su largo nombre y ella trató de no reírse—. Pero, por favor, llámeme Ximena.

—Ji-me-naaa —repitió él, pronunciando cada sílaba como si con la lengua estuviera disfrutando su nombre—. Soy el teniente John Riley y ese que está ahí es James Maloney.

Ella asintió.

—Nos vemos mañana, teniente Riley.

Después de tratar la fiebre con corteza de sauce blanco, Nana Hortencia encendió el incienso de copal en su sahumador e invocó la presencia de Dios para iniciar una limpia que lo librara del trauma provocado por el susto de haberse casi ahogado. Al ver a su abuela recorrer el cuerpo del paciente con su pluma sagrada de águila y luego con salvia fresca, Ximena comprendió que recuperar el pedazo de su alma que había quedado en el río requeriría varias limpias espirituales.

Cuando Nana Hortencia terminó la ceremonia, Ximena se quedó a cuidarlo toda la noche. El hombre decía palabras en lengua irlandesa, y cuando despertaba, la tomaba de la mano y le decía, «¡*A ghrá! ¡A ghrá!*». Ella sabía que él llamaba a su esposa. Y supo, sin que se lo dijera, que estaba muerta. Cada vez que el viejo gritaba en su delirio febril e insistía en volver a casa, Ximena veía su rostro pálido y triste por las visiones de su mente enfebrecida. De repente sintió que algo se aflojaba dentro de ella y sus propias lágrimas finalmente brotaron. Esa noche lloró con él, por los seres queridos que ambos habían perdido. Por ese hogar que ninguno de los dos volvería a ver.

❊

—Mi niña, nuestro paciente tiene visita —dijo Nana Hortencia a la tarde siguiente, cuando entró en la habitación acompañada por el irlandés alto y de anchos hombros. La luz que entraba por la ventana abierta hacía que los ojos del teniente brillaran como un campo de lupinos azules.

Ximena se apartó para dejarle ver al paciente dormido.

—Siento que no lo hayamos mandado llamar antes, teniente

Riley, pero tenía fiebre y... —se señaló la cabeza, tratando de hacerle entender que su amigo había estado delirando mucho, pero no se le ocurría cómo decirlo en inglés. Las palabras se le trababan en la boca. Sin embargo, eran mejor que nada—. Su fiebre ha desaparecido. Hace rato se despertó. Comió un poco de sopa.

—¿Vivirá?

Al oír su voz, Maloney se despertó.

—Riley, ¿eres tú, muchacho? —Su voz era un mero susurro y Ximena se inclinó para acercarse más, tomó la mano del anciano y la sintió flácida, pero su pulso era mucho más fuerte y su color había mejorado. Estaba segura de que se iba a recuperar. Ximena vio cómo el rostro desconsolado del teniente se transformaba en felicidad absoluta.

—¡Estás despierto! Aquí estoy, Jimmy, *a chara*. ¿Cómo estás?

—Creí que no volvería a ver la bendita luz del cielo —susurró—. ¡Pero me salvó el mismísimo San Patricio! ¡Fue un milagro, sí un verdadero milagro!

—¿Un milagro?

—Un árbol caído me atrapó entre sus ramas, lo debe haber puesto ahí San Patricio.

—¿Se queda con su amigo? Yo vuelvo más tarde —dijo Ximena, acercándole una silla.

El teniente Riley asintió.

—Muy agradecido, doña.

—Regresaré con un poco de caldo de pollo para usted —le dijo a Maloney.

—Que Dios te recompense, tesoro —dijo Maloney.

—La acompaño a la salida —dijo el teniente Riley. En la puerta, añadió—: Mil gracias por ayudar a mi amigo.

El sentimiento de culpa en la voz del irlandés le indicaba a Ximena que él aún se reprochaba lo que había sucedido.

—Ahora él combatirá a su lado por mi país, ¿sí? —ella preguntó.

Él le sonrió y asintió con un gesto, después regresó al cuarto. Ximena se quedó un momento en la puerta.

—Me alegro de verte vivo, Jimmy —dijo—. Te necesito en el campo de batalla a mi lado. Bienvenido al Ejército Mexicano del Norte.

—Gracias, teniente —dijo el anciano con orgullo—. Es un honor luchar junto a usted.

✳

Esa tarde, junto con los lugareños y la tropa, Ximena vio cómo el general Torrejón y sus lanceros entraban en Matamoros escoltando a los soldados yanquis que habían capturado en el enfrentamiento río arriba, en el Rancho de Carricitos, con un regimiento de la caballería de Taylor. La multitud vitoreó al ver a los prisioneros, y todos sabían muy bien lo que eso significaba.

La guerra había comenzado.

✳

Unos días más tarde, a petición de Ximena, Cheno trajo un uniforme para su paciente, que insistió en que ya estaba bien como para unirse a sus amigos en el cuartel.

—¿Cómo me veo? —preguntó Maloney al salir de la habitación, vestido con su nuevo uniforme de artillero mexicano.

Después de esa experiencia cercana a la muerte, el hombre se había puesto tan flaco como ganado que ha padecido hambre en el invierno, pero sus ojos se veían vivos de nuevo y brillaban con el profundo verde grisáceo de las rocas recubiertas de musgo. Ximena sonrió y le dijo:

—¡Como un soldado valiente!

Por la mañana, Ximena lo llevó en el carruaje a las afueras de la ciudad, donde el teniente Riley y su tropa de artillería realizaban sus ejercicios. Maloney quería sorprenderlos. Al verlo, todos se apresuraron a abrazarlo, lo levantaron sobre sus hombros y lo vitorearon. Maloney se rio y comenzó a cantar una balada irlandesa.

Ximena se subió al carruaje pero no se fue, sino que se quedó con los demás mirones, en su mayoría niños lugareños, quienes habían salido a ver cómo los artilleros extranjeros manejaban los cañones mexicanos. Era un trabajo arduo y el sol les daba de lleno. El teniente Riley había separado a los hombres en cuadrillas y Maloney se unió a una de ellas. En realidad todavía no estaban disparando, sino repasando los pasos a seguir que eran demasiados y ella no era la única que se esforzaba por entenderlos. Se veía claramente que los artilleros estaban más que fatigados por tener que empujar las pesadas piezas de artillería hacia sus posiciones y transportar las municiones. Por cada uno de los pasos que debían seguir, el teniente Riley gritaba las órdenes y guiaba a las cuadrillas: Alinear, limpiar, cargar, pinchar, cebar y finalmente disparar.

—¡Fuego! —gritaron los espectadores junto al teniente Riley. Pero al darse cuenta de que los cañones permanecían en silencio, los chicos del lugar sacudieron la cabeza decepcionados.

—¿Por qué no disparan de verdad? —preguntaron.

—Porque primero tienen que aprenderse muy bien cada paso

y así podrán maniobrar hasta con los ojos cerrados —les dijo Ximena—. Además, la pólvora es cara y no se puede malgastar disparándoles a los arbustos.

Finalmente, antes de que las cuadrillas fueran llamadas a descanso, en el último simulacro la paciencia de esos chicos se vio recompensada cuando los cañones rugieron y escupieron fuego por sus bocas. Ximena se tapó los oídos ante el estruendo de los disparos. El diabólico sonido la hizo temblar, pero los chicos vitorearon y aplaudieron, pidiendo más.

A través de la bruma, Ximena miró a los soldados extranjeros, a Maloney y al teniente Riley, y sintió un escalofrío involuntario. Pensó en las atrocidades que había presenciado de primera mano durante la rebelión en Tejas. Recordó la Batalla del Álamo, los cañones, los miembros esparcidos, los escombros y el caos. *Éso es lo que les espera a estos irlandeses*, pensó. *Una carnicería y derramamiento de sangre, mutilación y sufrimiento, todo por luchar en una guerra que ni siquiera es la suya.*

Ojalá se pudiera evitar esta despreciable guerra. ¿Pero cómo? Los yanquis ya se encontraban allí, al otro lado del río. El conflicto había comenzado. La línea fronteriza ya se estaba dibujando con sangre y pólvora.

Juan Seguín tenía razón. Lo único que podían hacer ahora era intentar sobrevivir y ella no lo lograría si se aferraba a su dolor. Pero tampoco podía entregarse a la ira. Tenía que buscar algo que le diera consuelo y tranquilidad: el don de curar que Dios le había dado. Desde niña quería ser curandera como su abuela. Ella seguiría esa sagrada vocación de ayudar a los que sufren. Hacerlo, quizá, la ayudaría a aliviar su propio dolor.

Esta vez, Ximena se aseguraría de no estar en el lado equivocado de la guerra. Se pondría del lado de México, para honrar el valor de Joaquín y absolver a su padre.

❀

—¿Has perdido la razón? —le dijo Carmen esa noche cuando Ximena le compartió su decisión. A su alrededor, los sirvientes se apresuraban a terminar de recoger la casa—. ¿Ya se lo contaste a Cheno?

—Fue él quien me contó que el ejército apenas tiene personal médico. Está de acuerdo en que debo ayudar. —Ximena pensó en las soldaderas… las esposas, madres e hijas de los soldados que habían seguido a los hombres a la batalla para prestarles un servicio inestimable como lavanderas, cocineras, enfermeras y, a veces, cuando era necesario, incluso tomaban las armas como los hombres . También sugirió que podía enseñarles a las soldaderas a preparar remedios y darles un mejor cuidado a las tropas.

Carmen se burló, sacudiendo de nuevo la cabeza, sin hacerle caso a las palabras de Ximena.

—Esto es una locura. Una batalla no es lugar para nosotras las mujeres.

Ximena miró a Carmen por encima de la mesa. Sabía que la hermana de Joaquín no entendería su deseo de quedarse en Matamoros y ayudar durante la guerra. La actitud condescendiente de su cuñada le recordaba a su madre, quien se opuso a que Nana Hortencia le enseñara el curanderismo. Había acusado a la anciana de llenarle la cabeza a su niña con conversaciones sobre plantas y espíritus, rituales y ceremonias. ¿Cómo iba su hija a convertirse algún día en una joven atractiva si andaba por el campo arrancando raíces con sus propias manos?

—No estamos preparados. No hay hospitales, ni medicamentos, ni enfermeras con experiencia —le explicó Ximena a Carmen—. Mi abuela y yo podemos ayudar con eso.

—¿Y Saltillo? —preguntó Carmen.

A Ximena no le cabía la idea de ir a Saltillo a sentarse con Carmen en su sala, a tomar chocolate caliente y a comer buñuelos mientras su país estaba siendo atacado. No podía hacerlo.

—Estamos en guerra y los soldados nos necesitan —recalcó.

—Una mujer no debe estar en un hospital de campaña —repitió Carmen—. Al menos, no una mujer de nuestra condición. Mis hijos, mi marido y yo nos iremos a Saltillo mañana. Pero tú haz lo que quieras. Conviértete en soldadera si así lo deseas. Si mi hermano estuviera aquí...

—Me daría su bendición —dijo Ximena—. Joaquín no huyó de la tormenta y yo tampoco lo haré.

14

Mayo de 1846
Matamoros, río Grande

15 de febrero de 1846

Amado esposo,

Me llegaron tu carta y el dinero que me mandaste. El dolor de mi corazón se calma al saber que estás bien de salud. Que Dios te bendiga y siga cuidándote, *a stór*. Pasamos un invierno muy duro aquí en Clifden. La plaga echó a perder casi la mitad de las papas que quedaron del año pasado, y como tuvimos que comernos las que guardábamos, creo que ya no tenemos muchas para plantar. Pronto meteremos en la tierra lo que queda y rezaremos para pedir que no vuelva la plaga que las pudre, porque si no, de nada servirá el haberlas plantado. Algunos de nuestros vecinos dicen que ya no dan más y se irán a América. Pero como lo sabes, la mayoría de nosotros somos muy pobres para eso. Me da miedo de sólo pensar que pasaremos unos meses de hambre hasta la próxima cosecha, pero ya antes hemos sobrevivido y con la gracia de Dios las cosas mejorarán. Johnny, mamá y papá te mandan sus bendiciones. Si lo vieras, estarías orgulloso de nuestro Johnny. Es un niño fuerte y le gustan mucho los caballos, como a ti. Esperamos con ansiedad el momento de irnos para estar contigo. Sé que estás trabajando mucho por nosotros. Por favor, mándanos a decir cómo estás.

Todo mi amor para ti,
Nelly

Esta nueva carta de Nelly llegó luego de que Riley abandonara a los yanquis, pero cuando llamaron para repartir el correo, Maloney se había formado en la fila por él. La frontera norte estaba tan lejos de ella y de todos sus seres queridos, y saber que Nelly lo necesitaba era aún más doloroso para él. Pero el regreso a Irlanda era imposible. ¿Qué otra cosa podía hacer entonces sino quedarse y cobrar su salario de teniente? Riley recogió la pluma y terminó su carta de respuesta:

La guerra ha empezado. Cuando México salga victorioso enviaré por ti, por Johnny y por tus padres. En este país comenzaremos una nueva vida con tierras propias. ¿Te imaginas eso, querida mía? Así será. Te lo prometo. Por favor, no dejes que Johnny me olvide. Dile que cuando llegue lo estará esperando un buen caballo.

Le pidió que volviera a escribirle, aunque no estaba seguro de dónde estaría dentro de una semana, y mucho menos dentro de seis meses.

Cuando terminó se dirigió a la iglesia. El correo era poco fiable dentro de la república y menos aún fuera del país, por lo que no podía arriesgarse a que se perdiera el dinero que le enviaba a su mujer. Gracias al párroco, supo que había una mejor forma para hacer envíos a través de la Iglesia católica. Enviándole el dinero al padre Peter, de parte del padre Felipe, pasarían casi tres meses antes de que su mujer lo recibiera en la capilla, pero era el camino más seguro.

—Dime, hijo mío, ¿tienes problemas? —le dijo el padre Felipe ante la puerta de la sacristía mientras regaba las macetas de geranios.

—Buenas tardes, Padre —dijo Riley al subir los escalones. Se quitó el chacó y besó la mano del sacerdote—. Por desgracia mis pensamientos sombríos se han apoderado de mí. Pienso en mi esposa. Si algo me pasa en la próxima batalla...

—Dios te protegerá —dijo el padre Felipe—. Tú, John Riley, estás aquí para defender a una nación católica de los protestantes bárbaros. Nuestro señor y salvador, Jesucristo, velan por ti.

—Gracias, Padre —dijo Riley al entregarle la carta—. Si Dios tiene otros planes, ¿le escribirá usted a mi esposa para informarle de mi destino?

El sacerdote negó con la cabeza.

—¡Cuando la batalla termine le escribirás a tu esposa para anunciarle nuestra victoria!

—¿Me daría su bendición, Padre?

Riley se arrodilló, con la esperanza de que la oración del sacerdote le otorgara la fuerza que necesitaba para afrontar el destino que le esperaba.

✻

Al día siguiente, las fuerzas yanquis formaron filas a orillas del río. Los refuerzos y el equipo que el general Arista había solicitado a la capital aún no habían llegado, pero sin poder esperar más, se llevó a 4400 soldados con el fin de cruzar el río más abajo y cortarle a Taylor el acceso a Point Isabel. El resto de sus tropas, incluida la batería de Riley, se quedaron en Matamoros bajo el mando del general Mejía para vigilar los cruces del ferri y mantener las defensas a lo largo del río.

En el consejo de guerra, Riley propuso que rodearan Fort Texas mientras Taylor y sus tropas estuvieran dentro. Pero el general Arista creía que era muy arriesgado ahora que el fuerte estaba terminado. Sus sólidos muros y su foso impedían que la infantería y la caballería mexicana se infiltraran. Arista decidió atraer a las fuerzas yanquis lejos de la ciudad y atacarlos en campo abierto. Así que, para obligar a Taylor a salir de Fort Texas, el general Arista mandó a bloquear su línea de suministro. Sin las raciones necesarias para alimentar a sus tropas, el general yanqui marchaba ahora lejos de su campamento e iba rumbo al este a su depósito en el puerto.

A Riley le pareció mala idea enfrentarse al enemigo en campo abierto. Recordó los ejercicios de artillería que había presenciado desde los andamios del fuerte yanqui y sintió temor de que, una vez en campo abierto, los yanquis tuvieran todo el espacio que necesitaban para ejecutar los ejercicios con sus baterías móviles que habían perfeccionado durante meses.

Riley observó con su catalejo la pequeña guarnición que Taylor había dejado atrás para resguardar Fort Texas. Vio cómo el capitán Mansfield se frotaba la barbilla mientras inspeccionaba el fuerte que había diseñado. Arriba, en los resaltos, el mayor Brown y el teniente Braxton Bragg revisaban los cañones y medían el alcance de las baterías mexicanas.

—¿Cuántos quedan? —preguntó John Little.

Riley le acercó el catalejo.

—Unos quinientos de infantería y artillería. Dejó al mayor Brown al mando. ¿Ves a ese canalla de Braxton Bragg en los resaltos?

—Sí, ahora nos está mirando —dijo Little, devolviéndole a Riley el catalejo—. Parece que alguien le metió un arbusto espinudo en el culo.

Riley enfocó el catalejo en dirección a Bragg, que de seguro estaba de cepcionado por no poder valerse de su artillería voladora en este combate. ¿Qué sentiría al ver a los artilleros irlandeses bajo el mando de Riley, apuntando hacia él los cañones mexicanos?

—¿Cuándo atacamos? —preguntó Flanagan—. ¿Cuándo haremos pedazos a los yanquis?

—Espera a que llegue la hora —dijo Riley, haciendo una panorámica con su catalejo en dirección al este, pero no pudo ver nada más que el carrizo que crecía a lo largo del río. Deseó poder estar allí para presenciar cómo el ejército del general Arista interceptaba a Taylor.

—*Arrah*, detesto esperar —dijo Quinn—. Me pone nervioso que todo se nos pueda ir al carajo.

Riley miró a sus artilleros, que esperaban ansiosos sus órdenes. Le dio una palmadita en la espalda a Quinn.

—Ten fe, muy pronto prenderás esos cerillos —le prometió.

✳

Dos días después, el 3 de mayo, con la primera luz del amanecer, Riley y el resto de la artillería mexicana estaban listos para disparar los cañones. El fuerte yanqui se mantenía en silencio y tranquilo, sus cornetas aún no daban el toque de diana.

Un día antes habían llegado noticias de que los planes del general Arista habían fracasado. Al no disponer de suficientes barcos, sus tropas se tardaron veinticuatro horas en cruzar el río, y para cuando todas sus fuerzas y piezas de artillería desembarcaron en el lado opuesto, las tropas de Taylor ya se les habían adelantado. Ahora que Taylor ya estaba seguro en Point Isabel, el general Arista no tenía otra opción más que esperar el inevitable regreso del general yanqui a Fort Texas, y entonces las fuerzas mexicanas estarían listas para interceptar su avance. Mientras tanto, para atraer a Taylor fuera del depósito y obligarlo a la contramarcha, Arista ordenó que comenzara el bombardeo al fuerte yanqui.

Los oficiales apuntaron sus espadas hacia Fort Texas y dieron la orden que todos habían estado esperando:

—¡Fuego!

Los cañones mexicanos dispararon y retrocedieron mientras las cuadrillas saltaron a un lado. Las sólidas bolas de los cañones atravesaron el río, interrumpiendo la tranquilidad de la madrugada. Riley vio cómo los primeros cañonazos se estrellaban contra los muros del fuerte, provocando que los yanquis corrieran alborotados hacia los refugios. Los residentes que se habían quedado en Matamoros salían a vitorearlos de todo corazón desde sus tejados y en las calles. «¡Viva México!», gritaban. Las campanas de las iglesias comenzaron a repicar y las cornetas se unieron a sus llamados, mientras los cañones mexicanos arrojaban una lluvia de metal sobre el fuerte yanqui.

—¡Fuego! —volvieron a gritar Riley y los demás oficiales.

Pronto los yanquis se recuperaron de la sorpresa y se apresuraron a responder al fuego. Ahora era la cuadrilla de Riley la que debía cubrirse cuando el cañón de Braxton Bragg disparaba. A través de la bruma y los pedazos de ramas y hojas que se arremolinaban, Riley miró con sus binoculares hacia el cañón de Bragg, apuntó y gritó:

—¡Fuego!

El intercambio fue atronador. Riley se estremeció al escuchar los disparos que los yanquis dirigían hacia Matamoros y cómo se abrían paso a través de las casas, destrozando las calles. Sus artilleros devolvieron el fuego a la batería de Bragg; estaban decididos a destruir ese cañón.

El bombardeo continuó durante otra hora. Un cañón mexicano quedó fuera de combate y tres de sus artilleros muertos. La cuadrilla de Riley tuvo un herido que cayó ante el ataque del cañón de Bragg: Flanagan fue herido por un proyectil que rebotó en el suelo y le desgarró el abdomen. Fue trasladado con urgencia al hospital provisional.

El general Mejía ordenó que algunos de los cañones fueran reposicionados y que se los protegiera mejor. Los yanquis, incapaces de derribar otro de los cañones mexicanos, intentaron incendiar Matamoros. Lanzaron proyectiles hacia el corazón de la ciudad, destrozando los tejados de terracota y los muros de adobe y piedra, pero para alivio de Riley y los lugareños los edificios no se incendiaron. Los yanquis no habían logrado calentar los proyectiles a una temperatura lo suficientemente alta. Riley disfrutó mucho viendo la decepción de Bragg.

Seis horas después de iniciado el bombardeo, los cañones yanquis callaron y Riley pensó que estarían cuidando sus provisiones. Los mexicanos continuaron soltando su lluvia de hierro con poco daño al fuerte yanqui. Lograron desmontar dos de los cañones enemigos, pero no el de Bragg. Tal como había anticipado Riley, la mayoría de los proyectiles mexicanos alcanzaron los muros de adobe sin afectarlos demasiado. Otros cañonazos no dieron en el blanco. Los que cayeron dentro del fuerte explotaron hacia arriba, por eso los yanquis simplemente se tiraron al suelo para evitar ser heridos. Pero lo que los mexicanos buscaban era hacer ruido, no una matanza, y por eso los disparos continuaron. Riley esperaba que ya para entonces, Taylor hubiera decidido abandonar el depósito y se apresurara a marchar hacia el fuerte, pero no fue así.

Se recibió un mensaje del general Arista anunciando que Taylor no salía de su depósito. Los cañonazos contra el fuerte yanqui se reanudarían a la mañana siguiente.

Antes de sucumbir al agotamiento, Riley y Maloney se dirigieron al hospital provisional para ver a Flanagan. Riley sacó un pañuelo y se limpió el humo y la suciedad de la cara, sintiendo que todavía le zumbaban los oídos.

—¿Crees que la muchacha y su abuela puedan salvar al pobre Charlie? —preguntó Maloney. Tosió un instante antes de continuar. Debido a los cañonazos, el humo seguía siendo intenso y flotaba sobre Matamoros, dejando el aire apestando a pólvora quemada.

Riley pensó en el torrente de sangre que había salido de Flanagan y en cómo tuvo que presionar rápidamente su estómago para detener el flujo.

—Su vida está en manos de Dios. No sé. He visto cómo le dieron a este desdichado.

Encontraron a Flanagan en un catre cercano, atendido por Ximena. El padre Felipe se hallaba de pie al otro lado, dándole la última absolución. Flanagan estaba empapado de sudor y hablaba en irlandés:

—*M'iníon, is cailín maith thú agus sól'as do d'athair.*

Cuando lo escuchó, Riley se dio cuenta de que el pobre hombre pensaba que la joven viuda era su hija. Por supuesto, ella no entendía ni una palabra, pero le respondía con ternura, como una hija le hablaría a su padre enfermo. Estaba de espaldas a Riley y a Maloney, pero al sentir su presencia se dio la vuelta. Tenía los ojos húmedos y ella misma se los limpió con su delantal manchado, dejando un rastro de la sangre de Flanagan en su rostro.

Maloney se acercó a ella y le limpió la sangre con su pañuelo.

—Oye linda, deja que me siente aquí con mi amigo. Te mereces un poco de descanso.

Ella asintió y se apartó del catre.

—Lo siento, teniente Riley —dijo mientras se acercaba a hablar con él—. Hago lo que puedo, pero la bala le cortó los intestinos. Así que mandé llamar al padre.

Sus ojos llorosos eran de color ámbar y brillaban como si fueran rayitos de sol. Riley desvió la mirada y se fijó en el abdomen de Flanagan, donde la sangre había mojado las vendas.

—Gracias, Ximena. Aquí estaremos a su lado —dijo—. Nos quedaremos con él hasta el final.

Ximena se disculpó y fue a ayudar a su abuela con los otros heridos.

—John, Jimmy, ¿son ustedes, muchachos? —preguntó Flanagan. Su voz era ronca. Riley se inclinó hacia su catre y tomó las manos de su compatriota entre las suyas. Estaban frías y débiles, su vida se le estaba escapando.

—Shhh. No te esfuerces, Charlie, tranquilo. Te vamos a salvar —dijo Riley.

Flanagan negó con la cabeza.

—Ha llegado mi hora. Estoy listo para encontrarme con Dios.

Pero tú sigue luchando contra esos yanquis, John Riley. Haz que se arrepientan del mal trato que nos dieron a nosotros y a Franky.

—Nunca dejaré de luchar hasta que ganemos esta guerra.

—Eres el orgullo de tus compatriotas, John Riley. No dejes que nadie... —De repente, Flanagan comenzó a temblar y Riley llamó a Ximena. Juntos fueron testigos de su último aliento.

El Padre Felipe hizo la señal de la cruz sobre su cuerpo y rezó por él en latín.

—*Ar dheis Dé go raibh a Anam.* No dejaré que su muerte sea en vano —dijo Riley.

—Que el cielo sea su lecho —dijo Maloney, y luego rompió a llorar. Ximena lo abrazó. Miró a Riley, que por un momento también deseó que ella lo abrazara. Quería que su aroma embriagador de dulces hierbas verdes y de incienso ahumado lo envolviera. Quería recostarse en su hombro y llorar, como Maloney.

—Les agradezco su amabilidad —dijo, respirando profundamente. Era un teniente y no podía dejarse ganar por la tristeza y el lamento. En una guerra era inevitable perder a buenos hombres, y no podía derrumbarse ante cada pérdida. ¿Pero acaso no había sido él quien había convencido a Flanagan para que arriesgara su vida por México?

❈

El bombardeo continuó durante los dos días siguientes, sin que los mexicanos pudieran sacar a Taylor del depósito. Riley les advirtió a sus hombres que se prepararan para un largo asedio, aunque a esas alturas ya sus espíritus se habían desmoralizado. Los frustraba atacar al enemigo sin el poder suficiente para hacerle daño. Ya era hora de que el general Arista dejara de esperar a

que Taylor se moviera para interceptarlo en el camino. Riley creía que, si el general concentraba toda la fuerza de sus tropas sobre el fuerte yanqui, tal vez entonces podrían tomarlo y dar fin al enfrentamiento. Pero, como lo temía Riley, llegó un cargamento de suministros y nuevos reclutas a Point Isabel. Taylor tenía por fin los refuerzos necesarios para sentirse seguro y así salir de su refugio.

El 8 de mayo, al recibir la noticia de que Taylor se dirigía a Fort Texas con sus tropas y trenes de suministros, Arista se apresuró a interceptar a Taylor en el camino. La batalla no tardó en iniciarse en la pradera de Palo Alto. Riley y los cañoneros, por su parte, continuaron el bombardeo de Fort Texas, haciendo todo el escándalo posible. Cuando descansaban y detenían el fuego para dejar que los cañones se enfriaran, claramente escuchaban a varios kilómetros de distancia el tremendo estruendo de los grandes cañones, como el de una tormenta eléctrica que se aproxima. A partir de los sombríos informes de Arista al general Mejía y su petición de que enviaran más municiones, Riley supo que las probabilidades no estaban a su favor. Si Arista hubiera atacado con su infantería y la caballería, tal vez lo habrían logrado. Pero mientras la batalla estuviera dominada por la artillería, era poco lo que podían hacer los mexicanos en contra del dañino cañoneo de Taylor.

Al día siguiente, la batalla entre los ejércitos de Arista y Taylor se trasladó a Resaca de la Palma, a seis kilómetros de distancia. Por la tarde, la orden «¡Alto al fuego!» sonaba desde los reductos mexicanos. Riley se enteró de lo sucedido en la segunda batalla cuando él y sus artilleros vieron desde sus baterías cómo las tropas de Arista corrían al otro lado del río, como si el mismo diablo las persiguiera. Estaban tan desesperados por retirarse, que intentaban escapar de un peligro para enfrentarse a otro, desafiando

las peligrosas corrientes del río Grande. Se lanzaban al agua, su-
pieran o no nadar. Otros intentaron cruzar a caballo y Riley vio
con horror cómo los hombres y los caballos sucumbían ante la
voracidad del río.

Los dragones de Taylor los perseguían con decisión. Riley y
sus hombres se mantuvieron junto a sus cañones, sin abrir fuego
porque podían matar tanto a los amigos como a los enemigos. El
general Mejía ordenó a los que estaban más cerca del agua que
ayudaran a las tropas, pero como los botes no eran suficientes
para transportar a todos, cientos se lanzaron al río con sus armas
y se ahogaron al intentar alejarse de los jinetes que los perseguían.
Los rancheros mexicanos trajeron sus propios botes para ayudar
a los soldados. Pero no eran suficientes y el peso de demasiados
hombres y caballos arrastró bajo el agua a varios de los botes. Entonces estallaron las peleas en la orilla del río y, al mismo tiempo
que las masas desordenadas intentaban subir a los botes, se oían
las últimas palabras de los ahogados, una súplica a Dios o una
maldición para sus enemigos. Mientras los miserables fugitivos
eran arrastrados por la corriente, Riley podía oír los gritos de felicidad que los yanquis lanzaban al mismo tiempo que agitaban su
bandera desde las murallas.

—Padre misericordioso... —dijo Maloney, mirando el espantoso torbellino de consternación y confusión.

Riley vio en sus ojos el terror de aquella noche en que casi se
ahoga. Tenía que alejar a Maloney del fragor en el río.

—¡Vete al cuartel! —le ordenó Riley. Como sabía que era un día
perdido, mandó a sus hombres a que abandonaran sus baterías y
todos se apresuraron a bajar al río para salvar a cuantos pudieran
de esa tumba acuática.

15

Mayo de 1846
Matamoros, río Bravo

XIMENA NUNCA HABÍA visto tanta sangre. Cubría el suelo y le salpicaba las piernas cuando corría de un catre a otro para atender a los heridos que traían en carretas del campo de batalla. Suplicaban por agua, pedían piedad a la Virgen de Guadalupe, querían ver a un sacerdote y a sus madres. Fue a través de estos hombres que Ximena se enteró del resultado de las batallas. Sus miembros destrozados, sus rostros desfigurados y su piel quemada reflejaban las historias que los soldados confirmaron más tarde. Entre sus gritos y lamentos, los hombres mutilados revelaron lo que les había pasado en esos terribles dos días de lucha en la pradera de Palo Alto y en el chaparral de Resaca de la Palma. Hablaban de la artillería enemiga, de la lluvia de proyectiles que amputaban y mataban impunemente. Describían como encontraron restos humanos en los arbustos espinudos, y como enterraron a sus muertos en la oscuridad y como no podían beber agua de la resaca porque estaba teñida de rojo con la sangre de sus compañeros caídos.

Contaban también que vomitaban al sentir el olor a carne humana quemada, mientras el fuego se extendía en la pradera y seguía consumiendo a los muertos y a los heridos que yacían indefensos en el suelo.

Luego de la apresurada retirada durante la segunda batalla, Ximena atendió a los que casi se ahogaron. Sin embargo, el delirio, la fiebre y las pesadillas de los soldados eran tan difíciles de curar como sus heridas de guerra. Los hospitales provisionales estaban tan abarrotados que los heridos llegaban a morir y no a curarse. Ella y Nana Hortencia les enseñaron a sus ayudantes a preparar remedios, y organizaron a las mujeres en turnos para atender mejor a los hombres. Sin embargo, pronto se resignaron a la indiscutible realidad de que no se podía hacer lo suficiente para aliviar el sufrimiento de todos los pacientes, y lo que más necesitaban los hombres de ellas, aparte de sus pomadas y tés, eran las palabras de consuelo que podían ofrecerle a un soldado destrozado mientras daba su último aliento.

No necesitó salir de la tienda-hospital para saber que el caos también reinaba en toda la ciudad. Las tropas derrotadas se tambaleaban por las calles oscuras y se reunían en la plaza. La noche no servía para ocultar el miedo y la confusión, el terror a que en cualquier momento las fuerzas enemigas se abrieran paso a través del río y atacaran de nuevo. Los habitantes se atrincheraron en sus casas mientras los soldados hambrientos pasaban la noche en el suelo, apoyados contra las paredes y tumbados bajo los árboles. Más tarde, el general Arista entró consternado en la ciudad.

Durante los días siguientes, los rezagados llegaron en grupos a la ciudad, algunos demasiado cansados para hablar, otros demasiado asustados para callar, con sus ojos salvajes y ojerosos que miraban constantemente hacia atrás. A partir de los relatos frag-

mentados que escuchó en el hospital, y de lo que Cheno le contó cuando la visitó, Ximena se enteró de las cuestionables decisiones que había tomado Arista.

Supo de la mala suerte del general y de cómo se estropearon sus planes, pero el rumor que más dañaba su reputación —porque además era cierto— decía que cuando las tropas de Taylor los atacaron, al segundo día de la batalla, Arista ni siquiera estaba en el frente sino en su tienda de campaña escribiendo cartas. Ignorando el caos que reinaba en el chaparral, el general permitió que el enemigo lo tomara por sorpresa. Una vez que sus tropas abandonaron las armas y huyeron para salvar sus vidas, Arista huyó también dejando atrás sus pertenencias para que las saqueara el enemigo.

Ahora sólo quedaba la mitad de las tropas de Arista, incluidos los heridos y los desconsolados. Los cadáveres hinchados de los ahogados emergían en las orillas del río. Nadie podía pasar por allí sin toparse con al menos una docena de soldados muertos y caballos podridos.

Todos esperaban que los yanquis atacaran la ciudad, ya que el ejército de Arista estaba destrozado y con la moral por los suelos. Sabían que el general Taylor pronto tomaría Matamoros. Con el paso de los días, todos contenían la respiración con la mirada fija en el río.

Cuando el teniente Riley se detuvo una tarde en la tienda-hospital para ver cómo estaban los heridos, convenció a Ximena para que se tomara un descanso.

—La veo cansada. ¿Cuándo fue la última vez que comió? —le preguntó con ternura, ofreciéndole su brazo.

—Hay mucho que hacer, teniente Riley, ya comeré más tarde cuando haya terminado —respondió, mientras se dejaba guiar fuera del hospital hacia la luz del día.

Cerró los ojos por un momento y se sintió agradecida de que el sol calentara su piel. Se aferró al brazo firme del teniente y su fuerte presencia física en ese momento la reconfortó.

—Es un noble servicio el que está dando a sus compatriotas y a los míos, pero si sigue así terminará enfermándose, en lugar de cuidar de ellos.

Ella podía ver la preocupación en sus ojos y quería insistir en que se sentía bien, pero no podía negar la verdad. Al igual que su abuela, se estaba extenuando demasiado, desgastando su espíritu.

—Le pido a Dios que esta guerra termine pronto.

—Yo rezo por lo mismo —dijo él—. Los irlandeses sabemos lo que es ser oprimidos por un vecino agresivo. Que Dios salve a México de un destino similar. Pero para que los combates terminen tu pueblo debe estar unido.

—He oído que hablan mal del general Arista —dijo ella—. ¿A eso se refiere, teniente?

—Sí, los oficiales no están contentos con nuestro comandante. Lo culpan por esos errores que llevaron a que los yanquis nos dieran una paliza. —La miró con preocupación—. El general Ampudia está disgustado de ser el segundo al mando de Arista y encabeza la oposición. Pero el comandante tiene razón al pedir a sus subordinados que se presenten como un frente unido en nuestras tropas. Él mismo lo dijo: «¿cómo podremos luchar contra los yanquis si nos la pasamos peleando entre nosotros?».

Al escucharlo repetir las palabras de Arista, lo único que Ximena pensó fue que ese guapo irlandés no conocía bien a su país. La triste realidad de México era que sus líderes siempre se peleaban entre ellos.

—¿Y cómo sigue esto ahora? —preguntó ella, espantando las moscas atraídas por la sangre de su delantal.

—El general Arista quiere proteger la ciudad a toda costa —dijo—. Si los yanquis toman Matamoros, Taylor la utilizará como base para atacar a otra ciudad y luego a otra.

—¿Y cree que es posible salvar Matamoros?

El teniente se quitó el chacó de cuero y se pasó los dedos por el cabello, mientras miraba a lo lejos en dirección al río y al fuerte enemigo.

—El general tiene razón. Matamoros debe ser defendida, pero ¿cómo?

—Especialmente ahora que Taylor tiene más cañones.

—No tenemos los recursos para enfrentar un asalto —dijo Riley.

—Y no sólo eso. Nuestro puerto está en manos de los yanquis y nos queda poca comida.

Ximena no se acordaba de la última vez que había comido algo. No había sentido hambre hasta que, de repente, su última reserva de energía hizo que brotara un feroz gruñido en su estómago, y el recuerdo de las tortillas de maíz que se cocían en el comal la atormentó.

—Entonces, ¿morimos de hambre o sufrimos la derrota?

El irlandés apartó la mirada y guardó silencio.

Ximena comprendió que habría otras consecuencias. Si los yanquis atacaban y capturaban a los desertores, el teniente Riley y sus hombres morirían a tiros.

❈

Días después, Arista envió al general Requena para solicitarle a Taylor una tregua. El general yanqui se negó, afirmando que la captura de Matamoros era un hecho, aunque su ocupación podría llevarse a cabo sin violencia ni caos. Si Arista quería evitar más derramamiento de sangre, de inmediato tenía que retirar sus tropas y abandonar la ciudad.

Sin los refuerzos prometidos por el Ministerio de Guerra, Arista no tenía otra opción y ordenó a sus tropas que se prepararan para la retirada. Ximena sabía que no había suficientes mulas y carretas para transportar los suministros, para no hablar de los trescientos enfermos y heridos. ¿Se atrevería Arista a dejar a sus soldados y oficiales heridos a merced del enemigo?

Cuanto más pensaba en ello, más segura estaba de la respuesta. Las vidas de los pobres campesinos indígenas que estaban en sus filas eran de poco valor para los generales criollos. ¿No había visto ella cómo los soldados indígenas estaban mal vestidos, mal alimentados y mal adiestrados? ¿No les hablaban los oficiales con desprecio? Estos indígenas mexicanos fueron una vez un pueblo poderoso que ahora era oprimido y tratado como extranjeros en su propia tierra.

El 17 de mayo, Cheno y los otros exploradores regresaron a Matamoros para dar la alerta de que Taylor estaba en marcha. El momento para evacuar la ciudad y dirigirse a Linares había llegado.

—He conseguido un lugar para ti y tu abuela en uno de los vagones —Cheno le dijo a Ximena—. No hay tiempo que perder. Taylor ya tiene todos los barcos que necesita para cruzar el río y están llegando sus tropas.

—¿Y los heridos? Hay cientos de hombres mutilados en las tiendas-hospital.

—Los dejaremos aquí. El general ha trasladado a sus oficiales heridos a residencias privadas. El resto se quedará aquí con el capitán Berlandier, quien garantizará su seguridad.

—Estos hombres se merecen algo mejor que eso, Cheno. ¿Cómo puede Arista abandonar a sus compatriotas heridos?

La miró con resignación.

—Estoy de acuerdo contigo, pero no se puede hacer nada, Ximena.

La tomó de la mano para llevarla a la tienda donde Nana Hortencia estaba sahumando salvia sobre cada paciente para alejar las energías malignas. A pesar de la insistencia de Ximena, la anciana se negó a descansar y siguió atendiendo a quienes necesitaban sanar su dolor y su sufrimiento en el hospital provisional.

—Odio interrumpir la ceremonia, pero hay que darnos prisa si no quieres perder tu lugar en la carreta —le dijo Cheno.

Ximena miró a Nana Hortencia. Atender a los heridos de las dos batallas había sido demasiado para la anciana. Huir de la ciudad y cruzar una tierra árida y con poca agua seguramente la mataría.

—Mi nana y yo nos quedaremos aquí, Cheno. Ella no puede viajar y yo no la abandonaré, ni tampoco a estos hombres que se han sacrificado tanto por nuestro país.

—Quedarse aquí no es seguro. Cuando lleguen los *Rangers* de Tejas se desatará el infierno, y ya sabes de lo que son capaces.

—Nos arriesgaremos. Podemos ir al rancho si es necesario.

—No seas tonta, Ximena. ¿Dos mujeres solas e indefensas en un rancho quemado? Los *Rangers* andarán vagando libremente, no sólo aquí en la ciudad sino también en el campo, donde ustedes estarían solas. Si ellos no las atrapan, los comanches lo harán. ¡Escúchame, tú sabes que tengo razón!

Ella lo abrazó.

—Aquí nos quedamos bajo el amparo de Dios —dijo—. Cuídate, amigo mío.

※

Ximena y Nana Hortencia miraban a las tropas que salían de la ciudad. Después de perder sus huaraches en el río, muchos soldados marchaban descalzos. Los que estaban en el hospital y podían caminar se arrastraron desde sus catres, pues preferían arriesgarse en la ardua retirada que enfrentar a los bárbaros del Norte. Los lanceros que habían perdido sus caballos en la batalla llevaban sus monturas sobre los hombros. Algunos cañones habían sido arrojados al río, y las pertenencias y armas de las tropas habían sido abandonadas en la plaza. Estaban hambrientos, débiles, desmoralizados y muy fatigados, aun antes de iniciar la marcha.

—Mi niña, ¿estás segura de que quieres quedarte aquí? —dijo Nana Hortencia.

—No, pero no podemos abandonar a nuestros pacientes. Tú me has enseñado eso, Nana.

El teniente Riley y sus hombres se alinearon en la retaguardia de las columnas de infantería y las carretas que transportaban los únicos cañones que podían llevar avanzaban a trompicones. El irlandés, sentado en el cofre de municiones, se despidió con la mano al pasar.

—Que Dios las bendiga a ambas —dijo. Al igual que Cheno, intentó convencer a Ximena de que se fuera con las tropas, pero comprendió que ella cumplía con su deber y le deseó lo mejor.

—Las llevaré a las dos en mi corazón —dijo Maloney, mientras les decía adiós agitando su mano.

Nana Hortencia regresó al hospital, pero Ximena se quedó en

el camino viendo partir a las tropas. Las soldaderas caminaban o iban montadas en humildes burros detrás de las columnas, algunas de ellas embarazadas y otras con sus bebés envueltos en la espalda con un rebozo, sus rostros en la penumbra bajo los sombreros de palma.

Ximena echó una última mirada al camino polvoriento y fue a reunirse con su abuela.

16

Mayo de 1846
Matamoros, río Bravo

AL DÍA SIGUIENTE todos se habían ido. Las tropas, las soldaderas y casi mil habitantes de la ciudad desaparecieron entre la
nube de polvo que el ejército iba dejando a su paso. Acostadas en
sus catres, Ximena y Nana Hortencia escuchaban los murmullos
de los heridos. «Nos van a matar», decían. «El enemigo no tendrá
piedad». Se podía sentir su miedo. Muchos murieron mientras dormían, como si hubieran elegido la certeza de la muerte antes que la
incertidumbre de la ocupación yanqui.

Pero cuando Taylor apareció, no hubo baño de sangre. Cumplió
la promesa que le había hecho a Arista. Aun así, el dolor de ver a
la bandera mexicana que ondeaba sobre el Fuerte Paredes ser re-
emplazada por el estandarte del enemigo, hizo que Ximena sintiera
como si una bayoneta le atravesara el corazón. Cuando Taylor desti-
tuyó al gobernador mexicano y puso en su lugar al coronel Twiggs,
Matamoros quedó completamente en manos de los yanquis.

❀

Ximena y Nana Hortencia se quedaron en el hospital tanto como les fue posible, pues ése era el lugar más seguro. Para su sorpresa, Taylor ordenó a su propio equipo médico que ayudara a los enfermos mexicanos, y pronto hubo un hospital improvisado en cada calle. Para Ximena fue un alivio ver que los cirujanos yanquis y su personal no maltrataban a sus compatriotas heridos, como había temido. Ella y Nana Hortencia trabajaron codo a codo al lado de los yanquis, y aunque Ximena le suplicó a su abuela que descansara ya que había mucha ayuda, ella se negó a separarse de los enfermos. Por suerte, cuando los soldados se dieron cuenta de que no los iban a asesinar si yacían indefensos en sus catres, mejoró su moral y con ello sus ganas de vivir.

Mientras tanto, el resto de las tropas de Taylor fueron llevadas a través del río hacia la ciudad. Sus oficiales ocuparon residencias privadas y la mayoría de sus soldados instalaron sus tiendas de lona en la periferia. Sin perder tiempo, los comerciantes de *whisky*, los jugadores y las prostitutas que seguían al ejército de Taylor llegaron a la ciudad y surgieron lugares de mala reputación: salas de juego y salones de baile. Los norteamericanos se paseaban por Matamoros como si fueran sus dueños, especialmente los *Rangers* de Tejas, que se pavoneaban con sus pistolas y cuchillos de caza, con sus ojos salvajes escondidos debajo de sus sombreros y sus barbas y bigotes sucios que colgaban de su cara como si fueran musgo. Todos sabían que no se los podía controlar, ni siquiera el general yanqui o el nuevo gobernador podían con ellos. Se la pasaban bebiendo, jugando a las cartas y apostando, y si estaban en las calles violaban, golpeaban o asesinaban a la gente del pueblo. No había un día en el que no se denunciara un crimen o un robo, especialmente después de que empezaron a llegar más voluntarios yanquis para reforzar las tropas de Taylor, entre ellos más anglotejanos.

A finales de mayo, Ximena se enteró de que el gobierno de los Estados Unidos había declarado oficialmente la guerra a México, afirmando que «se había derramado sangre estadounidense en suelo estadounidense». Ximena se enfureció ante la mentira. ¡La tierra entre el río Nueces y el río Bravo no era suelo estadounidense! Esta guerra se basaba en una mentira y los soldados yanquis estaban allí para defenderla.

Muy pronto, los buques de vapor entraron por el río y los habitantes de Matamoros se alinearon en las orillas para verlos ir y venir con sus bocanadas de humo negro, transportando a las tropas y los suministros de Taylor. Era una gran novedad ver esos buques. Incluso a Nana Hortencia le gustaba verlos pasar, ahuyentando a los pájaros con sus estridentes silbidos.

Comenzaron las lluvias de verano y con ellas el río creció hasta que sus aguas se desbordaron, convirtiendo la zona en un pantano. Con las lluvias hubo una explosión de mosquitos y la enfermedad pronto se propagó por la ciudad. Por si fuera poco, los nuevos reclutas yanquis traían del norte males como el sarampión, y la peste se propagó desde los regimientos hacia la región. Cientos de los hombres de Taylor cayeron enfermos y fueron atendidos en los hospitales provisionales de la ciudad. La marcha fúnebre sonaba durante todo el día mientras los yanquis enterraban a sus muertos. Luego, un brote de sarampión se llevó la vida de muchos niños mexicanos. Después de varios días y noches de estar atendiéndolos, Nana Hortencia también contrajo la enfermedad. Las batallas la dejaron débil, se había entregado tanto al trabajo que su cuerpo ya no tenía fuerzas para luchar.

Ximena cuidó a su abuela, que parecía marchitarse ante sus ojos.

Rezó para que la intervención divina impidiera su muerte. Sólo por esta vez, pedía que se le otorgaran poderes curativos para hacer el milagro de curar a su abuela de la fiebre que asolaba su cuerpo, de la infección en sus pulmones, del sarpullido que se le había extendido desde la cara hasta los pies, como si la estuviera consumiendo poco a poco.

—Pronto te sentirás mejor, Nana —le dijo Ximena, mientras colocaba una compresa de manzanilla sobre los ojos inflamados de la anciana.

Nana Hortencia tosió y sacudió la cabeza.

—Suéltame, niña —murmuró con la voz ronca y débil—. El Creador quiere que mi alma se vaya con él.

—No. No puedes dejarme, Nana. ¿Qué voy a hacer sin ti?

La anciana se quitó el trapo de los ojos enrojecidos para mirar a Ximena. La tomó de la mano y sonrió débilmente.

—No estarás sola, mijita. Ten fe.

Pero, ¿cómo podía Ximena tener fe cuando parecía que Dios trataba de llevarse a todos sus seres queridos? ¿De qué servía su don de curación si no podía mantener viva a la única persona que la amaba en esta tierra?

Al día siguiente, Nana Hortencia le dijo a Ximena que quería irse de este mundo bajo el manto estelar. Como sabía que su abuela no podía soportar la luz del día, esa noche Ximena la sacó del hospital en una carretilla prestada. Bajo el resplandor del crepúsculo, llevó a su nana a la orilla del río para que escuchara el canto nocturno de los pájaros. A través de las copas de los árboles vieron cómo la luna se iba elevando. Ximena se sentó en el suelo húmedo, junto a la carretilla donde su abuela yacía envuelta en una manta tejida, arrullada por el gorgoteo de las aguas del río Bravo. Hacia la medianoche, cuando la luna se acercaba a su punto más alto, el alma de la anciana entró en el mundo de los espíritus. Su último aliento de vida se unió al soplo del viento que fluía a lo largo del río y susurraba entre los árboles iluminados por la luna. Ximena se quedó allí con su abuela hasta las primeras luces de la mañana. Contempló el rostro de Nana Hortencia, noble y sereno, sin rastros del sarpullido. Sus ojos, tan claros como la luz de la luna, mirando hacia el cielo.

❁

Después de enterrar a su abuela, Ximena se sintió como una de esas plantas rodamundos, indefensa ante el capricho de los fuertes vientos que la hacían andar girando por las llanuras. Ahora no tenía nada ni nadie a quien aferrarse.

Estos pensamientos la agobiaban mientras caminaba rumbo a la iglesia para el novenario que se hacía una semana después del entierro de Nana Hortencia. Pasó delante de un vendedor de fruta que estaba al lado de la plaza y habría seguido caminando si él no la hubiera detenido. Tardó un momento en darse cuenta de que era Juan Cortina. Llevaba un sarape y un sombrero de palma y vendía melones en una pequeña carreta jalada por un burro.

—Cheno, ¿qué...?

—Haz como si no me conocieras —le dijo. Agarró un melón y se lo ofreció—. Tome, señorita, por favor, pruebe este delicioso melón traído directamente desde mi huerta —continuó—. Nos vemos en la iglesia —susurró, y luego volteó hacia la multitud y gritó—: Melones, melones, vengan por sus melones, señoras y señores.

Ximena atravesó la plaza hasta la iglesia, teniendo cuidado de no parecer sospechosa. Había soldados yanquis patrullando la zona y ella estaba segura de que Cheno se metería en problemas si sospechaban de él. No le cabía duda de que estaba espiando a los yanquis. De vez en cuando, los hombres de Taylor capturaban espías y los encarcelaban en el fuerte situado frente a Matamoros, al que habían rebautizado como Fuerte Brown en honor a su comandante caído.

Ximena se sentó en una de las bancas y esperó a Cheno. La misa comenzó y mientras escuchaba al sacerdote no podía dejar de mirar las paredes destrozadas de la iglesia. Las estatuas y el crucifijo habían desaparecido. El aire apestaba a estiércol de caballo. Los *Rangers* habían profanado y robado la iglesia, usándola como establo antes de que Taylor los obligara a salir. Luego se dedicaron a saquear y a destruir las propiedades privadas, quemando los ranchos. Sobre todo abusaban de los indefensos campesinos que vivían en jacales fuera de la ciudad, donde no llegaba la guardia de Taylor.

Cheno apareció finalmente hacia el final del servicio. Se sentó a su lado y le dijo:

—Siento mucho lo de tu abuela, Ximena.

Cuando el sacerdote terminó la misa, salieron juntos de la iglesia. Era el atardecer y los soldados yanquis recorrían el pueblo buscando dónde cenar. Cheno la ayudó a subir a su carreta y se dirigieron hacia las afueras de la ciudad, donde se escondieron entre los mezquites. El calor sofocante irradiaba del suelo y el aire húmedo vibraba con el canto de las chicharras. La canícula, esos terribles días de verano, llegaría pronto.

—Me voy de aquí esta noche para informar a nuestras tropas —dijo Cheno, y ella confirmó su sospecha de que estaba en la ciudad para espiar a Taylor—. Están de camino a Monterrey. Ven conmigo, Ximena. Taylor saldrá pronto de Matamoros para enfrentarse a nuestras fuerzas. Te necesitamos en la próxima batalla.

Ximena pensó en su casa. Ahora que los enemigos se estaban retirando, especialmente los *Rangers*, podría volver a su rancho, reconstruirlo y hacer todo lo posible para lograr que la tierra le ofreciera una nueva forma de vida. ¿Pero para qué? Estaba sola y había perdido a su guía espiritual. Se sentía tan vacía como el cascarón que dejan las chicharras. Su abuela le había dicho a menudo que ese vacío era la peor de las enfermedades. Pero ¿cómo iba a sanar su espíritu sin risas, alegría ni amor en su vida?

Un graznido en el cielo le hizo levantar la vista. Dos águilas se peleaban en el aire, persiguiéndose en el cielo ardiente. Mientras ese escándalo amenazante cortaba la húmeda tarde, Ximena vio algo que caía dando vueltas. Se bajó de la carreta y corrió a buscarlo.

—¡Cuidado! —dijo Cheno mientras Ximena se abría paso entre los arbustos espinosos.

Las espinas de los arbustos la arañaron, pero ella logró tomar el objeto de la rama donde había caído.

—¿Qué es? —preguntó él.

—Una pluma de águila real —dijo ella.

En el resplandor del sol poniente apenas si podía ver la sangre que cubría la pluma. Ximena pensó en su abuela. Nana le había dicho que buscara la señal. Sostuvo la pluma ensangrentada del águila y se preguntó si sería un presagio de las heridas que sufriría el alma sagrada de México.

¿Acaso el águila que una vez devoró a la serpiente ahora estaba siendo devorada?

SEGUNDA PARTE

El águila y el trébol

17

Septiembre de 1846
Monterrey, Nuevo León

EN LOS PARAPETOS de la ciudadela, a seis metros del suelo, Riley revisaba la posición de un cañón mientras sus ojos recorrían el camino hacia la ciudad. En cualquier momento las tropas yanquis aparecerían y él con sus artilleros estarían listos para recibirlas.

Después de perder Matamoros, las tropas mexicanas atravesaron más de trescientos kilómetros de terreno desolado, soportando calores abrasadores y frías lluvias torrenciales. Muchos hombres murieron en esos polvorientos caminos a causa del hambre, el agotamiento o el suicidio antes de que el Ejército Mexicano del Norte, o lo que quedaba de él, llegara finalmente a la ciudad de Linares. Perdieron muchos hombres buenos en su retirada. Luego de pasar tres semanas en Linares, recuperándose de aquel calvario, las tropas bajo el mando del general Mejía continuaron su camino durante otros cien kilómetros hacia el noroeste para llegar a Monterrey, en el estado de Nuevo León, mientras que el general Ampudia se dirigía a la Ciudad de México en busca de refuerzos.

El general Arista fue sometido a un consejo de guerra y destituido del ejército, mientras que el presidente Paredes fue derrocado. Cuando Ampudia regresó a Monterrey con tres mil soldados más y dieciséis piezas de artillería, trajo también una orden del nuevo gobierno que lo reincorporaba como comandante en jefe del Ejército del Norte y le autorizaba a dar la batalla en Monterrey ante el ejército yanqui que se acercaba. Para Riley, lo mejor del viaje de Ampudia a la capital era el cofre de piezas de oro que trajo para finalmente pagarles a las tropas. Por medio de los sacerdotes de la ciudad, Riley pudo enviarle una buena cantidad de dinero a Nelly.

Su batería quedó ubicada en la ciudadela bajo la dirección del general Tomás Requena, el segundo al mando de Ampudia. De hecho, la ciudadela era una iglesia a medio construir que estaba al norte de la ciudad, a casi un kilómetro, en medio de una llanura.

—Cuando lleguen esos cabrones, los que intenten entrar a la ciudad por aquí se las van a ver con nuestras armas —dijo John Little con orgullo mientras acariciaba el cañón que estaba lustrando.

El cañón favorito de Riley era uno de 18 libras, hecho de bronce y fabricado en Liverpool en 1842, que tenía un grabado con las palabras *República Mexicana*. Lástima que la mayor parte de los cañones que poseían los mexicanos fueran viejas reliquias de bronce y latón, usados durante la Guerra de la Independencia de España.

—Sí, hay que defender Monterrey a toda costa, sería una deshonra entregar la ciudad sin luchar —dijo Riley. Monterrey no sólo era el centro de la cultura y el comercio, también era la ciudad más importante que conectaba la frontera norte con la capital. Sabía que si esta ciudad caía sería un gran golpe para el país.

Le encantaba la ubicación tan pintoresca de Monterrey, con sus colinas muy cerca de la Sierra Madre, que la rodeaban por tres lados. La montaña del este parecía la silla de montar de un caballo, la del oeste se veía como una reunión de obispos con mitras. Las dos altas colinas que estaban en el oeste, la Independencia y la Federación, servían como portales de la ciudad. Se podía ver la gigantesca bandera tricolor mexicana ondeando sobre el obispado. El río Santa Catarina, brillante y azul, abrazaba el perímetro sureste de la ciudad y servía de foso natural que la protegía contra el asedio.

—Cuando por fin se nos cumpla traer a nuestras familias, ojalá que les guste esta ciudad tanto como a nosotros —dijo Quinn.

—¡Claro que les gustará! —le contestó Riley, dándole una palmadita en la espalda—. En mis cartas ya le conté a mi esposa todo sobre Monterrey y también sobre aquellas haciendas. Un día, si Dios quiere, seremos dueños de una.

Mientras los hombres contemplaban las nobles haciendas de las afueras de la ciudad, se imaginaban viviendo allí, rodeados de ricos campos de maíz y caña de azúcar o de huertos de higos, granadas y aguacates. En Irlanda los ingleses se habían quedado con todo. Las campanas de la catedral estaban dando la hora y ésto le recordó a Riley el trabajo que tenían pendiente.

—¡Vamos, hombres! Ya es tarde y esa zanja no se cavará sola. ¡A trabajar!

Riley sacó pluma y papel para disponerse a terminar un nuevo escrito. Un día antes, el general Ampudia le había pedido ayuda para redactar otra carta a los irlandeses y a los demás extranjeros que estaban en las filas del enemigo. Leyó lo que había escrito: *Es bien sabido que la guerra librada por el gobierno de los Estados Unidos en contra de la República de México es injusta, ilegal y anticristiana, por lo que nadie debe contribuir a ella...* Sostuvo el papel blanco en alto y lo imaginó revoloteando, arrastrado por el viento sobre los campos sembrados, verdes y frescos. Pronto vendrían más compatriotas suyos y él estaría preparado para recibirlos.

✵

Una vez que terminaron su jornada, Riley y sus hombres regresaron a la ciudad. Él a caballo y sus hombres haciendo barullo detrás, en carretas tiradas por mulas. En el puente que cruza el arroyo Santa Lucía y señala la entrada al centro de la ciudad, se detuvieron ante la estatua de Nuestra Señora de Guadalupe, la patrona de México. Verla era reconfortante.

Cruzaron el puente hacia la ciudad y Riley se alegró de ver que las tropas estaban construyendo fortines y reductos, cavando trincheras, fortificando casas de civiles y edificios públicos. Había barricadas en todas las calles. Incluso la catedral jugaba su papel y serviría como almacén principal del ejército, aunque a Riley le disgustaba la idea de que la sagrada casa de Dios estuviera llena de cajas de pólvora y balas de mosquete. Toda la ciudad se estaba convirtiendo en una fortaleza, pero nada de eso le quitaba su magnificencia.

Al pasar frente a la botica, vieron a Ximena y a Maloney que salían de allí. Semanas antes, cuando había llegado ella, el anciano pidió que lo sacaran de la cuadrilla de artillería y lo destinaran al cuerpo de hospitales para atender a los enfermos junto a Ximena. Él y la joven viuda se habían vuelto inseparables.

—¡*Dia dhuit*! —dijo Maloney, saludando con la mano.

—Suban —dijeron los hombres, mientras detenían las carretas—. ¿Quieren comer algo?

Riley desmontó de su caballo y se quitó el chacó.

—Buenas tardes, señora Ximena. ¿La ayudo con éso? —le preguntó, señalando la enorme canasta que cargaba en sus brazos.

—¡Qué amable!, pero no pesa —respondió ella, levantando la tapa—. No encontré en la botica lo que necesito.

—Lo siento. ¿Y tú, amigo? Parece que estás de buen humor —dijo Riley, feliz de volver a ver a Maloney tal como era.

—¡Por Dios, me siento tan feliz como en un día de verano! ¡El aire de la ciudad es agradable y la compañía de esta bella criatura han rejuvenecido mi espíritu!

—¿Nos acompañan a cenar? —les preguntó a ambos.

Ximena miró a Maloney y le dijo:

—Ve tú. Yo me encargaré de esto.

—No puedes ir a recoger plantas tú sola —dijo Maloney—. No es seguro, querida. Los yanquis van a aparecer en cualquier momento.

—Permítame acompañarla, Señora mía —dijo Riley.

Ella asintió.

—Gracias, teniente.

Pasaron por el caballo y los utensilios de Ximena para ir a las afueras de la ciudad, más allá de los campos de maíz y cañaverales y en dirección de los matorrales.

—No es como Irlanda, ¿verdad? —le preguntó ella mientras trotaban a caballo. El campo se extendía ante ellos, kilómetros y kilómetros de tierra semiárida cubierta de plantas que él no sabía que existían hasta que llegó a esta parte del mundo, tan lejos de los nebulosos valles y cañadas de avellanos de Irlanda. No había muchos árboles, pero sí arbustos achaparrados, yuca y palmito, y toda clase de cactus en matorrales impenetrables de hasta seis metros de altura y otros que apenas se asomaban por encima del suelo.

—Sí. No se parece en nada a la Isla Esmeralda —le dijo con una sonrisa—. No podría ser más diferente.

—Imagino que mi país no es tan hermoso como Irlanda —dijo ella mientras detenía su caballo—. Hay demasiadas cosas que pican o espinan.

Él se rio y dijo:

—Bueno, es verdad, Ximena. ¿Me cree que en Irlanda no hay serpientes?

—¿Cómo es posible?

—Pues, es gracias a San Patricio, que tan sólo con el poder de su fe expulsó hacia el mar a los reptiles venenosos.

Se bajó del caballo y le ofreció sus brazos para ayudarla a bajar. Aunque ella era una excelente jinete y no necesitaba ayuda, Riley se alegró de que no lo rechazara. Por el contrario, ella le tendió la mano. Los pocos segundos en los que él la sostuvo en el aire, cuando sus brazos se entrelazaron y sus rostros estuvieron a punto de tocarse, algo se despertó en lo más profundo de su ser. Él deseó poder abrazarla, sentir su cuerpo contra el suyo. Desde que ella había llegado a Monterrey, él había disfrutado cada vez más de su compañía, pero eso luego le producía un sentimiento de culpa y se pasaba noches en vela reprendiéndose por el placer que había sentido.

Ximena agarró su bastón para caminar y le dio otro a él.

—Traje uno para usted también, porque la fe no nos salvará de una picadura. —Ella lo miró por debajo de su sombrero de paja y le sonrió.

Él la siguió, observando cómo se balanceaban suavemente su colorida falda y sus enaguas mientras buscaba plantas. Cuando ella descubrió una de las que necesitaba se arrodilló y empezó a cavar con el cuchillo que siempre traía a mano.

—Esta planta es buena para detener la sangre —dijo, mientras trataba de arrancarla.

—Espero que no necesitemos mucha. —Él la jaló hasta sacarla.

—A Ampudia sólo le preocupa su victoria —dijo—. No piensa en los soldados que van a morir. Sacrificará a muchos.

—Pero la libertad de su país merece el sacrificio, ¿no es así?

—Sí, por la libertad, pero no por vanidad ni por hambre de gloria. Joaquín dio su vida para proteger nuestro hogar. Ampudia, él...

—No es como su marido y nunca lo será. Pero tenemos suficientes hombres y Monterrey está bien fortificada. Démosle a nuestro comandante el beneficio de la duda, todos tenemos nuestras fallas.

—Dios quiera que usted tenga razón, John Riley.

A su gran vergüenza, el estomagó de Riley dio un gruñido. Al parecer Ximena no se había dado cuenta, pero caminó hacia un matorral de cactus espinosos a los que les sobresalían unas peque ñas bolas rojas—. ¿En Irlanda tienen tunas? —le preguntó ella.

Él negó con la cabeza. Desde que comenzó a marchar con el ejército de Taylor había visto en todas partes ese nopal. También lo había visto en el escudo de armas de la bandera mexicana y se preguntó si sería, simbólicamente, lo que el trébol era para los irlandeses. Desde que se cambió de bando lo había comido muchas veces, pero aún no había probado su fruta. Ximena se puso los guantes y arrancó las tunas para ponerlas en su canasta.

—Tenga cuidado con las espinas —le dijo—. Venga, vamos a encender una pequeña fogata y así probará las tunas.

Cuando el fuego estuvo listo, ella pasó cada tuna sobre las llamas para chamuscar sus espinas. Lanzó un grito al pincharse la mano con una que atravesó su guante.

—Nada es fácil en este lugar, ¿verdad?

Ella se encogió de hombros:

—Vale la pena el esfuerzo —le dijo—. Son buenas, de veras.

Entonces ella lo miró y sus ojos se encontraron durante unos segundos. Riley sitió un fuego interno. Desvió la mirada y se limpió el sudor de la frente con la manga. Se sentía mareado y detestaba la sensación de perder el control de sus sentidos, de sus sentimientos, de su cuerpo. La mente se le nublaba cada vez que estaba cerca de ella. Lo embriagaba su olor, el tono de su voz y la aurora en sus ojos color ámbar, sin que él pudiera evitarlo.

—Las tunas son buenas para los dolores de cabeza, cuando hay exceso de bebida —dijo ella—. Dígales a sus hombres que coman tunas antes de entrar a las pulquerías.

—Sí, se han aficionado al pulque y al mezcal. —Riley había probado el pulque, un licor lechoso que los mexicanos saboreaban, y no le había gustado mucho su olor ni su sabor. Maloney, en cambio, lo bebía como si fuera la mejor cosa que hubiera pasado por su garganta.

Ximena sacó su cuchillo.

—Ahora, teniente, atención, por favor. —Cortó los dos extremos y luego la cáscara en línea vertical a lo largo de la fruta—. Se le quita esta piel dura. —Cuando la peló, Riley contuvo la respiración y se sorprendió al ver la carne de la tuna, tan roja, brillosa y jugosa. Ella se la ofreció y él llevó la fruta a su boca, disfrutando la combinación de sabores, dulce y ácida a la vez, similar a las frambuesas que crecían silvestres en las zarzas cercanas a la casa de su infancia.

—Tiene razón, Ximena, valen la pena.

Ella se rio y le arrojó otra. Él la peló como ella le había enseñado y se la comió, saboreándola. El sol empezaba a descender y las delicadas sombras de los arbustos y los cactus se alargaban

a su alrededor. El Cerro de la Silla, que se alzaba majestuoso sobre ellos, se iba tiñendo de rojo. Riley no quería regresar. Quería
quedarse ahí, comiendo tunas con ella junto a la fogata, contemplando cómo el sol se rendía ante la luna que aparecía al otro lado
del cielo.

❄

Regresaron bajo el tenue crepúsculo, en una gozosa cabalgata por
la llanura. Al día siguiente se iba a celebrar el vigésimo quinto aniversario de la Independencia de México, pero las fiestas comenzarían esa misma noche con un discurso del general Ampudia,
seguido de una misa. Juntos pasaron por delante de la catedral
que daba a la plaza, donde había vendedores de comida: tacos,
elotes asados y camotes horneados. Había arcos de flores rojas,
blancas y verdes que adornaban la entrada de la catedral y cuerdas con papeles coloridos que flotaban sobre la plaza. Una banda
tocaba y el viento esparcía su música.

Riley acompañó a Ximena hasta la puerta del Hospital de Nuestra Señora del Rosario, un par de manzanas al este de la catedral.

—Gracias por su ayuda, teniente —le dijo ella, mientras él la
ayudaba a desatar las canastas de provisiones.

—Cuando se te ofrezca, Ximena. Yo estoy a tus órdenes. Nos
vemos en un rato.

La vio entrar en el hospital y se retiró en busca de sus hombres.

18

Septiembre de 1846
Monterrey, Nuevo León

ESA NOCHE, RILEY y sus hombres estaban sentados con Ximena alrededor de la fuente en la plaza mayor, comiendo tacos de cabrito y machito mientras veían llegar a la gente del lugar.

—Es un día de fiesta, la independencia de tu país —le dijo John Little a Ximena.

—Platícanos, muchacha, háblanos de la independencia de tu país —dijo Maloney.

—Bueno, hace treinta y seis años un sacerdote llamado Miguel Hidalgo dio el grito que inició la revuelta para que el pueblo luchara contra España. Se lo llama *El Grito de Dolores*. —Terminó su taco y continuó—: Fueron once años de lucha. ¡Demasiada sangre! ¡Demasiada muerte! Pero en el año 1821, que es cuando yo nací, recuperamos nuestro país quitándoselo a los españoles. La Nueva España se convirtió en los Estados Unidos Mexicanos o México.

—Fue tu suerte nacer en un país independiente —dijo Riley.

—Un día, tendremos nuestro propio *El Grito* —dijo Mills, mirando a sus compañeros.

—¡Un día seremos la República de Irlanda! —dijo John Little.

Levantaron sus jarros llenos de pulque y brindaron por el futuro de su amada tierra. Riley notó la mirada preocupada de Ximena.

—No pareces muy contenta de celebrar la independencia de tu país.

—Perdón. Deseo la libertad para su patria, de verdad. Pero acabo de recordar que cuatro de nuestros cinco líderes murieron... ejecutados.

—¿Ejecutados? —preguntó—. ¿Por un pelotón de fusilamiento? Ella asintió.

—Sí, pagaron un enorme precio por la libertad.

—La libertad tiene un costo —dijo Little.

—Sí, yo daría mi propia vida para liberar a nuestro desdichado país —dijo Riley.

—Entonces brindemos por la libertad de Irlanda —dijo Maloney, levantando su jarro nuevamente—. Si vamos a morir que sea en Irlanda, para reunirnos felizmente en el cielo.

Los hombres levantaron sus jarros y gritaron:

—¡*Bás in Éirinn*!

Las campanas comenzaron a repicar y Riley se despidió de sus amigos. Caminó rumbo a la sacristía, que hacía las veces de cuartel general, para ocupar su lugar al lado de los oficiales reunidos junto a la catedral. Allí se pusieron en posición de firmes, observando cómo Ampudia era escoltado por su personal, provisto de antorchas. Riley y los demás oficiales siguieron a su comandante en un desfile que se dirigió al centro de la plaza, donde las tropas y la gente del pueblo se habían congregado. La escolta de honor encabezaba el desfile y la banda militar tocaba una canción de guerra, mientras los civiles y los soldados saludaban el paso de la bandera. Una vez que llegaron a la plaza, Ampudia recibió la bandera tricolor y la levantó en lo alto, girando hacia la multitud que se encontraba ante él. Miles de personas más habían llenado las calles, los balcones y las azoteas de los edificios cercanos.

—¡Mexicanos! —gritó Ampudia—. ¡Vivan nuestros héroes que nos dieron paz y libertad! ¡Viva Hidalgo! ¡Viva Morelos! ¡Viva Allende! ¡Viva la independencia nacional! ¡Viva México!

La multitud vitoreaba y gritaba «¡Viva!» y «¡Bravo!» una y otra vez. Ampudia hizo sonar una campana, y de repente comenzaron a sonar todas las campanas de la ciudad, desde la de la catedral hasta la de la capilla más pequeña. Se lanzaron cohetes al aire que estallaron sobre la ciudad. Ampudia ondeó la bandera de lado a lado, mientras la banda tocaba otra canción de guerra y la gente cantaba con toda la fuerza y el orgullo de que era capaz.

El general concluyó su discurso y la multitud lo volvió a vitorear. Riley no entendió todo lo que dijo el general, pero alcanzó a darse cuenta de que el comandante habló de proteger Monterrey a toda costa. Su discurso despertó el patriotismo de la gente y alimentó su entusiasmo por la venganza y el deseo de gloria. En la catedral no entraban todos los habitantes de la ciudad, por eso los sacerdotes salieron a oficiar la misa al aire libre. Miles de personas se arrodillaron y rezaron; civiles y soldados codo a codo. Sus voces se elevaron al unísono hasta lo alto del cielo, pidiéndole a Dios protección y su bendición para la batalla que se avecinaba.

Después de la misa se celebró un fandango en la plaza principal. El brillo de la luz de la luna resplandecía a través de las palmeras.

Las antorchas y las luces iluminaban el torbellino de siluetas que giraban al son de los violines y las guitarras. Riley se abrió paso a través de la multitud y encontró a sus hombres bailando con muchachas lugareñas. Vio a Maloney haciendo girar a Ximena, con las mejillas sonrojadas y los ojos brillantes de alegría. Riley sonrió ante la encantadora escena; nunca había visto a Maloney tan feliz. Tenía los pies ligeros, como Ximena, que bailaba con el mismo infatigable vigor con el que ella hacía todo. Al escuchar los sonidos de júbilo, Riley comprendió que esa noche era un regalo que debían atesorar. Al día siguiente volverían a preocuparse por la guerra, pero al menos, en este momento, la música y las risas eran un bálsamo que adormecía las preocupaciones.

Al comienzo de un vals muy animado, Maloney vio a Riley y le hizo un gesto para que se acercara.

—Ahí estás muchacho, ven y ocupa mi lugar. Estos viejos huesos no pueden seguir el ritmo de mi encantadora compañera. Vamos, disfruta de la música.

Riley dudó antes de tomar a Ximena en sus brazos, pero pronto brotó un sentimiento de culpa, pues a Nelly le encantaba bailar. Él tenía la gracia de una oveja que baila sobre sus patas traseras, pero ella siempre se las arreglaba para sacarlo a bailar cada vez que había una gaita o un violín presentes. Ximena se dio cuenta de su indecisión y sonrió con simpatía.

—¿Nos sentamos? —propuso, tratando de alejarse de la pista de baile hacia la banca donde los esperaba Maloney.

Riley le agarró el codo y le dijo:

—No soy muy bueno para esto, pero me gustaría intentarlo un poco más, si no te importa que te pise.

Ella se rio y de buena gana se dejó llevar. No hizo ningún alboroto cuando le pisó sus pequeños pies ni cuando chocaban con otras parejas. Él estaba demasiado nervioso para concentrarse, mientras que ella era elegante y se balanceaba como una flor nocturna del desierto que se despliega en la calurosa noche. Riley podía sentir el calor de su cuerpo, ver la delicada curva de su cuello y el valle que se formaba entre sus pechos y se asomaba a través de los encajes de su blusa blanca, mientras la luz de la antorcha proyectaba un brillo plateado en su pelo negro trenzado. Sintió un calor súbito y se sonrojó, como si hubiera comido un puñado de chiles piquín. Cuando ella lo miró con sus encantadores ojos de miel, un brillo ardiente se extendió por su cuerpo desde adentro hacia afuera. *Perdóname, Nelly.* Intentó recordar el aspecto de su mujer y por un momento, sólo un breve instante, todo lo que pudo ver fueron las frías nubes de niebla que la habían envuelto aquella mañana en que él partió. Soltó a Ximena con tanta rapidez que ella por poco se cae.

—Discúlpame. No quería...

—No se preocupe, teniente Riley —le dijo Ximena, recomponiéndose. Se puso el rebozo sobre la cabeza y los hombros, dejando su rostro en la sombra—. Es una velada agradable, pero ya me voy a dormir. Buenas noches.

Al escuchar su voz dolida, él se acercó y le dijo:

—Espera un minuto, por favor...

Pero ella desapareció entre la multitud y él no tuvo valor para seguirla.

Maloney se acercó a su lado.

—Vamos, no te sientas culpable. Después de todo eres un humano.

Riley volteó a verlo.

—Tomemos un trago. Yo invito.

✳

Había evitado las tabernas, pero esa noche él y Maloney encontraron una mesa vacía en la cantina frente a la plaza. Mientras los músicos tocaban sus corridos llenos de pesadumbre y lamentos, Riley tomó un trago de tequila y luego otro. Un rayo líquido de sol mexicano.

—Tranquilo. O te vas a emborrachar, ya verás —dijo Maloney, acercando la botella a su lado de la mesa.

—Es el Día de la Independencia, un día para celebrar. —Riley le acercó su jarro a Maloney y lo mantuvo en el aire. El anciano se negó a darle más. Riley lo dejó a un lado y suspiró. Su amigo tenía razón y se avergonzaba de que ahora era Maloney quien le impedía hundirse en el alcohol—. Es un trago de consuelo, ¿no es eso lo que solía decir Franky?

—Pobre de ti, John Riley, que tu alma está sufriendo por algo que no se puede evitar —le dijo Maloney—. Por Dios, hasta un ciego se encapricharía con esa hermosa viuda. Verla lo llena a uno del mismo placer que provoca remover la tierra con la pala después de un duro invierno.

Riley sabía lo que él quería decir. Como el aliento de la primavera, su voz, su olor, su propia esencia, le hacían sentir que había esperanza en el mundo.

—Dejé a mi esposa derramando lágrimas amargas por mí y ahora aquí ando, faltándole el respeto, traicionándola. Luchando en una guerra ajena. Encaprichándome con otra mujer... *¡Arrah!*

Riley le quitó la botella al viejo y llenó su jarro, pero antes de llevárselo a la boca se detuvo y arrojó el líquido por encima del hombro en señal de derrota, luego se levantó.

—Será mejor que deje de dar este maldito espectáculo y me vaya a dormir. Nos vemos mañana.

❋

Durante los días siguientes evitó a Ximena. No tenía el valor suficiente para verla, así que renunció a quedarse en la residencia privada donde se alojaban los oficiales y permaneció en la ciudadela con los otros artilleros. Usando su cantimplora como almohada, se acostaba a lo largo junto a los cañones y se dormía envuelto en una cobija multicolor y húmeda por el rocío de medianoche. Riley temblaba mientras trataba de encontrar alguna respuesta escrita en el brillante firmamento. Le escribió cartas a Nelly bajo el débil brillo de una linterna, pero las rompió y dejó que los trozos revolotearan en el viento. ¿Qué podía decirle que no fuera una mentira? ¿Que la echaba de menos? ¿Que deseaba estar con ella? Aun mientras escribía esas mismas palabras sus ojos buscaban el campanario de la catedral, pues sabía que Ximena estaba en el hospital. Necesitó toda su fuerza de voluntad para no bajar desde la ciudadela, cabalgar el kilómetro que lo separaba de la ciudad y recorrer aquellos adoquines que lo llevarían hasta ella. ¡No!, no podía escribirle a su mujer y decirle falsedades. ¿En qué clase de hombre se había convertido? ¿En uno que traiciona su alma y permite que su esposa se aferre a falsas promesas? No podía ser esa clase de hombre.

—Perdóname, Nelly —dijo, mientras rompía otra carta y se quedaba viendo cómo los pedazos flotaban en el viento hacia las montañas que arañaban el cielo. Miró la luna y se imaginó que estaba en Clifden, recorriendo un campo sombrío y brumoso en lo alto de un sendero solitario. Su cabaña se alzaba contra una ladera en el fondo de una cañada. Guiado por las estrellas que lo iluminaban, caminaba por la tierra de su juventud. Saltaba para atravesar un arroyo cuyas aguas plateadas iban desapareciendo entre las profundidades del valle y se perdían a lo lejos entre sinuosas colinas. Justo cuando apareció la cabaña adormecida se detuvo a mirarla; sus paredes de piedra parecían más suaves bajo la luz de la luna, se veían espléndidas en la quietud de la noche. Siguió bajando por la pendiente hasta que llegó a la puerta. La tocó con la mano y dudó, era demasiado cobarde para atreverse a abrirla. Se imaginó a Nelly durmiendo dentro y a Johnny en su catre junto a la chimenea, donde crepitaba el fuego. ¿Qué les diría Riley cuando los viera? ¿Qué le dirían ellos a él?

Abrió los ojos y fijó su mirada en la pálida luna mexicana, que en ese momento desaparecía entre las espesas nubes de lluvia que pasaban sobre él. Riley no se sentía con derecho a imaginar el reencuentro con su familia. Todo dependía de la clase de hombre que fuera para entonces. Un hombre cabal o un desgraciado.

✳

Se sintió agradecido cuando una nube de polvo se levantó en la distancia y supo que había llegado la hora de combatir. Sólo entonces pudo apartar a Ximena de sus pensamientos. Cuando sonaron las cornetas y los tambores, el soldado que llevaba dentro tomó el control y su mente inquieta se concentró en cómo derrotar definitivamente al enemigo.

—¡Ahí vienen los yanquis! —gritaron los artilleros.

A través de su catalejo, Riley vio a las fuerzas de Taylor marchar hacia ellos

—Vamos a darles una cálida bienvenida, amigos —dijo Riley;

sus cañones escupieron fuego, seguido por un estruendo que resonaba contra las montañas. Era una advertencia, un reto, un desafío. A través del humo que salía de la boca de su cañón, Riley pudo ver al grupo de Taylor dar la vuelta para regresar con el resto de su ejército.

Esa tarde, Juan Cortina volvió a la ciudad y se detuvo en la ciudadela para avisar que los yanquis estaban acampando a cinco kilómetros de distancia en un huerto de árboles de nogales, conocido como los Bosques de Santo Domingo. Cortina había esparcido los nuevos volantes por el campamento para que los encontraran y leyeran a la mañana siguiente. Ampudia colocó centinelas a lo largo de los caminos, con instrucciones de escoltar a los desertores que quisieran unirse a las filas mexicanas.

Al día siguiente, el 20 de septiembre, Monterrey celebraría su aniversario número doscientos cincuenta, pero en la víspera de tan importante acontecimiento, en lugar de los acostumbrados fandangos y celebraciones, más familias huyeron apresuradamente de la ciudad. Los que se quedaron se reunieron silenciosamente con las tropas en la plaza central para rezar por la victoria. Riley no salió de la ciudadela para evitar a Ximena. No quiso entrar en la ciudad esa noche. Ése era su castigo.

Los sacerdotes llegaron para bendecir las armas y las tropas. Riley y sus hombres no pudieron dormir. Riley pensó que Ximena estaría en el hospital. Debería haber ido a verla para aclarar las cosas entre ellos. Si le pasaba algo a alguno de los dos... No, se negó a seguir pensando en eso. Se persignó y rezó en silencio, por él, por Ximena y por su esposa.

19

Septiembre de 1846
Monterrey, Nuevo León

LUEGO DEL PRIMER día de batalla, Ximena estuvo despierta toda la noche supervisando la atención a los heridos. Al amanecer, cuando ya su espíritu y su cuerpo no daban más, el doctor Iñigo, jefe de cirugía, le pidió que se retirara.

—Descanse, señora, recupere sus fuerzas.

Ximena, las soldaderas y otras mujeres lugareñas que eran voluntarias en el hospital habían pasado la primera parte del día preparando vendajes, limpiando utensilios y esponjas, además de hacer cataplasmas y ungüentos. Más tarde se encargaron de lavar y vendar las heridas, así como de consolar a los vivos y a los moribundos. Por eso, cuando la mandaron a descansar, Ximena no discutió. Sabía que había llegado a su límite.

Se arrastró hasta un catre del pasillo, no muy lejos de los pacientes por si la necesitaban. Pero apenas cerró los ojos se despertó por las explosiones. El primer día no hubo muchas bajas. Pero ese día sabía que las cosas podían cambiar. Maloney dio vueltas en su catre, tapándose los oídos para acallar el sonido de la lluvia de proyectiles. No podía soportar la agonía de la guerra. Ella habría querido llevárselo lejos del caos. Se acercó y lo convenció de que se levantara y ayudara a sacar a aquellos que habían muerto durante la noche. Temía que iban a necesitar todos los catres y mantas disponibles al final del día.

Mientras escuchaba los sonidos de la virulenta batalla, le costaba distinguir si el rugido de los mosquetes y el estruendo de los cañones provenían del ejército mexicano o del yanqui. Ella pensaba en John Riley y mientras iba de un herido a otro, limpiando y vendando sus heridas, su mente regresaba una y otra vez a ese paseo en el campo cuando comieron tunas. O aquella vez en que bailaron en el fandango y él la estrechó en sus fuertes brazos. Estos recuerdos la ayudaban a pasar el día.

Trajeron a más heridos, sus gritos y gemidos se mezclaban con los lamentos y súplicas de los que ya estaban allí. Ximena sentía que la cabeza le iba a estallar. No había suficientes vendas para contener la sangre, ni suficientes gasas o esponjas. Cuando se enteró de que Maloney no aguantaba ver tanta sangre y miseria, lo envió afuera para que tomara aire fresco y tratara de conseguir noticias de cómo iba la batalla. A él le gustaba ir a la catedral, donde podía ver los combates desde el campanario junto con los sacerdotes. El día anterior se apuró en darle la noticia de que los obuses y los morteros de Taylor no estaban teniendo ningún efecto sobre la ciudadela, y juntos se alegraron al saber que John y sus hombres se hallaban a salvo y que sus armas derribaban a cualquiera que se les pusiera en la mira.

Sin embargo, esa tarde Maloney regresó de la catedral con noticias devastadoras.

—*Och, acushla!* Los yanquis han tomado la Colina de la Independencia y el obispado. Será mejor que el general Ampudia retome esa posición lo antes posible. Desde allí se tiene el control de toda la ciudad. Ahora que el obispado ha caído, ¿quién podrá detener a los yanquis?

—Nuestro ejército —afirmó Ximena.

Al anochecer, cuando cesaron los disparos y salieron con una carreta para recoger a los heridos, Ximena vio la bandera yanqui ondeando sobre el obispado y se estremeció. No quería pensar en lo que eso significaba. Se concentró en no resbalar mientras caminaba sobre los soldados tirados en las calles. Era una carnicería. Extremidades desparramadas, cabezas sin cuerpo, cuerpos sin piernas ni brazos, los ojos colgando de sus órbitas. Huesos triturados que crujían bajo sus pies. Las moscas revoloteando en nubes negras. Los perros callejeros peleándose por los miembros amputados. Los soldados que se retorcían y gemían agonizantes no la asustaban. Los que la llenaban de temor eran los que yacían en el gélido suelo mirándola serenamente, mientras la vida se les escapaba por los ojos y por esas espantosas heridas. Estaban resignados ante su infeliz destino y esperaban su muerte con una calma espantosa. Ella sabía que era mejor dejarlos, contener el impulso de ayudarlos.

«*Please, a drink of water!*», clamaban los soldados yanquis mientras se aferraban a su falda. «¡Agua, por favor!», le pedían sus compatriotas. Ella bajaba el cántaro que llevaba sobre los hombros y atendía tanto a los amigos como a los enemigos.

Un lamento de desesperación, diferente a los demás, la hizo voltear hacia donde un grupo de soldaderas buscaba entre los escombros. Una de ellas se hallaba ante su marido muerto y gritaba su nombre. Cuando Ximena estaba por ir a consolarla, la soldadera recogió el mosquete de su marido y se precipitó por la calle hacia donde estaban los yanquis. Se oyeron disparos y ella desapareció, mientras todos corrían para ponerse a salvo. ¿La habían derribado? ¿O fue ella quien disparó?

—No deberías estar aquí —dijo Maloney mientras se escondían detrás de una carreta. Le dio una palmadita en el hombro—. Regresa al hospital. Deja que nosotros nos encarguemos de recoger los cuerpos.

Ximena negó con la cabeza y dijo:

—Estoy bien.

Miró a lo lejos, en dirección a la ciudadela. Ahora estaba en silencio y ella deseó que John viniera a la ciudad para comprobar que estaba vivo. Su ausencia en estos últimos días había hecho que su corazón se cerrara como los pétalos de un tulipán en día de lluvia. Estaba mal, lo sabía. Él no le pertenecía y eso era un insulto a la memoria de Joaquín. Pero ella había perdido a todos los que amaba, y a veces sentía que no había razón para seguir adelante. Sólo cuando el irlandés la miraba con ese deseo que se esforzaba en negar, cuando su corazón se despertaba y se desplegaba al calor de su mirada, podía recordar que aún estaba viva.

—¿Te preocupas por él? —preguntó Maloney—. Ese grandote se puede cuidar solo. Además, allá arriba en la ciudadela está más seguro que nosotros aquí abajo.

—¿Estará... enojado conmigo?

—No, querida. Está molesto con él mismo, de veras. —Le dio una palmadita en la mano en señal de complicidad. Mirando hacia la calle, frunció el ceño y dijo—: Espera aquí, muchacha. —Pasó por encima de los cuerpos esparcidos por la calle hasta que se detuvo frente a un soldado yanqui que estaba apoyado en la pared de una casa—. *Begorra!* ¡Si no es el mismísimo Kerr Delaney!

—Se agachó para tocar al soldado y dejó escapar un grito cuando éste abrió los ojos y pidió agua—. ¡Está vivo! Rápido, échame una mano.

—¡Por Dios! ¿Eres tú, granuja? —dijo el soldado—. Me enteré de que te fuiste al otro lado.

—Sí, así fue. Pero no hables ahora, Kerr, *a chara*. Deja que primero te ayude.

Después de subirlo al vagón y regresar al hospital, Maloney le habló a Ximena de su amigo.

—Estaba en la tienda del hospital conmigo cuando los yanquis me hicieron esto —dijo, tocando las iniciales HD grabadas en su frente—. Cuando se recupere se unirá a nuestro bando, ya lo verás.

—Ojalá que sea así —le dijo Ximena.

Cuando regresaron, ella y Maloney atendieron al soldado. Estaba débil por la pérdida de sangre. Una bala le había atravesado un muslo, pero se salvó de que le dañara el músculo.

—¡Vaya, eres un irlandés con suerte! —dijo Maloney, dándole a su amigo un sorbo de mezcal de su anforita.

Mientras ellos se quedaban conversando, Ximena se disculpó para ir a atender a otros pacientes. La alegraba ver a Maloney reír de nuevo.

—No te vayas, muchacha, ven a escuchar esta historia. Cuando lo sepa, Riley se morirá de la risa.

Delaney era un hombre grande y peludo, con una tupida barba tan roja como las baldosas de terracota. Ximena escuchó su historia. Les contó que dos noches antes, mientras acampaban en el bosquecillo de nogales cerca de la ciudad, él y sus camaradas se metieron en la tienda del capitán Bragg mientras el hombre dormía profundamente.

—Nos dieron ganas de hacer una pequeña fogata, así que prendimos la mecha de un proyectil, lo tiramos dentro de la tienda de campaña de Bragg y nos echamos a correr —dijo Delaney.

—Ya sé que no lo mataron porque acabo de ver a ese bribón disparar sobre la ciudad —dijo Maloney, riendo—. Pero *ma bouchal*, cuéntanos que pasó después.

—Bueno, después de un minuto o dos el proyectil explotó y su tienda se incendió. Sus amigos corrieron a ayudarlo y lo sacaron todo cubierto de hollín, con el pelo y las cejas chamuscadas. Parecía como que estuvo barriendo una chimenea, ¡te lo juro!

Los dos hombres se rieron. Ximena se sintió mal por el oficial yanqui. Tanto lo odiaban que hasta sus propios hombres desearían matarlo.

—Santos cielos, me da mucha tristeza haberle provocado tan sólo unos cuántos rasguños y agujeros en su camisa de dormir —dijo Delaney.

—Apuesto a que se desquitó con todos ustedes —dijo Maloney.

—Sí, a muchos nos amordazó.

—Por Dios, me queda claro que el corazón de ese villano es más oscuro que un pantano —dijo Maloney, sacudiendo la cabeza.

❀

Al tercer día, luego de perder las defensas exteriores y sin hacer ningún esfuerzo por recuperarlas, Ampudia ordenó a sus tropas que retrocedieran al centro de la ciudad y abandonaran sus posiciones. Ésto permitía a los yanquis entrar desde el este y el oeste sin ninguna resistencia. El único fuerte que no había caído en manos del enemigo era el de la ciudadela. El tiroteo se intensificó y llegó tan cerca que ni siquiera los gritos y lamentos de los heridos podían ahogar el fuego desatado por los mosquetes.

—¡Los yanquis están atravesando las casas! —dijo Maloney cuando regresó de la catedral. Todo el mundo escuchaba mientras él les contaba cómo los francotiradores mexicanos disparaban desde los techos a los yanquis que intentaban abrirse paso por las calles. Pero el enemigo, que era inteligente, eludió a los francotiradores encaramados en los tejados, forzando su camino a través de las casas, haciendo agujeros en las paredes contiguas de una a otra con pesados picos y palancas, evitando andar en las calles—. La gente de la ciudad está en la catedral y en la plaza principal—dijo Maloney—. No tienen otro sitio a donde ir. Pero los yanquis han colocado dos cañones en los techos, ¡y les están apuntando!

De repente, una explosión sacudió el edificio. Maloney salió corriendo del hospital para ver qué había pasado.

—Recemos —dijo uno de los sacerdotes que daba los santos sacramentos a los moribundos. Se arrodilló y todos hicieron lo mismo. Ximena juntó las manos en señal de oración, mientras los lamentos de la gente de afuera se hacían cada vez más fuertes. Entonces entró Maloney, muy pálido y apretando su sombrero con las manos.

—Bueno, ¿qué esperas, amigo? ¿Qué demonios está pasando ahí afuera? —le gritó Delaney desde su catre.

Tratando de contener sus lágrimas, dijo:

—Los yanquis han dañado la catedral con su mortero. Las piedras que cayeron aplastaron a la gente. Están enterrados bajo los escombros.

—¡Pero si en la catedral hay pólvora! —gritó Ximena.

—Una nueva explosión y nos harán volar en pedazos —dijo Delaney.

—No queda ningún lugar seguro en la ciudad. ¡Que el Señor se apiade de nosotros! —dijo el doctor Iñigo—. El general Ampudia está en la sacristía, le rogaré que ponga fin a esta locura. —Se apresuró a salir del edificio.

Con sus cañones apuntando hacia la catedral y a la plaza mayor, las tropas yanquis estaban en posición de atacar con las primeras luces. El fuego cesó al anochecer y cuando Ximena salió del Hospital del Rosario para ver los daños, la lluvia caía sobre la ciudad, haciendo difícil encontrar entre las piedras caídas a los muertos y a los heridos, la mayoría de ellos mujeres y niños. Los monjes del Templo de San Francisco, que estaba junto al convento, rezaban y cantaban himnos. Sus voces resonaban en los edificios; y al escucharlas, Ximena encontró un poco de paz.

Hacia las tres de la mañana, cuando las cosas se habían calmado por fin, oyeron el lejano sonido de una corneta. Maloney se levantó de su catre y corrió a ver qué pasaba afuera. Cuando regresó, Ximena y Delaney estaban despiertos esperándolo frente a las puertas del hospital. La lluvia había cesado y el aire estaba frío. Ximena se envolvió en su rebozo. Delaney no vestía ya su uniforme yanqui y ahora llevaba una chaqueta mexicana que Maloney le quitó a un soldado caído. Le quedaba demasiado estrecha para su fornido cuerpo, pero al menos lo abrigaba.

—Vi al capitán Moreno salir de la sacristía, escoltado rumbo al cuartel general de Taylor y con una bandera de tregua —dijo Maloney.

—¿Es posible que Ampudia lo haya enviado a...? —Ximena les

hablaba en inglés y no conocía la palabra para expresar lo que sabía, dentro de su corazón, que estaba por ocurrir.

—«*Surrender*» —dijo Maloney.

—Rendirse... —repitió ella, odiando el sabor de esa palabra en su boca, tan desagradable y amarga como el té de creosote.

20

Septiembre de 1846
Monterrey, Nuevo León

A TRAVÉS DE su catalejo, Riley fue testigo de la rendición de la ciudadela. Tras la capitulación de Monterrey se decidió que él y los demás voluntarios irlandeses debían abandonar la fortaleza negra. Entraron en la ciudad y se escondieron en casas de civiles, fuera de la vista del general yanqui. Aunque los términos de la capitulación protegían a Riley y a los demás de caer en manos del enemigo, era mejor que no estuvieran presentes durante la rendición de la posición más fuerte de la ciudad. Taylor podría exigir que todos los desertores se entregaran de inmediato. Así que ahora, a las once de la mañana, Riley y sus artilleros, junto con los habitantes de la ciudad, se vieron obligados a presenciar desde los techos cómo la bandera mexicana era arriada, al mismo tiempo que ocho ráfagas de cañón cortaban el aire, en un último saludo a los colores mexicanos.

Dos noches antes, cuando el general Ampudia reunió a las tropas para ordenarles que abandonaran sus puestos y se retiraran a la plaza principal, Riley sabía que era una locura concentrar a todas las fuerzas en el centro de la ciudad.

Durante tres días, Riley y sus artilleros dispararon sin descanso los cañones desde la ciudadela, destruyendo las columnas de los azules que marchaban a doble velocidad hacia Monterrey Mataron o hirieron a muchos que se pusieron en la mira.

Pero las tropas de Taylor habían entrado a la ciudad a través de los otros puntos de ingreso, apoderándose así de la parte noreste de Monterrey el primer día y de la parte occidental al día siguiente. En la tercera noche, los artilleros de la ciudadela recibieron órdenes de no disparar y de colgar la bandera blanca en las murallas. Consternados por el hecho de que Ampudia intentara concertar un armisticio de veinticuatro horas con Taylor, el batallón de la ciudadela tardó en obedecer la orden. Sus cañones fueron los primeros en abrir fuego y los últimos en callar. El único consuelo de Riley fue que los yanquis nunca tomaron la ciudadela.

Ahora estaban allí, presenciando la humillación de ver cómo los colores del enemigo se levantaban en lo alto del mástil para ondear sobre Monterrey. Los yanquis dispararon un cañonazo, luego otro y otro, saludando a los veintiocho estados que formaban parte de la constelación americana. Los mexicanos salieron de la ciudadela y las tropas yanquis entraron gritando sus hurras y tocando sus himnos patrióticos. Riley apenas podía oír la música, pero en su cabeza sonaba una y otra vez «Yankee Doodle», burlándose de él.

✳

Después, Riley se dirigió al hospital para visitar a sus hombres heridos y hablar con Maloney. Las preguntas se amontonaban en su cabeza. ¿Qué dirían sus compatriotas de la capitulación de Monterrey? ¿Lamentarían haberse unido a las filas mexicanas? ¿Lo culparían a él? Mientras su caballo se abría paso entre los restos de proyectiles y los escombros que ensuciaban las calles, a Riley le dolió toda la destrucción que habían hecho en esa hermosa ciudad. Algunos civiles caminaban desconsolados buscando a sus seres queridos mientras que otros cargaban todas las posesiones que podían en sus mulas o en sus propias espaldas. Riley deseaba cerrar los ojos ante la devastación. ¿Qué se había ganado con estas calamidades? ¿Una rendición prematura de la ciudad?

Por suerte, los términos de la rendición evitaron lo que él y sus hombres más temían: ser capturados por los yanquis, lo que habría significado una muerte segura. El general Taylor pactó que a todas las fuerzas mexicanas se les permitiera retirarse de la ciudad con sus armas y una batería de seis cañones. Acordó también no perseguir a las tropas mexicanas durante ocho semanas. Así que a Riley y a sus hombres se les permitiría marchar fuera de la ciudad en las filas del Ejército Mexicano del Norte. Al menos por ahora los desertores estaban a salvo.

Al acercarse a la catedral vio una multitud de civiles reunidos. Los *Rangers* de Tejas, violando los términos de la tregua, entraban y salían de la catedral en sus caballos como si fuera un establo. Salían llevándose crucifijos, vasijas sagradas, figuras de cera de la Virgen Madre y del Niño Dios y pinturas religiosas. Uno de ellos iba vestido con los ornamentos sagrados, otro golpeaba el órgano del interior, emitiendo los sonidos más grotescos. La gente del pueblo les suplicaba que se detuvieran. Los sacerdotes y los monjes, arrodillados y con un crucifijo en la mano, les rogaban que cesaran su barbarie y respetaran la casa del Señor. Ellos sólo se reían y continuaban su saqueo.

Riley entendía ahora cómo debió sentirse su pueblo cuando Oliver Cromwell invadió Irlanda dos siglos antes, profanando sus iglesias y usándolas como establos. La inmensa rabia. La impotencia. Escuchó que alguien gritaba:

—¡Malditos sinvergüenzas! ¡Es un sacrilegio lo que están haciendo! ¡Que el castigo de Dios caiga sobre ustedes!

Maloney salió de entre la multitud con un mosquete en la mano y se precipitó hacia los *Rangers*. Riley trató de detenerlo, pero la gente le estorbó el paso y no logró llegar. Antes de que pudiera alcanzar a su amigo, Maloney les disparó a los *Rangers* y mató a uno. Todos los *Rangers* apuntaron sus pistolas sobre el anciano y lo acribillaron. Riley detuvo su caballo y vio cómo la sangre de Maloney manaba por el suelo. Los *Rangers* recargaron y apuntaron sus revólveres Colt hacía los espectadores.

—¿Quién sigue? —gritaron—. ¿Quién quiere intentar detenernos?

La multitud huyó y Riley aprovechó el caos para esconderse con su caballo antes de que los *Rangers* lo vieran. De repente apareció Ximena y al ver a Maloney muerto en el suelo gritó, se abrió paso entre la multitud y corrió hacia dónde yacía. Riley trató de detenerla pues sabía que los *Rangers* la matarían. Cuando finalmente la alcanzó, ella se le quedó viendo y se dio cuenta del peligro. La subió a su caballo y juntos se alejaron al galope.

Cuando llegaron al río Santa Catarina y desmontaron, ella comenzó a sollozar.

—Shhh, Ximena, shhh. Pagarán por esto. Te lo juro.

Se sentaron a la orilla del río, recargados en un peñasco, con la Sierra Madre erguida sobre ellos. Riley comprendió que ya no quería vivir en esta ciudad y que jamás regresaría. Ximena dejó de llorar, pero seguía muda. Se quedó mirando fijamente hacia el río, en medio de una lúgubre quietud, respirando con dificultad. Eso lo preocupó tanto que la tomó por la barbilla y giró su rostro hacia él.

—Mírame, Ximena —le dijo—. Sé que querías al viejo y que él también te quería. Pero a él no le gustaría verte destrozada por su culpa. Él te quería fuerte y que siguieras adelante. ¿Me oyes?

Ella asintió suavemente. Él la atrajo hacia sus brazos, y fue como si estuviera recogiendo un puñado de lavanda silvestre, porque su delicado aroma era un bálsamo curativo para su espíritu. Se sentaron allí junto al río, para ver cómo se arremolinaba la corriente y se deslizaba junto a ellos. Una grulla bajó en picada sobre ellos y revoloteó sobre la superficie del agua; Riley sintió la ráfaga de sus alas agitando el aire. La contemplaron mientras volvía a ascender, tejiendo su vuelo a través de nubes teñidas por el dorado sol de la tarde, hasta que no fue más que un punto en el cielo.

—Perderemos la guerra, ¿verdad? Nos robarán nuestras tierras. Se han ido mi marido y mi abuela y ahora Jimmy también.

—No. Hemos perdido una batalla, no la guerra. Seguiremos y, en honor a ellos, no dejaremos de luchar.

Ximena volteó a verlo; Riley sacó su pañuelo y le limpió las lágrimas que aún quedaban en su rostro. Tenía los ojos enrojecidos por el dolor, el cabello despeinado y, sin embargo, brillaba en ella una belleza intensa que lo sobrecogía.

Ella tomó el rostro de Riley en sus manos, acarició sus mejillas y con sus dedos trazó el contorno de su labio inferior. Con un quejido, Riley acercó su boca a la de Ximena y ella respondió con el mismo ardor. Probó la sal de sus lágrimas, la amargura de su dolor, y luego todo se desvaneció en la dulzura del deseo que él le provocaba.

Él se apartó, jadeando de repente.

—¡Basta! ¡No debemos hacer esto! ¡Está mal...!

Ella sacó el rosario rojo que llevaba en el cuello y posó en él sus dedos. Su voz era serena y reconfortante, como un cálido abrazo:

—Creo en Dios, Padre todopoderoso, creador del cielo y de la tierra...

Él apoyó su frente en la de ella, agarrando sus manos y las cuentas del rosario.

—*Et in Iesum Christum, Filium eius unicum, Dominum nostrum, qui conceptus est de Spiritu Sancto, natus ex Maria Virgine...*

Se abrazaron para compartir su dolor, susurrando sus oraciones junto al rosario, hasta que pudieron sentir que el espíritu de Maloney remontaba el vuelo. La paz cayó sobre ellos. Él la sostuvo en sus brazos un poco más hasta que finalmente encontraron la fuerza para levantarse y enterrar a sus muertos.

21

Septiembre de 1846
Monterrey, Nuevo León

AL DÍA SIGUIENTE, Riley se unió a los más de doscientos artilleros que se alineaban en las columnas de la retaguardia de la
1.ª Brigada del general Ampudia, que se preparaba para abandonar la ciudad. En el transcurso de los siguientes días una división
marcharía fuera de la ciudad hasta San Luis Potosí, que estaba
aproximadamente a quinientos kilómetros de distancia, donde se
reunirían con su nuevo comandante, el general Antonio López de
Santa Anna. Les había llegado la noticia de que el expresidente de
la república había regresado del exilio y retomado el mando del ejército. Ampudia debía reunir a las tropas que le quedaban y unirse a
Santa Anna. Una vez más, Ampudia había sido degradado, y en esta
ocasión Riley no tenía ninguna duda de que se lo merecía.

A Riley le urgía alejarse de la ciudadela y de la bandera yanqui
que ondeaba sobre ella, del cementerio donde Maloney había sido
enterrado envuelto tan sólo con una cobija a falta de un ataúd, de las
llanuras que estaban llenas de cadáveres de humanos y animales, de

las casas destrozadas y de la catedral en ruinas. Pasó por delante de las columnas y ocupó su lugar en uno de los armones arrastrados por caballos, donde cargaban los seis cañones que se les permitió llevar. Pensaba en Ximena que estaría en la retaguardia de las columnas, en alguna de las carretas de los cirujanos, y deseaba poder tenerla a su lado para cuidarla.

Mientras la artillería esperaba su turno para salir, Riley miró hacia la plaza principal y los techos, donde miles de civiles esperaban verlos partir. Habían perdido sus casas, sus posesiones, a sus seres queridos y su ciudad. ¿Qué crueldades cometerían las tropas de Taylor contra ellos, especialmente mientras esos demonios, los *Rangers* de Tejas, estuvieran libres vagando por la ciudad, asesinando y saqueando a su antojo?

Las cornetas dieron la señal de avance y las tropas salieron por la calle empedrada al ritmo de los tambores y el estruendo de las cornetas. Riley mantuvo mirada en alto mientras la gente lloraba y los despedía. «¡Adiós, Colorados! Que Dios los acompañe», decían mientras agitaban sus pañuelos hacia Riley y sus hombres. Los Colorados, así los llamaban los civiles desde Matamoros, debido a su pelo y a su tez rojiza.

En las afueras de la ciudad, aparecieron los yanquis. Riley se mantuvo erguido y con la mirada fija en la sierra que tenía delante. Pero de reojo los pudo ver. Estaban de pie en ambos lados de la carretera, observando el paso de las columnas de artillería. Por lo menos la mitad de la artillería mexicana estaba integrada por desertores del ejército estadounidense y Riley escuchó los hirientes insultos que gritaban los yanquis. Lo invadió el miedo, porque si se ponían violentos ¿sería él capaz de proteger a sus hombres?

Riley trató de ignorar sus reproches. Al ver a los yanquis, sus uniformes sucios y andrajosos, la fatiga y la conmoción en sus ojos, maldijo la precipitada decisión del general Ampudia de abandonar la ciudad. Habrían podido vencer a los yanquis, estaba seguro. Pero ahora se encontraban aquí, en plena retirada, ante los insultos que le lanzaban los yanquis cuando se daban cuenta de que él —John Riley, un desertor— había estado detrás de los cañones que disparaban desde la ciudadela.

«¡Malditos traidores!».

«¡Malditos sean, renegados!».

«¡Irlandeses, hijos de puta!».

Reconoció a algunos soldados de su antigua unidad, el capitán Merrill estaba de pie junto a ellos. Entonces Riley apartó la mirada, pero oyó que alguien, tal vez el propio capitán, gritaba:

—¡Voy a dispararle a ese perro cobarde!

Luchó contra el impulso de agachar la cara y ocultar sus ojos bajo la visera de su chacó. Pensó en Ximena, en sus labios suaves y la calidez de su aliento. Se aferró aún más a su imagen cuando, al otro lado del camino, vio a Braxton Bragg, a James Duncan y a otros oficiales de artillería. Por las miradas que le dirigían y la forma en que agarraban la empuñadura de sus espadas, Riley sabía que con gusto se la clavarían en el corazón si tuvieran la oportunidad. Lástima que, durante la batalla, las tropas de Bragg lucharon dentro de la ciudad, demasiado lejos de la ciudadela y de los cañones de Riley. Le hubiera gustado tener otra oportunidad para enfrentarse a ese canalla.

Bragg escupió en dirección a Riley:

—Debí haberte acabado allá en Matamoros, *Mick*.

Más bien yo a ti, pensó Riley, y por fin las columnas dejaron atrás a los yanquis y sus maldiciones bajo una nube de polvo.

Los interminables días se sucedían uno tras otro, mientras atravesaban penosamente la tierra seca hasta San Luis Potosí, medio muertos de hambre y agotamiento, asolados por la enfermedad y la desesperación. Los buitres los sobrevolaban en círculos. Los soldados se desmayaban bajo el peso de sus armas y mochilas, y cuando caían en el camino eran abandonados por su regimiento. Algunos tiraron sus armas y sus cajas de cartuchos, desecharon su equipo inútil y su ropa. También abandonaron cajas de municiones y suministros, cuando una por una las yuntas de mulas y bueyes que jalaban las carretas fueron cayendo por los rigores de esa desdichada marcha. El camino estaba sembrado de soldados muertos o moribundos, como también de caballos y mulas devastadas. Pero el peor espectáculo era ver en el suelo a las mujeres y a los niños que acompañaban a los hombres que habían caído. Riley habría deseado que se hubieran quedado en casa en vez de seguir a sus maridos sólo para sufrir este miserable destino. Pero ahora ya sabía que las mujeres mexicanas —madres, esposas e hijas— acompañaban a sus hombres adondequiera que fueran, aunque murieran de insolación, hambre o sed junto a ellos.

Asfixiado por el polvo y la arenilla, mantuvo su mente fija en el camino y en la ciudad que tenían por delante, mientras su piel blanca se ampollaba bajo el implacable sol. Pasaron a duras penas por arroyos secos y tierras sin cultivar, áridos paisajes sin pastos para los animales. Riley buscaba alguna zona verde donde descansar la vista, algo que rompiera la monótona uniformidad. Su mente lo atormentaba con imágenes de gotas de lluvia deslizándose sobre pétalos de trébol, el rocío de la mañana temblando en las hojas de col, el hielo brillando en las ramas de los tejos.

Al atardecer, las cornetas llamaron a detenerse y las exhaustas columnas se dispersaron para instalarse a la vera del camino, donde pasarían la noche. Riley fue a la retaguardia en busca de Ximena, donde los heridos y los débiles se esforzaban por seguir vivos. La encontró envolviendo pencas de nopal cortadas por la mitad sobre las heridas de los que eran transportados en las carretas, pero eran demasiados, morían por docenas cada día por falta de medicina y por otras privaciones. Algunos, llevados por la desesperación, se suicidaban, pero la mayoría sucumbía de hambre y sed. Ella no tenía ni comida ni agua para darles, nadie tenía. La cantimplora de Riley estaba vacía.

Cuando vio a Ximena su preocupación aumentó. A pesar del enorme sombrero de paja, su rostro estaba polvoriento y manchado, sus ojos rojos y hundidos, sus labios resecos y con ampollas. Podía ver huellas de lágrimas en ambas mejillas.

—No tiene caso llorar —le dijo, mientras desataba las cuerdas de gamuza y le quitaba el sombrero. Luego le limpió suavemente la cara con su pañuelo—. El agua es un bien preciado en este momento, no deberías regalarle tus lágrimas al desierto.

Ella se envolvió en su rebozo. El coraje y la rebeldía que normalmente él veía en sus ojos habían sido sustituidos por la resignación. La estrechó en sus brazos con cuidado. Estaba tan delgada que él temía verla quebrarse. Deseó tener el poder para borrar esa mirada afligida que irradiaban sus ojos.

—Es una forma terrible de morir, John —le dijo—. Esta hambre... siento como si un zopilote me estuviera comiendo por dentro. —Señaló a lo lejos, donde el cielo estaba lleno de buitres que daban vueltas sobre los muertos que habían dejado atrás.

—Aguanta, Ximena. Pronto llegaremos a la ciudad.

—Ampudia renunció a Monterrey para proteger a la gente y a los soldados. Pero esto es un infierno. Hay demasiada muerte en este camino. No es como en una batalla, con honor.

—Sí, habría sido mejor. Ningún soldado quiere morir en una humillante retirada. Siempre quise que la muerte me encontrara luchando por mi país, con la gloria de caer en el campo de batalla. Pero no así, fatigado más allá de lo imaginable, tan cerca de la desesperación. No, así no.

Miraron hacia donde se ponía el sol; las siluetas de los arbustos y los cactus resaltaban en el cielo carmesí. Por el camino terregoso se podían ver las parpadeantes fogatas de cada unidad militar. Eran pequeñas, pues no había mucha leña, sólo montones de arbustos ralos. La caballería se había visto obligada a quemar los mangos de sus lanzas y la infantería las culatas de sus escopetas.

Ximena volteó hacia él y acarició su rostro, provocando que se estremeciera ante el roce, porque su piel abrasada no podía soportarlo.

—El sol no tiene piedad de ti —le dijo.

—Este es un territorio difícil para nosotros los irlandeses, sin duda. Nunca había sentido tanto sol.

—Ven —le dijo ella. Lo llevó hacia una planta puntiaguda y sacó su cuchillo. Él la había visto usar esta sábila para tratar las quemaduras de los heridos. Ximena cortó una penca y al abrirla brotó de su interior una sustancia gelatinosa, con la cual frotó su cara y el cuello, calmando al instante el ardor de su piel. Probó una gota de esa sustancia y rápidamente la escupió. Estaba muy amarga.

—Se puede comer, pero tengo que lavarla —le dijo.

Cortó más trozos y los puso dentro de su bolsa. Volteó a mirar hacia las carretas llenas de soldados enfermos y también vio a las tropas desamparadas que dormían a la intemperie junto a la carretera.

—Si mi Nana estuviera aquí sabría cómo salvarlos.

—No, ella no los habría atendido mejor que tú en estas circunstancias. A esos hombres les falta alimento y bebida. —Pensó en los pequeños grupos de exploradores que habían sido enviados a buscar agua—. Se dice que mañana llegaremos por fin a un pozo.

—Espero que lleguemos —dijo ella—. Muchos hombres se rinden y mueren. ¿Esta marcha es como la de Matamoros?

—Sí. Fue una marcha espantosa. Pero ésta es peor: llevamos la pesada carga de una segunda derrota y la humillación. Pero lo que más tristeza me da es haber perdido a otro amigo, el tener que enterrarlo, ¡sin ataúd, pobre amigo!, en un lugar al que nunca volveré y donde se quedará para siempre en una tumba olvidada. ¿Quién rezará por él? ¿Quién le llevará flores?

Ella tomó su mano entre las suyas y la apretó.

—Él vela por nosotros. Su espíritu está aquí a nuestro lado. Su cuerpo está en Monterrey, mas no su alma.

Por un momento él reflexionó sobre sus palabras. Se miraron y sus labios se buscaron. Fue un beso tierno al principio, suave y cauteloso, pero luego Ximena lo atrajo hacia sí con una fuerza que él creía que ella ya no poseía. Sus pechos se apretaron contra su uniforme. Él jadeó en voz baja mientras su boca se unía al hambre de ella, al deseo de ella. Tenía un sabor como si estuviera empapada de agua de mar, sus labios se abrieron para él como la concha de una ostra, invitándolo a entrar. Él quería tomarla, ahí mismo, en medio de la nada, pero en lugar de eso se apartó.

—Ximena, escucha...

—Shhh —le puso un dedo sobre los labios para silenciarlo—. Cuando termine la guerra tú regresarás con tu mujer y tu hijo, y yo me iré a mi rancho, lo prometo. Pero ahora hay una guerra y yo estoy sola. Igual que tú, ¿no?

—No te quiero hacer daño.

Ella extendió su rebozo en el suelo, y luego jaló su blusa más abajo de los hombros. Sus pechos estaban radiantes con el destello plateado de las estrellas distantes. *Jesús mío*. Riley sintió que sus rodillas se debilitaban, por el deseo o por el hambre, o por ambas cosas. Gimió y le subió la blusa, luego la abrazó. Eso era todo lo que se iba a permitir. Los ruidos del campamento se desvanecieron y únicamente quedaron ellos dos bajo el luminoso cielo nocturno. Si tan sólo pudiera amarla como ella merecía ser amada, pero él no era un hombre libre.

22

Octubre de 1846
San Luis Potosí

LAS TROPAS LLEGARON a San Luis Potosí desgastadas y apenas con vida. Pero no hubo tiempo para recuperarse de este penoso viaje. Los remanentes del ejército de Ampudia se alinearon en la plaza para el pase de revista. Allí los recibió el nuevo comandante del ejército mexicano, el general Antonio López de Santa Anna, quien había regresado al país luego de su exilio en Cuba.

Riley observó a Santa Anna mientras éste supervisaba a las tropas, sentado en un magnífico caballo, soberbio y erguido, con estribos de plata y su alta montura llena de incrustaciones de oro que brillaban a la luz del sol. Vestía un deslumbrante uniforme azul y rojo bordado con hilos de oro, decorado con charreteras y medallas. Riley había escuchado que Santa Anna no sólo había dirigido al ejército mexicano contra los españoles, los franceses y los anglotejanos, sino que también había sido presidente de México en ocho ocasiones. Héroe para unos y sinvergüenza para otros, tenía cincuenta y dos años y una carrera marcada por la intriga y la corrupción. Pero en lo único que todos estaban de acuerdo era en su valentía en el campo de batalla y para demostrarlo tenía una pierna de madera.

Después de pasar revista a las tropas, Santa Anna convocó a una reunión con su consejo de guerra, en la cual reprendió a Ampudia por la pérdida de Monterrey. El general Mejía no le tradujo a Riley todo lo que se dijo, pero no era necesario. El comandante estaba furioso. Ampudia habló rápidamente y, por lo que Riley pudo captar del español, se limitó a repetir lo que les había dicho a las tropas en Monterrey: que se rindió para evitar más daños a personas inocentes. Aunque Riley creía que sus palabras tenían cierto mérito, sospechaba que a Ampudia no le había preocupado solamente la seguridad del pueblo. Ante todo, el general había querido salvarse a sí mismo.

—Fue una capitulación honorable —insistió Ampudia.

—¡Basta! No hay nada honorable en una capitulación, ¡imbécil! —le espetó Santa Anna, mientras le arrancaba las charreteras doradas y lo reprendía aún más. Ampudia se tragó sus palabras y bajó la cabeza.

—La próxima vez que nos enfrentemos al enemigo, lo expulsaremos de nuestra tierra de una vez por todas —dijo Santa Anna—. La frontera entre México y Estados Unidos será determinada por mí y mis cañones.

Durante los días siguientes, Riley se enteró más de quién era el general gracias a Juan Cortina y a Ximena. A ninguno de ellos les gustaba ni tampoco confiaban en él. Más tarde, esa misma semana, Riley notó que el comandante en jefe lo observaba durante los ejercicios matutinos. En los días que siguieron, Santa Anna fue a ver cómo entrenaba a las cuadrillas de artillería en el manejo de los cañones. A Riley no le sorprendió cuando, al final de la semana, fue convocado al Palacio de Gobierno y escoltado al cuartel principal del general.

—Su excelencia está listo para recibirlo, teniente Riley —le dijo el edecán militar de Santa Anna. Cuando entraron al salón, el capitán Moreno sonrió y le hizo una seña para que se acercara. A Riley le caía bien Moreno, quien había nacido y crecido en Florida. Hablaba tanto inglés como español y se hicieron amigos.

Santa Anna estaba de pie junto a su escritorio, vestido con un uniforme blanco cubierto de galones y charreteras de oro. Traía una faja de seda dorada y botones de oro grabados con el águila mexicana. Su cabello negro estaba cuidadosamente peinado y, a pesar de su tez cetrina, el general era un hombre bastante notable, elegante, seguro y más alto que muchos de sus compatriotas. Portaba un bastón de mango dorado en forma de águila, con ojos de rubí.

El general no hablaba bien el inglés, pero el capitán Moreno estaba allí para ofrecer sus servicios.

—He oído hablar cosas buenas de usted, teniente Riley —le dijo Santa Anna, brindándole una amplia sonrisa y un abrazo firme. Riley era diez centímetros más alto y sin embargo se sintió empequeñecido por la actitud de este hombre, llena de confianza y elocuente autoridad.

—Es un honor combatir para usted, general —dijo Riley. Para entonces ya sabía que muchos de los oficiales del Ejército Mexicano eran hombres ricos que obtuvieron sus puestos a través de lazos familiares o conexiones políticas, no por sus habilidades o conocimientos militares. Pero el hombre que estaba ante él era diferente. Santa Anna había comenzado su carrera militar a los catorce años como cadete y entrado en acción a los diecisiete. Había ascendido de rango gracias a su sagacidad y a una determinación indómita. A pesar de los defectos que todos le atribuían, Riley pensaba que Santa Anna sería un formidable enemigo para los generales yanquis. Con él, México tendría posibilidades de triunfar.

El general se sirvió una copa de brandi y sirvió otra para Riley. Luego dijo algo y esperó a que el capitán Moreno le tradujera.

—El comandante quiere saber qué le parece nuestro país.

Antes de que Riley pudiera responder, Santa Anna intervino con su limitado inglés.

—*Good food*, ¿no? *Pretty* señoritas? —y se rio.

Riley pensó en Ximena, en la luz de las estrellas iluminando sus pechos. No supo cómo logró resistir, pero la imagen lo había atormentado todas las noches desde entonces. Sacudió la cabeza para liberarse de ella.

El capitán Moreno y Santa Anna se rieron e intercambiaron miradas.

—Ah, me parece que nuestras mujeres ya le han causado una gran impresión.

Riley bebió un trago del brandi y sintió que le quemaba la garganta. Se dejó relajar por el alcohol y dijo:

—Tengo ojos y he visto la belleza de la que habla su excelencia. No puedo negar que hay muchas bellezas en su país. Pero tengo una mujer en casa y no me olvidaré de mi deber como esposo.

—Claro que no. Las esposas son un tesoro, pero no debemos negarnos un poco de placer de vez en cuando, especialmente si estamos en guerra. Cuando se vive día a día, jugándose la vida, los brazos de una mujer pueden ser un gran consuelo. ¿No cree?

—El amor de una mujer es, en efecto, algo muy valioso.

El general se sentó ante su escritorio y colocó su bastón a un lado. Le pidió a Riley que también tomara asiento. El capitán Moreno se acercó detrás del comandante para seguir traduciendo.

—Dígame, teniente, ¿qué le hizo desertar del ejército yanqui? ¿Por qué está aquí en México?

A Riley le sorprendió la franqueza del comandante, pero sabía que tenía todo el derecho a preguntar. Él también sería cauteloso con los extranjeros en sus filas.

—Le aseguro, general, que aunque soy un traidor y he roto mi juramento a los Estados Unidos, no soy un hombre que abandone fácilmente sus obligaciones. Mi lealtad está con México.

Santa Anna hizo un gesto de comprensión a sus palabras.

—Lo entiendo, teniente Riley, créame que lo entiendo. Yo también he sido un traidor, de hecho, varias veces. He sido realista e insurgente, federalista y centralista, liberal y conservador, pero siempre con un motivo. Pero no se lo pregunto por eso. Sus compatriotas me tienen intrigado. Nunca hemos tenido tantos desertores en nuestras filas. Siempre les hemos dado la bienvenida a los extranjeros en nuestro ejército: británicos, franceses y hasta los malditos yanquis que lucharon en nuestra Guerra de la Independencia contra España, pero no eran desertores como usted.

—No hablo por mis compatriotas, sino por mí, aunque la mayoría de mis hombres comparten los mismos sentimientos. Creo que México se podría convertir en otra Irlanda, señor, condenado a sufrir bajo la opresión invasora de una nación protestante anglosajona. No pude ayudar a mi país, pero deseo ayudar al suyo en estos momentos de peligro.

—Lo entiendo y agradezco su disposición y su lealtad, teniente. México ya ha tenido su cuota de guerras. Otros países han venido a saquear sus riquezas y sus maravillas. Yo mismo he guiado a mi país contra los invasores en otras ocasiones y, como puede ver por mi pierna mutilada, he pagado la libertad de mi país con mi propia carne. —Antes de continuar, el general sirvió otra copa de brandi a Moreno, a Riley y a sí mismo—. Ahora, una vez más, se me ha confiado el honor nacional y le aseguro que vamos a derrotar a los yanquis. Así como derrotamos a los españoles y a los franceses. México es de los mexicanos. Tal vez algún día pueda usted decir lo mismo de la tierra que lo vio nacer.

—Ojalá viva para ver ese día, señor, si Dios quiere. —Riley dejó su bebida sobre el escritorio, deseando no haber insultado a su anfitrión al rechazar la segunda copa, y esperó a que el general le dijera por qué lo había convocado.

—Recibí una carta del general yanqui. Está dando por terminado el armisticio que negoció con el general Ampudia. Así que no tardará mucho tiempo antes de que avance hacia San Luis Potosí. Mis generales me dicen que usted y sus compatriotas hicieron un trabajo extraordinario en Monterrey, y por lo que he visto con mis propios ojos, quiero más hombres como usted en nuestras filas. En las del enemigo hay muchos extranjeros con experiencia militar y necesitamos conseguir que se unan a nosotros. Los suficientes para formar una unidad de artillería con soldados extranjeros bajo el lidcrazgo irlandés. Imagínelo: John Riley y su batallón. ¿Qué nombre le daremos? Además, como corresponde a una unidad militar, tendrá su propia bandera.

Riley se sentó en el borde de su silla. ¿Una unidad de desertores con sus propios colores? No, nunca había considerado tal posibilidad. Hasta ahora, él y sus hombres habían servido en unidades del ejército regular, aunque le dieron libertad para entrenarlos. Metió la mano en el bolsillo, sacó el trébol que había tallado Franky Sullivan y la imagen de una bandera apareció en su mente, esa misma bandera de la libertad que deseaba ver desplegada sobre su tierra natal. Sería tan verde como los campos de la Isla Esmeralda, con un trébol en un lado y su santo patrón en el otro.

—El Batallón de San Patricio —dijo—. Ése será el nombre.

—¡Excelente! El Batallón de San Patricio —dijo Santa Anna. El capitán Moreno asintió, aprobando la idea.

—Necesitaremos más hombres para lo que usted propone, señor —dijo Riley, conteniendo su excitación.

—Ahí es donde entra usted. —Santa Anna acarició el águila dorada de la empuñadura de su bastón y le dijo—: Debe asegurarse de que sus compatriotas conozcan la existencia del Batallón de San Patricio. Cuando escuchen hablar de usted, su líder irlandés, éso los inspirará a abandonar las filas del ejército yanqui y vendrán a combatir para nosotros. ¿Cree que puede lograr eso, teniente Riley?

—Sí, señor, creo que puedo. —Riley sólo rezaba para que los mexicanos ganaran la guerra, porque de lo contrario mancharía sus manos con la sangre de sus hombres.

—¡Excelente! Está decidido entonces —dijo Santa Anna, poniéndose de pie—. Designaré al capitán Moreno como su comandante. Él le permitirá organizar y entrenar al Batallón de San Patricio como usted crea conveniente. Una vez que demuestren su valía me encargaré personalmente de que usted sea ascendido.

—Lo entiendo, señor, y agradezco mucho la fe que ha depositado en mí.

—Le aseguro, teniente Riley, que México no lo decepcionará. Somos una república de guerreros y no tenemos miedo de enfrentarnos a los opresores. Nosotros derrotaremos a los invasores yanquis, aunque yo tenga que perder la otra pierna o la vida. Defender a México es una causa sagrada, y le agradezco por sus servicios a esta gran nación. Juntos, pondremos fin a la agonía nacional.

—Tal vez un día, su excelencia, usted ayudará a que Irlanda se libere de sus desgracias —le dijo Riley.

—Por supuesto. Somos hermanos, ¿no es así? Nuestra fe católica es un vínculo tan fuerte como la sangre.

Riley saludó a su comandante con un naciente aprecio. Cortina y Ximena le habían advertido que tuviera cuidado, y lo tendría, pero era difícil no creer en él. El Batallón de San Patricio... ¡qué bien se oía!

❋

Cuando le permitieron retirarse, Riley se dirigió al Templo de Nuestra Señora del Carmen, a unas pocas manzanas de distancia, construido con piedra de cantera mexicana y cuyo color rosa brillaba bajo el sol del atardecer. Ximena rezaba allí a esas horas y, aunque sus obligaciones rara vez le permitían acompañarla, ese día estaba desesperado por verla. Quería que ella fuera la primera en enterarse de su encuentro con Santa Anna.

Mientras cruzaba por la plaza frente al palacio, se imaginaba al lado de Ximena escuchando los corridos que tocaban los músicos en el quiosco. Los hombres y las mujeres que paseaban por ahí, vestidos con elegantes galas y chaquetas bordadas, le hacían una reverencia con sus sombreros de ala ancha, mientras las doñas bajaban sus abanicos de encaje para brindarle una sonrisa. «Buenas tardes, teniente», le decían.

«Buenas tardes», respondía Riley. Aun después de todos estos meses todavía se sorprendía de cómo lo trataban los aristócratas mexicanos. En otros tiempos, un hombre como él sólo habría conocido el desprecio y el desdén de las clases altas, pero ahora sentía que lo trataban como un ser humano, mas no por sus habilidades, lo sabía. México era una tierra con una amplia gama de colores de piel, desde el marrón más intenso hasta el rosa pálido. Él no había visto nada parecido. Su piel clara y sus ojos azules nunca antes le habían proporcionado privilegios ni admiración.

Pasó frente a cafés, fondas y tiendas muy concurridas. Esta antigua ciudad se hallaba rodeada de montañas, tenía minas de oro y plata y una población de sesenta mil personas. Además, allí se gozaba de un clima agradable durante todo el año, y lo mejor de todo era que, a diferencia de la región del río Grande, aquí no existía esa insoportable humedad. Por eso Riley no se sorprendió al ver las calles llenas de gente. Cuando llegó a las puertas de la iglesia descubrió unos ángeles de piedra tallados en la intrincada fachada que parecían volar sobre él. Entró en el templo y se sintió abrumado por los retablos con adornos bañados de oro, por los púlpitos decorados y los ojos vidriosos de los santos que lo observaban desde sus pedestales. No estaba acostumbrado a tanta opulencia y grandeza. Por un momento echó de menos la humilde capilla de Clifden, cuyos muros de piedra estaban cubiertos de musgo y no de oro.

Haciendo la señal de la cruz esperó que sus ojos se adaptaran a la penumbra del interior antes de buscar a Ximena entre las siluetas arrodilladas. Caminó hacia el frente silenciosamente hasta que la descubrió ante el dorado altar de la Virgen. Como todas las mujeres mexicanas llevaba un largo rebozo sobre los hombros y su cabello negro estaba sujeto por una trenza que le envolvía la cabeza como si fuera una corona. Para no molestarla se arrodilló unos pasos atrás, pero ella debió notar que la miraba porque volteó y sus ojos se abrieron de par en par con sorpresa.

—¡John! —le gritó, y su nombre resonó en las doradas paredes de la iglesia. Ella se sonrojó y él notó que había olvidado dónde estaba. *Me parece que la muchacha está feliz de verte, Seán Ó Raghallaigh* y sin poder evitarlo sonrió como un estudiante enamorado.

—Perdóname por distraerte de tus oraciones —susurró. De pronto no se sintió cómodo allí, sobre todo bajo la mirada atenta de los santos y de Jesús. Aunque no había actuado para satisfacer sus deseos por Ximena, el sólo hecho de tenerlos ya era bastante pecaminoso—. ¿Te gustaría pasear por la plaza?

Ella asintió y él le ofreció su brazo mientras se internaban en la soleada tarde. Una bandada de palomas revoloteaba sobre la iglesia. Riley contempló la belleza de las cúpulas del templo, con sus azulejos verdes, azules, amarillos y blancos brillando bajo el cielo mexicano.

—Es una iglesia preciosa, ¿no? —dijo Ximena, mientras caminaban hacia la plaza. Ahora salía más gente a disfrutar de la brisa vespertina.

—Sí, es realmente magnífica, pero lo que me impresiona más es aquella catedral —le dijo, señalando la Catedral Metropolitana que estaba a sólo una cuadra de distancia—. Nunca en mi vida había visto tantas iglesias majestuosas. Bueno, en realidad nunca he visto tantas iglesias.

—¿En Irlanda no hay?

—Muchas de nuestras antiguas iglesias y templos fueron destruidos y profanados por los ingleses. Además, varias de nuestras catedrales nos fueron robadas por los invasores protestantes durante la época de la Reforma. —Le habló de las Leyes Penales contra los católicos. Con el pueblo irlandés despojado de sus derechos y perseguido por practicar su fe, no se habían construido muchas iglesias grandes de piedra sino hasta recientemente—. Pero espero que algún día la Isla Esmeralda vuelva a ser una tierra de catedrales, santuarios y conventos, al igual que México. Sus días de gloria volverán.

—Rezo porque así sea, John.

Apartó su mirada de la catedral y volteó a ver a Ximena.

—Me reuní con el general Santa Anna. Me ha dado mi propia unidad militar, el Batallón de San Patricio. ¡Ahora lucharé bajo mi propia bandera!

Ximena lo escuchó atentamente mientras él le daba detalles de la reunión, pero él se daba cuenta de que lo hacía con reservas.

—¿No te alegras por mí?

—Discúlpame, no quiero arruinar tu alegría. Tener tu propia unidad militar es importante para ti, lo sé, y te lo mereces. Pero ten cuidado con Santa Anna. No sacrifiques tu honor por él.

—Agradezco tu preocupación, Ximena, de verdad que sí y tendré cuidado. Pero ahora que el comandante me ha dado esta oportunidad, no te voy a mentir, es lo mejor que me ha pasado en mi carrera militar. Deseo demostrarle que no ha cometido una locura al confiar en mí.

—Te entiendo. Pero, dime, ¿y tu estandarte?

—¿Me lo harás tu?

Ximena se rio.

—Mi abuela me enseñó a zurcir la piel, pero no la tela. No te preocupes, las monjas del convento cosen muy bien. Les pediré que te lo hagan.

—¿Crees que me ayudarán? Ya tengo el diseño, puedo verlo claramente en mi mente. —Cerró los ojos y dijo—: Ahí está... ondeando sobre mis cañones.

—¡Dime, dime cómo te lo imaginas!

—Es verde, tan verde como mi isla, y tiene bordadas las palabras que quedarán grabadas para siempre en mi corazón: *¡Erin Go Bragh!*

—¿Qué significa, John?

—¡Irlanda por siempre!

Riley no pudo controlarse y la levantó en lo alto, haciéndola girar. Ximena dejó escapar un grito de sorpresa y algunos de los transeúntes se detuvieron para mirarlos con desaprobación, pero a él no le importó.

23

Noviembre de 1846
San Luís Potosí

EN EL TRANSCURSO de las semanas comenzó a tomar forma
el ejército de Santa Anna. Muchos estados de México, incluyendo
Jalisco, Michoacán, Guanajuato, Aguascalientes y San Luis Potosí
aportaron todas las tropas y suministros que pudieron. Pero a Riley le sorprendía que otros estados dudaran en apoyar la campaña;
algunos, como Durango y Zacatecas, se negaron a enviar refuerzos.
Lo desconcertaba que, en lugar de unirse y cooperar para derrotar
al enemigo del norte, algunos líderes estatales dejaran que la animo-
sidad que sentían por Santa Anna nublara su juicio, y que buscaran
cualquier pretexto para destituirlo. El gobernador de Zacatecas, rival de Santa Anna, hasta intentó formar una alianza en contra de él
con un grupo de estados y llegó a proclamar que prefería el triunfo
de los yanquis antes que ver victorioso a Santa Anna. Riley no lo
podía creer. Ésta era la oportunidad que tenían para derrotar a los
invasores y sacarlos de su país, especialmente ahora que los combates se habían extendido a Nuevo México y Alta California. La

nación estaba en grave riesgo. ¿Por qué los líderes mexicanos no podían ver eso y dejar sus disputas a un lado para unirse a esta causa?

Como el gobierno federal no proporcionaba los recursos necesarios, Santa Anna se vio obligado a hipotecar sus propios bienes con el fin de reunir fondos para su ejército. Sin embargo, no había suficiente comida, ropa, armas o municiones para entrenar a los hombres, por lo que el progreso era lento. Santa Anna presionó a la Iglesia para que otorgara un préstamo, pero la gran oposición del clero hizo que sólo recibiera una parte de lo solicitado. Sin embargo, el general persistió en sus esfuerzos por reunir un ejército. Riley no pudo sino admirarlo, ya que en poco tiempo logró que más de veinte mil hombres se unieran a sus tropas.

⊛

Tal como anticiparon Riley y Santa Anna, tan pronto se divulgó la noticia del naciente Batallón de San Patricio, los desertores acudieron a toda prisa para defender ese estandarte. Todos los días llegaban a San Luis Potosí soldados extranjeros que desertaban del ejército de Taylor, aún estacionado en Monterrey y Camargo. Santa Anna hizo un llamado a todos los civiles mexicanos para que ayudaran a estos extranjeros y se los entregaran a él. Rancheros y sacerdotes fueron los principales responsables de guiarlos por los desiertos y las montañas hasta San Luis Potosí. Muy pronto Riley tuvo más de ciento cincuenta hombres en su unidad, la mayoría irlandeses, algunos alemanes, unos cuantos escoceses, franceses, polacos, italianos y prusianos, tres esclavos fugitivos e incluso un inglés. Juntos, el capitán Moreno y Riley recibieron a los nuevos reclutas. Bajo el flamante estandarte del Batallón de San Patricio, ya bendecido por la Iglesia y ondeando con el viento, Riley entrenó a los reclutas todos los días hasta que estuvo satisfecho con su velocidad y precisión. Al observar las maniobras que se realizaban bajo su bandera verde, Riley no podía estar más orgulloso por lo que había logrado.

Pero seguía preocupado. El general Santa Anna tenía 21 553 hombres para su ejército, pero ésa era sólo una ventaja numérica. Las filas mexicanas estaban compuestas, en general, por prisioneros, reclutas o indios descalzos y harapientos armados con machetes o mosquetes desechados que les habían comprado a los ingleses por casi nada. Santa Anna adquirió veintiuna piezas para su artillería, pero la calidad de su armamento y municiones era inferior a la de los yanquis. Riley sabía que el magnífico entrenamiento de sus artilleros no bastaba ante el pobre calibre de sus cañones, de apenas un tercio del alcance que tenían los cañones yanquis.

—Puede que no tengamos la calidad, pero sí la cantidad —le aseguró Santa Anna cuando Riley le planteó sus preocupaciones. Taylor contaba con un tercio de las tropas que tenía Santa Anna. Riley esperaba que el general estuviera en lo cierto y que su superioridad numérica revirtiera la superioridad del armamento yanqui.

No obstante estos desafíos, el Ejército Libertador de Santa Anna pronto estaría listo para abandonar esa hermosa ciudad. Mientras tanto, Riley no perdía el tiempo y seguía adiestrando al batallón. Después de un intenso día de prácticas, salían a disfrutar de todas las diversiones que San Luis Potosí les ofrecía. Sus hombres preferían visitar las cantinas, retozar con las señoritas mexicanas, ir a las corridas de toros o a las peleas de gallos que Santa Anna organizaba los fines de semana. Riley disfrutaba de los fandangos y de los paseos que daba por la plaza pública con Ximena, sus cenas de enchiladas potosinas o los placenteros recorridos por el campo, donde recogían plantas y disfrutaban del cielo abierto. Atesoraba estas salidas, pero cada vez era más difícil dedicarle tiempo a ella. El cuerpo le dolía por el deseo. Ella lo asediaba en sueños y también cuando estaba despierto. No importaba lo oscura que se volviera su alma pecadora, seguía siendo fiel a Nelly, y le mandaba regularmente sus cartas y dinero. Pero ¿le había mentido cuando le dijo que nunca la traicionaría?

✳

Una tarde de noviembre, Riley fue convocado por el general Santa Anna a su cuartel, donde le presentó a un desertor recién llegado.

—Teniente Riley, por favor, pase, pase —dijo el general a través de su intérprete, sonriéndole mientras le indicaba que se acercara. Riley saludó a sus generales, pero su mirada se detuvo en ese hombre flaco y de pelo rubio que estaba a su lado, al que reconoció inmediatamente como un compañero irlandés —. Le presento a Patrick Dalton —dijo Santa Anna—. Como usted, sirvió en el ejército británico y es un hábil artillero, o eso es lo que me cuenta —dijo riéndose.

Dalton saludó a Riley respetuosamente.

—Descanse, soldado. ¿De qué lugar de la Isla Verde viene usted? —le preguntó Riley.

—Del condado de Mayo, señor —dijo Dalton con voz segura.

—Yo soy de Clifden. Es un placer conocerlo —le dijo Riley mientras estrechaba la mano de su compatriota.

—Dígame, soldado Dalton, ¿cómo llegó a nosotros? —preguntó el general.

Dalton les contó como, tras oír hablar del Batallón de San Patricio, se había separado de los yanquis cuando estaban desplegados en Camargo. Su sargento lo llevó junto con algunos otros soldados de la Compañía B al río Grande para que lavaran su ropa. Dalton terminó rápido y le dieron permiso para volver al campamento. En lugar de regresar se escabulló en una milpa y allí se escondió hasta el anochecer. Antes de que lo buscaran se zambulló en el río y nadó hasta la otra orilla.

—Es un río caudaloso —dijo Dalton—. Pero yo prefería morir nadando que pasar otro bendito día sufriendo las burlas y el desprecio de los yanquis.

A Dalton lo ayudaron dos rancheros que, cumpliendo las órdenes de Santa Anna, asistían a los desertores del ejército yanqui. Ellos lo escoltaron a San Luis Potosí.

—Vine aquí porque deseo servir bajo las órdenes de uno de los míos —dijo Dalton, mirando a Riley—. Sería un gran honor unirme al Batallón de San Patricio y luchar bajo su bandera, señor.

—Bueno, entonces está decidido. ¡Bienvenido al Batallón de San Patricio, soldado! —le dijo Santa Anna. Un criado entró en la habitación y le comentó algo en español al comandante. Santa Anna sonrió y se volvió hacia Riley y Patrick Dalton—. Bien, caballeros, parece que mi carruaje me espera. ¿Me harían el honor de ser mis invitados esta noche? He organizado una pelea de gallos privada con algunos de mis compatriotas; vamos a recaudar más dinero para nuestra causa y estoy seguro de que lo disfrutarán. Teniente Riley, aún no lo he visto en una de esas peleas y no me agrada la idea de que se pierda el mejor deporte de todo México.

Luego, agarró su bastón y les hizo un gesto para que lo siguieran.

Riley miró a Dalton y sonrió al descubrir su cara de sorpresa. Aunque aún no había asistido a una de esas peleas, para entonces Riley sabía, al igual que todos los demás, que el comandante era aficionado a ese sangriento deporte.

—¿Te gustan las peleas de gallo? —le preguntó a Dalton.

—*Ní maith liom é* —respondió moviendo la cabeza—. Pero mi viejo lo disfrutaba mucho. Me llevaba a las tabernas o a los graneros para que los viéramos.

—*Mise freisin* —dijo Riley—. Mi padre creía que este deporte no era cruel. Pensaba que el gallo puede abandonar la pelea cuando quiera. Elegir entre escapar o quedarse.

—Sí, nunca entendí si es la valentía o la estupidez lo que hace que los gallos luchen hasta la muerte —dijo Dalton.

—Hay una línea muy fina entre la valentía y la estupidez —respondió Riley.

Durante los días siguientes, Riley se familiarizó con el nuevo recluta del Batallón de San Patricio. Como Dalton también había vestido la odiada casaca roja en Irlanda, Riley encontró en él a alguien igualmente atormentado por haber servido a los invasores ingleses. Tenían la misma mancha en sus almas. En Dalton también encontró a un artillero que compartía sus habilidades y su pasión por las tácticas militares. Por recomendación de Riley, Santa Anna ascendió a Dalton a subteniente y lo nombró segundo al mando. Después de ponerse su nuevo uniforme de oficial, Dalton abrazó a Riley y le dijo:

—Un día, teniente Riley, llevaremos el Batallón de San Patricio a Irlanda y seguiremos luchando por nuestra sagrada causa. Seremos como los Gansos Salvajes, los hijos de Irlanda que vuelven a casa para liberarla.

24

Noviembre de 1846
San Luis Potosí

UNA MAÑANA MUY temprano, Ximena fue escoltada a los aposentos de Santa Anna. Cuando entró, él estaba en una enorme cama con dosel, recostado sobre elegantes almohadas decoradas con encajes, con una copa de brandi en la mano. John le había dicho que la noche anterior, después de la junta nocturna de oficiales, el comandante se había sentido mal y el general Mejía le recomendó a Santa Anna que la mandara llamar. John no tuvo más remedio que secundar a Mejía. Aunque Santa Anna tenía su propio médico personal, aceptó la recomendación de sus oficiales y allí estaba ella esa mañana, ante el hombre que habría deseado evitar.

Cuando el criado corrió los mosquiteros, ella pudo ver su rostro enrojecido y sudoroso por la fiebre, con grandes gotas que se acumulaban en su prominente frente. La invitó a acercarse y se la quedó viendo con sus ojos oscuros y penetrantes. Su labio inferior sobresalía con naturalidad, y le daba aspecto de niño malcriado.

A Ximena la sorprendió cómo sin su uniforme y su bastón de oro parecía más un profesor de escuela que el general en jefe del ejército.

—Perdone que no la salude con propiedad, señora Ximena, pero como puede ver estoy muy indispuesto y obligado a quedarme en cama. Gracias por aceptar atender mi herida. Me han hablado muy bien de sus habilidades como sanadora.

—Estoy a sus órdenes, su excelencia —dijo ella, casi atragantándose.

Colocó su canasta con remedios sobre la mesa que estaba en el centro de la habitación, donde había un enorme frutero de porcelana lleno de granadas. Se quitó su deshilachado rebozo y lo colgó en el respaldo de una silla de terciopelo rojo. El criado tosió con disgusto, pero ella lo dejó allí y pidió que le trajera una olla de agua caliente, vendas y toallas limpias. Cuando el criado se fue a buscarlas, Ximena se quedó a solas con el general.

A pesar de la fiebre y el cansancio, la mirada de Santa Anna seguía siendo tan intensa como cuando estaba sano, quizá hasta más. La forma en que la miraba la hacía sentir aún más incómoda de lo que ya se sentía en ese lujoso entorno, colmado de cortinas de seda y pisos de mármol, candelabros de alabastro y lámparas de cristal, paredes empapeladas y espejos dorados. Bajo su penetrante mirada se sentía aún más cohibida por su blusa andrajosa, sus sandalias desgastadas y las faldas descoloridas que Nana Hortencia había teñido con añil silvestre y pericón. Pero su delantal estaba limpio y su pelo trenzado lucía adornado con listones nuevos. Éso y sus arracadas de oro eran las únicas cosas bonitas que poseía, lo mejor que tenía para estar presentable. Pero ¿qué importaba su aspecto? No había venido para complacerlo con su apariencia sino para curarlo. Él era un paciente más, ¿o no? No, el diablo que acechaba detrás de sus ojos febriles le recordaba que no era un ser humano común y corriente.

Para tranquilizarse respiró hondo y se acercó.

—¿Puedo? —Cogió la copa, la dejó sobre la mesita de noche y retiró las sábanas empapadas de sudor, dejando al descubierto su pierna izquierda. El muñón estaba rojo e inflamado, con pus y sangre que brotaban de las llagas abiertas. Si despedía un olor desagradable, ella no lo podía sentir porque estaba abrumada por el perfume de plumería que el general se había aplicado con bastante generosidad.

—Los cirujanos que me atendieron me descuartizaron la pierna. Nunca se ha curado bien. ¡Imbéciles!

Al revisar la herida, Ximena se dio cuenta de lo descuidada que había sido la amputación. Los cirujanos no habían dejado suficiente músculo, ni tampoco bastante piel para proteger y cubrir el hueso amputado que había quedado expuesto unos centímetros, justo por debajo de donde se dobla la rodilla. Él le dijo que eso le provocaba un dolor insoportable al caminar. La pierna de madera no podía ajustarse bien, ya que rozaba con el hueso que sobresalía, y la piel se había estirado tanto al coserla que a veces se abría y le producía una infección crónica.

—La infección es superficial —le dijo Ximena—. No ha afectado a la carne ni al hueso. Pronto se recuperará.

—¡Nunca! Esos cirujanos incompetentes me condenaron a una vida de dolor. Deberían haberme dejado morir. —Hizo una mueca, exagerando su aspecto de niño arrogante.

—El general tiene la suerte de seguir con vida —le dijo, abriendo la ventana para que circulara aire fresco—. En el tiempo que llevo en este ejército he visto cómo la mitad de los soldados a los que les han hecho amputaciones mueren a causa de la operación.

—Es un honor morir por la patria —dijo él—. Con gusto yo daría mi vida. Si hubiera muerto a causa de mis heridas en la batalla contra los franceses, ésa habría sido una muerte sublime con el más dulce sabor a gloria. Morir por México, pasar a la historia como un mártir.

Ximena tomó algunos remedios de su canasta y se ocupó en preparar una pasta de hierbas para tratar la herida. Oyó a su abuela susurrarle al oído: hierba del pollo para detener la hemorragia, gobernadora para combatir la infección, caléndula para calmar la inflamación, floripondio para aliviar el dolor. Mientras machacaba los pétalos y las hojas en su molcajete, Ximena pensó en los que ya habían muerto en esta guerra y que nunca serían honrados como salvadores o mártires. La mayoría de los que dieron la vida por su país, o que estaban por darla, serían olvidados como si nunca hubieran existido, y ahora este insensato hablaba de estar agradecido por tener la oportunidad de convertirse en un mártir.

—El teniente Riley dijo que usted es viuda. Su marido fue asesinado por los *Rangers*, ¿no es así?

Ella asintió. No quería hablar de Joaquín con este hombre.

—¡Esos *Rinches* malditos! —dijo él—. ¡Que mueran esos desgraciados!

El criado volvió con las cosas y las dejó en la mesa antes de salir de la habitación. Ximena sumergió las hojas de malva en el agua caliente y las dejó reposar antes de lavar la herida. Cuando levantó la vista se dio cuenta de que el general la miraba atentamente.

—Dígame, señora Ximena, si no es una impertinencia preguntarlo, ¿de qué parte de la República es usted? Detecto un acento familiar en su voz.

—San Antonio de Béxar.

—¿Una bexareña? ¡No me diga! Y su familia, ¿luchó a mi favor o en mi contra durante la insurrección tejana?

Ella lo miró de frente y no dudó en decir:

—En contra.

Luego contuvo la respiración mientras esperaba su reacción. Sus ojos, del color de las hojas de tabaco tostado, no expresaron nada. Casi deseó que la echara de sus aposentos para estar lejos de él.

Finalmente, él sacudió la cabeza y se encogió de hombros.

—Ya no importa, ¿o sí? Me reconforta ver que *ahora* está en el lado correcto de la guerra.

Ella regresó a la mesa con el cuerpo temblando por el disgusto que le causaban esas palabras. Se tomó su tiempo para terminar la pasta, mezclando un poco de agua caliente con las yerbas machacadas hasta conseguir la consistencia adecuada. Recordaba muy bien el día en que Santa Anna y sus tropas habían llegado a San Antonio. Tan pronto se supo que Santa Anna estaba acercándose a la ciudad, muchos de los habitantes del pueblo trataron de huir hacia el campo. El teniente coronel William Travis y su pequeña fuerza se atrincheraron en la antigua misión de El Álamo; entre ellos estaba el padre de Ximena bajo las órdenes del capitán Seguín. La carreta que su padre envió para llevarlas a ella y a Nana Hortencia a su rancho, a veinticuatro kilómetros de la ciudad, no pudo evadir a las tropas mexicanas, por lo que se encerraron en su casa y se vieron obligadas a presenciar el asedio desde allí.

Santa Anna colgó una bandera roja en las torres de la iglesia de San Fernando, una señal de que no se daría cuartel, de que no habría piedad para los rebeldes. Ella y Nana Hortencia lloraron por la suerte de su padre y rezaron por su seguridad. Cuando El Álamo cayó, ambas se apresuraron a buscarlo entre los caídos, pero no lo encontraron por ningún lado. Más tarde se enteraron de que, cumpliendo las órdenes de Travis, había abandonado El Álamo junto con Seguín para buscar refuerzos.

Santa Anna les negó a los insurgentes un entierro cristiano e incineró sus cuerpos en piras funerarias. Ximena observó desde la terraza de su casa cómo el humo se elevaba sobre los edificios. El fuego ardió durante dos días, el aire apestaba a carne quemada y quedó para siempre en la memoria colectiva de sus ciudadanos. Días después llegó una carta de su padre con la noticia de que estaba vivo y se había unido a las fuerzas del general Houston.

Las ejecuciones en Goliad no tardaron en llegar. Casi cuatrocientos cautivos, tanto anglotejanos como mexicotejanos fueron llevados a un campo y fusilados bajo las órdenes de ese villano que ahora tenía frente a ella. Mientras lo observaba postrado en la cama, Ximena no veía en él a un inválido o a un amputado, sino al monstruo que cometió atroces actos violentos de los que su patria nunca se había recuperado. ¿Tenía idea de cómo la destrucción que causó en Tejas había provocado que los anglotejanos sintieran furia y odio hacia todos los mexicanos? Quería azotarlo y hacerle entender que todo lo que estaba sucediendo ahora era su culpa. Se apartó y puso los trapos a remojar en el agua caliente.

—Sabe, me llaman el carnicero de El Álamo, pero los mismos revoltosos eligieron su destino. De hecho, les di siete oportunidades para rendirse a esos inconformes, pero ellos tomaron su decisión.

Ella se dio la vuelta para mirarlo. ¿Cómo supo él lo que estaba pensando? ¿Había notado en sus ojos que lo acusaba?

Él sonrió al descubrir su cara de sorpresa.

—No es usted la única tejana que he conocido. Juan Seguín se me ha quedado viendo igual que usted, como si yo fuera un bárbaro sanguinario y no un general-presidente cumpliendo con su deber al reprimir la rebelión de aquellos extranjeros que pretendían arrebatarnos Tejas. Usted me culpa por la forma en que los mala-gradecidos anglotejanos han tratado desde entonces a los mexico-tejanos. Después de la revuelta, que muchos de ustedes apoyaron, se convirtieron en ciudadanos de segunda clase en su propia tierra. Tanto derramamiento de sangre innecesario, ¿no es eso de lo que me acusa? Pero, como ya dije, les di a esos miserables aventureros la oportunidad de rendirse y no lo hicieron, por lo menos no hasta que fue demasiado tarde. Ahora son venerados como mártires. Travis, Bowie, Crockett... Esos afortunados sinvergüenzas. Pero son sólo esos yanquis los que serán recordados y amados, no los hijos nativos de Tejas que estaban en el fuerte con ellos. Sólo los defensores blancos serán recordados como héroes de la independencia de Tejas, mientras que sus aliados mexicotejanos, como Juan Seguín, fueron expulsados de la nueva república con humillaciones y deshonra.

—¿Y qué hay de Goliad?

Santa Anna se encogió de hombros.

—Simplemente estaba defendiendo las leyes vigentes. Nuestro gobierno había decretado que los extranjeros que portaban armas en territorio mexicano debían ser tratados y juzgados como piratas, lo cual, como sabrá, se castiga con la muerte. La ley era injusta, pero la ley manda, y ¿quién soy yo para violarla?

Así fue como justificó que casi cuatrocientos prisioneros fueran fusilados a sangre fría.

—No todos eran extranjeros —dijo ella, dándose cuenta de que estaba entrando en territorio peligroso—. Algunos eran ciudadanos mexicanos.

La cara de Santa Anna se puso más roja y sus ojos inquietos brillaron con ira.

—¡Cuando ustedes se levantaron contra la patria, perdieron sus derechos como ciudadanos mexicanos! Traicionaron a su propio pueblo. ¿De qué otra manera debería haber tratado a los rebeldes que le dieron la espalda a nuestra nación?

Su acusación llenaba la habitación como una parvada de zanates que oscurecen el cielo con sus graznidos. Ella quiso sacudirse su ira, las manos le temblaban y de repente sintió que el molcajete estaba demasiado pesado y lo dejó sobre la mesa. Quería marcharse en lugar de curar las heridas de aquel hombre que era responsable de tanto derramamiento de sangre y de la situación de los mexicotejanos. Si en lugar de brutalidad hubiera mostrado piedad y tratado a sus prisioneros de forma honorable, tal vez entonces los anglotejanos no verían a todos de descendencia mexicana como enemigos.

Ximena respiró profundamente, tratando de calmarse con el aroma del aceite de las hierbas. Luego tomó un trapo de la olla, lo exprimió y comenzó a lavarle vigorosamente el muñón. Al oír que se quejaba se detuvo y trató de hacerlo con más suavidad. Por encima de todo, en ese momento, él era su paciente. No podía dejar que sus sentimientos y su mala energía se interpusieran en el camino de su curación.

De pronto, él la agarró del brazo y le dijo:

—No estoy enfadado con usted, Ximena. Puede que su familia me haya traicionado una vez para aliarse con los yanquis, y han pagado por esa deslealtad. Pero ahora aquí la tengo luchando a mi lado. En lugar de intentar matarme, busca curarme con el fin de que yo pueda lograr mi destino... devolverle el honor a México.

La soltó y dejó que siguiera trabajando. Ella secó su piel presionándola suavemente, aplicó la cataplasma sobre una venda limpia colocada en su muñón, sin decir nada. Pero sintió que sus ojos seguían mirándola. La ira había desaparecido, ahora sustituida por otra cosa. Él recorrió su cuerpo con la mirada, como si la estuviera desvistiendo. Ella miró hacia su rebozo en el respaldo de la silla, deseando poder taparse con él.

—Es usted una mujer hermosa. Ya veo por qué tiene embrujado al teniente Riley. —Su voz era más grave ahora, abiertamente sensual; ella se dio cuenta de que prefería verlo enfurecido.

Los ojos de Santa Anna se quedaron viendo sus pechos, por lo que ella aclaró su garganta y para distraerlo le preguntó:

—¿Cómo se ha hecho esta herida?

—¿Ha oído hablar de la Guerra de los Pasteles?

Ella negó con la cabeza. Su plan había funcionado. De hecho, recordaba la Guerra de los Pasteles de 1838. Tenía diecisiete años cuando los franceses invadieron México y bloquearon los puertos. Santa Anna, recostado en su almohada, comenzó a relatarle la disputa entre franceses y mexicanos, que comenzó a causa de una panadería propiedad de un francés, saqueada y destruida por soldados mexicanos. Francia, exigiendo reparaciones por esa y otras deudas con sus ciudadanos, atacó Veracruz. Cuando Santa Anna se apresuró a defender su estado natal, los franceses dispararon un cañón, que mató al caballo de Santa Anna, a dos de sus oficiales y a varios soldados de sus tropas, además de destrozarle su pierna izquierda.

—Me costó mucho —dijo—, pero valió la pena pagar ese precio. ¡Ay, debería usted haber visto cuando atacamos al enemigo con nuestras bayonetas y lo hicimos retroceder hacia el mar! La bandera de nuestro país permaneció en su lugar, ondeando triunfante sobre el suelo mexicano. Ese día conseguí la victoria para la República Mexicana y lo haré de nuevo con los yanquis.

Cuando Ximena terminó de vendarle la herida, masajeó los músculos de su pierna y la articulación de la rodilla con un bálsamo que preparó con árnica mexicana cocida a fuego lento en manteca de cerdo. Ella había querido distraerlo y lo había logrado, pero ahora tenía que sufrir sus fanfarronadas.

—Valió la pena, sabe.

¿Qué, general?

—Perder mi pierna. La gente pensó que era una tragedia nacional. Oraban por mi vida, realizaban desfiles en mi honor. Vinieron a ver cómo la enterraban en el cementerio de Santa Paula. ¡Fue un funeral tan glorioso! Hubiera visto las celebraciones y el magnífico monumento que iba a ser el hogar de mi extremidad perdida. Pienso en eso los días en que, por el dolor, no soporto ponerme la pierna de madera. Mi gente sabe que no soy más que un guerrero desinteresado, un buen mexicano. Un soldado del pueblo.

¡Como quería salir corriendo de allí! ¡El hombre era intolerable! Su arrogancia y su egoísmo eran irritantes, pero la curación requería de paciencia, buena energía y fe. Por eso Ximena dejó de lado su frustración y le dio un masaje para quitarle el dolor y la tensión de los músculos de las piernas hasta que estuvieron relajados y flexibles.

Él suspiró con placer y cerró los ojos.

—¡Ay, no te detengas por favor! Mi esposa eligió quedarse en la capital en lugar de acompañarme en la campaña. Pero me alegro de que estés tú aquí para atenderme—le dijo, con una voz profunda por la excitación. Luego tomó su mano y la posó sobre su hombría.

Sin dudarlo, ella le dio una bofetada. Alarmado, Santa Anna abrió los ojos, pero estaba demasiado consternado para hablar. Ximena pudo ver la terrible ferocidad de su mirada, la violencia que se desbordaba desde lo más oscuro de su ser, pero ella se negó a dejarse intimidar y respondió con su propia ira.

—Si quería una puta, general, la hubiera pedido en lugar de una curandera. —Se levantó y guardó los remedios en su canasta.

—Te pido disculpas, Ximena —le dijo. Ella volteó a verlo. La expresión de su rostro había cambiado, la ferocidad salvaje se había transformado en arrepentimiento—. Por favor, perdóname por esta falta de delicadeza. La fiebre me ha hecho equivocarme.

Estaba mintiendo. Con o sin fiebre, ella sabía que era un ser despreciable y perverso. Pero ¿y si tomaba represalias contra ella o contra John?

Ella asintió.

—He terminado por hoy. Le pediré a su sirviente que le traiga sábanas limpias para su cama y una comida ligera. En cuanto coma y tome el té de siete azahares que él le va a preparar, deberá descansar y, por favor, no tome alcohol.

—¿Volverás mañana? —La miró suplicante; su voz era demasiado dulce, como una fruta a punto de echarse a perder. ¿Qué haría él si ella le dijera que no, si se negara a atenderlo de nuevo? ¿Se animaría a averiguarlo? ¿Puede una curandera negarse a curar?

—Si me promete que ya no me faltará el respeto, lo atenderé hasta que la infección desaparezca. Tiene mi palabra.

—Te esperaré ansiosamente, Ximena. Te agradezco sinceramente por tus tiernos cuidados, créeme. El teniente Riley estaba en lo cierto, tienes un gran don.

❀

Esa tarde, mientras paseaba con John por el mercado, le relató su visita a Santa Anna. Pensó en contarle lo que había pasado, pero decidió no hacerlo. Ese recuerdo le desagradaba.

—Discúlpame, Ximena —le dijo John, mientras esquivaban a los vendedores que ofrecían sus productos, insistiendo para que probaran los melones más frescos, los tomates más maduros—. Sabía que podías ayudarlo. Me dio lástima verlo así, con tanto dolor en su pierna y anoche estaba peor. Él ya no confía en los médicos. Desde que le hicieron esa amputación tan mal no confía en ellos.

—Yo tampoco confío en ellos —dijo ella mientras se detenía a comprar una bolsa de zapotes—. Algunos son incompetentes para usar la sierra. Van de un paciente a otro con instrumental médico y esponjas sucias. Si los pacientes sobreviven es por su resistencia y por la intervención divina.

—¿Me perdonas? —Tomó unas guayabas de un puesto de fruta y torpemente trató de hacer malabares con ellas, provocando que una le cayera en la cabeza.

Ella se rio mientras él se sobaba y le pagaba al vendedor por la fruta magullada.

—Sé que tu intención era buena, John, pero ese hombre es insoportable.

Caminando hacia los puestos donde vendían hierbas y especias frescas, aceptó que John y el general Mejía no habían querido ponerla en peligro. Pero ésta no sería la única vez, ya que el general sufría un dolor crónico. Aun cuando ya estuviera curado habría una siguiente vez y otra más.

—¿Crees que es cierto lo que la gente dice de él? —preguntó ella mientras olía el penetrante aroma del orégano. Había escuchado rumores de que Santa Anna colaboraba en secreto con el presidente yanqui, lo cual explicaría por qué lo dejaron pasar por el puerto de Veracruz para dirigirse a la capital a pesar del bloqueo naval.

—El comandante tiene muchos enemigos —dijo John—. Él asegura que los rumores de su traición a México son intentos vanos para poner al pueblo en su contra y desacreditarlo.

—¿Y tú le crees?

—Yo creo en lo que veo. Ha cumplido la promesa que le hizo al pueblo cuando regresó del exilio, está liderando al Ejército Mexicano contra los invasores yanquis. Aquellos que lo calumnian no están aquí, dispuestos a combatir para vengar los agravios a su país.

—Santa Anna firmó antes un tratado con los yanquis, cuando fue capturado después de la batalla de San Jacinto. Le dio a Sam Houston todo lo que le pidió. ¿Por qué no haría lo mismo ahora con Polk?

—Era un prisionero de guerra, ¿no? Un presidente cautivo obligado a pactar un acuerdo con el enemigo, que el gobierno mexicano más tarde desconoció.

—Ya para entonces el daño era irremediable —dijo Ximena. Mientras le pagaba a la indígena, pensó en la cruel broma que le había jugado el destino al tener que usar su don para curar al mismo hombre contra el que su padre luchó alguna vez.

Cuando se dirigían hacia el cuartel, Ximena volteó a ver a John y le dijo:

—Mi padre luchó en la batalla de San Jacinto. Estaría decepcionado de verme aquí, atendiendo a Santa Anna. Se que él se equivocó y traicionó a México, pero hoy cuando estuve con el general no quise más que defender a mi padre ante su ira. —Lanzó un suspiro y desvió la mirada—. Mi pobre padre... deseaba ser un héroe de la independencia de Tejas, pero en lugar de eso murió y es considerado un traidor en ambos bandos.

John la abrazó, mirándola comprensivamente.

—Cuando me enlisté en el ejército británico, mi gente también me vio como un traidor. Rezo para que me den la oportunidad de redimirme algún día. Tu padre no tuvo esa oportunidad, pero tú estás aquí ahora en su lugar. Él hallará su redención a través de ti.

25

Diciembre de 1846
San Luis Potosí

UNA SEMANA DESPUÉS, la ciudad bullía con las noticias de las últimas elecciones: una vez más Santa Anna había sido electo presidente de la república. Los cañones dispararon una salva desde el Palacio de Gobierno, se lanzaron cohetes al aire y el pueblo lo vitoreó desde las calles y las terrazas. Ximena también lo celebró, pero por una razón diferente: esperaba que con esto Santa Anna se dirigiera a la capital y dejara el ejército bajo la dirección de otro comandante.

Pero no fue así.

Santa Anna proclamó que su deber era defender el honor de México y por ello designó a su nuevo vicepresidente, Valentín Gómez Farías, para que se hiciera cargo del gobierno, como presidente en funciones, mientras él estuviera en San Luis Potosí, preparándose para la batalla.

Tal y como ella lo esperaba, envió a su criado a buscarla de nuevo. Era la tercera vez que lo atendería y esperaba que fuera la última. Cuando ella y el criado llegaron a sus aposentos privados, Santa Anna se disponía a salir, impecablemente vestido como siempre.

—Ah, ahí estás. Acompáñame —le dijo, agarrando su bastón de oro.

—¿A dónde?

—A mi gallinero, no he ido a visitar a mis gallos. Estoy organizando una pelea para celebrar las buenas noticias.

—Necesito revisar su pierna para asegurarme de que se está curando bien.

Él no le hizo caso.

—Me siento bien. De hecho, nunca me he sentido mejor. Creo que tu tratamiento está funcionando. Ahora, ven —le dijo tendiéndole el brazo.

Ella negó con la cabeza.

—Lo siento, su excelencia, pero tengo otros pacientes que atender. ¿Puedo echar un vistazo a su pierna y marcharme? No tardaré mucho.

Como respuesta, él cogió su sombrero y pasó junto a ella.

—Deja allí tu canasto —le ordenó.

Se dirigieron a los corrales que había construido para sus preciadas aves de pelea. Cojeaba, pero le aseguró a Ximena que sólo era una molestia menor. Le dijo que no pasaría otro día en la cama, porque tenía mucho que hacer. Como de costumbre, se había bañado en perfume de plumería, pero al aire libre el aroma no era tan sofocante. Al entrar, ella sintió los olores familiares del heno seco, las plumas y el excremento de los gallos, lo que la hizo pensar en su casa. Por un momento casi sintió que regresaba al rancho, que oía el cacareo de los gallos, el relinchar de las mulas y el ladrido de los perros. El parloteo y las risas de las familias de los trabajadores. Se sacudió esos recuerdos y miró a los gallos de Santa Anna. Los entrenadores estaban ocupados emparejando las crestas de los gallos, dándoles forma a las colas y recortando las plumas de las alas para hacerles un borde recto.

—Las alas hay que cortarlas con mucha precisión —dijo Santa Anna—. Tienen que estar exactamente iguales, de lo contrario el gallo perderá el equilibrio cuando entre en combate con su oponente.

Ordenó a los entrenadores que le trajeran a su favorito. Tomó asiento en un banco y lo apretó contra su pecho.

—Este gallo es mi orgullo y mi alegría. Se llama Libertador. ¿No es maravilloso?

Ximena trató de no mostrar su impaciencia. Se preguntaba si sus otros gallos no se llamarían «Benemérito de la patria», «Soldado del pueblo» y «Napoleón del oeste».

Santa Anna le habló con suavidad a Libertador. Le untó aceite en el pico, en la cresta, en los afilados espolones; luego frotó con más aceite sus plumas rojas y verdes, y su larga cola.

—El aceite evita que el pico y los espolones se vuelvan quebradizos —dijo, mientras limpiaba al gallo con un trapo.

Ximena pensó en Joaquín y lo recordó cepillando sus caballos con movimientos enérgicos y desenredando pacientemente sus crines y colas con un peine. ¿Cómo era posible que este vil hombre pudiera tener algo en común con su amado esposo?

Cuando Santa Anna terminó, el plumaje del gallo resplandecía con la luz. Ella quedó impresionada ante la belleza de esa criatura.

—La gente piensa que son mascotas a las que consiento demasiado, que pierdo el tiempo con las peleas de gallos; pero para mí estos gallos son unos guerreros combativos. Un gallo de pelea no se retira, no se rinde. El instinto de huir les ha sido desarraigado y si huyen no merecen vivir. Muchas aves han terminado en mi mesa.

Ximena se sentó a su lado en la banca para ver cómo empezaba la pelea, primero con los gallos más ligeros y así sucesivamente hasta los más pesados. Era como una danza, las aves saltaban en el aire, giraban, pataleaban, picoteaban, a veces en perfecta sincronía, con las plumas flotando como hojas de otoño. Se alegró de que en esta pelea las aves no tuvieran navajas afiladas. En su lugar, sus espolones estaban cubiertos de almohadillas.

—Ahorita no se trata de que se maten entre sí sino de mejorar su resistencia, de que se fortalezcan. Que se hagan más rápidos, ¡mejores!

Ximena se maravilló de lo concentrado que estaba Santa Anna en cada movimiento que hacían los gallos de pelea, sus ojos muy vivos y alertas, evaluando todo cuidadosamente para que no se le escapara nada.

—Cada gallo tiene su forma particular de pelear, ¿te das cuenta? ¿Ves cómo al rojo le gusta atacar volando alto y el café ataca desde el suelo?

Para ella, los movimientos de los gallos eran algo confuso, demasiado complicados para entenderlos; pero a medida que él le explicaba, comenzó a darse cuenta que cada ave tenía una manera particular de atacar.

—¿No es extraño que no hagan ruido? —le preguntó Ximena, pensando en sus gallos del rancho, que siempre tenían mucho que decir.

—No. El único momento en el que harán un sonido es cuando estén perdiendo. Que Dios te ayude si tu gallo emite un graznido.

Por eso, uno tiene que prestar mucha atención y aprender a juzgar el daño que el gallo está haciendo y recibiendo. Además, uno tiene que conocer todas las reglas para poder romperlas o respetarlas, según lo que más convenga.

—¿Como en Goliad? —le preguntó e inmediatamente se arrepintió. Pero era cierto. Había utilizado las absurdas leyes mexicanas sobre las armas y la piratería, contra los extranjeros para justificar la masacre. Ésa fue ciertamente una ocasión en la que seguir las reglas le había resultado ventajoso.

Santa Anna se rio sin quitar los ojos de los gallos.

—Sí. Exactamente, querida.

Los gallos no podían pelear más de cinco minutos y eran separados antes de que se causaran algún daño grave. Libertador fue el último. Si la navaja hubiera estado amarrada a su espolón, habría matado a su oponente en cuestión de segundos. Sin embargo, le sacó el ojo de un picotazo. El desafortunado adversario soltó un graznido y trató de huir, pero el pozo estaba cerrado con pacas de heno y tablas de madera, así que no había lugar para correr.

—¡Quita a ese pinche cobarde de mi vista! —dijo Santa Anna, blandiendo su bastón—. ¡Llévenselo a la cocina!

Volteó a verla y el coraje en sus ojos fue inmediatamente sustituido por una sonrisa. Esos cambios de humor la desconcertaban.

—¿A poco no lo hizo bien Libertador? Convirtió a su rival en un cobarde quejumbroso.

Cuando la pelea terminó, Santa Anna agarró a su gallo ganador para que lo atendieran los entrenadores, checando que no tuviera heridas, principalmente en el cuello. Bebió un trago de agua y roció al gallo para refrescarlo, mientras le hablaba dulcemente; luego lo apretó contra su rostro para relajarlo y calmar el latir de su corazón. Una vez más, Ximena se sorprendió de la ternura de

Santa Ana, de la forma en que acariciaba al ave antes de devolvér-
sela a los entrenadores.

—Faltó que le diera un beso de despedida —bromeó, como solía hacerlo con Joaquín cuando hablaba de sus caballos. Demasiado tarde se dio cuenta de que había olvidado con quién estaba
hablando.

Santa Anna la miró sorprendido y luego se rio.

—Los gallos no son de fiar, querida. No son criaturas leales.
No se puede bajar la guardia con ellos. —Señaló una pequeña cicatriz cerca de su ojo y dijo—: Éste me picó una vez. A él le gusta
picotear los ojos, como habrás notado. Cuando miro la cicatriz recuerdo que debo tener cuidado al elegir en quién confiar. Mucha
gente a mi alrededor es como mis gallos: no dudarían en herirme,
sin importar lo bien que los trate. Ésa es una de las muchas leccio-
nes que he aprendido de ellos.

Los entrenadores se llevaron a las aves para bañarlas y guar-
darlas, cada una en su propio corral, cerrado con divisiones de
madera para evitar que se vieran entre sí. El general se levantó y
ella lo siguió a sus aposentos.

—¿Hay que mantenerlos separados? —preguntó ella.

—Sí, porque si no se matan entre ellos. Cuando me inicié en las
peleas de gallos, mi gallo favorito se mató a sí mismo.

—¿Cómo?

—Vio su propio reflejo en el bebedero y lo atacó, pensando que
era otro gallo. El tonto estaba tan empeñado en matar a su oponente, que se ahogó.

—Bueno, entonces tuvo éxito, ¿no? —Ella se detuvo y volteó a
verlo—. Fue su propio enemigo.

Él sonrió e hizo el ademán de besarla. Cuando ella dio un paso
atrás, tomó su mano en vez y se la besó.

—Así que crees que yo mismo soy mi peor enemigo, ¿no? Quizá tengas razón, Ximena.

❋

Al volver a sus aposentos privados, se sirvió una copa de brandi de una jarra de cristal y le ofreció una a ella, pero Ximena la rechazó. Se sentó en la silla junto a la ventana y la observó, mientras ella le arremangaba su pantalón para quitarle la pierna de madera y retirar las vendas sucias.

El muñón había vuelto a sangrar ligeramente, aunque al menos ya la infección y la hinchazón habían cedido en su mayor parte.

Lo miró y negando con la cabeza le dijo:

—Debe tener cuidado de no sobrecargarla. Evite apoyarse en ella todo lo que pueda durante uno o dos días más. Dele tiempo para que se cure del todo.

—Esta cosa nunca se curará. Pero seguiré tus recomendaciones. No deseo perder el resto de mi pierna.

—Bueno, podrían hacerle un glorioso funeral, para enterrarla en ese magnífico monumento donde ya está la otra parte de su pierna.

Ese sarcasmo de Ximena hizo que su sonrisa se desvaneciera, y en sus ojos apareció el familiar destello de rabia e indignación. Entonces, para sorpresa de ella, un cierto desasosiego brotó en su rostro. Fue algo tan inesperado ver su tristeza desnuda, que se sintió obligada a disculparse con él. Santa Anna no le dijo nada y ella pensó que tal vez no había escuchado sus disculpas. Sus ojos tenían una mirada lejana, perdida en un recuerdo amargo.

Mientras le vendaba la herida, él la observaba en silencio y ella se preguntó si sus palabras le habrían molestado. Perder una extremidad era una experiencia profundamente traumática, lo sabía, y se reprendió a sí misma por su grosero comentario. Su abuela se habría sentido decepcionada por ese comportamiento. Ésa no era la forma en que debía comportarse una curandera. *Este hombre saca lo peor de mí, Nana.*

—Mi pierna ya no está enterrada —dijo por fin Santa Anna.

Ella levantó la vista y lo miró.

—¿Dónde está?

—Desapareció. Justo antes de que me obligaran a exiliarme en Cuba, la turba de la capital la sacó de su tumba y la arrastró por las calles en señal de protesta. Imagínate, tratar de esa manera a la pierna que perdí tan gloriosamente por servir a mi país. ¡Y no sólo fue mi pierna la que recibió ese trato, sino también mi estatua, mi teatro, robados y profanados, además de mis retratos quemados! Por poco y me sacan los ojos.

Dos años antes, después de convertir al país en un desastre, había sido derrocado. Santa Anna intentó recuperar el control del gobierno, pero demasiado tarde. La rebelión no podía detenerse.

El pueblo, harto de las condiciones de opresión que él había impuesto, protestó y se amotinó en las calles, no sólo en la capital sino en otras ciudades, incluso en su estado natal, Veracruz. El presidente fue capturado mientras intentaba escapar y lo encarcelaron durante meses antes de mandarlo al exilio.

—Bueno, ya no importa. La fortuna me dio la espalda en el 44, pero me ha vuelto a sonreír —dijo, y se recuperó de ese sombrío estado de ánimo—. El pueblo me ha abierto las puertas de la ciudad una vez más y me ha aclamado como su salvador. Mi regreso a la capital fue un día de celebración. Ojalá hubieras presenciado cómo el pueblo me confió el destino de México, cómo me saludaron otra vez con el título de Soldado del Pueblo. Y ahora mírame,

Ximena, ¡he sido reelegido como presidente de esta gran república!

Sí, había vuelto al poder. De alguna manera, pasó de ser el hombre más odiado de México, depuesto y exiliado, a ser nuevamente presidente y comandante en jefe del Ejército Libertador del Norte. ¿Cómo lo logró? ¿Cómo llegó, a pesar de los bloqueos de los yanquis en Veracruz? ¿Cómo consiguió las riendas del gobierno mexicano, con el apoyo de los mismos rivales políticos y militares que lo habían encarcelado y exiliado? ¿Cómo logró que las masas que tan alegremente habían arrastrado su pierna por las calles lo aclamaran de nuevo como su libertador y presidente? ¿Serían ciertos los rumores de sus tratos secretos con los yanquis?

Ximena se dio cuenta de que él adivinaba las preguntas en sus ojos, pero no las respondió. En lugar de eso infló el pecho regodeándose. Por un segundo, ella pensó que iba a ponerse a cacarear.

26

Enero de 1847
San Luis Potosí

7 de septiembre de 1846

Querido esposo:

Ruego que esta carta llegue a donde quiera que estés en aquella tierra lejana. Creo que muchas de mis cartas se perdieron. Recibí el dinero, nos hacía mucha falta pues ya nos comimos las últimas papas que quedaban. Doy gracias a Dios que te protege y te mantiene seguro, *a stór*. Aquí vamos... haciendo lo mejor para seguir adelante, pero la vida es cada vez más difícil. Las papas otra vez se están pudriendo en los campos, ¡que Dios nos ayude! Casi ningún hogar se ha librado del hambre o de la terrible fiebre. Hay muertos tirados en las casas, en las zanjas, en los campos, y la gente está muy hambrienta y débil para enterrarlos. Es increíble cómo apesta, John. Los que pueden escapar se están yendo. Mi querida amiga Molly y su familia se fueron a América hace unos días sin siquiera despedirse. Ruego que puedas mandar a buscarnos pronto, a stór. Mamá y papá quieren que nos vayamos a una casa-refugio. ¡Yo no quiero! Seguro me quitarían a Johnny y nos separarían a todos. Al menos por ahora, gracias a ti, todavía tenemos un techo sobre nuestras cabezas y un poco de comida en nuestros estómagos. Lo que envías nos mantiene vivos, pero lo más importante es que estamos unidos. Perdón por estas malas noticias de casa. A veces siento que Dios nos abandonó, pero sé que no es así. Dios es bueno y debo tener fe.

Se despide, tu amorosa esposa,
Nelly

La carta llegó a la catedral a finales de diciembre. Riley se alegró porque desde Matamoros no tenía noticias de su esposa, pero como sospechaba, todas las cartas que su mujer le había enviado se habían perdido. Lo importante era que al menos ella recibía las cartas que él le enviaba, y sobre todo el dinero. Terminó de escribirle otra carta justo cuando dieron la orden de marchar, y también le mandó todo lo que pudo. Con el corazón entristecido, Riley se preparó para cumplir sus deberes de soldado, deseando que ésta fuera la última campaña. México necesitaba ganar la batalla siguiente. De esa manera, él podría tener finalmente la tierra que le habían prometido para mandar a buscar a sus seres queridos.

Fue con este pensamiento que, el 28 de enero, Riley ocupó su puesto entre las columnas. Mientras los San Patricios y las tropas mexicanas formaban filas en la plaza pública y a lo largo de la calle que llevaba al norte, los potosinos los aclamaban, agitando y lanzando flores desde sus balcones. Era el momento de enfrentarse al enemigo.

Montado en su armón junto al capitán Moreno y a Patrick Dalton, Riley sostuvo su bandera de seda verde en lo alto, mientras la gente coreaba «¡Viva México! ¡Que vivan los San Patricios!». Volteó a mirar a sus hombres. Sus ojos brillaban por debajo de sus gorras cuando saludaban a los residentes de San Luis Potosí, que durante los últimos tres meses los habían tratado con generosidad y respeto.

El viaje desde el norte hasta la Hacienda de Encarnación iba a ser largo y arduo. Cerca de cuatrocientos veinte kilómetros a campo traviesa. El ejército tenía pocas provisiones, pero el plan de Santa Anna era apoderarse de los suministros que tenían los yanquis. A Riley le preocupaba el riesgo que corría el comandante, pues las consecuencias serían grandes. Si no conseguían adueñarse de esas provisiones, podría ser su perdición.

Las cornetas anunciaron la llegada de Santa Anna, y Riley se volteó para verlo acercarse en su caballo, abriéndose paso entre las filas de hombres que lo recibieron. Estaba allí para despedir a las unidades que encabezaban a las tropas y ofrecerles unas palabras que las animara hasta que volvieran a encontrarse. Él mismo partiría dentro de unos días con su comitiva personal y el resto de la infantería y la caballería. En esa ocasión había insistido en que Ximena viajara con él en su elegante carruaje, junto con su capellán y su secretario.

—¡Soldados! —se dirigió a ellos Santa Anna—. La independencia, el honor y el destino de la nación dependen en este momento de sus decisiones. Amigos míos, ¡nos esperan días de gloria!

Apresúrense a defender a su país. La causa que sostenemos es sagrada. Nunca antes hemos luchado tanto por la justicia, porque luchamos por el honor y la religión, por nuestras esposas e hijos. —Pronunciaba su discurso al mismo tiempo que galopaba entre las columnas, ondeando su sombrero. Las tropas recibieron sus palabras con entusiasmo—. ¡Vencer o morir! —gritó el comandante, concluyendo su elocuente discurso. Las loas de la población y las tropas resonaron entre los edificios, y Riley se unió al júbilo. Sus estandartes flotaban en el viento y las bandas militares tocaron una melodía inspiradora.

Santa Anna dio órdenes para marchar y las tropas se comenzaron a mover. Mientras el Batallón de San Patricio esperaba su turno, Ximena salió de entre la multitud y se acercó a Riley. Al ver su mirada de preocupación, él se bajó del armón y fue a su lado. Ella se había comportado de forma extraña en los últimos días, pero no le había dicho qué le pasaba.

—¿Qué es lo que te inquieta, Ximena?

—Cuídate, John —le dijo ella, con voz grave y pesar en sus ojos.

—Lo haré. No te preocupes por mí. Estaré bien.

Ella movió su cabeza, y mientras lo miraba intensamente su rostro se puso pálido y sus ojos se abrieron de par en par, como si estuviera viendo algo que sólo ella podía ver. Agarrándole las manos, exclamó:

—¡Mantén los ojos abiertos! —Luego se dio la vuelta y desapareció entre la multitud.

Cuando las columnas comenzaron a desplazarse, Riley se preguntó qué le habría querido decir con eso Ximena.

Avanzaron a duras penas hacia el norte, pasando por campos de cultivo y luego por un infernal desierto. No había suficientes carretas ni mulas para transportar toda la comida y cada hombre tuvo que llevar su propia ración semanal. Algunos se comieron rápidamente las suyas. Otros, sin pensarlo bien, quisieron aligerar su carga al principio de la marcha y tiraron parte de sus víveres. Pero pronto lo lamentaron cuando se vieron obligados a subsistir con medias raciones de tortillas y tiras de carne seca, piloncillo y pinole, o con cualquier cosa que las mujeres del campamento encontraban en los matorrales, mientras los días se convertían en semanas.

Cuando finalmente se acercaban a la Hacienda de Encarnación, una tormenta del norte se abalanzó sobre ellos a gran velocidad. Los soldados y las mujeres del campamento que no tenían tiendas y estaban expuestos se acurrucaron para protegerse de los fuertes vientos y de la lluvia helada que pronto se convirtió en nieve. La poca leña que habían recogido estaba mojada y las pocas llamas que lograron producir con ella fueron sofocadas por la nieve. A los comandantes y oficiales que tenían tiendas no les fue mejor. Riley estaba dentro de la que compartía con Dalton, abotonado hasta el cuello, entumecido por el intenso frío y deseando tener un abrigo, mientras la lona aleteaba y se azotaba a su alrededor. Sentía que en cualquier momento el viento arrancaría la tienda de la faz de la tierra y la lanzaría a los cielos con ellos dos todavía dentro. Mientras el norte arreciaba sin cesar, se preguntó si el mal tiempo era un presagio. ¿Estaba Dios tratando de decirles algo?

Sumido en un turbulento sueño que conciliaba de a ratos, Riley soñó que estaba de vuelta en Clifden. Caminaba con dificultad por un campo congelado hasta llegar a su casa cubierta de nieve. Esta vez, cuando abrió la puerta buscando el calor del interior, el fuego de la chimenea se había apagado por completo y los vientos invernales ululaban por todos los rincones. Se detuvo junto a la puerta para ver a Nelly que dormía en su cama de paja; ella volteó a mirarlo con sus ojos grises, tan lúgubres como el cielo invernal. Sus labios azulados se abrieron y le hablaron con voz lastimera. *«Ven aquí, avourneen. Ven a acostarte conmigo»*. Ella abrió los brazos y Riley no deseaba otra cosa que recostarse en su pecho y dormir. Se metió en la cama buscando consuelo en el cálido cuerpo de su esposa, pero estaba fría como si fuera de hielo. Nelly lo agarró con fuerza y no lo soltó. *«Duerme ahora, avourneen»* le dijo, y de su aliento brotó una ráfaga de viento helado.

Entonces, escuchó otra voz. Desde muy lejos.

«¡Abre los ojos, John!».

Él se quejó mientras dormía, pero la voz de Ximena lo llamaba desde algún lugar de su sueño. Cuando despertó tenía lágrimas congeladas en las mejillas. Sintió un frío como nunca antes lo había sentido. Tenía rígidas las coyunturas y no sentía sus piernas. Se acurrucó más cerca de su segundo al mando, que también estaba despierto y se aferraba al poste que sostenía su tienda tambaleante, mientras la tormenta silbaba y golpeaba contra la lona.

Dalton le acercó a Riley su anforita de mezcal y le dijo:

—Toma un poco, teniente. Así evitarás que se te congele el alma.

Velaron durante el resto de la noche, rezando para que la furia de la tempestad se aquietara y la bendita luz del sol volviera a brillar sobre ellos.

✳

Por fin amaneció y Riley fue uno de los primeros en salir de las tiendas. Los árboles brillaban con destellos de hielo. El aire seco y gélido le lastimaba la cara. El norte había cesado por completo, pero mientras caminaba por el campamento se dio cuenta de que su pesadilla no había sido nada comparada con lo que sufrieron otros hombres durante esa noche de agonía. Mientras las tropas se sacudían la nieve de sus coloridos sarapes, encontraron a cuatrocientos mexicanos que aún permanecían en cuclillas en el suelo, envueltos en sus sarapes, con los ojos cerrados y los brazos fuertemente aferrados a sus piernas. El sueño eterno los había reclamado.

—¡Cielos! —dijo Dalton cuando Riley se acercó a él—. Estas pobres criaturas se han congelado hasta la médula de sus huesos.

Riley asintió, soplando un poco de aire caliente en sus manos.

—¿Perdimos a alguno de los nuestros?

—Dos —dijo Dalton—. Cooney y O'Brien.

Riley sacudió la cabeza.

—Dos buenos soldados. —Hizo la señal de la cruz—. Que Dios guarde sus almas.

—Tal vez no sufrieron. Sólo se durmieron y no despertaron.

Riley recordó su sueño. ¿Era por eso que había oído la voz de Ximena pidiéndole que se despertara? Si no lo hubiera hecho, ¿sería él ahora uno de esos cadáveres rígidos?

Para el 17 de febrero, cuando las tropas llegaron finalmente a Encarnación, habían recorrido cerca de cuatrocientos sesenta kilómetros en tres semanas y perdido casi una cuarta parte del ejército por hambre, sed, fatiga, deserción o congelamiento durante la tormenta. Riley lamentó la pérdida de otros cuatro de sus hombres, a los que él y Dalton enterraron al lado del camino, cubriendo sus tumbas con cactus para evitar que las bestias salvajes desenterraran sus cuerpos. Tres días después, cuando Santa Anna llegó en su carruaje y ordenó que las tropas se alinearan para pasar revista, mostró su disgusto por las pérdidas. Riley se alegró de que el comandante se pusiera a levantar la moral de los soldados que aún estaban en pie. Lo que los hombres necesitaban, además de descanso y comida, eran palabras de aliento de su líder.

—¡Soldados! El enemigo nos espera en Agua Nueva —les dijo Santa Anna a sus tropas—. Nos acechan todo tipo de privaciones. ¿Pero cuándo la miseria ha debilitado su espíritu o su entusiasmo? El soldado mexicano es bien conocido por su templanza y su paciencia ante el sufrimiento. Amigos míos, expulsemos de nuestro suelo al extranjero que ha osado profanarlo con su presencia. Mostremos a los norteamericanos que México será siempre nuestro. ¡Viva la República!

—¡Viva! —aclamaron las tropas. A pesar de las difíciles condiciones en las que se encontraban, los hombres estaban preparados para la lucha.

Esa noche, mientras cenaban, Riley le contó a Ximena sobre la tormenta y los hombres congelados.

—Oí que me llamabas —le dijo. Luego, recordando la expresión de su cara antes de irse, le preguntó—: ¿Cómo sabías lo que iba a ocurrir?

—Ya quisiera yo saberlo —le dijo—. Cuando tenía doce años casi me muero de cólera, pero mi Nana me salvó. Desde entonces, a veces tengo sueños extraños, visiones de cosas que están por venir.

—En mi sueño Nelly estaba congelada. ¿Qué significa eso? ¿La has visto en tus visiones?

—No —dijo ella—. Sólo he soñado con la tormenta y con hombres congelados. Esa noche sabía que tenía que despertarte antes de que fuera demasiado tarde.

Cuando se retiró a su tienda Riley se quedó despierto y con la mente intranquila hasta que finalmente amaneció.

✵

Por la mañana, después de levantar el campamento, Santa Anna se dirigió a sus tropas una vez más para levantarles el ánimo. Era su cumpleaños número cincuenta y tres y con gran entusiasmo animó a su ejército para que marchara hacia el campamento de Taylor, que estaba a poco más de cincuenta y cinco kilómetros. Nuevamente, Riley se quedó impresionado por lo rápido que podían marchar los soldados mexicanos.

El Batallón de San Patricio se quedó rezagado, sus armones de artillería rebotaban por los caminos irregulares llenos de agujeros de topos, las ruedas se hundían en el suelo arenoso y la cuadrilla tenía que ayudar a los arrieros de las mulas a sacar las ruedas. Riley, Dalton y los demás oficiales caminaban detrás de las pesadas piezas de artillería con sus hombres para liberar a las mulas del peso extra.

Al final del día, mientras cruzaban trabajosamente el paso de montaña, el entusiasmo de todos disminuyó cuando bajó la temperatura. Continuaron hasta después del anochecer, y al llegar a la cumbre, Riley pensó que los hombres a su alrededor ya no parecían estar vivos. Unas horas antes del amanecer Santa Anna ordenó que hicieran un alto. Estaban a nueve kilómetros de las tropas enemigas.

—Hoy van a necesitar todas sus fuerzas, muchachos —les dijo Riley mientras se acurrucaba con sus hombres alrededor del pequeño fuego que lograron encender. Como no tenían nada de cenar, la mayoría se fue a dormir tan pronto llegaron. Ya era muy noche para instalar su tienda de campaña y la preocupación por el sueño que había tenido le impedía a Riley cerrar los ojos. Mientras escuchaba el viento helado que ululaba a su alrededor, pensó en Nelly. Luchando contra la oscuridad, que intentaba apoderarse de él, miró a Dalton sentado en el suelo a unos metros de distancia. Era uno de los pocos que aún estaba despierto. Robusto, incluso luego de todo lo que acababan de pasar, Dalton parecía estar mejor que los demás. Pero tras observarlo cuidadosamente Riley vio el cansancio en los ojos de su amigo, que al igual que él estaba tratando de no quedarse dormido.

—Descansa ahora, Pat, *a chara*. Hoy necesitarás todas tus fuerzas.

—Sí, pero tú deberías hacer lo mismo, ¿eh?

Riley asintió y apoyó la cabeza sobre su mochila, pero no pudo conciliar el sueño. En cambio, se mantuvo vigilando cuidadosamente el sueño de sus hombres, a la vez que pensaba en el combate que les esperaba. Sobre todo, debían evitar que los capturaran. Él se encargaría de que los yanquis no pusieran sus manos sobre el Batallón de San Patricio.

✳

Al amanecer, mucho antes de que dieran las órdenes para que las tropas se pusieran en marcha, Riley ya estaba listo. Mientras el ejército avanzaba hacia el campamento yanqui en Agua Nueva, vieron nubes de humo en el horizonte. Parecía que, al enterarse de que Santa Anna se acercaba, los yanquis habían abandonado su posición en el valle e incendiado sus bodegas de víveres. Riley maldijo en voz baja. Contaban con los suministros de comida de Taylor para seguir adelante, pues ya habían agotado sus últimas raciones. Pero ahora, los alimentos que buscaban conseguir eran sólo cenizas.

Santa Anna parecía tener las mismas preocupaciones y procedió a reanimar a sus hombres. Pero esta vez las tropas estaban demasiado agotadas para unirse al general en sus vítores por la patria. Vieron el humo a lo lejos y supieron que no habría comida, que sus cuerpos fatigados no recibirían ningún alimento. Santa Anna afirmó que el humo era la prueba de que los yanquis habían huido atemorizados.

—¡Apresurémonos, entonces! La victoria está cerca.

Dejándose llevar por su entusiasmo, el general ignoró el lamentable estado en que se hallaba su ejército, medio hambriento, y lo obligó a retomar la línea de marcha sin siquiera dejar que rellenaran sus cantimploras de agua o aliviaran la sed de sus caballos. Al contrario, dio el toque de corneta para ordenar una marcha rápida hasta llegar a un estrecho paso conocido como La Angostura, cerca de una hacienda llamada San Juan de la Buena Vista, lugar que los yanquis habían elegido para enfrentarlos.

Riley analizó la posición defensiva que los yanquis tomaron en una llanura irregular, rodeada por la escarpada Sierra Madre al este y arroyos al oeste. Supuso que no tendrían más de cinco mil soldados. Las fuerzas mexicanas habían disminuido hasta catorce mil, pero los yanquis estaban bien alimentados y descansados, además de que tenían la ventaja de contar con mejores posiciones en la amplia meseta y en las colinas. Taylor bien sabía lo que estaba haciendo. Protegidos por los barrancos, las altas crestas y los profundos precipicios que cruzan la meseta, los yanquis estaban utilizando el terreno a su favor. Los estrechos barrancos impedían a Santa Anna extender sus fuerzas para obtener el máximo efecto;

sus tropas se veían constreñidas a un espacio confinado de sólo cuarenta pasos de ancho, con barrancos a un lado y peñascos al otro.

El comandante envió a sus oficiales con una bandera de negociación para exigir la rendición inmediata de Taylor, dándole una hora para hacerlo. Riley sabía que el general yanqui no lo haría. En una hora, sus temores se confirmaron cuando el general Mejía leyó la nota de Taylor en voz alta y luego se la tradujo al comandante.

—En respuesta a su nota de esta fecha, en la que me convoca a rendir mis fuerzas a discreción, le ruego que me permita decir que declino acceder a su petición.

—Así sea, pues —dijo Santa Anna. Entonces el consejo de guerra se puso en marcha para idear un plan de ataque—. Sé que tienen el armamento y el terreno ideales, pero nosotros tenemos más hombres —repitió Santa Anna cuando Riley y algunos de los oficiales señalaron la desventaja de su posición—. Lucharemos con nuestros puños desnudos, si es necesario. Pero saldremos victoriosos.

Ordenó que los regimientos tomaran sus posiciones. Siguiendo las indicaciones del jefe de artillería, Riley exploró el área y eligió la mejor ubicación que pudo encontrar para los tres cañones pesados que serían manejados por el Batallón de San Patricio. Dos eran de 24 libras y uno de 6. Él y sus hombres pasaron varias horas arrastrándolos hasta la colina. Mirando por encima del borde, desde donde sus cañones dominaban la meseta, Riley vio al ejército yanqui que colocaba sus dieciocho piezas de artillería en posición y divisó la batería de Braxton Bragg. Al ver a ese canalla yanqui, Riley deseó acabar con él.

—¿Estás preparado para esto, teniente? —dijo Dalton, cuando llegó a su lado. Riley pasó su mano por la fría superficie metálica de uno de sus cañones.

—Sí, claro —dijo Riley—. He estado listo. *Fág an Bealach*.

Juntos, clavaron su estandarte en el suelo y vieron cómo la bandera del Batallón de San Patricio se desplegaba en la brisa, un vívido verde que contrastaba con el azul del cielo.

27

Marzo de 1847
Buena Vista/La Angostura

POR LA MAÑANA, Ximena se despertó con el sonido de las cornetas mexicanas que llamaban a la formación de las tropas. Los soldados no habían comido nada, pues no había nada de alimentos. Las bandas militares de cada brigada tocaban ruidosamente mientras Santa Anna posicionaba sus fuerzas para comenzar el ataque. Ximena sabía que el ruido y la algarabía estaban destinados a intimidar a los yanquis. Vio cómo las tropas se arrodillaban cuando los sacerdotes pasaban a lo largo de las líneas para ofrecer sus bendiciones, mientras el incienso se esparcía en el aire. A lo lejos podía ver a John y a los San Patricios arrodillados junto a sus cañones, esperando a ser bendecidos. Divisó a Juan Cortina con los de la caballería, que inclinaban sus lanzas para que los sacerdotes las rociaran con agua bendita. Sus oraciones se elevaban al unísono hacia el cielo. Entonces Santa Anna se dirigió a las tropas y ella hizo un esfuerzo para poder escucharlo:

—Tengo el honor y la gloria de saber que estoy al frente de un ejército de héroes que no sólo saben luchar con valentía, sino sufrir pacientemente el hambre y la sed, sacrificio que les exige nuestra nación.

Los gritos de entusiasmo se elevaron en el aire. «¡Viva la República!» resonó contra la cadena montañosa, y luego, una a una, las unidades tomaron sus posiciones. Cuando Santa Anna dio la orden, las bandas militares dieron el toque de carga y comenzó el combate.

Junto con las otras soldaderas, Ximena se quedó en una cumbre desde donde veía el campo de batalla. Mientras los cañones y los mosquetes chocaban y resonaban, y el chasquido de los rifles y el repiqueteo de los cascos de la caballería reverberaban sobre el campo de batalla, ella pensaba en las peores tormentas que había presenciado en San Antonio de Béxar y en la región del río Bravo, cuando los truenos y los vívidos relámpagos parecían partir el cielo. Nunca se hubiera imaginado que algún día presenciaría tormentas aún peores que aquellas, con destellos de pólvora y bombas que explotaban, con una lluvia de balas de cañón que caía sobre el campo de batalla. Esta tormenta oscura era más siniestra y mortal que cualquier otra creada por la naturaleza. Porque ésta era obra del hombre, forjada por la codicia, la vanidad y la tiranía.

Ximena regresó a la tienda del hospital, buscando ahuyentar de su mente esas terribles imágenes y el estruendo del campo de batalla.

Luego de muchas horas, el combate cesó en el momento en que el cielo se abrió, inundando el terreno con una lluvia fría y pesada, convirtiendo el campo de batalla en una laguna. Ambos ejércitos se tomaron un respiro para esperar que dejara de llover. Desde la cima, pudo ver las terribles consecuencias del combate. Por todas

partes había soldados caídos a montones, con los cuerpos entrelazados. Los ayudantes del hospital y los sepultureros salieron
a buscar en el fango a sus heridos y muertos. Las ruedas de las
carretas se atascaron en el lodo y los ayudantes del hospital no
tuvieron más remedio que llevar a los heridos uno por uno en camillas improvisadas con mosquetes. Por falta de catres y mantas,
los heridos fueron depositados en el suelo fangoso del hospital.
Allí permanecieron tendidos sobre la tierra, con sus uniformes
cubiertos de lodo y sangre.

Ximena, los cirujanos y los demás ayudantes del hospital se
apuraban para atender a los heridos, pero no contaban con suficientes medicinas ni con un refugio para ofrecerles. No había ni
un grano de arroz ni una gota de agua limpia para ellos.

El viento gemía como los lamentos de La Llorona. Ximena temblaba bajo su delgado rebozo, mientras escuchaba los inquietantes
sonidos. Dos San Patricios entraron llevando a uno de sus camaradas en brazos. Un proyectil había explotado y le voló el brazo
izquierdo a Kerr Delaney. El cirujano le pidió que preparara al irlandés para una amputación inmediata. Ella deseaba poder salvar
de la sierra del cirujano lo que aún quedaba del brazo. Pero al ver
los músculos desgarrados, los huesos aplastados, los finos trozos
de carne que colgaba de la extremidad, supo que no iba a poder
hacer nada más que ayudar a sujetarlo y darle fuerza.

—Todo va a estar bien, Kerr —le dijo.

Después de la operación, el criado de Santa Anna vino a buscarla. Ella se cambió el delantal, se aseó lo mejor que pudo y el
criado la escoltó hasta sus aposentos. Se estaba celebrando una
junta de guerra y todos voltearon a verla. Se hizo un silencio dentro de la tienda. Sus ojos se cruzaron con los de John, y ella deseó
poder correr a sus brazos, pero se quedó en la entrada de la tienda,

agarrando su canasta. Al verla, Santa Anna despidió a todos y sus jefes y oficiales se retiraron. John le apretó el hombro al pasar y le sonrió alentadoramente. Su uniforme estaba ennegrecido por las manchas de pólvora y sus ojos estaban irritados por el humo, pero por lo demás parecía estar bien. En la noche ella le prepararía un té de manzanilla para limpiarle los ojos.

—¿Delaney?

—Está vivo.

—Qué bien. Lo iré a ver ahora —dijo. Las lonas que cubrían la abertura de la tienda se cerraron detrás de él. Ximena necesitó de toda su fuerza de voluntad para quedarse y no ir tras él.

Santa Anna le pidió que se acercara a donde él estaba sentado.

—Ximena, por favor, necesito de tus cuidados. —Hizo una mueca de dolor mientras se quitaba la pierna de palo.

—No era necesario que se fueran sus oficiales —le dijo ella—. Puedo curar sus heridas mientras está en su reunión.

—No, no. Tienen que retomar sus posiciones. Además, no puedo permitir que mis subordinados me vean en este estado. Perdería mi autoridad si vieran cualquier debilidad por mi parte.

Su muñón sangraba de nuevo, la herida se había abierto. Pero también tenía cortes y moretones en la cara, y cuando se quitó la chaqueta del uniforme ella vio sangre en la camisa que llevaba por debajo, entonces comprendió el motivo por el que él les había pedido a todos que se fueran.

—Los malditos yanquis mataron a mi caballo —le dijo, mientras ella revisaba si tenía alguna costilla rota—. Apenas pude evitar que me aplastara. No habría sido una muerte muy gloriosa, el que mi propio caballo me mate ¿verdad?

Mientras ella curaba sus heridas, él le hablaba de la batalla y de cómo, antes de que la lluvia los forzara a hacer una pausa en el combate, rodeó el flanco izquierdo de Taylor para llegar a su retaguardia, diezmando a tres de sus unidades de caballería y haciéndose de dos estandartes y tres piezas de artillería, dos de las cuales fueron tomadas por los San Patricios. Trofeos de guerra, los llamó.

—Mis tropas han asegurado una posición ventajosa en la meseta —dijo—. Tan pronto como pase esta miserable tormenta atacaremos aún con más fuerza. La victoria será nuestra para cuando el sol se ponga y voy a conquistar un nuevo laurel para nuestra nación.

Ximena asintió con entusiasmo, queriendo creerle. Necesitando creerle.

—Usted lo puede lograr, general. Puede terminar esta guerra hoy mismo.

—No cederé —dijo él, mientras ella le ponía de nuevo su pierna de palo—. No importa que tengamos hambre o sed... —Se levantó con orgullo, la ayudó para que ella se pusiera de pie y luego apoyó las manos en sus hombros—. ¡Nos mantendremos firmes y lucharemos hasta la victoria o la muerte! ¡Te lo prometo, Ximena!

❁

En cuanto pasó la tormenta se reanudó la batalla, cuya brutalidad contrastaba con el hermoso arco iris que pintaba el cielo. Durante horas interminables, lo único que pudo hacer Ximena fue rezar por que John y Cheno estuvieran vivos y de pie cuando volara la última bala de cañón.

Doce horas después del inicio de la batalla, cuando el crepúsculo se asentó sobre la tierra, los dos ejércitos pidieron un alto al fuego. El campo era un pantano, la pólvora estaba demasiado húmeda. Ximena y las demás soldaderas se adentraron en ese campo pantanoso lleno de muerte. Eran tantos los cuerpos de hombres y caballos mutilados que estaban esparcidos, que no se podía caminar sin pisarlos o sin correr el riesgo de resbalar en un charco de sangre. A medida que las maldiciones, las oraciones y los gritos de los moribundos crecían a su alrededor, al ver todos los rostros desfigurados por aquel martirio, Ximena se dio cuenta de que la verdadera ganadora en esta batalla era La Muerte.

Era urgente trabajar a toda prisa, encontrar a los que podían salvarse y abandonar al resto a su suerte. *Que Dios se apiade de todos nosotros*, pensó. La noche se cerraba a su alrededor y con la tenue luz que apenas iluminaba sus uniformes enlodados, no lograba distinguir si los cuerpos pertenecían al ejército mexicano o al norteamericano, pero no importaba. Eran seres humanos que se acercaban a ella suplicando ayuda, pidiendo ser abrazados, hombres que en sus últimos segundos de vida clamaban por sus madres y sus esposas. ¿Qué otra cosa podía hacer ella sino arrodillarse a su lado, tomándolos de las manos para rezar por sus almas, mientras los observaba dar el último aliento?

Sintió una mano firme pero suave sobre su hombro y al voltear vio que John estaba detrás de ella. Cayó en sus brazos, desesperada por recibir consuelo. En ese momento, deseó con todo su corazón no volver a separarse de él. Aun cuando ella sabía que él nunca iba a ser suyo.

—Hubiera deseado que no presenciaras esta desolación. —La abrazó con firmeza, y por la forma en que lo hizo, ella sintió su propia necesidad de consuelo y entonces lo besó. Cuando él le devolvió el beso, sintió que su deseo por ella le procuraba la fuerza necesaria para continuar con la responsabilidad que tenía en sus manos.

—Recordaré ésto hasta el día de mi muerte —le dijo Ximena.

—Hoy, la tercera parte de mis hombres han muerto o están heridos. Lloraré por siempre esta pérdida. Esperemos que no haya sido en vano.

—Estamos ganando, ¿no es así?

—Ojalá sea así. La batalla aún no ha terminado. Mañana habrá más combates. Que Dios nos ayude. Sin alimentos y sin protección contra la intemperie ésta será una larga noche.

Ximena pensó en lo que había dicho Santa Anna. No iban a ceder, pasara lo que pasara.

—¿Has visto a Cheno? ¿Está vivo?

La tomó de la mano para llevarla al lugar adonde había visto por última vez a su caballería atacando a las líneas yanquis.

—Prepárate, Ximena. Los cañones de Bragg hicieron trizas a muchos de los lanceros. Ese hijo de puta es la razón por la que el flanco de Taylor no ha sido destruido.

La oscuridad convocó a los animales salvajes. Los coyotes y los pumas recorrían el área, listos para abalanzarse sobre un hombre o un caballo. Un coyote se les acercó demasiado, tratando de arrancarle un brazo a un soldado muerto. Ximena le lanzó un mosquete roto para ahuyentarlo, pero vendrían más y sabía que sólo era cuestión de tiempo antes de que comenzara el sangriento festín.

—¡Riley, Ximena, por aquí!

Entre la tenue luz, ella apenas podía distinguir a la figura de Patrick Dalton, inclinándose sobre un soldado que estaba apoyado en su caballo. El animal tenía las entrañas afuera; y sin embargo, masticaba la hierba con indiferencia, ajeno a su estado.

—¡Cheno! —Ella y Riley se precipitaron a su lado—. ¿Estás herido?

Su pierna estaba atascada bajo el semental.

—Creo que está rota.

Mientras Riley, Dalton y los amigos de Cheno lo sacaban y lo llevaban a tropezones en la oscuridad hacia el hospital de campaña, un puma gruñó y Ximena se volvió para ver al gato salvaje y a un lobo frente a frente, preparándose para luchar por el caballo. ¿No entienden que no hay necesidad de luchar? *¿No ven que aquí hay suficiente para todos?* Al sentir el peligro, el caballo comenzó a relinchar. Ximena arrancó un mosquete de las manos de un soldado caído y mató al animal de un disparo.

✺

Después de curar la pierna rota de Cheno y envolverla con un vendaje empapado en la pulpa de raíces de malva machacada, el hombre cayó en un profundo sueño. Pronto la lluvia volvió a arreciar y estaba demasiado oscuro para ver. La búsqueda de los heridos se suspendió por la noche, y todos se refugiaron de la incesante lluvia y el frío inclemente. Los soldados y las mujeres del campamento lamentaban no poder encender fogatas para mitigar el frío de la noche. La mayoría no tenía ni una manta ni un sarape para protegerse de la fuerza de la naturaleza. Tampoco les quedaba ni un trozo de pan o tortilla para comer.

Envuelta en su deshilachado rebozo, Ximena se ocupó de los heridos y no se permitió pensar en el frío y el hambre que tenía. John entró en la tienda y, por la expresión de su rostro, ella supo que traía malas noticias.

—El comandante ha ordenado que las tropas se retiren de la zona y abandonen a nuestros muertos y heridos.

— ¿Estamos huyendo? Todos esos hombres murieron, ¿y ahora abandonamos el campo y dejamos que los yanquis nos ganen?

—Durante la junta de guerra, algunos tratamos de disuadir a nuestro general para que no cediera el terreno al enemigo. Santa Anna ha reclamado la victoria de hoy y ha dado la orden de retirada. Nos vamos a Agua Nueva de inmediato.

—¿Cómo podemos salir victoriosos si somos nosotros los que huimos?

—Créeme, Ximena, el hombre que soy condena su decisión, pero como soldado, tengo que obedecer a mi comandante. La única salida sería violar el juramento que he hecho a tu país. ¿Quieres que sea un desertor una vez más?

Ella podía notar la agitación dentro de él, sentía su impotencia. Dominada por la rabia se apresuró a salir del hospital de campaña.

—Ximena, regresa. ¿Dónde crees que vas? ¡No se puede razonar con él!

Echó a correr, sin escuchar nada más que su propia furia. El adornado carruaje de Santa Anna y las carretas para su equipaje lo estaban esperando fuera de su tienda, pero ella sabía que él seguía dentro. Los guardias la conocían y no le impidieron la entrada en sus aposentos privados. Él estaba de pie junto a su escritorio dictando una carta a su secretario, mientras su personal terminaba de empacar sus pertenencias. Se sorprendió al verla.

—Veo que tienes algo que decirme. —Hizo un gesto a su secretario y a sus ayudantes para que se marcharan y esperó a que ella se acercara.

—Dijo que nunca huiría.

—No estoy huyendo. Estoy protegiendo a mis hombres de ser masacrados. Su desempeño ha sido extraordinario. Han cumplido con su deber, así que regocijémonos en las bendiciones de hoy. Mañana será otra la historia.

—Se equivoca. He visto a todos los soldados luchar con fuerza y lealtad, aún sin armas decentes, sin comida ni agua, sin zapatos ni ropa adecuados. Han luchado con el estómago vacío y se han mantenido en el campo de batalla. ¿Y ahora les está quitando eso? Los convierte en unos cobardes que huyen, como los gallos que tanto desprecia.

—No es por falta de valor, nos vamos por falta de provisiones. Estoy salvando el honor de nuestro ejército evitándoles la vergüenza y la certeza de una derrota. Reclamemos la victoria mientras todavía estamos con ventaja.

—¿Por qué no los deja luchar y morir con honor como los valientes hombres que son? ¿Tiene miedo de ser capturado por los yanquis... otra vez?

—¿Quién te crees que eres? No te debo una explicación por mis decisiones —dijo él, sacudiéndola por el brazo—. Soy el comandante en jefe de este ejército.

—Es el comandante de la cobardía. No se merece este ejército —le espetó ella, soltándose. ¿Cómo había podido dejarse engañar por él?—. No se merece ni a John Riley ni a los San Patricios, tampoco a los ochocientos heridos en los hospitales de campaña, ni a los soldados cansados que desafiaban el hambre y la sed o a los miles masacrados en vano. Usted es el que debería estar ahí afuera, siendo devorado por los pumas.

Santa Anna levantó la mano, como si fuera a abofetearla. En cambio, la atrajo hacia sí y trató de besarla. Ella giró la cara de

tal manera que los labios del general se posaron en su mejilla. Él
se rio.

—Tienes más cojones que mis jefes, querida. Tu valor es realmente admirable. Un día te nombraré generala.

Se cuadró ante ella y le gritó a su chofer que preparara el carruaje. Luego le tendió la mano para acompañarla.

—Prefiero caminar. —Ignorando su mano extendida, ella abandonó la tienda y se internó en esa noche sin estrellas.

28

Marzo de 1847
Camino a San Luis Potosí

LAS ABATIDAS TROPAS levantaron el campamento y emprendieron la humillante retirada hacia Agua Nueva, y de ahí a San Luis Potosí. Los débiles y los heridos fueron abandonados a merced de los buitres. A medida que avanzaban los días, Riley se desanimaba al verlos sufrir más pérdidas. Pronto, ya eran más los que morían derrumbándose en el camino, o arrastrándose en los matorrales bajo un sol calcinante, que los que habían caído combatiendo. Lamentó amargamente, una vez más, que no se les hubiera permitido morir con honor en el campo de batalla y que, en cambio, abandonaran el terreno en manos del enemigo. Al cometer la locura de esta trágica retirada, Santa Anna había entregado el honor nacional que juró defender, minando la moral de su ejército y aumentando así su miseria y sus penurias.

Sin una gota de lluvia que les permitiera tragar el asfixiante polvo, las soldaderas abandonaron las columnas para encontrar agua fresca. Lo mejor que hallaron fue agua estancada y maloliente, y si no hubiera sido por Ximena, Riley la habría bebido. Sin poder resistirse, otros se lanzaron a beber de los charcos, sólo para caer enfermos de disentería, sufriendo horribles y dolorosas convulsiones. Ximena llenó su calabaza de agua, le echó un nopal picado y esperó varias horas hasta que el agua se purificó y luego dejó que Riley bebiera de ella. Varias veces se adentraron juntos en la maleza, y ella consiguió comida suficiente para mantenerlos con vida un día más: un pequeño cactus en forma de barril, que peló y cortó con cuidado antes de darle la pulpa verde, semillas que sacudió de la planta y que él lamió de la mano de Ximena, raíces que ella sacó de esa mezquina tierra y que él mordisqueó con gusto. En otra ocasión, él la levantó sobre sus hombros para que ella pudiera alcanzar el tallo florecido de una altísima planta de yuca.

Riley devoró los preciados pétalos de flores blancas y cremosas que ella le ofreció, aunque no fueron suficientes para aplacar el hambre que los consumía.

—Quizá mañana encontremos algo más... Si es que llega el mañana —dijo él, saboreando las últimas flores. Miró con resignación la tierra estéril, imaginando su tumba sin nombre en este desierto solitario y a un coyote aullando sobre ella—. Vamos a morir aquí, ¿no es así? —Le aterró su propio tono de derrota. Ella se dio cuenta y lo abrazó. Él la atrajo con firmeza y le suplicó—: No me abandones, ¿me oyes? No me dejes a merced de los buitres.

—¡Nunca! No lo abandonaré, soldado. —Se puso de puntillas para llegar a él, mordisqueó el lóbulo de su oreja con la misma delicadeza con la que había saboreado las flores de yuca. El rayo de deseo que recorrió el cuerpo de Riley estremeció su corazón, haciéndolo palpitar con una fuerza renovada que le devolvió la vida.

—Te deseo, Ximena —exclamó, atrayéndola hacia él—. ¡Que

Dios se apiade de mí, pero si voy a morir, entonces que sea en tus brazos! —La recostó en el suelo y le subió la falda, y ella le bajó los pantalones. Ximena lo abrazó con todas sus fuerzas, siguiendo su ritmo, ambos consumidos por otro tipo de hambre.

❋

Durante dos semanas, medio muertos de cansancio, él y Ximena avanzaron a duras penas, acompañando lo que quedaba del ejército de Santa Anna, desafiando el hambre y la sed, la lluvia helada y el sol abrasador, la enfermedad y la desesperación, pero hallando cada noche consuelo en los brazos del otro. Sus relaciones amorosas eran urgentes y desesperadas, como si fuera su último día en la tierra. Pero más que nada se limitaban a abrazarse, asegurándose de que al amanecer ambos seguían respirando. Finalmente se hizo visible la ciudad de San Luis Potosí. Con fuerzas para apenas mantenerse en pie, al borde de la desesperación, Riley contempló a lo lejos las hermosas cúpulas del Templo del Carmen. Por un momento se alegró, pero su euforia se convirtió en miedo. ¿Su mente le estaba jugando otra mala pasada? ¿Estaba viendo un espejismo? El sol abrasador lo golpeaba. Su cerebro era como una papa friéndose en una parrilla. Su lengua estaba hinchada y ya no podía escupir. No sabía qué pensar: ¿Estaba aún vivo o ardiendo en el infierno para pagar su infidelidad? Cuando entrecerró los ojos ante la luz brillante, la ciudad se desdibujó y el suelo se abrió bajo sus pies. Escuchó que Ximena lo llamaba, pero su lengua estaba demasiado pesada para hablar. Lo último que recordaba era el sonido de las campanas de la catedral y la imagen de palomas alzando el vuelo. Habría querido seguirlas y dejar que su espíritu se elevara hacia las nubes...

Cuando despertó no sabía dónde estaba. Se halló tumbado sobre un catre en un pasillo, entre hileras de otros catres y colchones de paja, atestados con los esqueletos vivientes de las tropas de Santa Anna que tosían, gemían, lloraban y rezaban. Ximena estaba sentada a su lado, dormitando en una silla. Parecía totalmente fatigada, con la piel quemada por el sol y los labios resecos.

—¿Ximena? —susurró él, odiando tener que despertarla. Ella abrió los ojos. Los tenía hinchados, las mejillas pálidas y hundidas.

—¿Cómo te sientes, John? —Ximena se acercó y lo tomó de las manos. Las de ella estaban callosas y ásperas al tacto, pero Riley se aferró a ellas, absorbiendo algo del calor de su piel. Se sentía débil y le dolía la cabeza.

—¿Dónde estoy? —dijo, frotándose los ojos, tratando de recuperar el sentido.

—En el convento. —Ella le ofreció una taza de té y él le dio un sorbo. Ximena le contó que, entre la marcha, la batalla y la retirada, habían desaparecido o muerto quince mil hombres y las monjas se habían encargado de recibir a los restos del ejército de Santa Anna.

—¿Cuánto tiempo he estado aquí?

—Dos días.

—¿Cómo...?

—A duras penas llegamos a la ciudad. Estabas muy deshidratado, cariño —le dijo Ximena, peinando su cabello hacia atrás—. Pero ahora estás mejor.

Él la miró y los recuerdos regresaron: estaban los dos entrelazados, aferrados el uno al otro en el despiadado desierto. ¿Qué había hecho?

—¿Cuáles son las últimas noticias? —preguntó.

—Santa Anna se va a la capital. Hay una guerra civil. ¿Puedes creerlo, John? Mientras luchábamos por nuestras vidas, los caudillos iniciaron otra insurrección. Se está derramando sangre en las calles de la capital, los moderados contra los radicales. ¿Qué locura es ésta? En vez de luchar contra nuestro enemigo, estamos luchando entre nosotros.

—Y es cuando deberían estar unidos —dijo Patrick Dalton mientras caminaba por el pasillo hacia ellos.

Riley no podía creer la felicidad que le producía ver a su amigo.

—¡Pat, estás bien! ¿Y los hombres?

Dalton se acercó al catre.

—Hemos perdido a muchos, pero tú estás vivo y también el Batallón de San Patricio.

Riley se quitó la cobija y se dispuso a levantarse.

—Deberías descansar —dijo Ximena.

—No, no hay tiempo —dijo Dalton, ayudando a Riley a levantarse—. El comandante ha convocado a una junta de guerra. Las cosas han dado otro giro. El general yanqui Winfield Scott ha desembarcado en las costas de Veracruz con nueve mil soldados y está a punto de sitiar el puerto.

—Tal vez merecemos perder —dijo Ximena—. Si nuestros propios líderes no son capaces de conseguir la paz, sino sólo disturbios, entonces merecen quedarse sin país.

—¡Shhh, no digas esas cosas! —dijo Riley mientras se ponía la chaqueta del uniforme—. México es una nación joven y todavía no se ha acostumbrado a su naciente libertad. Veinticinco años de independencia no bastan para que sus líderes descubran la mejor manera de gobernar. Un día se darán cuenta de que deben estar unidos y que la sangre de los mexicanos sólo debería correr en el campo de batalla, expulsando a los invasores, y no tomando las armas unos contra otros.

Se dirigió hacia el pasillo, deteniéndose para ver cómo estaban los doce hombres que habían pasado la noche allí con él.

—Se recuperarán en uno o dos días —le aseguró Ximena. Luego miró hacia un catre que estaba al fondo del pasillo y con un gesto de resignación le dijo—: Cheno está ahí, luchando por su vida.

El sargento se hallaba grave. Ya era un milagro que no hubiera perecido durante la retirada, tomando en cuenta que se había debilitado después de la batalla. Sus compañeros lograron cargarlo en una litera improvisada, a veces incluso a hombros, hasta llegar a la ciudad. Juan Cortina era un infatigable guerrero, tan fiel y confiable como el mismo sol mexicano.

—Cuida a tu amigo —le dijo Riley—. Nos vemos esta noche.

✵

Él y Dalton salieron del convento. La luminosidad del día les lastimaba los ojos, y no pasó mucho tiempo antes de que Riley sintiera que se le partía la cabeza. Cuando Dalton le sugirió detenerse para descansar, Riley se negó. No, tenía que ser fuerte, debía comportarse como un líder. Dalton insistió y lo empujó hacia una banca de la plaza pública.

—Estoy bien, Pat —dijo Riley—. Vayamos al cuartel. Debo cambiarme y quitarme esta barba. Debo atender a los hombres.

—En un minuto —dijo Dalton. Entonces sacó un sobre y se lo entregó a Riley—. Te llegó esto mientras estábamos fuera. El sacerdote de la catedral me pidió que te lo entregara. Dijo que se lo mandó otro sacerdote de Matamoros.

Las manos de Riley temblaron al recibir la carta. Dalton le dio una palmadita en el hombro y se levantó.

—Te dejo con eso, entonces. Llámame si necesitas algo, amigo.

Riley abrió la carta e inmediatamente reconoció la letra de su párroco.

30 de octubre de 1846

Querido John:

Es con una gran pesadumbre en mi corazón que debo ser el portador de malas noticias. La fiebre del tifus visitó a tu familia y se abatió sobre Nelly y sus padres de forma repentina y violenta. Dios se apiadó de los afligidos y los llevó a su lado sin dejar que se demoraran en su sufrimiento. Dios, en su benevolencia, ha perdonado a Johnny. Quédate tranquilo sabiendo que estoy cuidando de tu hijo y que haré todo lo posible para que sobreviva al hambre y a la peste que azotan esta tierra. Se quedará conmigo hasta que tú consideres que está listo para embarcarse y hacer el viaje a México, si ése es aun tu deseo. La situación del país es tal que no te recomiendo que vuelvas todavía. Mis condolencias para ti, hijo mío. Imagino que tu corazón debe estar hecho pedazos, pero no desesperes. Deposita tu confianza en nuestro Señor.

Te envío mis bendiciones,
Rev. Peter

Riley entró en la catedral a los tropezones, con apenas la fuerza suficiente para llegar a la banca más cercana. En el fresco y tenue interior, rodeado de velas, se sentó y quiso llorar, pero no le salieron las lágrimas; como si lo hubiera invadido el árido paisaje al que apenas había sobrevivido, y sus sueños, sus esperanzas, su propio ser se hubieran marchitado y secado. Desde lo alto de su cruz Jesús lo miraba, y Riley deseaba ser castigado por su traición al juramento más sagrado que había hecho... el de cuidar a su mujer. No tenía nada que darle cuando se casaron, sino un futuro incierto. Y ahora, Nelly estaba muerta, ya llevaba muerta más de cinco meses. Y si el padre Peter no hubiera acogido a Johnny, probablemente también ya habría estado muerto.

Nunca se había sentido tan solo. Tan lejos de su tierra natal. Tan lejos de su tenue lluvia y sus ondulantes nieblas. Tan lejos del hijo que había dejado para buscar fortuna al otro lado del Atlántico. Nunca debió haberse ido. Ahora se encontraba a la deriva, era un extranjero en un país extraño, sin un camino a casa. Le había fallado a su esposa y ahora era un hombre que debía soportar la carga de haber roto otro juramento. Cayó de rodillas y se estremeció con un intenso pesar.

29

Marzo de 1847
San Luis Potosí

EN LA JUNTA de guerra, Riley no escuchó mucho de lo que se dijo. El general Mejía, como de costumbre, tradujo para él, hasta que se dio cuenta del estado de ánimo de Riley.

—¿Se siente mal, teniente Riley?

—Estoy bien —dijo Riley, sin querer distraerlo de la reunión. No tenía sentido seguir ahí. ¿Qué hacía a un océano de distancia de donde debía haber estado todo este tiempo, en su tierra natal con sus seres queridos? ¿Qué había ganado al dejar Irlanda si sólo se convirtió en un extranjero errante sobre la tierra?

Llegó a admirar a los mexicanos por hacer lo que los irlandeses no pudieron... ganar su libertad. Habría querido ayudarlos a mantenerla. Pero, ¿sería posible que su admiración por ellos le hubiera impedido ver sus fallas? Santa Anna condujo a sus tropas literalmente a la muerte. El general seguía manteniendo su decisión de abandonar el campo de batalla y se atrevía a seguir declarando una falsa victoria para México. ¿Podría el general vivir con el engaño a su gente sólo para preservar su imagen de libertador?

Riley aún sentía el amargo sabor de la humillante derrota. Además, ahora, sin siquiera dar a las tropas la oportunidad de recuperarse, Santa Anna planeaba llevarlas hasta Veracruz para que se enfrentaran al general Scott. Como México no tenía marina, Scott había sido capaz de navegar por el Golfo de México sin que nadie lo detuviera.

—Haré que los yanquis regresen al agua para que se ahoguen, como hice con los franceses —se jactó Santa Anna—. Los franceses se llevaron una de mis piernas y los yanquis se pueden quedar con la otra, pero los vamos a mandar de regreso al Golfo para que alimenten a los tiburones.

En la sala estallaron los aplausos. El general ordenó a los jefes que prepararan sus unidades para la marcha. Él partiría al día siguiente con su comitiva y un pequeño destacamento. El resto de las tropas iban a salir de San Luis Potosí al final de la semana. Riley pensó en sus hombres que aún yacían en los catres del convento. ¿Cómo les iba a decir que tenían que enfrentar otra marcha? Tal vez ya era hora de que el Batallón de San Patricio se disolviera y su bandera verde fuera retirada de su asta. Él ya no quería ver a sus hombres sufrir toda clase de privaciones y no recibir nada de la gloria que les había prometido.

Decidió que, tras la reunión, pediría ser relevado de su deber para con los mexicanos, librándose así de cualquier otra humillación. Pediría su paga atrasada y todo lo que le habían prometido, aunque temía que esas espléndidas hectáreas de tierra mexicana ya no serían suyas si se iba. Pero, ¿acaso eso importaba ya? Nelly ya no estaba y sus pies no pisarían la tierra que él le prometió.

Pero al final de la reunión, Santa Anna llamó a Riley para que se acercara.

—Teniente Riley, por favor. —Le indicó que se pusiera de pie a su lado, junto con los capitanes Moreno, Álvarez, Bachelor y Stephenson. Riley se preguntó qué estaba ocurriendo mientras los aplausos estallaban en la sala una vez más. Se sorprendió al saber que Santa Anna les concedía a él y a los demás una medalla de honor, un ascenso y, con eso, un aumento de sueldo.

—¿Capitán? —Riley miró al general Santa Anna, a los jefes y a los oficiales alrededor de la sala, sin poder creer lo que acababa de escuchar.

—Por su coraje y su valentía en La Angostura —dijo el general Mejía, traduciendo las palabras de Santa Anna—. Gracias por su servicio a la República Mexicana, capitán Riley.

Santa Anna le colocó una medalla blanca en forma de cruz. Mientras Riley estrechaba su mano, se preguntaba si tal vez había juzgado mal a su comandante. ¿Santa Anna creía realmente de buena fe que al ceder el campo a los yanquis estaba salvando a sus hombres? En lugar de actuar con debilidad y cobardía, ¿había sido un acto de honor? Miró a los ojos al general, en busca de una respuesta. Quería creer, renovar su fe en sus sueños y aceptar que no eran simples fantasías. Pero cuando terminó la reunión del consejo y regresó al cuartel, volvió a sentir el peso de la duda y el arrepentimiento.

✳

Aquella noche no cumplió con ir a ver a Ximena. Se quedó en el cuartel con sus hombres, con Patrick Dalton a su lado. Sólo con Dalton podía ser completamente sincero.

—He desertado una vez. Podría volver a hacerlo —le dijo Riley. Estaban sentados en un fardo de heno, observando a algunos de los otros San Patricios que se hallaban reunidos alrededor de fogatas, asando maíz y cantando baladas irlandesas mientras bebían pulque y mezcal—. Podría irme esta noche. Cabalgar en la oscuridad, encontrar cómo volver con mi hijo.

—¡No hables de resignación, capitán! ¿Traicionarías el juramento que has hecho a este país? ¿A este país que te ha dado la bienvenida... que nos ha recibido a todos con los brazos abiertos?

—Estamos en el lado perdedor —dijo Riley.

—Aquí y allá en nuestra patria —respondió Dalton—. Pero por lo menos aquí te han nombrado capitán. Si así es como se pierde en este país, ¿no es mejor que te quedes aquí, entonces?

—Sí, he soñado con este día desde que los británicos me pusieron en sus listas de reclutamiento. Tuvieron que pasar tres ejércitos para que finalmente se hiciera realidad, pero ¿qué precio debo pagar por la gloria militar?

—Estás de luto por tu esposa. Pero no dejes que la culpa perturbe tu mente. No eres culpable, John, *a chara*. Fuiste un marido responsable e hiciste todo lo posible para mantenerla. Son los ingleses los que están matando de hambre a nuestra gente. Aunque estuvieras allí, no habrías podido salvarla. Además, si tu deseo es volver a casa, nuestro general te ha dado los medios para hacerlo.

Riley miró a su amigo.

—¿Qué estás diciendo?

—Nos lleva a la costa este, ¿no es así? Al agua, al puerto, allí donde hay barcos. Los yanquis han bloqueado todos los puertos mexicanos, así que, si quieres volver a Irlanda debes luchar contra ellos. Una vez que los derrotemos estarás mucho más cerca de casa. Ya ves, capitán, no hay necesidad de desertar ni de dejar al Batallón de San Patricio en el desamparo. —Apoyó su brazo en Riley y le dijo—: Mira, como tu amigo y segundo al mando, me niego a creer que sea cierto que todo tu temple haya desaparecido.

❋

Por la mañana, buscó a Ximena en el convento y salieron al patio soleado, lejos de los malos olores del hospital improvisado y de los desdichados lamentos de la miseria humana. Allí se sentaron en una banca bajo los naranjos, donde las flores blancas caían en cascada a su alrededor, liberando su dulzura a través de la brisa primaveral. El murmullo de las abejas era el único sonido que se oía, y allí estuvieron durante un rato en silencio, con el aire impregnado del aroma del néctar. Riley hubiera querido quedarse allí con ella para siempre.

Fue Ximena quien rompió el silencio.

—Te vas. Sin mí —le dijo. No había ningún reproche en su voz, sólo una callada aceptación. Por un segundo deseó que ella le gritara, que lo lastimara con palabras hirientes.

Buscó en su bolsillo y le entregó la carta del padre Peter. No podía pronunciar las palabras: «Mi esposa ha muerto». Así que dejó que la leyera para que ella misma se diera cuenta del inmenso luto que llevaba en su corazón.

Cuando Ximena terminó de leerla, se la devolvió y se quedó mirando el suelo.

—Siento que te culpas por su muerte, pero hiciste lo mejor que pudiste, ¿no te das cuenta? —Lo miró con ternura y le dijo—:

John, no debes permitir que la culpa carcoma tu alma. Eres un hombre bueno y honorable. Y yo...

Se le quebró la voz y no pudo seguir hablando. Entonces, tomó la cara de Riley entre sus manos y besó su mejilla, suspirando con resignación. Se levantó para irse, pero cuando se alejaba él la jaló de la mano para atraerla hacia él.

—Te quiero. Tal vez sea cruel de mi parte decírtelo cuando debo partir, pero necesito que sepas que te amo, Ximena.

A ella se le llenaron los ojos de lágrimas.

—Yo también te amo —le dijo con voz trémula. Alejó su mano y se secó los ojos—. Pero si crees que amarme es un pecado por el que debes hacer penitencia, entonces prefiero que no me ames, John Riley.

Así fue como ella lo dejó con su pesar. Mientras Riley escuchaba el zumbido de las abejas a su alrededor, la sensación de dolor en su corazón latía y palpitaba como si hubiera tropezado con una colmena, hasta que finalmente brotaron sus lágrimas.

✸

Durante los días en que permaneció en la ciudad, Riley se dedicó exclusivamente a preparar a los San Patricios para la marcha que les esperaba. Le sorprendió ver la llegada de nuevos desertores de las filas yanquis a pesar de haber perdido en Buena Vista, y así reabasteció a su unidad. El entusiasmo de los nuevos reclutas le hizo comprender que estaba ligado por el honor al Batallón de San Patricio. Se entregó completamente a sus innumerables tareas y evitó a Ximena todo lo que pudo. Sin embargo, ella siempre estaba en su mente y deseaba tenerla nuevamente en sus brazos. Recordaba el momento en que habían hecho el amor a campo abierto, mientras el crepúsculo se transformaba en noche. Pero entonces pensaba en Nelly y en que no había estado a su lado cuando murió. ¿Qué derecho tenía ahora a ser feliz?

Renunciar a su amor por Ximena tendría que ser su penitencia. ¿De qué otra manera podría expiar lo que había hecho?

30

Marzo de 1847
San Luis Potosí

SENTADA BAJO LA sombra de un naranjo en el patio del convento, Ximena escuchaba los ruidos de la plaza mientras las tropas se preparaban para marchar fuera de la ciudad. Cuando sonaron las cornetas que ordenaban la salida de los regimientos y los potosinos comenzaron a vitorear gritando sus adioses, cerró los ojos y contuvo las lágrimas. Se imaginó a John encabezando las columnas, dirigiendo los armones tirados por caballos mientras el Batallón de San Patricio avanzaba, con su bandera en lo alto.

Al cabo de un rato, un silencio inquietante se apoderó de la ciudad, hasta el persistente zumbido de las abejas desapareció, como si la vida se hubiera detenido y no quedara nadie más que ella en San Luis Potosí. Se sobresaltó por el repentino tañido de las campanas del convento que llamaba a las monjas a las vísperas y hacía que las golondrinas levantaran el vuelo sobre el patio. Se envolvió en su rebozo y se dejó llevar por el melancólico sonido.

Las horas, los días, las semanas pasaron una tras otra, hasta que perdió la noción del tiempo. Se dedicó a atender a los inválidos, mientras poco a poco se vaciaron los corredores del convento.

Un día recibió una carta de Santa Anna, con noticias que confirmaban los rumores que les habían llegado: el puerto de Veracruz había caído tras resistir durante cuatro días el asedio de las fuerzas de Scott.

Ahora que Santa Anna había puesto fin a la revolución en la Ciudad de México, él y sus fuerzas marcharon a Veracruz, listos para enfrentar a Scott. Pronto se produciría otra batalla. Si Scott derrotaba al ejército de Santa Anna, entonces avanzaría hacia la capital, al corazón de México. El general concluyó su carta con una copia de su proclama al pueblo mexicano, que había sido distribuida a las masas dos semanas antes.

Te ruego que atiendas mi llamado, querida Ximena, había escrito en los márgenes de la copia que le había enviado.

López de Santa Anna
Presidente interino de la República Mexicana, a sus compatriotas.

¡Mexicanos! Veracruz ya está en poder del enemigo. Ha sucumbido, pero no bajo el peso del valor Americano, ni aun bajo la influencia de su fortuna. Nosotros mismos, por vergonzoso que sea decirlo, hemos atraído, con nuestras interminables discordias, esta funestísima desgracia.

Si la patria ha de defenderse, vosotros seréis los que detengáis la marcha triunfal del enemigo que ocupa a Veracruz; un paso más que avanzara, la independencia nacional se hundiría en el abismo de lo pasado; resuelto estoy a salir al encuentro del enemigo. ¡Mi deber es sacrificarme y lo sabré cumplir.

¡Mexicanos! ¿Tenéis religión? Protegedla. ¿Tenéis honor? Libraos de la infamia. ¿Amáis a vuestras esposas, a vuestras hijas? Libertadlas de la brutalidad americana.

Quizá os hablo por última vez. Por Dios, creedme. Ya es tiempo de que cese todo pensamiento que no sea la común defensa; la hora de los sacrificios ha sonado. ¡Despertad!

¡Mexicanos! La suerte de la patria os pertenece. Vosotros, no los americanos la decidiréis: venganza clama Veracruz; seguidme a lavar su deshonra.

ANTONIO LÓPEZ DE SANTA ANNA

México

31 de marzo de 1847

—Ya me cansó esta maldita guerra; estoy harto de Santa Anna —dijo Cheno después de que Ximena le leyera la proclama. Su pierna estaba bastante curada como para poder caminar por las huertas del convento sin usar las muletas, aunque todavía necesitaba un bastón. Todos los días Ximena lo acompañaba en sus ejercicios matutinos para que fortaleciera la pierna, y se alegró al ver que muy pronto iba a poder montar a caballo sin mucha molestia—. Ya no voy a seguirlo. He cumplido con mi deber. Casi pagué con mi vida para lavar la deshonra de México.

Pero eso no ocurrirá mientras ese caudillo esté al mando. —Sin aliento, se sentó en uno de los bancos de piedra y se masajeó la pierna herida.

—Entonces, ¿abandonas la lucha? — preguntó Ximena.

—¡Nunca! Siempre le ofreceré a mi país mi sangre y nunca dejaré de defender el nombre de México. Un día, si es necesario, iniciaré una guerra contra nuestros opresores y con su propia sangre alimentaré a la tierra. Pero por ahora debo regresar al río Bravo y velar por el honor y los intereses de mi familia.

—¿Cómo?

—El general Canales y sus guerrilleros han ofrecido escoltarme al norte y me iré con ellos —dijo Cheno—. Ven conmigo. Si nos encontramos con algún regimiento yanqui en el camino, Canales se encargará de ellos. Es la forma más segura de regresar a casa.

Aunque el general Scott y la mayoría de las fuerzas yanquis estaban ahora en Veracruz, Taylor seguía en Monterrey.

—¿Cuándo te irás?

—Tan pronto como mi pierna me lo permita. Le he pedido a Canales que nos reserve unos caballos, por si tú quieres volver a tu casa también. ¿O tienes otros planes?

—¿Te refieres a si iré en busca de John?

—Si no conociera al irlandés, diría que es un tonto. Lo entiendo. Su dolor lo ha cegado, le ha hecho creer que no te merece.

—Puedo curar su cuerpo y hacer todo lo posible para curar su alma herida pero, ¿qué puedo hacer por la angustia de su corazón lleno culpa?

—¿Y qué hay de Santa Anna? —le preguntó, tomando la proclama que ella sostenía en sus manos para mirarla, aunque no sabía leer—. ¿Acudirás al llamado del caudillo? ¿Responderás a su proclama? Veo en tus ojos, querida amiga, que todavía no te has dado por vencida ni con él, ni con tu irlandés.

Ximena se cubrió la cara y suspiró.

—Tal vez sea yo la tonta, Cheno.

❋

Durante las semanas siguientes, Ximena pensó en la propuesta de regresar a casa en compañía de Cheno. Por una parte, quería volver al rancho aunque, sin Joaquín, ¿cómo podría hacerlo prosperar? La supervivencia del rancho había dependido de los caballos que Joaquín capturaba y domaba y de las buenas mulas que criaba con sus mejores yeguas y burros. Sabía que Cheno la ayudaría, pero él tenía su propia familia que cuidar y ella no quería recibir su caridad.

Por otra parte, quería seguir a John. Comprendía su dolor, su culpa y compartía su tristeza. Aunque nunca conoció a su mujer, Ximena le tenía compasión y sí, también se sentía culpable por poder disfrutar de la presencia de John, por recibir su amor y su atención, mientras que Nelly sufría a miles de kilómetros de distancia. Ellos no querían herir a nadie, mucho menos a esa pobre mujer. ¿Acaso estar separados era el precio que tenían que pagar ahora?

En cuanto a la proclama de Santa Anna, sintió lo mismo que Cheno, que ella había cumplido su deber con su país. Pero también esperaba que sus compatriotas respondieran al llamado de Santa Anna, especialmente aquellos que tenían los medios para hacerlo. Esperaba que, de una vez por todas, salieran de su apatía y se unieran para expulsar a los invasores de su tierra.

Si ahora iba a dejarlo todo —el rancho, la guerra y a John— había otra opción que debía considerar. Podía quedarse aquí con las monjas. Detrás de los altos muros del convento, Ximena se sentía segura; amaba la soledad y la tranquilidad de estar alejada del mundo, de su violencia y su dolor. ¿Y si tomaba los hábitos? El convento sería como un refugio para ella. Allí podría protegerse de todo aquello que le había sucedido, y finalmente podría dejar que su cuerpo y su alma descansaran. Podría envejecer ahí, en ese claustro, rodeada de sus plantas medicinales y sus flores, en una pequeña celda en pacífica meditación, y quizás un día, si Dios lo quería, podría morir vistiendo su negra túnica tranquilamente rodeada por sus hermanas, y daría su último suspiro en medio de la dulzura de sus oraciones y sus lágrimas.

—Te aceptaríamos con gusto, hija —le dijo la anciana Madre cuando un día Ximena compartió con ella sus pensamientos—. Pero tu corazón pertenece al capitán Riley, y siempre será así. Sobre todo ahora que llevas en el vientre a su hijo.

Ximena se quedó sorprendida. Se puso una mano en el vientre y miró a la Madre, sabiendo que decía la verdad. En su angustia, no había prestado atención a las señales: las náuseas, los vómitos matutinos, la falta de períodos menstruales.

—Sí, hija, te he estado observando —dijo la anciana Madre—. El bebé debe estar con su padre. Pero sobre todo, no puedes traerlo al mundo fuera del matrimonio. La pobre criatura no debería pagar por tus pecados. Algunos de nuestros sacerdotes viajarán a la capital el fin de semana para visitar al arzobispo. Puedo averiguar si tienen un lugar para ti en uno de los carruajes, tal vez puedas viajar con sus asistentes. Y con tus habilidades como sanadora, puede que no protesten por la presencia de una mujer.

—Gracias, Madre. Aprecio su amabilidad. Pero todavía no sé lo que voy a hacer.

Después, Ximena se sentó en el patio, pensando en lo que acababa de descubrir. Cuando era niña vio a lo lejos un incendio que se había iniciado a causa de un rayo y que se extendió por la pradera, quemando todo a su paso. Todavía recordaba el soplo del calor en su piel, el olor de la tierra quemada, las hierbas crepitantes y los chillidos de la fauna. Al ver el cielo ahogado por el humo, lloró ante la catástrofe que tenía enfrente. Nana Hortencia la abrazó y le dijo que no llorara. «*No ves, mijita, así es como el Creador renueva la pradera. El fuego le da nueva vida*». Cuando se apagó el incendio y Ximena miró la tierra ennegrecida, los montones de bosta de vaca aún humeantes, los cadáveres de conejos, coyotes, perros de la pradera que cubrían la tierra quemada, dudó de las palabras de su abuela. ¿Cómo podría haber vida si sólo veía muerte a su alrededor? No fue sino hasta unas semanas más tarde, cuando las nuevas hierbas y plantas volvieron a crecer con vigor, que lo entendió. El fuego había quemado todo a ras del suelo para darle oportunidad a nuevas semillas y raíces. Se imaginó a su bebé como una semilla enterrada en lo más profundo de su vientre. Su casa había sido destruida por el fuego, ella estaba consumida por la guerra y se había quedado sin sus seres queridos. Se hallaba tan quemada y estéril como una pradera arrasada. Pero ahora la vida brotaba dentro de ella.

Era un nuevo comienzo.

❊

Esa noche soñó con él. Se vio a sí misma en una plaza donde caía la lluvia y los árboles se mecían con el viento. Caminaba descalza sobre los adoquines mojados, resbaladizos y fríos, la lluvia empapaba su camisón y tenía el pelo pegado a la cara. Allí, ante ella, estaban colgados de la horca los San Patricios. Algunos de espaldas a ella, otros de frente con los ojos enrojecidos, la lengua fuera de sus bocas espumosas y los puños cerrados. El viento hizo girar a uno de ellos y pudo ver su rostro, ella parpadeaba y parpadeaba, tratando de limpiar la lluvia de sus ojos, pero cada vez que miraba era él, siempre era él.

Se despertó de repente, bañada en un sudor frío y ahogando un grito. Después de recuperar el aliento, encendió un manojo de salvia y se dio una barrida con el humo. Así fue calmando su mente y tranquilizándose a medida que pasaba las hierbas por su cuerpo. Se acostó, tratando de apartar de su mente las imágenes de los ahorcados. Pero cada vez que cerraba los ojos veía a John colgado de una cuerda.

※

Al amanecer, a mediados de mayo, Cheno apareció con Canales y sus guerrilleros. Le dieron un caballo y Ximena tomó las riendas para luego treparse a la silla de montar. Pronto estaría de vuelta en el delta del río Bravo, de vuelta al rancho y a su nueva vida con su hijo. La anciana Madre y las monjas salieron del convento para despedirla, algunas llorando. Le entregaron a Ximena una caja con dulces y frutas para su viaje.

—Gracias, Madre. Gracias por todo.

—Que Dios te acompañe, hija.

Canales dio la orden y el grupo salió. Ximena no volteó hacia atrás. Miró hacia delante hasta que llegaron al límite de la ciudad y las campanas del convento comenzaron a sonar como si la llamaran. Entonces, muy débilmente, oyó que las monjas cantaban sus himnos cotidianos.

Mientras dejaban la ciudad atrás, escuchaba a Canales contarle a Cheno sus aventuras y desventuras en su lucha contra las fuerzas de Taylor, incluyendo a todos los yanquis que había matado y a los hombres que había perdido a manos de los *Rangers* que vagaban salvajemente por la zona, cometiendo atrocidades de pueblo en pueblo. Contó cómo había atrapado con su lazo a un *Ranger*, para luego arrastrarlo a través de los cactus, donde lo desnudó y castró en represalia por haber matado a dos guerrilleros.

—Bien hecho, amigo. ¿Pensaron que vendrían aquí a matar mexicanos sin pagar las consecuencias? No, señor —dijo Cheno con aprobación.

Cuando Canales contó la historia de otra banda de guerrilleros que mató a docenas de arrieros mexicanos contratados por Taylor para transportar sus suministros, Ximena recordó la carnicería de la que había sido testigo, y las historias de los heridos que había atendido. En los ranchos y las haciendas desde San Luis Potosí hasta el río Bravo, las familias mexicanas se habían visto obligadas a huir porque si se negaban a ayudar a las guerrillas, los guerrilleros destruirían sus casas, y si ayudaban a la guerrilla, eran los yanquis quienes las destruirían. Estaban atrapados, como decía el refrán, entre la espada y la pared.

Se preguntó qué tipo de viaje le esperaba. ¿Se irían saqueando y matando a lo largo de su camino a casa? ¿Qué atrocidades se vería obligada a presenciar? Si le esperaban más matanzas y devastación, ¿no estaba siguiendo el camino equivocado? Volvió la cabeza para mirar a San Luis Potosí, pero ya sólo se veían los campanarios de las iglesias. Pensó en John y en cómo casi había perdido la vida a causa de una insolación y de la fatiga justo en ese lugar durante aquella espantosa retirada. Pero había sobrevivido, todavía estaba vivo. Entonces pensó en su sueño. ¿Cómo no iba a advertírselo? Él había dejado claro que ya no había futuro para ellos y que sería una tontería tratar de buscarlo, pero ¿cómo iba a empezar ella una nueva vida con su hijo si la vida de John estaba en peligro? ¿No merecía su hijo tener un padre?

—Lo siento —dijo sin dirigirse a nadie en particular—. Voy por el camino equivocado.

Todos voltearon a mirarla. Ella se bajó del caballo y le devolvió las riendas a Canales.

—Quédatelo —le dijo él—. Es uno de los caballos que nos dio Joaquín.

Ella asintió con un gesto de agradecimiento y luego miró a Cheno, que se acercó en su caballo. Le apretó la mano y sonrió.

—Yo cuidaré de tu rancho, Ximena; y cuando estés lista, allí estará esperándote.

—Adiós, Cheno. —Miró a los guerrilleros y dijo—: Vayan con Dios.

Se montó nuevamente en el caballo, dio la vuelta y cabalgó rumbo a la ciudad, con los ojos fijos en el campanario de la catedral, donde los sacerdotes preparaban su visita a la capital.

TERCERA PARTE

El corazón de México

31

Julio de 1847
Ciudad de México

A FINES DE marzo, el puerto de Veracruz se rindió ante los yanquis y en abril los ejércitos de Santa Anna y de Scott se enfrentaron en la Batalla de Cerro Gordo. Aunque los mexicanos causaron mucho daño, los yanquis fueron superiores y una vez más Riley tuvo que huir con sus hombres y las tropas mexicanas.

Para Riley, Cerro Gordo era una derrota más clara que la de Buena Vista, ya que esta vez no cabía duda de que los yanquis habían salido victoriosos, obligando a que Santa Anna abandonara el campo de batalla cabalgando a la velocidad del pánico, luego de que su carruaje fuera acribillado a balazos y su pierna de madera cayera en manos del enemigo. Las fuerzas de Santa Anna se dispersaron hacia todos lados, para luego dirigirse a la capital. A Riley no le quedó más remedio que seguirlos, ya que mientras los yanquis estuvieran en posesión de Veracruz y su puerto, no habría manera de regresar a casa y debía seguir luchando.

Santa Anna organizó la defensa de la capital, pero tuvo que enfrentar los mismos obstáculos de siempre: fondos insuficientes, escasez de municiones y otros suministros, así como la falta de apoyo de la Iglesia y de los estados que integraban México. Luego de su desastrosa derrota en Veracruz, también perdió la confianza de algunos de sus seguidores, y sus enemigos, especialmente los generales Ampudia y Valencia, no desperdiciaron el tiempo y renovaron sus intrigas para sembrar el descontento. Riley observó cómo Santa Anna, sin dejarse intimidar por las conspiraciones de sus subordinados, una vez más tomó las riendas de la presidencia. Rápidamente se construyeron fortalezas y se impuso la ley marcial, obligando a los hombres de entre dieciséis y sesenta años a presentarse para el servicio militar. A Riley no le sorprendió que en poco tiempo Santa Anna reuniera a veinticinco mil soldados bajo su mando.

Por su parte, Riley les dio la bienvenida al Batallón de San Patricio a más desertores, entre ellos a algunos extranjeros que vivían en la capital, pero necesitaba aún más hombres. En la prisión de Santiago Tlatelolco, Riley y Patrick Dalton fueron de celda en celda, evaluando a los hombres antes de dirigirse a alguno de ellos. Lo más probable era que los prisioneros yanquis rechazaran su invitación, y aunque Santa Anna le dio autorización para reclutar a cualquier prisionero americano al Batallón de San Patricio, Riley sólo quería hombres de confianza, aquellos que se convirtieran en San Patricios por su propia voluntad.

Dieciocho de los prisioneros extranjeros habían solicitado la ayuda del cónsul general británico en México. Era con ellos con quienes quería hablar Riley. El cónsul británico no haría nada por ellos y su única esperanza era unirse a las filas mexicanas. Él se aseguraría de que así lo entendieran.

Patrick Dalton se detuvo en la tercera celda y señaló a uno de los hombres sentados en el suelo.

—Ése es uno de los dieciocho —dijo, mientras lo señalaba—: Matthew Doyle, y allí también están Patrick Casey, Henry Ockter, y Roger Hogan.

Riley dirigió su mirada hacia ellos y les dijo:

—Buenas tardes, valientes muchachos —dijo con voz grave pero fuerte para que todos los prisioneros pudieran escucharlo—. Soy el capitán John Riley y él es mi segundo al mando, subteniente Patrick Dalton. Estamos aquí para ofrecerles ayuda.

Uno de los yanquis escupió al suelo:

—No quiero saber nada de traidores como ustedes.

Sin alterarse, Riley continuó.

—Éste no es lugar para soldados de su categoría. Les ofrezco comida, alojamiento, ropa, un salario justo y, lo mejor de todo, un trato digno, respeto y valoración de sus capacidades y su valentía. Únanse al Batallón de San Patricio y les prometo que sus méritos serán reconocidos tal y como lo merecen.

—Déjanos en paz, John Riley. Nadie tan cobarde había puesto un pie en esta prisión —dijo un irlandés.

—Escúchenme, muchachos, los americanos están por llegar por la carretera Nacional. Bien saben lo que les espera cuando lleguen. Ustedes ya son hombres condenados, pero si se unen a nosotros y luchan por México contra esos malvados invasores, el gobierno mexicano los recompensará...

—¡Qué bonito suena todo esto, capitán! —dijo otro prisionero—. Pero ¿cómo creerle?

Riley sacó un papel que traía consigo y se lo mostró.

—He negociado un contrato con el gobierno mexicano, firmado por el propio presidente Santa Anna. Cuando termine la guerra les darán tierras para cultivar. Pero, si no desean establecerse en este país, serán embarcados hacia Europa con los gastos a cargo del gobierno mexicano y se les pagará lo que se les deba.

Algunos de los hombres asintieron con aprobación. Otros se negaron a mirarlo. A ellos dirigió Riley sus palabras.

—Es mejor levantarse y luchar que quedarse en una celda esperando la muerte. No hay honor ni gloria en eso. Es hora de que decidan si van a quedarse aquí para esperar a los yanquis, sentados e indefensos, o si van a estar al frente de alguno de mis cañones.

Hizo silencio y esperó que los hombres decidieran. Al salir de la prisión, veintitrés de ellos se habían alistado en el batallón. Riley les pidió presentarse al servicio al día siguiente, y puso a Dalton a que se encargara de los nuevos reclutas.

✳

Luego de cumplir su cometido, Riley se encaminó rumbo a los cuarteles por las amplias calles principales. Nunca había visto una ciudad como la capital de México. Era impresionante. Tenía las mejores casas, iglesias y edificios públicos, especialmente el Palacio Nacional, que se extendía por toda una manzana. Además, la gloriosa belleza de la Catedral Metropolitana, su estilo gótico y el interior decorado con oro, plata y cobre. La plaza de la Constitución, con sus cinco hectáreas y media, era la más grande del país. Las residencias privadas de los alrededores tenían dos o tres pisos de altura, terrazas, altos ventanales, así como balcones decorados con herrajes barrocos y flores brillantes.

¡Cómo le hubiera gustado ver esta ciudad, de ciento cincuenta mil almas, en su ajetreo y bullicio normales! Todos los días, Riley veía pasar carruajes o carretas cargados con todo tipo de pertenencias, caballos y mulas repletos de cajas, hombres, mujeres y niños a pie con cestas y todo cuanto lograban llevarse. Los que se quedaron se recluyeron en sus casas y sólo salían para comprar lo que necesitaban en las tiendas que aún estaban abiertas, o con los vendedores ambulantes que cargaban en sus espaldas ollas de barro llenas de carbón, manteca de cerdo, queso o cestas de tortillas.

Había una muchedumbre de mendigos indígenas y leprosos, un montón de harapos, deformidades y una miseria infinita. Al ver sus brazos estirados pidiendo limosna, «un tlaco, por favor, niño», Riley les dio unas monedas de cobre y pensó en los mendigos de su país, en cómo la pobreza mexicana e irlandesa no eran tan diferentes.

Cuando pasó al lado de una anciana indígena que vendía hierbas en una canasta, Riley creyó estar viendo un fantasma porque esa mujer se parecía mucho a la abuela de Ximena. Con una sonrisa desdentada, ella le ofreció un manojo de epazote, como los que Nana Hortencia y Ximena utilizaban para sus limpias. Le compró las hierbas y se acercó el manojo para olerlo. Por un instante volvió a estar en los brazos de Ximena. Se recargó en la pared; el deseo de tenerla cerca era tan intenso que sus rodillas se debilitaron y no pudo dar un paso más. De nuevo hundió su rostro en las hierbas y se conmovió al percibir su aroma. Qué tonto había sido, ahora se daba cuenta. Probablemente ya la había perdido para siempre. ¿Y si iba a buscarla? Quizás había regresado a la frontera norte, a su querido rancho, y estaría tan ocupada en reconstruirlo que ni pensaría en él.

Cuando por fin llegó al cuartel del batallón, ubicado en un viejo monasterio en las afueras de la ciudad y cercano a la Alameda, un guardia mexicano le entregó una carta.

—Capitán Riley, llegó esto para usted.

—¿Quién la trajo? —preguntó Riley, mientras su corazón palpitaba al leer—: «Te espero en la Alameda, X».

—Una mujer, mi capitán —dijo el guardia—. No dio su nombre.

Giró y comenzó a correr rumbo al parque. ¡No, no puede ser! ¿De verdad había venido hasta aquí? Después de todo el sufrimiento que le había causado, ¿sería cierto que estaba aquí y no en su rancho? Bajó por la calle empedrada, esquivando a las campesinas que vendían cerámica, juguetes de madera y muñecas de hoja de maíz, y a los vendedores ambulantes que cargaban fardos de coloridos sarapes y mantas.

Cuando llegó a la Alameda, la encontró sentada en una de las bancas de piedra, junto a la enorme fuente de agua, dándoles de comer a las palomas. Estaba iluminada bajo la luz que se filtraba entre los álamos. Riley se detuvo para recobrar el aliento, mientras escuchaba cómo caía el agua en la fuente. Ver a Ximena fue como recibir un rayo de sol en lo más profundo de su corazón. Apenas podía confiar en sus ojos y creer que ella realmente estaba allí, que no se la estaba imaginando. Pero pronto comenzó a preocuparse por no saber qué decir. *Perdóname...* Así debería comenzar.

En cuanto Ximena lo vio, corrió hacia él. La levantó y giró con ella, sintiendo en su cuerpo la emoción de volver a abrazarla. Luego ella tomó su rostro entre las manos y lo besó. Él respondió con total entrega.

Riley le compró una limonada y juntos pasearon entre el verdor de los jardines, por caminos sombreados y bordeados de arbustos floridos, compartiendo lo que había sucedido en sus vidas durante su separación. Él terminó hablándole de los desertores que había reclutado en la prisión esa mañana.

—El Batallón de San Patricio sigue siendo fuerte —dijo—.

Cuando los yanquis lleguen, estaremos preparados para enfrentarlos.

—Y nuestro hijo nacerá en un país libre de invasores —dijo ella, acariciando su vientre.

Él se la quedó viendo fijamente, preguntándose si estaba bromeando. Ella no le había hablado de un bebé, pero al bajar su mirada confirmó lo que le acababa de decir. Su falda no alcanzaban a ocultar el tamaño de su vientre.

—Lo siento, no debería haberte dado esta noticia así. Pensé que... —Se llevó una mano a la boca y se mordió la suave piel de sus nudillos.

Él la abrazó y sintió su cuerpo temblar.

—Tal vez no debería haber venido, John   susurró ella.

—No digas eso —le dijo—. Todas las noches he soñado con tenerte de nuevo en mis brazos; pero por mi cobardía y no te he buscado. Sólo dame un minuto para recuperarme, ¿sí?

Se aferró a ella, con miedo de soltarla y sin saber qué hacer con la noticia. ¡Un niño! ¡Iban a tener un hijo! ¿Se acabaría el conflicto entre México y los Estados Unidos antes del nacimiento? Le pidió a Dios que así fuera. Tomó su barbilla y levantó su rostro para que ella pudiera mirarlo.

—Te amo, Ximena, y amo a nuestro hijo. No lo dudes. Pero no me gusta la idea de que esta inocente criatura nazca en un país asolado por la guerra, ¿comprendes? ¿Acaso no tengo ya otro hijo que vive en una tierra castigada por el hambre y la miseria? ¿Es mi suerte en la vida someter a mis hijos a una existencia tan penosa?

Ella se secó los ojos y respiró profundamente.

—No pienses así, John. Los yanquis no han ganado. ¡Todavía no! Cuando triunfemos en esta guerra, nuestro hijo habrá nacido en un México nuevo, un México preparado para ser la gran nación que está destinada a ser.

Él sonrió y la abrazó, queriendo compartir esas ilusiones de un futuro mejor.

—Sí, mandaremos a buscar a mi hijo y los cuatro podremos ser una familia. ¿Te parece bien, cariño? Sería un buen hermano, mi Johnny...

—Me muero de ganas por conocerlo —dijo ella, aferrándose a él.

Él besó su frente y miró hacia el cielo despejado de nubes. Quería creer en ese futuro que imaginaban. Muy pronto llegarían los yanquis y la próxima batalla sería un momento decisivo. Rezó con todo su corazón para que el águila mexicana fuera la vencedora.

32

Agosto de1847
Ciudad de México

UN DOMINGO DESPUÉS de misa, Riley contrató un carruaje
para ir a pasear alrededor de la ciudad. Con la inminente invasión a la capital, el período de calma seguramente sería breve, y
él quería hacer las cosas que hubieran hecho si el país de Ximena
no estuviera en guerra. Este paseo bastaba por ahora, pero quizá
algún día podrían visitar los museos o el Jardín Botánico, la Villa de Guadalupe, esos jardines flotantes llamados chinampas
y las pirámides de Teotihuacán. La abrazó para sentirla cerca
mientras disfrutaban del paisaje poblado de hermosos árboles,
de exuberantes plantas y flores a las orillas del camino. La ciudad estaba dividida por dos acueductos con arcos de piedra y se
veía la nítida silueta de los dos volcanes en la distancia, eleván-
dose sobre las llanuras del Valle de México. Pasaron frente al
cerro de Chapultepec y Riley admiró el formidable castillo que
se levantaba en la cima. A través de los árboles se podía ver la

bandera mexicana ondeando en sus torres. El castillo albergaba al colegio militar y se preguntó si aún estaba a tiempo de conseguir permiso para visitarlo.

Mientras atravesaban el Paseo de Bucareli, el conductor señaló dos de las montañas que rodeaban la ciudad y les preguntó si querían escuchar la historia que contaban los aztecas acerca de su creación. Estos volcanes cubiertos de nieve dominaban el horizonte y se llamaban Iztaccíhuatl y Popocatépetl.

Escucharon el antiguo mito de la hermosa princesa Iztaccíhuatl, quien estaba profundamente enamorada de un guerrero que combatía bajo el mando de su padre. Este gran guerrero, Popocatépetl, fue enviado a la guerra por el emperador, quien le prometió que a su regreso podría casarse con la princesa. Pero en su ausencia, Iztaccíhuatl murió de pena porque creyó los perversos rumores de que el valiente guerrero había muerto en combate. Cuando Popocatépetl volvió y encontró muerta a su amada, llevó su cuerpo a la llanura y se arrodilló a su lado. Los dioses, apiadándose de ellos, los transformaron en volcanes: ella dormiría plácidamente cubierta con su manto blanco de nieve, y él despertaría de vez en cuando para hacer llover fuego sobre la tierra, liberando así su dolor y su rabia.

Mientras contemplaba las montañas, Riley pensó en Nelly. Ojalá que los dioses se apiadaran de ella también, para que pudiera yacer en sereno reposo, transformada en una hermosa montaña cubierta de nieve y así unirse a los demás —Fionn mac Cumhaill, Cú Chulainn, la Reina Maeve— quienes cuidaban de su amada tierra.

Cuando regresaron a los cuarteles y subieron a su habitación, Ximena preparó el baño, mientras él se sentaba a escribir una carta que días después sería introducida de contrabando en los campos yanquis para atraer desertores. Como estaban invitados a una cena de gala que ofrecería Santa Anna en unos días, Riley quería tenerla lista para que el general le diera su visto bueno.

Irlandeses: escuchen las palabras de sus hermanos, escuchen las voces de un pueblo católico. ¿Cómo iban a imaginar los mexicanos que los hijos de Irlanda, esa noble tierra de religiosos y valientes, estarían entre sus enemigos? Es bien sabido que los irlandeses son una raza noble; es bien sabido que en su propio país muchos de ellos ni siquiera tienen pan para dar a sus hijos. Ésos son los principales motivos que llevaron a los irlandeses a abandonar su amado país y llegar a las costas del Nuevo Mundo. Acaso ¿no sería natural esperar que los angustiados irlandeses que huyen del hambre se refugiaran en este país católico, donde podrían haber encontrado una cordial bienvenida y serían tratados como hermanos, de no haber venido como invasores crueles e injustos?

...Muchos mexicanos e irlandeses, unidos por el sagrado lazo de la religión y la benevolencia, forman un solo pueblo.

✸

La cena con el general tuvo lugar en el Palacio Nacional, que ocupaba toda la parte oriental de la gran plaza pública. Cuando Riley y Ximena se detuvieron ante el imponente edificio, sintieron la fuerza de su inmensidad.

—Aquí es donde estuvo el palacio de Moctezuma, el gran emperador azteca —dijo Ximena—. Los españoles derribaron su palacio y utilizaron las piedras de tezontle para construir éste.

—Eso es lo que los conquistadores les hacen a los conquistados —dijo Riley—. Levantan sus imperios sobre las piedras y los huesos de aquellos a quienes derrotan.

Arriba de ellos se concentraban cúmulos de oscuras nubes. La temporada de lluvias estaba en pleno apogeo y a Riley le sorprendía la manera en que el cielo se desbordaba todas las noches mientras ellos dormían. Al día siguiente el sol se mostraba con su máximo esplendor y todo resplandecía con gotas de lluvia y el aire era puro y refrescante. ¡Cómo le gustaban a él los veranos frescos y húmedos de la Ciudad de México!

Le ofreció su brazo a Ximena y juntos caminaron hacia el palacio. Uno de los guardias los guio hasta los aposentos privados de Santa Anna, que ocupaban una pequeña sección del propio palacio. El resto estaba destinado a las oficinas del gobierno. Por todas partes había hermosos patios y jardines. Mientras subían por las escaleras, Riley se fijó en los soldados que, envueltos en sus mantas, merodeaban por los pasillos; y al llegar arriba ya los estaba esperando el edecán de Santa Anna. Los acompañó a una sala ornamentada con suntuosos muebles y cerámicas francesas, espléndidas cortinas rojas y finas pinturas al óleo, donde se hallaban otros invitados, alumbrados por candelabros dorados. Riley saludó a los generales mexicanos presentes: Bravo, Valencia, Anaya, Rincón, Álvarez, Mora y Villamil, Lombardini, entre otros.

Cuando les presentaron a las acompañantes de los generales, Ximena se puso rígida y Riley entendió el motivo de su inco-

modidad. Las esposas de los generales llevaban sus mejores
vestidos de noche, de seda, terciopelo y satén, adornados con
espléndidos diamantes y perlas. Parecía que se habían puesto
todos los adornos que poseían y ni siquiera sus cabezas se habían escapado, llenas de diademas brillantes y grandes peinetas
de plata. Su amada Ximena no llevaba más que un modesto vestido de muselina, teñido con el tinte que producían los insectos
cochinilla cosechados de los nopales, unos sencillos zapatos de
raso negro, arracadas de oro y una rosa roja fresca entre su se-
doso cabello. Para él, ella lucía más encantadora que nunca en su
humilde sencillez. Era un sacrificio que había hecho por el hijo
de Riley. En lugar de gastar su sueldo para comprar ropa cara,
Ximena quería que el dinero fuera enviado a Johnny, y el padre
Sebastián ayudó a que así fuera.

Aunque las mujeres eran cordiales, claramente podía notar que
juzgaban el aspecto de su amada, no sólo su atuendo sino también
su piel morena, que para ellas delataba una impureza de sangre.
Por suerte, Ximena se libró de intercambiar más cumplidos con
ellas porque el general-presidente hizo su entrada.

—Sean bienvenidos, queridos amigos y compatriotas —les dijo
Santa Anna, parado al lado de la puerta y completamente unifor-
mado. Con sus colosales charreteras y las innumerables medallas
que le cubrían el pecho, tenía más adornos que cualquiera de las
damas de la sala. Cuando le llegó el turno de saludarlo, Riley le
agradeció su hospitalidad.

El general besó la mano de Ximena y procedió a halagarla como
a las otras damas.

—Mi señora Ximena, estás preciosa con ese carmín. De hecho,
es un color perfecto para ti.

Los sirvientes hicieron sonar la campana para anunciar la cena y acompañaron a los invitados a la sala adyacente, donde se había puesto una hermosa mesa de caoba con platos de porcelana francesa, bandejas de alabastro y cuencos de cristal adornados con oro y plata. Había una serie de platillos rebosantes de carne, pescado, aves, quesos y verduras de la temporada, al lado de copas llenas de vino y champán.

El uniforme y el rango militar de Riley, su piel clara y sus ojos azules le daban, en este país, una ventaja que nunca antes había tenido. La élite mexicana valoraba esas cosas por encima de todo, y al mirar sus ojos azules no veían a un hombre que tuviera más en común con el campesino mexicano sin tierras que con los de clase alta. Ante las miradas de admiración, las manos de Riley le temblaron cuando empezó la cena y tomó los cubiertos de plata al lado de su plato. Nunca en su vida había tenido en su boca una cuchara de plata, y la observó con atención, admirando los intrincados detalles grabados en ella. Con mucho recato, Ximena tosió en su servilleta para llamar su atención y evitar que hiciera el ridículo. Él imitó sus movimientos y le sonrió mientras probaba la sopa con delicadeza. Los gestos de Ximena eran tan elegantes y refinados como los de las otras damas de la sala. Cuando ya había bebido un poquito de vino, se transformó en una belleza tejana. Charlaba amistosamente con las damas con facilidad, valiéndose de un impecable español que revelaba su buena educación, de manera que poco a poco notó que las mujeres dejaban de lado sus prejuicios.

—Brindemos por la gran República de México —dijo Santa Anna, y todos se pusieron de pie y alzaron sus copas—. Hoy, mi corazón palpita rebosante por estos días en que nos reunimos con alegría para combatir en defensa de nuestros hogares y de nuestros derechos ultrajados. La dignidad de la nación ha sido profanada, la justicia burlada, nuestros sagrados derechos pisoteados.

¡Guerra a los invasores! «Libertad o muerte» debería ser el grito de todos los pechos generosos de esta ciudad.

—¡Libertad o muerte!

Se sirvió una abundante cantidad de dulces, pasteles, natillas, fruta y nieves. Aun cuando Riley ya no podía meterse nada en la boca, por cortesía tomó un merengue, que se derritió celestialmente en su lengua. Después del suntuoso banquete, Riley y los demás caballeros se retiraron al despacho de Santa Anna y Ximena se tuvo que ir a otra sala con las mujeres.

En el despacho del presidente los hombres no tardaron en sacar sus puros, mientras los asistentes de Santa Anna llenaban sus copas con el mejor brandi que Riley jamás hubiera probado.

—Bueno, caballeros, tenemos varios asuntos importantes que discutir —dijo Santa Anna—. Recibí información de que luego de todas estas semanas en Puebla, el general Scott ha ordenado que sus tropas avancen sobre la capital. Su vanguardia ha salido hoy de Puebla.

Riley escuchó con atención. En los dieciséis meses que había estado sirviendo bajo la bandera mexicana, había aprendido el suficiente español para desenvolverse, aunque le costaba seguir el ritmo cuando la conversación se volvía rápida y acalorada. Los generales criticaban al estado de Puebla por no haber presentado batalla contra los yanquis en mayo. La segunda ciudad más importante del país, Puebla de los Ángeles era la última defensa antes de la capital y había caído tan fácilmente en poder del general Scott, sin que los habitantes dispararan un sólo tiro, por lo que ahora no había nada que se interpusiera entre los yanquis y la capital.

—¡Hay ochenta mil poblanos en esa ciudad! —dijo Santa Anna—. Suficientes para defenderse del enemigo. Pero esos cobardes prefirieron entregársela a Scott en bandeja de plata.

—Si los poblanos no hubieran traicionado a la república —dijo el general Anaya—, esta guerra ya habría terminado.

—Se arrepentirán de haber recibido al enemigo con los brazos abiertos —añadió el general Rincón.

—Ahora Scott viene en camino hacia nosotros y lo voy a enfrentar en El Peñón —dijo Santa Anna.

—¿Perdón, mi general? ¿Quiere decir que lo dejará que se acerque a la capital sin atacarlo antes? —preguntó el general Valencia—. ¿Es decir que no somos mejores que los poblanos?

De nuevo, los generales comenzaron a gritar entre ellos, y Riley se dio cuenta que Valencia se alteraba cada vez más; su semblante enrojecía cuando se peleaba a gritos con el comandante.

—¡Denme doce mil hombres y verán si no hago que los yanquis se regresen por donde vinieron, corriendo con el rabo entre las piernas! —recalcó Valencia.

Santa Anna le recriminó su insolencia y lo amenazó con enviarlo ante un consejo de guerra si no cambiaba su tono.

—¡No dejaré indefensa a la capital! —dijo Santa Anna—. Todos enfrentaremos a Scott y a sus tropas cuando lleguen al Valle de México y allí sepultaremos sus cadáveres.

Valencia se burló, negando con la cabeza, pero guardó silencio. En cambio, fue Ampudia quien desafió al comandante.

—Pregúntele a él —dijo Ampudia, señalando a Riley—. Pregúntele al capitán Riley qué pasó cuando se le permitió a Taylor marchar hacia Matamoros.

Todos voltearon a mirar a Riley, quien fijó su mirada en el comandante y dijo:

—Con el debido respeto, su excelencia, es verdad lo que dicen sus generales. El general Taylor tuvo una gran ventaja cuando no encontró oposición en su camino desde Corpus Christi. Además, cuando se instaló al otro lado de Matamoros tampoco fue hostigado ni herido, y se le permitió construir sus bastiones libremente. Tal vez sería prudente considerar una acción diferente con el general Scott.

Santa Anna asintió, lamentando la poca preparación de sus tropas, así como la falta de fondos y provisiones. Una vez más maldijo a los poblanos por no ayudar a defender el honor de su nación.

—Muy bien, lo voy a pensar —dijo, poniéndose de pie—. Ahora, señores, basta de discusiones. Concluyamos con un acto de celebración, ¿de acuerdo?

—¿Mayor? —dijo Ximena, abrazándolo.

—Sí, ¿puedes creerlo, cariño?

Mientras regresaban al cuartel bajo la lluvia en el carruaje que recorría las resbaladizas calles empedradas, le contó que al terminar la reunión, Santa Anna llamó a su lado a algunos de los hombres, entre ellos a Riley, para otorgarles nuevos ascensos. Así fue como salió del Palacio Nacional con un rango que ningún otro europeo en el ejército de México había alcanzado. Finalmente, le dio la noticia más importante de la noche: que Scott ya había ordenado a sus tropas que avanzaran hacia la capital. Luego, Riley la tomó de la mano y le preguntó:

—¿Quieres casarte conmigo, Ximena? Antes de que comience la batalla, ¿te unirías a mí?

Ella lo besó con ternura, tomó su mano y la puso sobre su vientre.

—Te amo, John. Que tú seas mi esposo y que nuestro hijo te tenga como padre hace menos malvada esta guerra.

—Cómo quisiera darte la boda que te mereces, con flores y una gran celebración, pero no hay tiempo y debo ir a luchar contra los enemigos de tu país. Pero después, querida, cuando la guerra termine, te construiré un hogar y plantaré rosas.

El carruaje se detuvo frente al cuartel y, mientras caminaban por el sendero rumbo a sus cuartos, se aferraron el uno al otro, riendo mientras el cielo los empapaba. Él la besó con hambre y urgencia, saboreando la lluvia en sus labios.

—Mis zapatos están empapados —dijo ella, agachándose para quitárselos. Pero entonces, cuando empezó a caminar descalza sobre los adoquines mojados, su sonrisa desapareció y sus ojos se quedaron en blanco, como en un trance.

—¿Qué pasa, cariño? —le preguntó.

—El tiempo se está acabando —respondió ella.

33

Agosto de 1847
Ciudad de México

VOLVIÓ A TENER ese sueño, esta vez más largo y nítido. Los adoquines húmedos, la horca, los hombres colgados, retorciéndose y sacudiéndose como si fuera una danza macabra. El cuerpo de John se balanceaba con el viento, lengua afuera y los ojos enrojecidos por la sangre, mirándola fijamente. *¡John!*

—¡Ximena! Despierta, cariño, despierta —le dijo, recostado a su lado. Ella se incorporó bruscamente y él prendió una vela que estaba al lado de la cama; luego la abrazó—. Otra vez ese sueño, ¿verdad?

Ella asintió. Tenía miedo de mirarlo, como si al hacerlo fuera a encontrar en su cuello huellas de la soga.

—Estás temblando —le dijo, a la vez que jalaba la cobija para taparla. La abrazó con temor de que se fuera a quebrar. Con delicada ternura besó su frente, sus párpados y su boca. La respiración de Ximena se hizo más lenta al percibir el reconfortante aroma de su cálida piel, que olía como húmedas hojas caídas e hilos de humo.

—No quiero que vayas —le dijo por fin—. Ni tú, ni tus hombres.

—Tenemos que enfrentar una batalla y ganar una guerra. Hasta que eso suceda debemos obedecer órdenes.

—¡No, por favor, John, no vayas!

Sus ojos se clavaron en Ximena; ella pensaba en su hogar, en los lupinos azules que crecían salvajes en la pradera. Deseaba estar nuevamente allí, volver con él para llevárselo lejos de esa ciudad. Lejos de aquella plaza donde los aguardaban las sogas.

—No te dejes dominar por esas visiones —le dijo—. No hay nada, ¿me oyes? ¡No hay nada que me aleje de tu lado!

—Estaban colgados en la horca. Patrick, Auguste, Thomas, Francis y muchos otros. ¡Y tú, John! ¡Tú!

—Tal vez es uno de tus sueños que resultan falsos, mi amor —le dijo para tranquilizarla—. De todos modos, te prometo tener cuidado. El bendito San Patricio velará por nosotros.

Ximena lo besó con desesperación y ansiedad, con una pasión tan feroz y demandante que a ella misma le asustaba. Lo empujó hacia la cama y se le subió encima. Se aferró a su cuerpo justo en el momento que estaba amaneciendo, justo ese día, el día de su boda. Sólo tendrían un día como hombre y mujer casados. Un día antes de que él se fuera.

※

—¿Esto es una boda o un funeral? —preguntó Santa Anna cuando llegó para acompañarla rumbo a la capilla del cuartel, que antes había sido parte del monasterio abandonado. Ximena estaba perdida en sus pensamientos y se sobresaltó al escuchar su voz, porque no lo había oído ni cuando se acercó con sus pasos desiguales ni cuando tocó en la puerta de su cuarto.

El general estaba ante ella, vestido magníficamente como de costumbre. Al enterarse de la boda había insistido en acompañarla al altar, y ella no se pudo negar. Pero ahora que lo veía ahí, sonriéndole, habría preferido que no viniera. Él era el culpable de lo que estaba a punto de suceder.

Con un gesto ostentoso sacó de su bolsillo una cajita aterciopelada y se la ofreció, diciendo:

—Un regalo de boda para ti, querida Ximena. —Abrió la tapa y, cuando ella se acercó a mirar, él giró ligeramente para que la luz del sol que entraba por la ventana cayera directamente sobre el broche anidado en su interior. Ximena contuvo la respiración al ver el escudo de México que brillaba en todo su esplendor, la serpiente con incrustaciones de pequeños rubíes, el nopal con esmeraldas, el águila real de cuarzo ahumado, con un perfecto topacio amarillo en su ojo.

—No puedo aceptar este regalo —le dijo—. Gracias, pero...

—Pero nada —le respondió él, sacándolo de su caja para ponérselo en su mantilla color crema. Esa mantilla era el sencillo regalo de bodas que le había hecho John, y que ella iba a atesorar más que cualquier joya. Ximena tenía miedo de mirar al general. Nunca había recibido un regalo tan ostentoso. Sentía ganas de rechazarlo, pero al mirar el águila real apoyada en su pecho, le produjo un inmenso orgullo llevar consigo el escudo mexicano.

Pero entonces, al verlo sonreír con satisfacción, recordó su enojo y su miedo. Se alejó hacia la ventana para poner algo de distancia entre ellos.

—Tiene que ordenarle a John que no vaya con usted a la batalla.

De inmediato Santa Anna cambió su sonrisa por un ceño fruncido.

—¿Perdón?

—Él y su batallón están en grave peligro. Póngalos de centinelas, haga que vigilen la Catedral Metropolitana, el Palacio Nacional, su residencia privada o su burdel favorito, ¡no me importa! Sólo quiero que no se lo lleve.

El general se acercó cojeando hasta donde estaba ella, junto a la ventana, y tomó sus manos entre las suyas.

—Es el día de tu boda, y estoy seguro de que estás nerviosa, así que perdonaré tu extraño comportamiento. Aunque me sorprende mucho de ti.

—¡No son nervios! —le respondió molesta—. Por el amor de la Santísima Virgen, general, tiene que creerme. Algo les va a pasar a los San Patricios. Los llevarán a la horca si no los pone fuera de peligro, lo más lejos posible de los yanquis.

—No puedo hacer lo que me pides. En este momento el general Scott viene en camino hacia esta ciudad. Además, yo necesito a Juan Riley y a sus hombres. Entiendo que se van a casar y ninguna esposa quiere que su marido vaya a la guerra pero, señora mía, si no puede manejar esta situación le recomiendo que no se case con un soldado.

—Lo haré responsable si le pasa algo a mi marido —le dijo, y sin poder contenerse, comenzó a llorar. Él la abrazó, susurrando palabras de consuelo que ella escuchó, aunque sabía que eran mentiras. Su voz era amable, dulce. Le hablaba con la misma ternura que a sus gallos de pelea.

Suspiró y sacó su pañuelo para limpiarle la cara.

—Basta. Ya deja de llorar —le dijo, cambiando su voz; la dulzura había desaparecido—. No querrás casarte con los ojos llenos de lágrimas, ¿verdad? Ahora ven, te entregaré a tu prometido y cuando termine la ceremonia me despediré. La batalla está a punto de comenzar.

Ella lo tomó del brazo y el general la guio fuera del cuarto. Ximena y John habían elegido celebrar una boda íntima en la pequeña capilla del cuartel, y aunque sus paredes se estaban desmoronando y sus bancos se caían a pedazos, a ella no le importaba. Los San Patricios se pusieron de pie cuando Ximena entró con Santa Anna. Ella evitó mirarlos, tratando de no pensar en su sueño, en las sogas alrededor de sus cuellos. Trató de sonreír y se concentró en mirar hacia adelante. John, que estaba al frente con el padre Sebastián y Patrick Dalton, se alegró al verla caminar hacia él. Se paró orgulloso ante ella con su nuevo uniforme, el azul oscuro de un hombre de su rango, un mayor del ejército mexicano. A decir verdad, ella hubiera preferido verlo vestido con ropa normal, al menos hoy, el día de su boda. Prefería no pensar en la guerra y en el hecho de que en ese mismo momento el general Scott y su ejército se dirigían por la carretera Nacional hacia el Valle de México y pronto sobrevendría la batalla.

—Mayor John Riley, aquí está su amada —le dijo Santa Anna. John saludó a su comandante y luego tomó las manos de Ximena entre las suyas. Cuando el padre Sebastián dio inició a la ceremonia, ambos se arrodillaron sobre unos cojines. Mantuvieron sus cabezas inclinadas mientras el sacerdote los unía con un lazo blanco de seda. Las suaves oraciones en latín del padre Sebastián resonaban en los viejos muros de piedra. Finalmente, llegó el momento de los votos y se pusieron en pie.

—Señor Juan Riley, ¿acepta a Ximena Salomé Benítez y Catalán, aquí presente, como su esposa, según el rito de la santa madre Iglesia? —le dijo el padre Sebastián.

John la miró sonriente.

—Sí. Acepto.

El sacerdote volteó hacia ella y le dijo:

—Ximena Salomé Benítez y Catalán, ¿acepta a Juan Riley, aquí presente, como su esposo, según el rito de la santa madre Iglesia?

En ese momento, retumbó un cañón de las murallas de la ciudadela, e hizo temblar los frágiles muros de la capilla. Ximena miró a John y a Santa Anna. Los San Patricios se inquietaron en los bancos, susurrando entre ellos. John se aferró a su mano y no la soltó, pero ambos sabían lo que anunciaba ese sonido: los yanquis habían llegado al valle. Estaban a sólo cuarenta kilómetros de distancia. Los tambores llamaron a las tropas a sus puestos, las cornetas dieron el son de alarma. ¿Por qué no podían tener ese día, al menos ese día, para disfrutar de su boda?

El Padre Sebastián la miró con ternura y le preguntó si deseaba continuar. Ella volteó a ver a John.

—Ximena, ¿quieres detener la boda? —le murmuró al oído—. Si has cambiado de opinión, yo lo entenderé.

Ella recordó su sueño en el cual los San Patricios colgaban sin vida de la horca. Volteó a ver a Patrick Dalton, su padrino de bodas, parado al lado de John, mirándola con desconcierto. Vio también a los hombres que se hallaban en las bancas: Lachlin McLaghlin, Elizier Lusk, John Appleby, John Benedick y Kerr Delaney. ¿Estaba sellado su destino? ¿Había tiempo para cambiarlo?

El padre Sebastián tosió, devolviéndola a la capilla y a su prometido que la miraba suplicante. No podía dejar que su sueño arruinara el día de su boda. Cuando el sacerdote repitió la pregunta, esta vez ella no dudó.

—Sí, acepto —dijo en voz baja. John suspiró aliviado y se inclinó hacia ella. Al sentir sus labios abrió los suyos para besarlo intensamente. Lo rodeó con sus brazos y lo abrazó con fuerza. No, ya no había mucho tiempo, pero ella se aseguraría de que las horas que les quedaban fueran las mejores que pasarían juntos.

※

A la mañana siguiente, vio cómo John y sus hombres se reunían en la plaza de la Constitución, mientras el ejército de Santa Anna se preparaba para marchar y enfrentarse al enemigo. Ximena era una de los miles de habitantes de la ciudad que habían acudido a despedirlos. Sus ojos buscaron entre las tropas y pudo divisar a su marido sobre su caballo, a la cabeza de las columnas. Su mirada se detuvo en los rostros de los soldados extranjeros, vestidos con sus uniformes azules y sus gorras con borlas rojas. Podía sentir los ojos de John mirándola por debajo de la visera de su chacó. Quiso gritarle, decirle que ella lo amaría pasara lo que pasara y rogarle que no se fuera. Pero sabía que él no podría oírla sobre la música patriótica que tocaba la banda. Entonces, sólo le devolvió la mirada en silencio y trató de ser fuerte, por él y por sus hombres. Mientras John y Patrick Dalton cabalgaban junto a los otros oficiales, las tropas se retiraron de la plaza marchando y la multitud gritó: «¡Vivan los San Patricios!». La distancia que los separaba era cada vez mayor y ella lo perdió de vista, pero aún podía ver flamear en la brisa de la mañana y por encima de las columnas aquello que era su orgullo y alegría: el verde estandarte del Batallón de San Patricio.

34

Agosto de 1847
Churubusco, en las afueras de la Ciudad de México

MARCHARON PARA ENFRENTAR al ejército de Scott. Santa Anna estableció una línea de defensa en el sur de la ciudad y posicionó sus tres unidades alrededor de los pueblos de Churubusco, San Ángel y Coyoacán, todos ellos situados en torno a un infranqueable y desolado campo de roca volcánica, conocido como El Pedregal. Cada unidad se situó estratégicamente a menos de ocho kilómetros de distancia una de otra, para que pudieran brindarse refuerzos rápidamente. Junto con los Batallones Independencia y Bravo, Riley y sus hombres se posicionaron en un antiguo convento franciscano en el pueblo de Churubusco, a casi trece kilómetros al sureste de la capital. Bajo el mando de los generales Rincón y Anaya, el Batallón de San Patricio y más de mil soldados mexicanos debían proteger la fortaleza. Rincón dividió las tropas, colocando algunas en lo alto del monasterio en su flanco derecho y ubicó a los San Patricios junto al Batallón Bravo en los parapetos de la parte frontal en el flanco izquierdo del convento.

Era un buen lugar para combatir. El convento tenía muros de piedra sólida, al igual que los parapetos del techo, con poco más de un metro de espesor y tres metros y medio de altura. El río Churubusco corría junto al convento; el puente que lo cruzaba estaba bien fortificado y custodiado por tres regimientos mexicanos. Desde los parapetos Riley tenía una buena vista de los campos de maíz que rodeaban el convento y de los dos caminos que conducían a él, por donde podría ver cuando llegaran los yanquis.

A la mañana siguiente, según los comunicados de emergencia del general Santa Anna, Valencia había desobedecido las órdenes y chocado con los yanquis tres kilómetros más allá de la posición que tenía asignada en Padierna. Santa Anna había ordenado a Valencia que se retirara a San Ángel y enviara su artillería a Churubusco. Valencia se negó y optó por quedarse. Esa noche les llegó la noticia de que el resultado del duelo entre Valencia y los yanquis terminó con la retirada del enemigo. Ahora todo el mundo aplaudía y se emborrachaba. Pero mientras veía los relámpagos que surcaban el cielo y escuchaba el estrépito de los truenos, tan fuerte como el de un cañón, Riley estaba inquieto.

Volteó a ver hacia el noroeste, en dirección a la capital y pensó en Ximena. Ella lo había seguido hasta allí acompañando al cuerpo médico militar. Él habría querido que se quedara más segura en la ciudad y le suplicó que no participara en esta batalla, pero sabía que estaba siendo un hipócrita, porque cuando ella le pidió que hiciera lo mismo, él le dijo que se sentía obligado por el honor. *Yo también*, le respondió ella.

—La calma que precede a la tormenta —dijo Dalton al acercarse a su lado—. Me pone nervioso. Preferiría estar combatiendo ya.

Los relámpagos estallaron sobre ellos, iluminando los dos caminos vacíos que conducían al convento. Riley se sobresaltó cuando un trueno cimbró los muros. Le dio a Dalton una palmadita en la espalda y le dijo:

—Ten paciencia, muchacho. La batalla comenzará muy pronto y tendrás tu oportunidad para darles fuego a los yanquis.

—Y si Dios quiere, ganaremos —dijo Dalton.

—Sí, desde luego —dijo Riley, apoyándose en los parapetos. El viento sopló y el rumor de los campos de maíz lo puso nervioso.

—Es tarde, deberías dormir un poco.

—No puedo dormir con ese ruido que hace el cielo. Pero entra. Está empezando a llover.

—La lluvia no me molesta —dijo Riley. Respiró profundamente, inhalando el olor familiar a tierra y piedras húmedas.

—Sería un hombre feliz si volviera a ver los verdes campos de *Erin*. ¿Tú no? —le comentó Dalton.

—Sí. Ojalá algún día podamos regresar a nuestra patria y ayudar a liberarla. Irlanda nos necesita, Pat. Cuando esta guerra termine, tenemos que volver y luchar por ella.

—Sería un honor luchar allí a tu lado —dijo Dalton.

—Si Dios quiere, Pat. Ahora retírese, teniente —le dijo Riley. Miró hacia el camino, mientras Dalton se alejaba con pasos rápidos. Finalmente, la tormenta se dejó sentir con toda su violencia. Riley permaneció de pie bajo el viento ululante y la lluvia torrencial, y mientras los relámpagos se dispersaban por el cielo y los truenos emitían un largo rugido, supo que era imposible que nadie saliera con este torrente, ni siquiera los yanquis se moverían esta noche. Agradecido de que al menos por el momento no hubiera nada que temer del enemigo, se dio la vuelta para meterse adentro, maldiciendo en voz baja al darse cuenta de lo empapado que estaba, de lo pesado que se sentía su uniforme, con esa tela gruesa y mojada que lo envolvía tan estrechamente, asfixiándolo. Por primera vez en su vida deseaba liberarse de él.

Se dirigió al interior del convento, donde algunos de los recintos se habían convertido en un hospital improvisado. Ximena estaba allí en ese momento, preparándose para la matanza que se avecinaba. Riley pensó que esta vez debería haber sido egoísta y obligarla a quedarse en la ciudad, lejos del campo de batalla. Ahora era su esposa, estaba embarazada y él tenía el deber de protegerlos a ambos.

Al verlo corrió del cuarto a su encuentro. Allí, en el oscuro pasillo, él la tomó en sus brazos y la apretó con todas sus fuerzas.

—Estás mojado —le dijo—. Ven, tienes que cambiarte el uniforme.

—Te amo, Ximena —le dijo él, besándola—. Pase lo que pase, quiero que sepas que siempre te amaré.

—Y yo a ti —le dijo ella, devolviéndole el beso.

Lo tomó de la mano para llevarlo hacia la ventana. La capital estaba allí, más allá de esa húmeda oscuridad. Un intenso relámpago iluminó su rostro y él pudo ver que Ximena hablaba en serio cuando le dijo:

—Podríamos irnos esta noche. Todavía hay tiempo.

Se paró detrás de ella y abrazó su rebosante cintura. Se quedaron mirando la incesante lluvia que embarraba los caminos. Sabían muy bien que ambos se quedarían y lucharían por el futuro de México, un futuro que quizá no alcanzarían a ver.

�֍

El 20 de agosto, Riley se despertó con el sonido de los cañonazos a lo lejos. Durante el diluvio de la noche, con el estruendo y los truenos del cielo enmascarando sus movimientos, los yanquis habían encontrado la forma de atravesar El Pedregal, que los mexicanos habían insistido que era infranqueable; y con las primeras luces del día, sorprendieron a las fuerzas del general Valencia, rodeando a todo su mando desde tres direcciones diferentes. Su posición se derrumbó en menos de veinte minutos y sus veintitrés cañones cayeron en manos del enemigo. Santa Anna estaba furioso y mandó fusilar a Valencia en el acto por desobedecer órdenes, pero Valencia huyó y su ejército dejó de existir. Tras derrotar a Valencia, los yanquis se desplazaron con rapidez hacia el noreste para atacar a la principal fuerza mexicana.

Esa misma mañana, se presentó el propio Santa Anna. Incapaz de repeler a los invasores, estaba ordenando la retirada de sus tropas hacia la capital. Los hombres asentados en el convento debían proteger el puente de Churubusco y el convento a toda costa, para dar a sus fuerzas la oportunidad de retirarse al otro lado del río. Luego de decir esto se alejó para ir a supervisar a sus hombres.

El general Rincón ordenó a las tropas del convento que se dirigieran a sus posiciones.

—No debemos dejar pasar a los yanquis —dijo.

Había algo más de mil soldados mexicanos dentro del convento, además del Batallón de San Patricio que estaba en los parapetos. Riley se quedó viendo los cuatro cañones de 8 libras y se preguntó cuánto tiempo podrían resistir a los yanquis. Las órdenes de Santa Anna eran mantener su posición a toda costa, de manera que él y sus compatriotas tendrían que luchar hasta morir. Dejarse atrapar por los yanquis no era una opción, al menos no para ellos.

Alrededor del mediodía vieron cómo cientos de soldados mexicanos corrían hacia ellos, y luego pasaban por delante del convento, huyendo tan rápido como sus pies lo permitían por el puente de Churubusco, atropellándose los unos a los otros en un espantoso desorden. Eran las tropas de Santa Anna, lo que significaba que los yanquis no estaban muy lejos.

Unos momentos después, los San Patricios empezaron a gritar: «¡Ya vienen los yanquis!» mientras señalaban al enemigo, que se enfilaba camino al convento persiguiendo a los mexicanos. Riley volteó a ver a sus hombres. Sabían muy bien lo que eso significaba para ellos. Los yanquis estaban ganando y, si perdían la batalla, los San Patricios podrían ser capturados.

Pero él no lo permitiría. Levantó su estandarte en lo alto de su batería para que lo vieran los yanquis. Hizo la señal de la cruz y rezó a toda prisa un Ave María.

—Tranquilos, muchachos —les dijo, mientras él y sus hombres veían a los yanquis cada vez más cerca.

—Lucharemos hasta la muerte —dijo Patrick Dalton.

—¡Hasta la muerte! —repitieron sus hombres.

—No disparen —dijo Riley. Abajo, sobre los campos empapados por la lluvia, los yanquis se enfilaron velozmente contra el convento, dirigidos por el general Twiggs. Cuando no había más de 55 metros entre ellos y sus cañones, Riley finalmente abrió fuego sobre el enemigo. Su puntería era certera y segura, por lo que no se desperdició ni un sólo disparo. A su alrededor se escuchaban los gritos de los hombres de Twiggs, el chillido de las balas de mosquete que atravesaban el aire con un silbido, el rugido de los cañones, los relinchos de los caballos del enemigo y los gemidos de los moribundos. Los yanquis repelían el fuego y las balas pasaban silbando delante de Riley. Sus hombres apostados en los parapetos caían muertos sobre las barandillas, pero él mantuvo su mirada en dirección de las tropas que estaban abajo, sin dejar de disparar sobre las columnas del enemigo. Al ver al general Twiggs, Riley pensó en Franky Sullivan. Éste era el día en que podría vengar la muerte de su compañero.

—¡Apunten hacia los oficiales! —gritó, girando su arma en dirección a Twiggs. Para su gran decepción, Braxton Bragg no era parte de la campaña en la Ciudad de México, pero vio a James Duncan y a los otros West Pointers que habían convertido su vida y la de sus compatriotas en un infierno, y también les apuntó. Sin sus líderes y sin nadie que diera las órdenes, las tropas enemigas estarían perdidas.

Los tenía en la mira y mientras contara con municiones los yanquis no irían a ningún lado.

❊

Tres horas más tarde, los yanquis yacían muertos en montones sobre los campos fangosos. Dondequiera que Riley mirara había sangre. Aunque habían logrado repeler la división del general Twiggs, los yanquis se habían apoderado del puente y ahora estaban dirigiendo todos sus cañones y fuego de mosquete hacia el convento. Cuando los mexicanos se quedaron sin municiones enviaron una solicitud a Santa Anna para pedirle más, pero cuando llegaron resultó ser que les habían mandado los cartuchos equivocados. La pólvora y las balas de mosquete sólo servían para las armas que tenían los San Patricios, pero no para las de las brigadas de Rincón y Anaya. Riley sabía que los yanquis no tardarían en darse cuenta de la situación.

Tan pronto como notaron la disminución del fuego desde el lado mexicano, renovaron su ataque por todos los flancos. Los cañones yanquis se desplazaron en busca de una mejor posición y apuntaron directamente hacia Riley y sus hombres.

—¡Todos al suelo! —ordenó Riley.

Se cubrió justo a tiempo. Tras la explosión, más San Patricios yacían muertos y tres de sus cuatro cañones habían quedado inutilizados. Su estandarte verde ondeaba en el viento, rasgado y manchado de humo y polvo.

—¡Riley, ordena la retirada! —gritó Dalton por encima del ruido. Se había quedado sin municiones, al igual que sus hombres. Pero Riley no se rendiría, no hasta que cargara el último de sus cañones y disparara su último tiro. De pronto, una chispa encendió el resto de su pólvora y estalló en llamas. El capitán O'Leary y otros tres San Patricios quedaron envueltos en llamas, incluso el general Anaya fue lesionado. Riley y los otros artilleros se abalanzaron hacia ellos con mantas mojadas por la lluvia de la noche anterior.

—¡Llévenlos adentro, rápido! —ordenó Riley. Se acercó al cañón que seguía funcionando y ordenó a sus artilleros que lo cargaran con las balas del tipo racimo de metralla que quedaban. La explosión sacudió los muros del convento. Varios yanquis cayeron amontonados, pero otros siguieron llegando con sus bayonetas listas. Finalmente callaron los cañones y Riley bajó el estandarte verde, que estaba acribillado a balazos y ennegrecido por el humo. Este estandarte muy bien podría ser su mortaja. Se lo ató alrededor de su cintura y gritó—: ¡Adentro!

Él y sus hombres tomaron sus mosquetes y se apresuraron a entrar en el convento para reunirse con los soldados que ya estaban allí. Empujaron los muebles para hacer una barricada y bloquear las puertas, pero eso no detuvo a los yanquis, que pronto se abrieron paso a través de los obstáculos, esquivando las últimas balas que disparaban los mosquetes de los mexicanos. Eran demasiados, y mientras Riley disparaba su mosquete se dio cuenta de que no tenían suficientes cartuchos para detener a los yanquis. Al ver a algunos de sus oficiales heridos de muerte, el general Rincón gritó:

—¡Retírense! —y los mexicanos y los San Patricios corrieron hasta el segundo piso, con los yanquis pisándoles los talones y disparándoles por la espalda.

Uno de los soldados mexicanos alzó una bandera blanca. Riley, sin dudarlo, le disparó a la mano del soldado mexicano, salpicando de sangre la bandera blanca.

—No nos vamos a rendir, ¿me escuchan? —les gritó Riley.

Se enfrentó a los yanquis tan sólo con sus puños desnudos, y sus hombres hicieron lo mismo. Dalton luchó valientemente a su lado, pero fueron repelidos y los hicieron retroceder por las escaleras del convento. Los mexicanos izaron dos banderas blancas más, pero los San Patricios se las arrancaron rápidamente.

—¡Hasta la muerte! —gritaron—. ¡Hasta la muerte!

Presos del pánico, los soldados mexicanos se abalanzaron sobre ellos para buscar una salida. La batalla había terminado y Riley sabía que no iban a quedarse para que los mataran. Al diablo con las órdenes de Santa Anna de luchar hasta morir. Desaparecieron por los pasillos y dejaron a los San Patricios a su suerte.

—Ve —le gritó Dalton a Riley. Señalaba una puerta que estaba en el pasillo trasero, donde algunos de los mexicanos corrían hacia el río—. ¡Ve por ella y váyanse de aquí!

Riley dudó.

—¡Ve por ella, ahora! —le dijo Dalton.

Pensando en Ximena, Riley hizo lo que le dijo su amigo y

corrió hacia el hospital improvisado. Allí había una salida del convento y sabía que ésta era su única oportunidad.

—¡John!

Vio a Ximena que lo llamaba desde el otro extremo del pasillo. Pero mientras era arrastrado por el paso de la muchedumbre, volteó a ver cómo los yanquis derribaban a sus compatriotas uno a uno, atacándolos con sus mosquetes y bayonetas, gritando endemoniadamente. ¿Cómo podía él, John Riley, su líder, salvarse y abandonarlos en este momento de necesidad? ¿Qué clase de hombre sería entonces? Él la volvió a mirar. *Perdóname, Ximena*, pensó, luego cambió su rumbo y corrió de nuevo en dirección a Dalton, justo cuando un yanqui le apuntaba. Lo empujó hacia un lado y una bala atravesó la pierna de Riley, haciendo que cayera de rodillas.

—¡John! —gritó Dalton, apresurándose a ayudarlo a salir del peligro. Una bala pasó silbando cerca del oído de Riley, y luego otra.

—¡Déjame! —le dijo Riley, con la sangre empapando su uniforme—. ¡Vete! Sálvate.

Pero Dalton no se movió, y entonces fue demasiado tarde.

Los disparos finalmente cesaron. Riley volteó a ver una bandera blanca en el aire alzada por un oficial yanqui. *¿Y por qué lo hacía? ¿Por qué no los mataban a todos de una vez?*

—¡Basta! —dijo el capitán, levantando aún más la bandera. Les ordenó a sus hombres que no dispararan. Miró a los ochenta y cinco San Patricios y a los soldados mexicanos que estaban tirados en el suelo y apoyándose en las paredes—. Yo, el capitán James Smith, declaro que todos ustedes son ahora prisioneros de guerra del Ejército de los Estados Unidos.

El general Twiggs entró entonces en el convento, y los generales Rincón y Anaya bajaron sus espadas en señal de rendición.

—Generales ¿dónde están sus municiones? —les preguntó Twiggs.

El general Anaya se lo quedó viendo y le dijo:

—Si tuviéramos municiones, ustedes no estarían aquí.

El general yanqui ordenó a sus hombres que registraran el lugar y mientras miraba alrededor del monasterio vio a Riley. Al reconocerlo, sus ojos se llenaron de odio y desdén.

—Se nos acabó la fiesta —dijo Riley, mirando a su amigo.

—Hay una línea muy fina entre la valentía y la estupidez —dijo Dalton, repitiendo las palabras que Riley había dicho tiempo atrás—. Hemos cruzado esa línea, mayor. Deberíamos haber huido.

✳

Más tarde esa noche, comenzó a llover de nuevo. Riley lo agradeció. Después de desarmarlos, Twiggs obligó a los San Patricios y a los demás prisioneros a salir al patio del convento y durante horas los dejó sentados en el duro suelo, padeciendo la falta de comida y de agua. Riley sacó la lengua y saboreó un poco las gotas que aliviaban su garganta reseca.

No podía moverse, estaba sentado en el suelo con grilletes, mientras la herida de su pierna seguía sangrando a través del pañuelo que le había atado. Sus fuerzas se desvanecían. No era el único que estaba herido; junto a él había varios San Patricios maltrechos, con diferentes grados de lesiones. Podía oír sus gemidos y sus gritos. Sus oraciones eran cada vez más débiles a medida que sus cuerpos perdían fuerza y la tristeza se apoderaba de ellos al pensar en su incierto destino. A pocos metros de él, Francis

O'Conner yacía en el suelo quejándose. Un cañón enemigo le había arrancado las dos piernas. Twiggs se había negado a dar tratamiento médico a O'Conner, y Riley temía que su compatriota no viviera para ver un nuevo día.

Quizá eso sería lo mejor. Estaban en manos de los yanquis y no les tendrían piedad. Menos después de la batalla de hoy, en donde Riley y sus artilleros habían matado a tantos soldados y oficiales yanquis.

Los centinelas caminaban entre los prisioneros, pateándolos y burlándose de ellos, incitándolos a tratar de escapar. Buscaban motivo para dispararles a sangre fría. Pero Riley y sus hombres estaban agotados y ninguno de ellos se movió. Prefirieron sentarse bajo la lluvia y Riley se preguntó si sabían que estaban condenados. Los prisioneros mexicanos probablemente serían intercambiados, pero ¿qué pasaría con él y sus hombres? Los yanquis nunca les perdonarían que hubieran cambiado de bando y siempre los considerarían traidores.

—¿Qué escondes? —dijo uno de los yanquis—. Dámelo, *Mick*. —Apuntó con su bayoneta a Riley y le tendió la mano. Como no se movió, el yanqui presionó la punta de su bayoneta contra el pecho de Riley—. ¡Ahora, *Mick*!

De mala gana, Riley desató de su cintura el estandarte manchado de sangre y se lo entregó. Cerró los ojos, pues no quería ver lo que el yanqui iba a hacer con los colores de su batallón. El sonido de sus risas le molestó. Incapaz de contenerse, abrió los ojos para ver a ese gusano yanqui agitar el estandarte verde y luego hacer como que se limpiaba el culo con él. Riley trató de levantarse, pero el dolor de la pierna y los grilletes lo hicieron caer.

—*Arrah*, no le hagas caso a ese miserable —le dijo Dalton.

Pero Riley no pudo.

—¡Hijo de puta! Maldito seas —le gritó al soldado, enfurecido por la falta de respeto hacia el sagrado estandarte de San Patricio.

El yanqui tiró al suelo el estandarte manchado de sangre y se dirigió hacia Riley, apuntándolo con su mosquete.

—¿Qué me dijiste, *Mick*?

—Te dije que eres un hijo de puta —volvió a gritarle Riley. Un oficial de guardia le ordenó al soldado que bajara su arma.

—La muerte les llegará pronto —dijo el oficial—. Pero será en un lugar donde todos puedan verlo.

—Mátenme ahora mismo —le dijo Riley—. Pero deja que mis hombres se vayan. Es a mí a quien quieren, ¿no es así?

El oficial se burló.

—No nos basta contigo, John Riley. Todos ustedes pagarán por lo que les hicieron a nuestros camaradas.

Riley miró hacia el convento, preguntándose si Ximena seguiría dentro. Como parte del cuerpo médico los yanquis no le harían daño, eso él lo sabía. Cerró los ojos y se propuso dormir, pero no pudo. Se pasó la noche escuchando la lluvia y los gemidos de los heridos y los moribundos. Miró a sus hombres, tendidos en el suelo bajo la lluvia torrencial, cediendo a su cansancio, y dijo:

—Perdónenme.

Por la mañana, el rápido traqueteo de los cascos de los caballos despertó a Riley. Vio cómo un oficial yanqui entraba en el patio, desmontaba y desaparecía en el convento donde los yanquis habían acampado durante la noche, protegidos de la lluvia. Más tarde, el hombre salió y se acercó a los prisioneros.

Riley le dio un codazo a Dalton para que se despertara.

—Han venido por nosotros.

—Soy el capitán George Davis —dijo el oficial al presentarse ante ellos—. Quedan bajo mi custodia. Permanecerán como prisioneros del Ejército de los Estados Unidos y bajo mi supervisión serán trasladados a sus cárceles.

Bajo las órdenes del capitán, los prisioneros fueron divididos en dos grupos y luego encadenados. Riley vio cómo sus hombres eran separados, una columna rumbo a Tacubaya y la otra a San Ángel.

Riley se contentó con saber que Patrick Dalton iría con él. Suspiró aliviado cuando Francis O'Conner fue finalmente trasladado en una carreta para recibir tratamiento médico. En cuanto a él, sabía que su herida no sería atendida. Los yanquis no tendrían piedad con él, y lo aceptó.

El capitán Davis dio la orden de marchar. Mientras su columna se dirigía hacia el pueblo de San Ángel, Riley volteó para observar la otra columna, y en silencio, se despidió de los cuarenta y tres hombres que eran llevados a Tacubaya para aguardar su destino. Dudaba que volviera a verlos.

—Que Dios los acompañe, hermanos míos, hasta que nos volvamos a encontrar. *¡Erin Go Bragh!*

—*¡Erin Go Bragh!* —respondieron y le dieron a Riley su último saludo. Entonces, todo lo que pudo escuchar fue el tintineo de las pesadas cadenas mientras se los llevaban.

35

Agosto de 1847
Ciudad de México

—SU EXCELENCIA LA recibirá ahora —dijo el edecán. Ximena se levantó, alisó su falda y lo siguió por un gran vestíbulo del Palacio Nacional. Se detuvo ante dos enormes puertas de madera y llamó suavemente.

Desde el interior, una voz dijo:

—Entre.

Al escuchar esa voz, toda esa ira que había intentado reprimir se encendió. Respiró profundamente para calmarse y entró en el despacho. Sentado ante su escritorio, Santa Anna la vio acercarse. En el salón había varios hombres vestidos con sus mejores uniformes militares, llenos de medallas que brillaban con la luz. Allí estaban, limpios y bien alimentados, bebiendo coñac y fumando puros cubanos, mientras su marido y sus hombres estaban encerrados en la cárcel, hambrientos y sedientos, pasando frío y completamente abatidos.

—Querida Ximena, pasa, pasa —le dijo Santa Anna. Se levantó agarrando su bastón y se acercó a abrazarla. Ximena no volteó a ver a los otros generales. Su imponente presencia le hacía perder la confianza y no era el momento para que eso le sucediera.

—General, me disculpo por interrumpirlo su ocupada agenda —le dijo—. Gracias por acceder a verme.

—Por supuesto, querida. Cómo no iba a tener tiempo para verte. Ya conoces a mis generales, ¿verdad? Caballeros, les presento a la señora Ximena, esposa del comandante Juan Riley.

—Lamento la suerte que han corrido el mayor Riley y sus hombres —dijo el general Ampudia.

—No se preocupe, señora Riley —le dijo el general Bravo—. Nuestro comandante se asegurará de que los San Patricios vuelvan con nosotros.

—Gracias, señores. Gracias por sus palabras de aliento. —Se volvió hacia Santa Anna y le dijo—: ¿Puedo hablar con usted en privado, señor?

—Por supuesto, por supuesto, querida. Ven, toma asiento.

Los hombres se excusaron y cerraron la puerta tras de sí. Santa Anna se sirvió una copa de brandi y le ofreció una a ella también. Ximena negó con la cabeza. Tenía sed y deseaba poder pedir un vaso de agua, pero estaba cansada de fingir. Había venido a hablar del destino de John, no a perder el tiempo con formalidades.

El general caminó hacia su escritorio, dejó el bastón a un lado y se sentó. La sonrisa y la simulación habían desaparecido, sustituidos por un ceño fruncido.

—¿Has venido a decir «Se lo dije»?

—No.

—Qué bueno. Porque no estoy de humor para tus reproches y

amargos reclamos. Me hago responsable del destino de mi oficial más leal, y te aseguro que haré todo lo posible para que regrese con nosotros.

Ella asintió, sin saber qué decir. No lo creería hasta que lo viera, hasta que John regresara a casa con ella, cuando pudiera volver a abrazarlo.

—Si tuviera cien hombres como Juan Riley ya habríamos ganado esta guerra —dijo él, terminando su copa de brandi.

—¿Qué sucedió? ¿Cómo fue que los capturaron?

Él se quedó viéndola, y Ximena se dio cuenta de que dudaba entre responder o no a su pregunta. Suspiró, apartó su vaso vacío y le dijo:

—¡Si mis malditos oficiales hubieran obedecido las órdenes, esto no habría ocurrido! Hay que agradecerle al general Valencia y a su ciega ambición el resultado de esta batalla. ¡Ese imbécil insubordinado!

Tal vez fuera el alcohol lo que lo estaba afectando, soltándole la lengua. Se acomodó en su asiento y le dijo más de lo que ella esperaba. Ximena se sentó y lo escuchó describir la batalla, la manera en que, hambriento de gloria, el general Valencia había desobedecido sus órdenes, abandonado la posición que tenía asignada y decidido enfrentarse solo al enemigo.

—Lo vi todo con mi catalejo —dijo Santa Anna—. Estaba allí con mis tropas, a sólo dos mil metros de distancia. Pude escuchar los gritos de sus tropas al ser devastadas. Las ráfagas de los cañones. Lo vi todo y pude haber ido a rescatarlo. Debí hacerlo, pero preferí ordenarles a mis hombres que se retiraran. En diecisiete minutos, el tonto de Valencia fue derrotado. Quería darle una lección a ese imbécil por desobedecer mis órdenes. ¿Quién se cree que es? ¡En este ejército sólo hay un comandante en jefe!

Ximena permaneció en silencio, incapaz de creer lo que estaba escuchando. Había intentado reconstruir los detalles de la batalla, tal y como los guardaba su memoria. Recordó haberles rogado a los yanquis que la dejaran atender en el patio a los San Patricios y a sus compatriotas, pero se negaron a dejar que se acercara. Desde la ventana pudo ver cuando formaban a John y a sus hombres para llevárselos. Ésa fue la última vez que lo vio.

Después de que ella y el resto de los asistentes del hospital mexicano fueron liberados, regresaron a la ciudad con sus heridos. Además de los San Patricios, habían sido capturados cerca de mil soldados y como cien oficiales, entre ellos los generales Rincón y Anaya. La mayoría de las municiones y piezas de artillería se habían perdido en manos de los yanquis.

—Quiso darle una lección al general Valencia por insubordinación —le dijo a Santa Anna—. Por eso lo abandonó a su suerte. Pero no pensó en el precio a pagar por el abandono criminal de su general y sus tropas. ¿Valió la pena perder la batalla?

—Fue un error de Valencia, no mío. Si no fuera por su estupidez, ¡esos pérfidos yanquis estarían ahora enterrados en el valle de México!

—¿Qué hará ahora, general?

—Estoy negociando una tregua con el general Scott para ganar tiempo.

—Y mientras tanto, John y sus hombres han sido trasladados a dos pueblos distintos, donde estarán encarcelados mientras esperan el juicio. Y ya usted sabe cuál será el resultado de ese juicio.

—Una vez que el armisticio sea debidamente ratificado intercambiaremos prisioneros y, por supuesto, haré todo lo que esté en mis manos para lograr que su marido regrese. —Se levantó y se acercó hasta quedar parado detrás de donde estaba sentada Ximena; le acarició el cuello con sus dedos fríos. Ella se estremeció.

—Ximena, la guerra aún no ha terminado. Confía en mí. Salvaré a México de los yanquis y evitaré su deshonra. Salvaré a Juan Riley y a los San Patricios. Traeré la paz a nuestro país. Soy el Libertador, ¿no es así?

—Si usted lo dice. —Se levantó para despedirse, sin esperar a que él la acompañara a la puerta—. Gracias por recibirme, su excelencia. No le quito más tiempo.

Una vez que estuvo afuera dejó que sus lágrimas brotaran y pronto su cuerpo tembló de rabia. ¡Pobre de México! Estaba en manos de caudillos vanidosos que se dejaban llevar por su orgullo herido. Hombres corruptos a los que sólo les importaba su reputación, cuyas almas estaban oscurecidas por un retorcido deseo de riqueza, poder y gloria. Eran como aquel gallo de pelea de Santa Anna que se ahogó en su propio reflejo, empeñados en destruirse a sí mismos y a todo México. ¿Qué clase de futuro podía tener su país si era gobernado por hombres así? ¿Y qué sería de John y los San Patricios?

36

Septiembre de 1847
San Ángel, en las afueras de la Ciudad de México

ENCARCELARON A RILEY y a veintiocho de sus hombres en una bodega húmeda y apestosa. En cuanto se cerró la puerta, convocó a sus hombres a su alrededor, con Dalton a su lado.

—¡Vamos, mis muchachos, esto no ha terminado todavía! —dijo Riley—. Tiene que haber una salida a esta calamidad que estamos padeciendo. No desesperemos.

—Nos van a matar, van a matarnos a todos —dijo James Mills.

—No, el mayor Riley tiene razón —dijo Dalton—. Tengan fe, hombres, tengan fe.

—¿Fe en quién? ¿en él? —preguntó Alexander McKee, señalando a Riley—. ¿No es él quien nos ha metido en este triste lío? —Se quedó viendo a Riley y escupió—. *¡Go hIfreann leat!* —Se levantó con dificultad y se alejó hacia el otro lado del cuarto.

—Escucha, McKee, no toleraré que... —dijo Dalton.

Riley puso una mano en el hombro de su amigo.

—Déjalo. Tiene razón.

—Les podemos decir la verdad —dijo John Bowers—. Esos hijos de puta nos trataron peor que a animales. Después de tantas humillaciones que padecimos, no nos dieron otra opción más que desertar.

—Esos infieles se burlaron de nuestra religión —dijo Edward McHeran—. Nuestro Creador sabe que ésa fue razón suficiente para que hiciéramos lo que hicimos.

—No nos van a hacer caso —dijo Riley—. Especialmente en lo relacionado con nuestra religión. Sacarán a relucir los códigos militares de guerra.

—Podemos decir que sus leyes no se aplican a nosotros, los irlandeses —dijo Thomas Riley—, ni a ustedes los alemanes o a ustedes los escoceses —dijo mientras miraba alrededor del cuarto.

—Podemos decir que estábamos muy confundidos por el alcohol como para saber qué hacer —dijo Hezekiah Akles—. Tengo la prueba, justo aquí en mi frente. —Se tocó la frente, en donde tenía las letras *HD* marcadas por orden de un oficial.

Riley asintió, recordando que, según la orden general, se permitía a los borrachos volver a sus filas después de ausentarse sin permiso oficial. Además, ¿no acababan de ganar los yanquis la batalla de Churubusco? Seguro que ahora se sentirían generosos. Podría haber una posibilidad de que perdonaran a los San Patricios si decían ser nada más que borrachos.

—Escúchenme —dijo Riley—. Vamos a contarles a los yanquis una buena historia de cantinas, entonces. Díganle al juez que estaban borrachos. Digan que el trago los llevó a la perdición. De cualquier manera, siempre nos han acusado de no ser nada más que unos brutos borrachos, ¿no es así? Así que díganles que tenían razón.

—¿Crees que eso funcionará? —preguntó John Bartley.

—Vale la pena el intento —dijo Riley—. Además, los yanquis tienen otra batalla que librar. No pasará mucho tiempo antes de que tengan que enfrentarse de nuevo a los mexicanos, así que no tienen tiempo para juicios. Deben concentrarse en su estrategia para ganar la guerra. —Riley hizo una pausa y miró a sus hombres. Esperaba que le creyeran. Él mismo quería creerlo, pero en el fondo sabía que los yanquis no tendrían clemencia, y menos ahora. Sabía que Scott les daría un escarmiento para evitar que desertaran más soldados. ¿Pero qué otra cosa podía decirles a sus hombres para darles esperanza?—. Si no los convencen con esa historia, aleguen que los rancheros los sacaron de sus filas y los obligaron a luchar con los mexicanos, que los amenazaron de muerte si no luchaban por su causa. —Sabía que según los códigos militares de guerra sus únicas defensas válidas serían la embriaguez y la coacción.

—Pero no lo hicieron —dijo Dalton—. Nosotros hemos elegido y ahora debemos atenernos a las consecuencias.

Riley asintió.

—Lo sé, pero está claro que nuestros amigos mexicanos están a punto de perder esta guerra y no podrán socorrernos cuando ni siquiera pueden ayudarse a sí mismos. Depende de nosotros defender nuestra causa y salvarnos del amargo destino que nos espera, ¿Lo entienden?

Los hombres asintieron.

—Si esa historia falla, entonces digan que fueron golpeados hasta que no tuvieron más remedio que rendirse. Échenme la culpa a mí, si es necesario. Digan que fue John Riley, del condado de Galway, quien los obligó a luchar bajo su estandarte verde.

—¡*Níl!* —dijo Dalton, poniéndose de pie—. ¡No haremos eso!

—Si hay que repartir culpas, yo cargaré con mi parte —dijo Riley, golpeándose el pecho con el puño—. *Mea culpa.*

—Yo les diré que fui prisionero del amor —dijo James Mills—. Que mi cabeza estaba desquiciada por el amor de mi novia mexicana, que ella me obligó a ponerme el uniforme mexicano.

Los hombres se rieron.

—Recemos —dijo Edward McHeran, uniendo sus manos en señal de oración.

Con plena conciencia de que ya no podían hacer nada a nivel humano, inclinaron la cabeza al unísono para pedir la misericordia de Dios. Incluso Alexander McKee regresó al grupo y se arrodilló con el resto mientras el murmullo de sus voces se disolvía en la húmeda noche.

A lo largo de los días siguientes, les llegaron noticias a la prisión. Habían comenzado los juicios de los San Patricios detenidos en Tacubaya. Además, se había acordado un armisticio que prohibía a ambos países fortificar sus defensas y reforzar sus ejércitos. Pronto se llevaría a cabo el intercambio de prisioneros y heridos, pero Riley sabía que sin duda alguna Santa Anna no podría negociar su libertad con Scott. No, Scott se aseguraría de darles un castigo ejemplar.

Fue entonces que comenzaron sus propios juicios. Uno a uno, los San Patricios encarcelados en San Ángel fueron condenados a la horca, no a la muerte por fusilamiento según las Leyes de Guerra, sino a ser colgados como si fueran espías o violadores. Cada uno de ellos fue sentenciado a muerte. Ninguna de las afirmaciones que hicieron en su defensa convenció a los yanquis. Cuando Patrick Dalton recibió su sentencia, Riley estuvo a punto de llorar.

Necesitaba ser fuerte, por todos ellos, pero después de eso ya no pudo mirar de frente a su amigo.

Riley fue el último en ser convocado, el 5 de septiembre. Mientras el guardia colocaba las cadenas alrededor de sus manos, él observó a sus hombres, desanimados se recostaban en las paredes.

Los guardias lo sacaron de la bodega a empujones, y aunque Riley sabía el veredicto que le esperaba, rezó en silencio.

—Dios, ten piedad de mí. Déjame vivir lo suficiente para ver a mi hijo una vez más y también al que aún no ha nacido.

Respiró hondo y trató de mantener la compostura, aunque el dolor de la pierna lo hacía cojear y comenzó a sudar. Cuando lo empujaron dentro de la sala improvisada como tribunal y Riley se enfrentó a sus jueces, la herida de la pierna se abrió de nuevo y la sangre comenzó a filtrarse por su uniforme mexicano, que ya estaba manchado de sangre.

Riley sintió la mirada de todos en la sala. Divisó a Duncan sentado en la primera fila con un vivaz odio en sus ojos, el mismo desprecio con el que Braxton Bragg lo habría mirado si hubiera estado allí. El coronel Bennet Riley era el juez. Riley odiaba tener el mismo apellido que ese hombre, hijo de padres irlandeses pero nacido y criado en los Estados Unidos. Católico, pero yanqui hasta la médula. Riley sabía que no debía esperar ninguna simpatía de su parte.

El coronel se puso de pie y lo miró de arriba abajo, observando su uniforme azul oscuro de mayor mexicano, las charreteras trenzadas, la medalla de honor, las insignias de su rango. El coronel hizo una mueca de desprecio y llamó al orden para iniciar el juicio.

Riley mantuvo su rostro impasible mientras el capitán Ridgely leía las acusaciones en su contra.

—Soldado John Riley, ha sido acusado de desertar del servicio a los Estados Unidos el doce de abril de 1846. Se le acusa de unirse a las filas mexicanas y tomar las armas contra el Ejército de los Estados Unidos en la batalla de Churubusco. ¿Cómo se declara?

—Inocente —respondió Riley. Su voz sonaba segura y firme.

Se produjeron murmullos y muchos en el público gritaron: «¡Mentiroso!» y «¡Traidor!».

El coronel llamó al orden a la sala. Varios hombres fueron llamados a declarar sobre el carácter de Riley, entre ellos su antiguo comandante, el capitán Merrill. Riley recordó aquella lluviosa mañana de domingo, el día después de la muerte de Sullivan, cuando había tomado la decisión de desertar. Pensó que el capitán Merrill estaría resentido porque Riley había desertado estando él a cargo, pero no vio odio en sus ojos. En todo caso, lo que vio fue respeto, tal vez incluso una pizca de lástima porque él también parecía saber cuál sería el veredicto.

—El soldado John Riley era un hombre de buen carácter y un excelente soldado —dijo el capitán Merrill—. No recuerdo haber tenido que castigarlo de ninguna manera.

Riley asintió con un silencioso agradecimiento y se preparó para dar su declaración. Sabía muy bien que no les importarían las razones por las que había desertado, pero no iba a hacer que los yanquis lo condenaran a muerte de forma rápida y fácil. No, los iba a hacer esperar, les diría lo que pensaba.

—El doce de abril, después de que mi compañero de tienda, Franky Sullivan, fuera asesinado a sangre fría, necesitaba el consuelo del Señor y de su Santa Madre, así que le pedí al buen capitán Merrill que me diera permiso para ir a misa. En mi camino, fui tomado prisionero por lanceros mexicanos, que contra mi voluntad me arrastraron a través del río Grande. —Oyó los siseos y vio los movimientos de cabezas. Por supuesto, ellos no creían ni una palabra de lo que decía, pero él continuó—. Allí, en Matamoros, me encarcelaron y durante diecinueve días viví a pan y agua, protegido por la bondad de mi Señor y Salvador, Jesucristo. Finalmente, el general Ampudia vino a mi celda y me dio tres opciones. —Riley se detuvo y miró alrededor del recinto—. El general mexicano dijo que podía morir enfrentando al pelotón de fusilamiento americano o al suyo propio, o que podía unirme a su ejército. Yo, por supuesto, me negué a tomar las armas contra los Estados Unidos, no iba a hacerlo después del buen trato que nos dieron a mí y a mis camaradas. El general mexicano me dijo que lo pensara bien. Me mantuvieron prisionero, con las manos atadas a la espalda todo el camino hasta la ciudad de Linares.

Siguió describiendo el calvario que había sufrido. Estaba empezando a divertirse, sus mentiras eran cada vez más extravagantes. Nunca antes había contado una historia tan absurda. Vio a la gente del público retorciéndose en sus lugares, las caras de los jueces se ponían cada vez más rojas. Finalmente, durante una pausa en su narración, el coronel dijo:

—¿Está listo para concluir su declaración, soldado?

Riley no estaba aún dispuesto a darles la satisfacción de sentenciarlo a muerte y terminar con el juicio para que pudieran disfrutar de su cena. ¿Y cómo se atrevía a llamarlo soldado raso cuando sabía muy bien cuál era su rango? Riley sacudió la cabeza y continuó con su relato.

—Y así fue, que muchos días después, tras mucho sufrimiento y angustia, fui sentenciado a ser ejecutado por el pelotón de fusilamiento de Ampudia, para después freír mi cabeza en grasa de cerdo y luego colgarla en la plaza pública. Pero justo cuando estaba a punto de enfrentarme a la muerte, llegó el otro general mexicano, Arista, para detener la ejecución. Me dio una oportunidad más para tomar las armas en defensa de México. —Riley escuchó los susurros del público. Las palabras «traidor», «mentiroso» y «cobarde» le hicieron hervir la sangre, por lo que abandonó la actuación y dio por concluida su declaración—. Así que me dieron a elegir, y lo hice —dijo, su voz más alta, su tono serio—. Decidí que en lugar de ser condenado a muerte y a que frieran mi cabeza, serviría como oficial comisionado en las filas de la República de México. Allí, como pueden ver —dijo poniéndose de pie con orgullo y mostrando sus charreteras doradas y su medalla de honor—, obtuve el rango de mayor debido a mis habilidades y mi valentía en el campo de batalla, ¡y porque los mexicanos me valoraron y respetaron de una manera que ustedes, malditos yanquis hijos de puta, nunca lo hicieron!

El público estaba alborotado. El coronel llamó al orden al tribunal, pero nadie le hizo caso. Dio varios golpes con su martillo. Riley mantuvo su rostro inexpresivo, pero no pudo evitar que una sonrisa se dibujara en su cara al observar cómo los jueces se gritaban entre sí.

Entonces, el capitán Ridgely se puso de pie, esperó a que todos se callaran y dijo:

—Luego de muchas deliberaciones, el tribunal declara al prisionero, el soldado John Riley, culpable de los cargos y, por lo tanto, lo condena a morir en la horca.

37

Septiembre de 1847

Ciudad de México

—LO VAN A colgar, hija —le dijo el padre Sebastián, sentándose a su lado en el banco—. Todos serán colgados.

Ximena miró al altar, a la Virgen de Guadalupe, a los rayos de sol que se quebraban al colarse por los vitrales de la iglesia.

—Pero ¿cómo? ¿Lo colgarán esos mismos hombres que llaman a los mexicanos bárbaros y salvajes? ¿Quiénes son los salvajes ahora? ¡Malditos sean!

—Lo siento, hija —dijo el padre Sebastián—. Pero, por favor, no blasfemes delante de la Virgen.

Ximena respiró hondo y se recompuso lo mejor que pudo. *No, no, no lo pueden colgar, después de todo lo que él ha pasado, después de todo lo que ha sacrificado y luchado.*

—No lo permitiré —dijo—. No dejaré que eso ocurra. —Se levantó para marcharse—. Que tenga buen día, padrecito.

—Pero ¿adónde vas, hija? —le preguntó el padre Sebastián.

Salió de la Catedral Metropolitana. Era un día luminoso y

se abrió paso entre la multitud. ¿Adónde podía ir? Santa Anna estaba de nuevo en medio de la agitación política. Debido al armisticio que acordó con los yanquis fue acusado de traidor, no sólo por el pueblo sino también por funcionarios del gobierno, incluido el gobernador del estado de México. Aunque los ejércitos habían intercambiado prisioneros, Santa Anna no tenía prisioneros yanquis de suficiente rango como para intercambiarlos por sus propios oficiales, y mucho menos por John. Scott no se lo entregaría, aunque Santa Anna tuviera en su poder a un mayor yanqui. ¿Quién podría salvar a John y a los demás San Patricios de esa terrible suerte? Al llegar a la Alameda, la asaltaron los recuerdos de cuando paseaba por allí de la mano de John; de los momentos en que escuchaban el rumor de los árboles y sentían las caricias de la fresca brisa, mientras juntos planeaban un futuro que ahora parecía que nunca sucedería. No si los yanquis se salían con la suya.

¡Pero no, ella no lo permitiría!

Contrató un carruaje para que la llevara al consulado británico. Tenía muy poco dinero, pero sus pies estaban hinchados de tanto caminar y necesitaba sentarse. Seguro que los británicos la ayudarían. Después de todo lo que les habían hecho a los irlandeses, seguro que ahora tendrían piedad y harían lo que no habían hecho por ellos en su país: salvarlos. Le habría gustado ir a casa para arreglarse el pelo, ponerse el vestido de muselina y cambiar su viejo rebozo por la mantilla que John le había regalado el día de su boda. Las apariencias determinaban si te hacían caso o no. Mientras subía los escalones del consulado, se detuvo y se pellizcó las mejillas para tomar color, luego se lamió los labios y se alisó el pelo. Le habría gustado tener guantes, un parasol, cualquier cosa que la elevara ante los ojos del cónsul. ¿Qué pensaría él al verla entrar en su despacho tan desarreglada? Se habría puesto el hermoso broche que le había regalado Santa Ana, pero aquello era una cuestión de vida o muerte, ¡al diablo con los guantes y el broche!

El guardia le abrió la puerta y ella entró lentamente, deteniéndose para agradecerle. Contempló las paredes adornadas, los pisos de mármol y los imponentes pilares.

—¿Puedo ayudarla, señora? —le dijo un caballero mayor de aspecto amable que se acercaba a ella.

Ella fingió una sonrisa.

—Sí, por favor, señor. Necesito ver al cónsul británico. Tengo que tratar un asunto de gran importancia. Por favor, es muy urgente.

—Disculpe, ¿de parte de quién? —le preguntó, guiándola hacia la sala de espera.

—Soy la señora Ximena Benítez y Catalán.

Él le pidió que tomara asiento mientras se alejaba, cruzando por un par de puertas de madera. Había unas cuantas personas sentadas allí, señores que leían el periódico y fumaban sus puros con tanta tranquilidad y soltura que a ella le daba rabia de sólo verlos.

Finalmente, las puertas se abrieron y el empleado le indicó que lo siguiera. La acompañó a una oficina donde había un hombre de mediana edad sentado detrás de un escritorio de caoba. Su rostro era impasible, aunque ella notó curiosidad en sus ojos al ver su aspecto desaliñado.

—*Forgive me for interrupting your duties, sir* —dijo Ximena, agradecida porque en el tiempo que llevaba conociendo a John su dominio del inglés había mejorado mucho—. *But I must speak with you about a matter of great importance.*

—Percy Doyle para servirle a usted. Por favor, señora, tome

asiento. Su inglés es excelente, aunque está claro que usted no es una súbdita británica. Me temo que no podré ayudarla en mi calidad de cónsul británico.

Ella se sentó, aliviada de poder descansar. Respiró profundamente y continuó en inglés:

—Estoy aquí para hablar en nombre de los soldados irlandeses encarcelados por el ejército de los Estados Unidos, señor. Han sido condenados a la horca.

El hombre guardó silencio, y por su manera de actuar Ximena se dio cuenta de que ya lo sabía. La miró, como si se preguntara qué tenía que ver ella en todo esto.

—Son súbditos de Gran Bretaña —dijo—, y como tales el cónsul británico debe pedir a los norteamericanos que los perdonen, ¿no es así?

El cónsul echó su asiento hacia atrás, como si fuera a levantarse, pero no lo hizo.

—Sí, señora, el gobierno británico está al tanto de la situación de los soldados irlandeses, y le aseguro que si yo pudiera ser de ayuda por supuesto se la ofrecería. Pero tal y como están las cosas, por desgracia, no hay nada que hacer por ellos.

—Los van a colgar, señor —dijo Ximena, sintiendo que su cuerpo se estremecía.

—Es una situación bastante complicada, y no se puede esperar que... una... ah... dama de su posición lo entienda. Tenga la seguridad de que si supiera que se pudiera hacer algo, me ocuparía del asunto. Por el momento, no creo que lo haya.

—Son súbditos británicos —volvió a decir Ximena—. ¿Eso no significa nada para su gobierno?

—Son salvajes y temerarios —respondió—. Esos soldados dieron su palabra a los estadounidenses, igual que muchos de ellos dieron su palabra a los ingleses. Han faltado a su palabra y ahora se ha llegado a esto. ¡El gobierno británico no puede apoyar a quienes no muestran honor ni lealtad! Ahora, si me disculpa, señora, tengo otro asunto que atender.

Ximena se puso de pie. ¿Cómo era posible que no les importaran en absoluto el destino de John y sus hombres? John le había contado acerca del maltrato de los ingleses hacia los irlandeses. Ahora entendía el odio en su voz cuando hablaba de ellos.

—Debe saber, señor, que uno de ellos es mi marido. —Lo dijo, aunque había pensado que era mejor no revelarlo. Fue lo único que se le ocurrió.

Él la miró y frunció el ceño.

—Perdón, ¿qué dijo usted, señora?

—John Riley, señor, es mi marido. Nos casamos aquí, en esta ciudad, antes de la batalla.

—Supongo que fue una boda católica, señora. ¿Tiene una prueba legal de esta boda?

—El padre Sebastián...

—Perdóneme, señora, pero no creo que el matrimonio con un ciudadano mexicano salve a su marido de la horca. A los estadounidenses no les importará.

Él no lo dijo, pero ella lo escuchó claramente. *Y a nosotros tampoco.*

—Estoy embarazada, señor. Llevo en mis entrañas al hijo de John Riley. Por favor, ¡hágalo por mi hijo! —Dejó caer su rebozo de los hombros y se puso de pie para que él pudiera ver su vientre prominente.

Él tosió incómodo ante su falta de decoro y apartó la mirada.

—Veré lo que puedo hacer —le dijo, pero ella sabía que no haría nada—. Ahora, si me disculpa... —Tomó un montón de papeles y le indicó al empleado que la guiara hacia la salida.

El anciano le tendió la mano y ella le agradeció. Las piernas le temblaban, el cuerpo le palpitaba, como si se hubiera estrellado contra una nopalera. De pronto sintió un pataleo en su interior. ¿Sabía su hijo que su padre estaba en peligro? ¿Qué intentaba decirle la criatura? Cuando Joaquín murió, ella soñó con su muerte y no hizo nada, temerosa ante esas visiones. Esta vez no. Cerró los ojos y dijo:

—Por ti, mi niño, lo haré por ti.

Bajó los escalones y se apuró para llegar a la calle. Iría a ver al arzobispo y a quienquiera que pudiera ayudar a los San Patricios. No volvería a casa hasta que supiera que les perdonarían la vida a John y a sus hombres.

38

Septiembre de 1847
Ciudad de México

A LA MAÑANA siguiente, Ximena se dirigió a la residencia privada de la señora Rubio, en el pueblo de Tacubaya, a casi diez kilómetros de la capital y cerca del cuartel general yanqui. El padre Sebastián había organizado un encuentro con la señora Rubio y otras cuatro damas de la aristocracia, quienes habían creado y firmado una petición en defensa de Riley y sus hombres. Juntas estaban decididas a entregar la petición a Scott.

Cuando las seis mujeres fueron escoltadas al cuartel general, la señora Rubio le pidió a Ximena que ella hablara con Scott, ya que era la esposa de John y sabía inglés. Ella se puso nerviosa, pero trató de no demostrarlo. Aquellas mujeres de la alta sociedad iban vestidas con terciopelos y sedas, delicadas mantillas de encaje sujetas con broches de diamantes, sus cuellos y orejas adornados con exquisitas perlas. Y Ximena, con su sencillo vestido de muselina, parecía más una sirvienta que la esposa del jefe del Batallón de San Patricio, pero no se iba a dejar intimidar por eso. Estas mujeres estaban dispuestas a utilizar su prestigio y su fortuna para ayudar a su marido y a sus hombres.

—Pasen, pasen —dijo el general Scott al grupo. Era un gigante de pelo gris, de gran altura y peso, con el uniforme ceñido a su cintura. Ximena se sintió empequeñecida ante él. Cuando Scott pidió un intérprete, ella dijo.

—No es necesario.

Scott se sorprendió, no sólo por su inglés sino tal vez porque era ella, y no una de las elegantes damas, quien hablaba. Dirigiendo su mirada a Ximena, preguntó:

—¿En qué puedo ayudarlas, señoras?

—Venimos a pedir a su excelencia que permita la libertad condicional de los miembros del Batallón de San Patricio —dijo Ximena, hablando lenta y cuidadosamente. Le entregó la petición firmada por más de cien ciudadanos mexicanos de gran respetabilidad.

Scott sostuvo el papel en sus enormes manos y examinó detenidamente la petición. Sus cejas profundamente fruncidas y su papada flácida se arrugaban cada vez más por el disgusto. La señora Rubio se inclinó hacia Ximena y le susurró al oido.

—La señora Rubio quiere asegurar a su excelencia que tiene nuestra palabra de honor de que nosotros los vigilaremos durante su libertad condicional —continuó Ximena en inglés.

—Perdóneme, señora...

—Ximena Benítez y Catalán, esposa de John Riley.

—Ah, ya veo. Ya veo. Mire señora Riley, no puedo imaginar las penurias que debe estar pasando con su marido en prisión y enfrentado a un destino tan terrible. Pero la ley es la ley. John Riley y los otros desertores no honraron el juramento que hicieron al Ejército de los Estados Unidos y ahora deben afrontar las consecuencias de sus actos.

—Ustedes rompieron ese juramento primero, señor.

—¿Perdón, mi señora?

—Si ustedes yanquis no hubieran maltratado y abusado de los soldados extranjeros en sus filas, ellos habrían sido fieles a su juramento.

—Hay verdad en lo que dice: algunos de nuestros oficiales y generales han mostrado una conducta poco profesional hacia nuestros soldados extranjeros. Pero también es cierto que algunos de estos hombres estaban descontentos y abandonaron nuestras filas en busca de un mejor contrato. Independientemente del motivo de su traición, tengo que cumplir con las leyes militares y el deber me obliga a denegar su petición. —Scott no la miró cuando dijo—: La deserción se castiga con la muerte.

—Tenga piedad —dijeron la señora Rubio y todas las otras damas.

Scott volteó a ver a Ximena y esperó su traducción. No quería suplicar. Quería gritarle y hacerlo entrar en razón, exigir que su gobierno asumiera su responsabilidad en las deserciones de Riley y sus hombres. Pero se controló y dijo:

—Mis acompañantes le piden clemencia. Nuestros héroes irlandeses no merecen morir.

—¿Héroes? ¡No son héroes! En el peor de los casos son traidores sin honor, lo mejor que se podría decir de ellos es que son unos borrachos cobardes.

—O quizás sean víctimas, ¿sí? —dijo Ximena—. Víctimas del desprecio de su país y obligados a luchar en una guerra injusta.

—Luego añadió—: Llámelos como quiera, pero por favor consi-
dere un intercambio de prisioneros. Ahora que la tregua entre los
países...

—¿Qué tregua? No hay más tregua, ¡y la culpa la tiene su general en jefe! —Scott golpeó furiosamente su escritorio, su cara se
puso tan roja como la de un viejo buitre—. No mantuvo la buena
fe que se requería. Por lo tanto, a partir de hoy, he dado por terminado el armisticio y reanudaré las hostilidades.

—¡Dios mío! —dijo la señora Rubio—. Pero ¿por qué nos grita
así este yanqui?

Ximena tradujo las palabras de Scott y las damas se quedaron
sin aliento. Por supuesto, no era un secreto que Santa Anna había
ordenado trabajar en las fortificaciones de la ciudad y sus alrededores, que había mandado las campanas de la iglesia a la fundición
para convertirlas en nuevos cañones y que intentaba reconstituir
su ejército, todo ello en plena violación del armisticio.

Al ver las expresiones de miedo de las mujeres, Scott bajó
la voz.

—Le pido disculpas señora Riley. El general Santa Anna ha
mostrado una conducta deshonrosa al continuar reforzando las
defensas militares de la ciudad en flagrante violación de los términos que él y yo habíamos acordado. Nuestros ejércitos pronto
se enfrentarán de nuevo en una batalla, y ahora más que nunca
necesito la lealtad de todas mis tropas. ¿Me entienden? Si libero
al Batallón de San Patricio eso sólo fomentaría más deserciones,
especialmente de los soldados extranjeros en nuestras filas, que
son demasiados. Y ahora, tengo que despedirme.

Se levantó y esperó a que ella y sus compañeras se pusieran
también en pie.

—Si no quiere liberarlos, no lo haga. Pero no tiene por qué

colgarlos —dijo Ximena, mientras se levantaba con las otras damas y se dirigían a la puerta—. Ellos hicieron un juramento a su país, sí, pero su país también les hizo un juramento a ellos. Y fue su gobierno el primero en romper sus promesas. Dígame, general, ¿dónde quedó la buena fe que les correspondía a ustedes cuando ellos se enlistaron en sus filas?

❋

Muchos ciudadanos mexicanos acomodados siguieron su ejemplo, apelando a Scott en nombre de los San Patricios; los periódicos mexicanos publicaron artículos en apoyo de los soldados extranjeros. Incluso el padre Sebastián y los demás sacerdotes la ayudaron a convencer al arzobispo y a los extranjeros prominentes que vivían en la ciudad de México para que intentaran persuadir al general yanqui de que perdonara a los soldados irlandeses. El padre Sebastián le dio a Ximena una copia de la carta que le entregaron a Scott, y ante la tenue luz de las velas ella la leyó, deseando con todo su corazón que aquellas palabras escritas por el propio arzobispo tocaran el corazón de Scott.

Colocó la carta en su pequeño altar, a los pies de la Virgen de Guadalupe, y se arrodilló en el suelo, rezando hasta que se le entumeció el cuerpo y se le hincharon los ojos de tanto llorar. Sólo cuando sintió la agitación en su vientre finalmente se levantó. Esa vida inocente que crecía en su interior, producto de su amor, le recordaba que no sólo se debía a John. Tenía que mantenerse fuerte y no sucumbir a la desesperación.

Al final, las súplicas, las amenazas y las lágrimas no fueron suficientes, no bastaron para salvarlos. Una vez que Scott dio por terminado el armisticio, la élite mexicana que había estado dispuesta a defender a John y a sus hombres huyó de la ciudad a toda prisa. Ella no tenía a nadie más a quien recurrir.

El 9 de septiembre Ximena recibió una carta del propio general Scott con noticias tan esperanzadoras como desalentadoras.

Desgraciadamente, el deber exige que respete el código militar y en consecuencia he sentenciado a los hombres del Batallón de San Patricio. Confío en que se alegrará al saber que, en lo que respecta a su marido, la sentencia de muerte ha sido anulada.

Aunque habían indultado a algunos San Patricios por diversos motivos, se mantuvo la pena de muerte a cincuenta de ellos. También se redujeron las condenas de otros quince, incluido John. Dado que había desertado un mes antes de que se declarara oficialmente la guerra, John se había librado de la horca. Al seguir leyendo, las palabras de Scott la helaron hasta la médula. En lugar de ser ahorcado, el castigo de John sería una flagelación pública y ser marcado en la mejilla como desertor. Además, se lo mantendría prisionero mientras los estadounidenses permanecieran en México.

Ximena volvió a leer la carta y sintió alivio porque al menos estaba libre de la pena de muerte. Ella, John y su hijo aún podrían tener un futuro juntos. Pero luego se preocupó. ¿Quién podía asegurar que John no moriría en el proceso de ser azotado o durante su encarcelamiento? ¿Y sus hombres? ¿Qué efecto tendrían sus muertes en su espíritu?

39

Septiembre de 1847
San Ángel, en las afueras de la Ciudad de México

RILEY SE SENTÓ en el piso de tierra de la celda, escuchando el repiqueteo de la lluvia que caía afuera. Miró a sus hombres. Algunos estaban sentados en el piso, como él, con la espalda apoyada en las frías paredes de piedra. Tenían las manos y los pies encadenados. Nadie hablaba. Sólo escuchaban la lluvia y el sonido de la respiración de los demás.

Pero en los espacios entre las respiraciones y la lluvia, Riley escuchó otro sonido. Éste le produjo un escalofrío porque sabía lo que significaba. Era el sonido de una sierra cortando madera. El eco de un martillo que interrumpía la noche. Se levantó y se acercó a Dalton, que reflexionaba sentado junto a la puerta. La oscuridad no dejaba ver claramente la cara de su amigo, pero Riley podía oler su miedo.

—Si pudiera, daría mi vida por la tuya, Pat —le dijo Riley en voz baja—. Sabes muy bien que hablo en serio, ¿no?

—No, yo soy un *Paddy* con suerte. Mi muerte será rápida —dijo

Dalton con una risa forzada—. No envidio tu sentencia, John. He visto a hombres más grandes que tú ser azotados. Es horrible. Y lo de la marca, bueno, prefiero pender de una soga a que me conviertan en un monstruo. —Dalton volvió a reír, y aunque había hablado en broma, a Riley se le cortó la respiración—. Perdona, John, *a chara*. No quise decir eso.

Riley guardó silencio. Había llevado a sus hombres a la muerte y ahora tenía que verlos bailar de la soga. Eso nunca lo olvidaría, ni aunque viviera cien años.

—Moriré como debe morir un San Patricio —dijo Dalton—, con la satisfacción de haber cumplido bien mi deber bajo tu mando. Ésa será mi gloria como soldado.

—Sí, eso lo tienes, ciertamente. Has luchado con valor y lealtad bajo el estandarte verde.

Riley vio el brillo de las lágrimas de su amigo. Su propio pecho palpitaba como si su corazón hubiera sido sustituido por un puñado de ortigas.

—Te vas a asegurar de que me entierren bien, ¿verdad? —le dijo Dalton. En su juicio, había pedido al tribunal que lo enterraran en tierra consagrada, y su petición fue concedida.

—Me aseguraré de ello, Pat, lo prometo.

❈

Los guardias vinieron por ellos temprano en la mañana. Algunos de los hombres dormían un sueño inquieto. Otros, como Riley, velaron toda la noche. Les rezó a todos los santos que conocía, incluso a San Jorge, el santo patrono de los soldados. Había rogado a Dios para que salvara la vida de sus hombres, pero cuando escuchó pasos afuera de la celda, supo que eso no sucedería.

—Despierten y alístense, batallón de traidores —dijo uno de los guardias mientras abría la celda—. Llegó el día que todos ustedes han estado esperando.

Los dividieron en dos filas, los que iban a la horca y los destinados al látigo del arriero. Riley sintió escalofríos al ver lo corta que era su fila en comparación con la otra.

Se abrió paso hasta llegar a Dalton y los dos hombres se abrazaron. Dalton ahogó un sollozo.

—Prométeme, John —dijo, abrazándolo con más fuerza—. Prométeme que cuando esto termine, no recordarás este día. Que no cargarás con el peso de nuestras muertes...

—¡Muévanse, traidores, muévanse! —gritó el guardia, golpeando a Riley con la culata de su mosquete con tanta fuerza que le costó recobrar el aliento—. ¡Y tú, ponte en la fila!

Los empujaron por los pasillos de la prisión, donde las cadenas que arrastraban sus pies resonaban contra las paredes húmedas. Ya afuera, los llevaron a la plaza de San Jacinto, en el corazón de San Ángel. Amanecía y había dejado de llover, pero los adoquines estaban mojados y resbaladizos. La plaza estaba llena de gente, a pesar de la hora. Los soldados yanquis se hallaban de pie alrededor del perímetro, con los rostros llenos de burla y odio, claramente expectantes ante el grotesco espectáculo que estaba a punto de comenzar. Cientos de aldeanos mexicanos sostenían rosarios y oraban silenciosamente, las mujeres jóvenes y ancianas envueltas en sus rebozos suplicaban por él y por sus hombres.

—Perdónenlos —gritaban, con los brazos levantados en señal de súplica—. ¡Tengan piedad para los Colorados!

Riley buscó entre los rostros pero no encontró el de Ximena. ¿Tal vez fuera mejor así? Era mejor que ella no lo viera en esas circunstancias.

—Que Dios se apiade de nosotros —dijo Dalton.

Riley volteó al escuchar la voz de su amigo y allí, frente a él, estaba la horca con dieciséis sogas colgando, que se mecían en la brisa de la mañana. No había plataforma ni trampilla. Había carretas tiradas por mulas colocadas debajo de las horcas, aguardando.

—¡Ánimo, mis valientes hermanos! —dijo Riley—. ¡Ánimo! —Pero ya sus rodillas estaban temblando.

Hezekiah Akles rompió a llorar.

—¡Malditos sean, malditos sean todos! —gritó James Mills.

—¡Silencio! —dijo uno de los guardias, tirando de las cadenas y obligándolos a continuar su marcha hacia adelante. Las cadenas lastimaban sus muñecas, pero Riley sabía que esto era sólo el principio.

El general Twiggs apareció en la plaza montado en su caballo, y al verlo, todos se callaron.

—Empezaremos contigo primero —dijo, mirando a Riley, pero señalando la fila donde estaban los otros seis hombres que iban a ser azotados. Riley podía sentir el aliento caliente del caballo y en su brillante ojo color café alcanzó a ver su reflejo. Apartó la mirada. Después de hoy, no querría volver a verse.

—Thomas Riley, Hezekiah Akles, James Mills, John Bartley, John Bowers, Alexander McKee y John Riley —dijo el general Twiggs—. Han sido declarados culpables de deserción y sentenciados a recibir cincuenta latigazos y a ser marcados con la letra D de desertor. Ahora vamos a proceder.

Ordenó a sus sargentos que llevaran a Riley y a los otros seis hombres a la hilera de fresnos, donde había un pequeño grupo de sacerdotes que oraban mientras sostenían un gran crucifijo en el aire.

Uno a uno, los siete prisioneros fueron liberados de sus cadenas y despojados de sus camisas y abrigos andrajosos; ahora, con los torsos expuestos, cada hombre fue atado a un árbol. Los arrieros se colocaron detrás de cada uno de ellos, con sus látigos de cuero crudo preparados. Riley vio los látigos, con sus largas colas anudadas vibrando como serpientes de cascabel listas para atacar. Respiró profundamente, mientras el arriero que estaba detrás de él medía la distancia entre su espalda desnuda y el látigo. *San Patricio, protégeme.*

Entonces Twiggs dio la orden de comenzar. Cuando los látigos silbaron en el aire al unísono y desgarraron la piel humana, los gritos de los hombres resonaron contra los edificios.

Riley nunca había sentido tanto dolor. Era como si lo desollaran vivo. Se mordió el labio y probó su sangre, pero no gritó. Varios de los San Patricios se desmayaron, otros pidieron clemencia. Entre lamentos, rezos y el chasquido de los látigos, Riley se concentró en la voz de Twiggs contando los latigazos, uno a uno, a medida que caían sobre sus espaldas. Entrando y saliendo de la oscuridad, sintió que sucumbía al dolor. Pensó en su hijo y pudo escuchar su voz llamándolo, *No me abandones, Dadaí.* Pero se forzó a volver en sí.

Twiggs hizo como si hubiera perdido la cuenta y pasaron nueve largos latigazos antes de que empezara a contar de nuevo.

—Cuarenta y uno, cuarenta y dos, cuarenta y tres...

Entonces, ante sus ojos, Riley vio a Nelly. Estaba blanca, delgada como la niebla y le tendió los brazos. *Te he estado esperando, John...*

Logró quitarse de la mente esa aparición y volvió a sentir el dolor, tan insoportable que luchó para poder respirar y no sucumbir ante la imponente oscuridad. Abrió los ojos y vio la multitud que lo rodeaba. Allí estaba ella, Ximena, de pie junto a los sacerdotes que se hallaban agrupados cerca. ¿Era real o también la estaba imaginando?

—¡Cuarenta y nueve... cincuenta! —gritó el general Twiggs. Riley se desplomó contra el árbol, tragando aire. Había un rugido en sus oídos y luchaba por mantenerse consciente. Sin perder tiempo, Twiggs dio la orden de continuar y siete soldados se acercaron a los prisioneros, cada uno de ellos con un hierro candente que brillaba con la letra D. Los mantuvieron a centímetros de sus rostros y Riley pudo oler el humo y sentir el intenso calor.

—¡Sujétenlos! —dijo Twiggs.

—¡Piedad, tengan piedad! —gritó Ximena, con su rebozo que el viento ondulaba como si fueran alas. Riley creyó ver a un ángel, justo cuando el lado izquierdo de su cara era incrustado contra la áspera corteza del árbol y un soldado presionaba el sibilante hierro caliente sobre su mejilla derecha. Cuando se introdujo en su carne, un dolor punzante, como el impacto de un rayo, hizo que su cuerpo se cimbrara y sus músculos sintieron el suplicio.

—¡Aaaaghhhhh! —Era el olor a carne quemada, su propia carne. Riley deseó tener el poder para golpear su cabeza contra el tronco del árbol y poner fin a su agonía.

—Por favor, deténganse. ¡Basta! —gritaron los sacerdotes, mientras corrían a su lado.

—Esperen un momento —dijo Twiggs al desmontar su caballo. Se acercó a Riley y le ordenó a su sargento que recalentara el hierro—. La D está al revés —dijo Twiggs—. ¡Hazlo de nuevo y hazlo bien esta vez, aunque tengas que quemarle toda su maldita cabeza!

—El hombre ya ha sufrido bastante —le suplicó el padre Sebastián—. Por favor, tenga piedad.

—¡Déjelo ir! —escuchó Riley que decía Ximena—. Su castigo se ha cumplido. Ya ha sido suficiente, se lo ruego.

—Me han ordenado que marque a este traidor con una letra D al derecho y no al revés ¡y por Dios que así lo haré! —dijo Twiggs—. ¡Ahora, trae el hierro y hazlo bien, hombre!

Riley no podía hablar. Los yanquis lo agarraron, empujando su mejilla derecha ya quemada contra la corteza del árbol. Cuando el hierro al rojo vivo se hundió en la otra mejilla bramó angustiosamente hasta que la oscuridad terminó por apoderarse de él.

❇

Cuando volvió en sí, Riley se dio cuenta de que lo habían arrastrado por la plaza junto a los otros seis y los obligaron a pararse frente a la horca. Estaba empapado y un yanqui sostenía sobre él una cubeta vacía.

—Despierta, dormilón. Despierta —le dijo.

Riley no se sacudió el agua. Suspiró aliviado al sentir que calmaba el ardor de su cara durante unos preciados segundos antes de que volviera con toda su fuerza el dolor que irradiaba desde sus mejillas, palpitando en todo su cuerpo y su alma. El olor a carne quemada flotaba en el viento y su cara parecía a punto de derretirse. Quería arrancarse la piel con sus propias manos, pero estaba de nuevo encadenado y no podía moverse.

A medida que su rostro se hinchaba, su visión se volvía borrosa y apenas podía distinguir las figuras de los hombres en la horca que estaban de pie, colocados de dos en dos en las carretas. Las mulas delante de cada uno de ellos se sacudían de lado a lado, los hombres casi perdían el equilibrio. Los soldados subieron a cada carreta, colocaron capuchas blancas sobre las cabezas de los prisioneros y terminaron de asegurar las sogas en sus cuellos justo cuando los sacerdotes acababan de dar los últimos sacramentos a esas desafortunadas almas cuyo destino era morir tan lejos de casa.

De repente, Riley gritó:

—¡*Erin Go Bragh!*

—¡*Erin Go Bragh!* —repitieron los condenados.

Twiggs dio la orden, y las mulas tiraron de las carretas hacia delante, dejando a los dieciséis hombres balanceándose violentamente en el aire, con sus cuerpos retorciéndose y sacudiéndose. Como no había trampilla, la caída no había roto el cuello de los hombres, lo cual les negó una muerte rápida. Uno a uno, se fueron quedando inmóviles, menos Patrick Dalton, que se siguió convulsionando durante varios minutos. Riley no pudo apartar la mirada mientras su amigo se asfixiaba. Por fin, Dalton dejó de temblar y se quedó quieto. El silencio de la rendición y de la muerte se cernía sobre la plaza.

Perdóname, Pat. Riley rompió a llorar y las lágrimas laceraron su carne quemada e hinchada. *Siento de corazón que tu vida haya terminado con tan poca dignidad.*

Bajaron a los cuerpos, uno a uno. Siete de ellos, incluido el de Dalton, fueron cargados en un vagón para que los sacerdotes se los llevaran y les dieran una sepultura digna. Los otros nueve de sus hombres debían ser enterrados allí, bajo la horca. Riley y los otros seis hombres azotados y marcados fueron obligados a cavar sus tumbas.

Algunos de los mexicanos le exigieron a Twiggs que les permitiera hacer la excavación, porque los prisioneros ya habían sufrido bastante. Pero Twiggs no les hizo caso. Apenas podía mantenerse en pie, pero Riley cavó rápido y con fuerza. Él era el causante de la muerte de sus hombres. Desde el momento en que había convocado a sus compatriotas y a los otros soldados nacidos en el extranjero, los condenó a ese destino. Ahora su alma estaba manchada con su sangre. *Concédeles el descanso eterno, Señor. Y que la luz perpetua brille sobre ellos. Que descansen en paz. Amén.*

Para humillarlos aún más, unos gaiteros al otro lado de la plaza empezaron a tocar «La marcha de los pícaros», mientras Riley y los demás eran arrastrados de vuelta a la cárcel con un collar de hierro alrededor del cuello. Oyó que decían su nombre. Al darse la vuelta, vio a Ximena a pocos pasos, tratando de pasar entre los soldados. No pudo distinguirla, pues su cara se había hinchado tanto que los ojos se le cerraban. Pero reconocería su voz en cualquier lugar. Ella estaba allí. No lo había imaginado.

40

Septiembre de 1847
Chapultepec, en las afueras de la ciudad de México

EL PADRE SEBASTIÁN le aconsejó que no fuera, le dijo que ya era suficiente con lo que había visto.

—Piensa en tu hijo —le dijo—. Piensa en la angustia que te producirá.

Pero Ximena no le hizo caso. Era la esposa de John, y como él no podía despedirse de sus hombres ella iría en su lugar.

Así que la mañana del 13 de septiembre acompañó al sacerdote a despedirse de los San Patricios restantes que habían sido condenados a muerte. El día anterior, cuatro de ellos habían sido ahorcados en el pueblo de Mixcoac y ahora era el turno de los demás, mientras en los alrededores del Castillo de Chapultepec y en la entrada de la ciudad tenían lugar las últimas batallas de la guerra. Iluminados por la luz dorada del amanecer, los veintinueve San Patricios estaban bajo la horca en carretas tiradas por mulas. Sin embargo, a diferencia de los dieciséis hombres colgados en San Ángel, estos San Patricios no tenían las cabezas cubiertas con capuchas blancas. Sus pies y sus manos estaban atados, pero podían ver claramente lo que los yanquis querían que vieran: el Castillo de Chapultepec a lo lejos, bajo asedio.

El coronel Harney dijo:

—Cuando la bandera estadounidense ondee sobre ese castillo, será el momento en que enfrentarán su destino.

—Puedes meterte ese mugroso trapo donde no te da el sol —dijo uno de los condenados.

Los San Patricios se rieron. A Ximena le dieron ganas de llorar al escucharlos. Aun con la muerte tan cerca, esos hombres todavía hallaban una razón para reírse; se burlaban del coronel para tratar de irritarlo.

El coronel Harney contó a los hombres. Ocho se enfrentarían a los látigos de los arrieros, al igual que John. Los otros treinta serían colgados.

—¡Aquí sólo hay veintinueve! —dijo el coronel Harney mientras terminaba de contar—. ¿Dónde está el que falta?

—Francis O'Conner se encuentra en su lecho de muerte, coronel. Perdió las dos piernas en Churubusco —dijo uno de los oficiales.

—Mis ordenes son que cuelgue a treinta y, ¡por Dios que así será! Tráiganlo, ahora—dijo el coronel Harney.

—¿No le basta con nosotros, coronel? —dijo Kerr Delaney—. ¿Acaso quiere ver a esa criatura mutilada bailando una bonita jiga para usted? Canalla apestoso.

—Su país tiene cuentas pendientes con nosotros, es verdad, pero no hay necesidad de torturar a mi pobre compañero así, coronel. Déjenlo en paz —expresó otro San Patricio.

A pesar de las protestas, dos oficiales yanquis aparecieron trayendo a Francis O'Conner en una camilla. Estaba inconsciente, lo que Ximena agradeció. Las piernas que le faltaban le hacían tener la altura de un niño pequeño. Con horror, vio cómo lo subían a una carreta y colocaban la soga alrededor de su cuello después de alargarla.

—Nuestro Señor tenga piedad —dijo el padre Sebastián, mientras apoyaba su mano en Ximena.

—Y ellos dicen que nosotros somos los bárbaros, padre —dijo ella.

En medio de las protestas de los San Patricios y de los mexicanos que habían salido a ver la ejecución, el coronel Harney leyó la Orden General 283.

—Y ahora esperaremos —dijo al terminar—. Cuando nuestra amada bandera se despliegue en el viento, mandaré a todos hacia la eternidad.

La niebla de la mañana se disipó y el sol cayó con fuerza sobre ellos. Ximena podía escuchar el estruendo de los cañones y el ruido de los mosquetes a lo lejos. El viento les traía los gritos de los moribundos y Ximena se sintió culpable al recordar que ella debería estar en el castillo, en el hospital de campo, atendiendo a los heridos. Pero ¿cómo no iba a estar aquí también?

—El castillo no caerá —le dijo al padre Sebastián. Miraron a través del humo de los cañones mientras la batalla continuaba. Se suponía que el Castillo de Chapultepec era una fortaleza inexpugnable, pero las bombas yanquis que estallaban en su techo contaban otra realidad.

Pasó otra hora y Ximena no sabía cuánto tiempo más podría soportarlo. Pero los San Patricios seguían de pie ante la horca, con el sol pegando fuerte sobre ellos. No les habían dado agua. Las moscas los molestaban, pero no podían hacer nada para evitarlo.

Finalmente, el desenlace de la batalla quedó claro. Los soldados mexicanos escapaban entre el humo, perseguidos por los yanquis. Desde su posición, Ximena podía ver que el castillo no tardaría en caer. Los yanquis comenzaron a escalar los muros con escaleras y, muy pronto, incluso las puertas del castillo serían vulneradas.

—¡Padre, los cadetes! —gritó Ximena, pensando en los chicos del colegio militar, algunos de tan solo trece años—. ¿Los matarán?

El padre Sebastián la miró y no dijo nada, pero era claro que también le preocupaban los niños que estaban dentro del castillo. ¿Y si los yanquis no tenían piedad de ellos?

—Llegó la hora, hija mía —le dijo suspirando. Se alejó de ella y fue a reunirse con los otros sacerdotes. Luego se acercaron a donde estaban los hombres bajo la horca para darles la extremaunción.

—¡Espere, todavía no! —dijo Ximena. Miró hacia el castillo y cuando la densa nube de humo se disipó comprendió que el sacerdote tenía razón. Había llegado la hora. Sobre el Castillo de Chapultepec ya no ondeaba la bandera mexicana. En su lugar atisbó un destello de rojo, blanco y azul ondeando en la torre más alta. Se le cortó la respiración y sus rodillas cedieron. El Castillo de Chapultepec se había perdido, y los yanquis estaban mucho más cerca de tomar la ciudad. Los yanquis y el coronel Harney estallaron en vítores.

El coronel se acercó a los San Patricios, y ella corrió gritando.

—¡Esperen! —dijo—. ¡Por favor, tengan piedad!

Uno de los yanquis la agarró y la hizo retroceder. Ella siguió gritando. Los San Patricios le sonrieron y le gritaron un último adiós. Kerr Delaney dijo:

—Cuídate, muchacha. Que Dios te conceda por fin algo de felicidad.

—¡Larga vida a John Riley! —vitorearon con sus últimos alientos—. *¡Erin Go Bragh!*

Cuando el coronel Harney dio la orden, las carretas avanzaron, dejando a los San Patricios colgados, estremeciéndose en el aire, bailando una danza macabra. Ximena no apartó la vista hasta que el último hombre se quedó inmóvil.

❊

Esa noche Santa Anna la visitó. Disfrazado de vendedor ambulante, con la lluvia goteando de su sarape. Entró en la casita a la que ella se había mudado cuando ya no pudo soportar estar en el cuartel sin John. Colgó su sarape en un gancho junto a la puerta y luego la miró. Tenía el pelo revuelto y el rostro demacrado.

Ximena estaba rezando en su altar y al levantarse para ver qué quería, él le dijo:

—Ahí quédate.

Se acercó cojeando a su lado y se quitó la pierna de palo, usándola como apoyo mientras se agachaba para rezar con ella. Cuando sus gargantas quedaron roncas y secas, ella lo ayudó a levantarse. Él se sentó en la silla para que le curara su pierna. Estaba inflamada y la herida se había abierto de nuevo. Ximena la limpió. Él suspiró aliviado mientras ella le aplicaba y frotaba sobre su piel el bálsamo de árnica mexicana que ella misma había preparado.

—¿Por qué ha venido? —le preguntó mientras terminaba de curarle la herida.

—Para llevarte conmigo —le dijo—. Parto a medianoche. Mi

consejo de guerra ha decidido evacuar la ciudad. Voy a retirar mis tropas hacia Guadalupe Hidalgo.

—¿Nos va a abandonar? ¿Va a permitir que los yanquis tomen posesión de la capital?

—Por ahora sí, hasta que reponga mis tropas. Hasta que tenga una nueva estrategia para recuperar la libertad y el honor de nuestro país.

—Ha perdido. No hay estrategia que cambie eso. Ha sido derrotado.

Él agachó la cabeza y fijó su mirada en el piso. Luego, muy silenciosamente, comenzó a llorar. A medida que sus sollozos se hacían más fuertes, ella apartó la mirada, no quería ver al presidente de la República Mexicana berreando como un ternero que es separado de su madre. No quiso consolarlo ni unir su dolor al suyo. Prefirió agarrar la botella de mezcal que utilizaba para curar y sirvió un trago para él y otro para ella.

—¿Era cierto? —le preguntó ella mientras le acercaba el jarro de barro.

Él cogió el mezcal y se lo bebió de un trago, luego le devolvió el jarro para que le sirviera otro. Cuando le pidió un tercer trago ella se negó. La miró y asintió, admitiendo finalmente lo que ella siempre había sabido en su corazón.

—Todo este tiempo, ¿los rumores eran ciertos? —Ella se sirvió otro trago y se sentó.

Santa Anna sacó un pañuelo de su bolsillo y se secó los ojos.

—Mientras estaba en Cuba, viviendo en el exilio, envié a mi amigo, el coronel Alejandro Atocha, para que visitara al presidente Polk y negociara con él en mi nombre.

A cambio de treinta millones de dólares, Santa Anna le había prometido a Polk el territorio que quería. Pero insistió en que Polk debía atacar primero a México y así parecería que había ocurrido por la fuerza. Era crucial que el pueblo mexicano creyera que su gobierno no tenía otra opción más que negociar con los yanquis.

—Yo fui quien le propuso a Polk cómo atacarnos —dijo—. Le dije que el pueblo mexicano nunca cedería a menos que se lo obligara. Le proporcioné el plan de ataque: enviar sus fuerzas a nuestra frontera norte, enviar una expedición naval a Veracruz y aprovechar nuestra escasez de barcos para vigilar la costa. Le prometí que, si me ayudaba a regresar del exilio y a establecerme firmemente en el poder, convencería a nuestro gobierno para que pactara la paz con los Estados Unidos y a cambio le daría lo que pedía: los límites del río Bravo, Alta California, Nuevo México...

—¿Ése fue siempre su plan? ¿Vendernos? ¿Se dejó derrotar a propósito? Sacrificó a John y a los San Patricios...

—¡No! —La tomó de las manos, y cuando ella trató de apartarlas se las apretó más fuerte, suplicando—. Escúchame, Ximena. Le mentí al presidente yanqui. Nunca tuve la intención de despojar a nuestro país. Sólo quería que me ayudara a volver del exilio. Mi país me necesitaba para salvarlos, para que volvieran a tener fe en mí. ¿Entiendes? Cuando regresé me puse a la cabeza de nuestro ejército y ofrecí todo mi ímpetu para recobrar el honor de México. Traicioné mi acuerdo con Polk. ¿No lo ves? —dijo, besando sus manos. Se rio con arrogancia y agregó—: ¡Lo engañé! El yanqui ladrón de tierras me creyó y me restituyó en el poder, con lo cual me dediqué a hacerle entender que nunca consentiría en despojar a México de sus territorios del norte. Ximena, querida, créeme que no llevé a mis tropas, no llevé a Riley y a sus hombres al campo de batalla para que perdieran. Quise ganar. Quise darle la victoria a México. Quise darnos a todos un poco de gloria.

Ella apartó las manos y movió la cabeza con incredulidad.

—Entregó nuestro país a los yanquis. Desde el principio, traicionó al pueblo, a su patria. Vi a los San Patricios colgados en la horca porque lucharon por usted. Vi a mi marido azotado y con la cara mancillada por defender un país que no era el suyo. Muchos soldados perdieron la vida en esta guerra. Hasta los cadetes del Castillo de Chapultepec murieron defendiéndolo. El general Bravo perdió la vida. Está manchado con toda esa sangre. ¡Es un asesino! ¡Un vende patrias!

Lo abofeteó una, dos veces, y la tercera vez él detuvo sus manos.

—¡Basta! No soy ningún asesino. ¿Y cómo te atreves a acusarme de vender a México? ¡He sufrido privaciones, insultos y calumnias! He arriesgado mi vida para defender a este ingrato país. Es al pueblo y a su falta de patriotismo al que deberías culpar. ¿Dónde estaban hoy? ¿Dónde estaba su orgullo? Los yanquis atacaban su ciudad y ellos sólo miraban con indiferencia. Sólo mis soldados y yo luchamos mientras las masas se quedaron sin hacer nada.

Cogió su pierna de madera de la mesa y se esforzó en ponérsela.

—No tienen armas, ¿qué podrían haber hecho? ¿Lanzarles piedras a los yanquis?

—¡Sí! Lanzar piedras habría sido mejor que quedarse quietos. Nunca antes los había detenido la falta de armas. Cuando se rebelan contra su propio gobierno —contra mí—, con armas o sin ellas, igual siguen luchando. ¡Mira lo que le hicieron a mi pierna! ¿Dónde estaba su indignación hoy cuando los yanquis asaltaron el castillo, cuando tomaron la entrada de la ciudad? ¿Dónde estaba su indignación cuando los yanquis azotaron a tu marido, cuando colgaron a sus hombres, a nuestros héroes irlandeses? Si los yanquis hubieran tenido que enfrentarse al pueblo además de luchar con mis soldados, habrían sido aniquilados.

Pasó una mano sobre su cabello y sacudió la cabeza. Luego se levantó para marcharse.

—Hazme caso, Ximena. Te conviene venir conmigo. Lamento profundamente decir esto, pero es cierto: Juan Riley pertenece ahora a los yanquis. No se sabe cuándo será liberado, si es que lo liberarán. Scott no cambiará a los San Patricios, lo sabes. Necesita darles una lección, especialmente a Juan Riley.

Se acercó a ella cojeando y la tomó de la mano; su voz era más suave ahora, había cambiado a un tono dulce y seductor. Ella odiaba cómo podía hacer eso, los caprichosos cambios de humor, el cambio en el tono de su voz.

—Déjame cuidarte, querida. Te trataré bien. A tu bebé. Te lo prometo. —La agarró de los hombros y la besó. Como ella no respondió, la apretó contra él y trató de abrirle la boca con la lengua. Ximena era una estatua y no le dio nada, ni siquiera ese beso que siempre le pedía.

—Has violado el alma sagrada de México —le dijo ella cuando por fin él se dio por vencido—. Adiós, Antonio. —Le entregó su sarape, él se lo puso y se fue. Ella sabía que sería la última vez que se verían.

※

Al día siguiente, la ciudad bullía con la noticia de que Santa Anna había roto su promesa al pueblo de defender la capital hasta el final y, en cambio, huía llevándose las tropas que le quedaban. Al salir de la Catedral Metropolitana, Ximena tuvo que presenciar la entrada de Scott y sus tropas en la capital. ¡El horror de ver a los invasores tomar posesión del Palacio Nacional! Sentado sobre un magnífico caballo y rodeado de sus escoltas, Scott se abrió paso entre los ciudadanos, que contemplaban con amargura su entrada al palacio.

En la víspera del Día de la Independencia de México, para tristeza del pueblo mexicano, la bandera del enemigo ondeaba ante el abierto panorama de la ciudad. ¿Quién hubiera imaginado que de Matamoros pasaría a ondear sobre otras ciudades mexicanas hasta terminar aquí, lacerando el corazón de México? Y ahora John estaba en prisión y Santa Anna había abandonado la ciudad que decía amar. Ximena estaba sola, a punto de traer un hijo a este mundo inestable. Mientras observaba los colores yanquis que ondeaban sobre el Palacio Nacional entendió que la desmoralización del alma mexicana era absoluta.

Algo se rompió dentro de ella en el mismo momento en que se produjo un cambio en la multitud. Quizás fue ver la bandera yanqui ondeando sobre el palacio lo que despertó a la gente de su apatía culpable. Comprendieron que con la desaparición del ejército de Santa Anna y de los funcionarios del gobierno, nadie iba a venir a defenderlos. Tal vez fue al darse cuenta de que, en lugar de celebrar la independencia de su país, estaban viendo cómo México volvía a sus días de la conquista, a estar en manos de los invasores.

Lanzar piedras habrían sido mejor que nada, le había dicho Santa Anna. Ximena cogió una piedra que estaba junto a su zapato y la aventó contra los soldados yanquis que marchaban. Otros hicieron lo mismo, lanzando el grito de guerra, haciendo llover piedras y ladrillos sobre los invasores. Se desató una violenta revuelta. La gente, aun los mendigos, los leprosos y los vendedores ambulantes, sin armas, pero llenos de indignación y hambrientos de venganza, lucharon con lo que pudieron, mientras gritaban «Muerte a los Yanquis! ¡Muerte a Santa Anna!». Luego se unieron otros y, desde las azoteas y ventanas de los edificios cercanos, descargaron sus escopetas sobre el enemigo. Los yanquis se agruparon formando filas, cargando y disparando sus cañones sobre la multitud. La gente corrió para cubrirse, y Ximena evitó a duras penas ser pisoteada por los que huían. Agarrándose el vientre llegó hasta las puertas de la Catedral Metropolitana, justo cuando estallaba otra ráfaga de cañones afuera.

41

Octubre de 1847
Ciudad de México

CON LA HUIDA de Santa Anna, el destino de John se hizo aún más incierto. El comandante en jefe había hecho promesas a los San Patricios, promesas que ya no se cumplirían, por lo menos ahora y quizás tampoco en el futuro. Ximena se mantuvo al tanto de sus movimientos. Después de unas escaramuzas con los yanquis, desde su base en Guadalupe Hidalgo, renunció a la presidencia e intentó, sin éxito, asediar la guarnición yanqui en Puebla y retomar la ciudad. El nuevo presidente de México, Peña y Peña, le ordenó que entregara lo que quedaba de sus tropas y se retirara para esperar un consejo de guerra. Cuando terminó su inútil acoso a las fuerzas yanquis, Santa Anna emitió varias proclamas, y nadie, ni siquiera Ximena, prestó atención a sus palabras.

¡Mexicanos! Soy un hombre y tengo defectos, pero nunca he pecado contra mi propia patria; porque en mi pecho jamás se han podido abrigar sentimientos antinacionales. Un buen nombre para después de mis días es cuanto he ambiciado. He anhelado, pues,

*todo lo que es grande y glorioso para México, y no he escausado para
su logro ni mi propia sangre. Vosotros lo sabéis y me haréis justicia.*

Sus palabras no tenían valor para ellos y a su grito de venganza
se lo llevó el viento. Los hechos hablaban por sí mismos. A propósito o no, él había permitido que los yanquis ocuparan la capital.
Con el ejército mexicano ahora diezmado, el enemigo había can-
tado victoria.

Las sangrientas revueltas del pueblo mexicano se extendieron
de edificio en edificio, de calle en calle, de plaza en plaza. Los
yanquis reprimieron la insurrección a la fuerza, irrumpiendo en
las casas, masacrando y esparciendo los cadáveres por las calles,
hasta que cesaron los sonidos de los mosquetes y los cañones. El
general Scott hizo públicos los mandatos penales, amenazando
con castigar severamente a quienes se levantaran en armas contra
sus soldados, ordenándoles a éstos que le dispararán a cualquier
mexicano que portara armas en las calles. Ximena se indignó
cuando se dio cuenta de que sólo los pobres se habían rebelado
contra los invasores, mientras que los «distinguidos» ciudadanos
de la ciudad se habían mantenido al margen, sin ofrecer apoyo a la
resistencia, protegiendo en cambio únicamente sus riquezas. Algunos hasta habían conseguido puestos de poder con los yanquis.
De sus balcones colgaban banderas blancas de tregua, iguales a
las que tenían los extranjeros que vivían en la ciudad para evitar
que los yanquis los confundieran con los mexicanos.

Ximena vio cómo los soldados yanquis hacían lo mismo que
en Matamoros: saquear iglesias y erigir postes para castigar a los
mexicanos que se rebelaban. Los yanquis apostaban, bailaban y
bebían toda la noche en el lugar de la ciudad que les diera la gana.
La comida y otros productos empezaron a escasear; la gente luchaba con el fin de conseguir lo necesario para sobrevivir, espe-

cialmente después de la llegada de más fuerzas yanquis, incluidos los viciosos *Rangers*.

Dejando de lado sus preocupaciones por el sombrío futuro de su país, Ximena se concentró en lo que más le importaba: su bebé y ayudar a su marido y a los sobrevivientes del Batallón de San Patricio.

Para empeorar las cosas, sólo unos días después de tomar posesión de la ciudad, el general Scott hizo que trasladaran a John y a los otros San Patricios a la prisión de Acordada en la ciudad. No permitió que Ximena lo viera, pero en el periódico mexicano *El Republicano*, ella leyó sobre el calvario que él y sus hombres estaban sufriendo. Supo que los habían encadenado de los brazos para que no pudieran acostarse, y además tenían collares de hierro alrededor de sus cuellos. Estaban padeciendo hambre, ya que la poca comida que recibían apenas alcanzaba para alimentarlos.

Ximena no dejó de pedir ayuda. Se tragó su orgullo y buscó a los altos funcionarios, así como a la señora Rubio y a las señoras ricas que habían mostrado su apoyo a los San Patricios. Acompañó al padre Sebastián y a otros sacerdotes para hablar una vez más con el arzobispo, quien a su vez presionó al general Scott con el fin de que tratara mejor a los presos y les permitiera recibir visitas.

No sabía qué esperar cuando llegó a la cárcel de La Acordada, no muy lejos de la Alameda, en donde muchas veces había ido a pasear con John. Mientras Ximena y los demás visitantes eran guiados hacia el segundo piso, donde se hallaban los San Patricios, se prometió a sí misma que no lloraría delante de John. Pero al verlo entre rejas, no pudo evitar que las lágrimas brotaran. Se hizo a un lado mientras los otros visitantes pasaban junto a ella y se dirigían a las celdas. John estaba en la segunda, tumbado sobre un petate en el rincón más escondido, entre las sombras. A diferencia de los otros hombres, que estaban contentos de recibir visitas, John no lo parecía. Ocultaba su rostro y miraba hacia la pared sin reparar en los visitantes. Aunque los prisioneros no llevaban los collares de hierro descritos en el periódico, sí que estaban con grilletes y vestidos con harapos, cada uno con un petate y una manta delgada que no los protegía de la humedad de las paredes ni del piso.

Finalmente, después de limpiarse las lágrimas, Ximena se acercó a su celda. Se aferró a los fríos barrotes que se interponían entre ellos y lo llamó. Él volteó a verla, lentamente. Sus ojos estaban ocultos por su cabello largo y descuidado. ¿Por qué no se acercaba? ¿Por qué se quedaba inmóvil acostado sobre su petate? ¿Es que no estaba contento de verla?

—John —le dijo—. Por favor. No tenemos mucho tiempo.

Finalmente, él se levantó para acercarse. Estaba más delgado que nunca y aunque seguía siendo alto parecía haberse encogido. Nunca lo había visto tan sucio y descuidado. Se encorvaba al caminar y se tapaba la cara con las manos, como si quisiera protegerse de un implacable viento. ¿Por qué tenía que esconderse de ella?

—No deberías haber venido, mi amor —le dijo finalmente, sin dejar de cubrir su rostro con las manos, por lo que ella sólo alcanzó a ver sus ojos demacrados.

Cuando cayó en la cuenta de lo que decía se sintió lastimada. Ella había esperado y luchado tanto tiempo para que llegara este momento, y ahora... ¡tener que escuchar esas palabras! Pero sabía que no lo decía en serio, porque podía escuchar y entender lo que él callaba.

—Nada ha cambiado entre nosotros, John. Te amo. No importa lo que te hayan hecho. Siempre te amaré, pase lo que pase.

Él quitó las manos de su rostro y se paró delante de ella. La celda estaba débilmente iluminada por las antorchas que colgaban de las paredes, y por todas partes aparecían sombras siniestras. Pero cuando la luz de la antorcha parpadeó en su cara, ella alcanzó a ver lo que él no quería que viera: no su carne pálida ni sus mejillas hundidas sino las quemaduras aún rojas y con costras, las D de cinco centímetros que marcaban su bello rostro. Los yanquis lo habían violentado gravemente. Durante el resto de su vida llevaría estas cicatrices; y aunque las heridas físicas se desvanecerían con el tiempo, las de su alma permanecerían. Ella no dejaría que esa adversidad los derrotara. Haría todo lo posible por sanar su espíritu traumado y lo guiaría para que se sintiera completo de nuevo.

Pasó la mano entre los barrotes para tocarlo. Quería sentirlo, abrazarlo, pero él dio un paso atrás y ella no tuvo más remedio que retirar su mano.

—No me tengas miedo, mi amor.

Él se acercó, apoyando la frente en los barrotes. Tomó su mano y la acercó a sus labios.

—Perdóname, cariño —le dijo—. No quiero hacerte más daño del que ya te hice.

—Shhh, no necesitas disculparte, John. Esto que te han hecho... —se detuvo. Tenía tanto que decirle, pero había poco tiempo y los guardias yanquis estaban escuchando cada una de sus palabras.

Cogió el paquete que traía consigo. Se lo entregó y vio cómo sacaba la pomada de caléndula que Ximena le había preparado para curar sus heridas, y una camisa de algodón, la primera que cosió para él con sus propias manos. Él tocó la orilla del trébol bordado con hilo de seda verde sobre el bolsillo izquierdo.

—Ésta es una camisa muy buena —dijo—. Pero no dejarán que me quede con ella.

—Sí te van a dejar. El oficial me lo prometió.

La miró y sonrió.

—Gracias, mi amor. Me alegro de verte. ¿Cómo está el bebé? —Pasó sus manos entre los barrotes para tocar su enorme vientre, acariciándolo suavemente con sus manos, de arriba hacia abajo. De repente, el bebé dio una fuerte patada, como si saludara a su padre. Entonces, su rostro impasible se transformó en una sonrisa genuina. Ése era su John. De manera que no estaba completamente roto, como ella había temido.

—Éste es un guerrero —dijo él con orgullo.

—Igual que su papá —respondió ella.

—¡Se acabó el tiempo! —gritó el jefe de la guardia—. Todos los visitantes serán acompañados a la salida. Por favor, caminen hacia las escaleras.

Se abrazaron a través de los barrotes, aferrándose con fuerza y con miedo de separarse.

—No te preocupes por mí, amor. Estaré bien. Nuestro hijo estará bien. Sólo concéntrate en seguir vivo. Por mí. Por nosotros.

Le besó las manos y luego la soltó. Un guardia se acercó por detrás y le gritó a Ximena que se moviera. Mientras se apresuraba a salir de la prisión se dio cuenta de que no le había contado lo de los soldados irlandeses y alemanes que seguían desertando del ejército yanqui y se dirigían a Querétaro para unirse a los San Patricios que habían escapado de Churubusco. Aún con John en la cárcel y con tantos de sus hombres colgados en la horca, el Batallón de San Patricio seguía vivo.

42

Octubre de 1847
Ciudad de México

21 de octubre de 1847

Respetado Señor:

Me he tomado la libertad de escribirle, esperando que
esté bien de salud como lo estoy yo actualmente, gracias a
Dios. He tenido el honor de combatir en todas las batallas
que han sostenido México y los Estados Unidos, y gracias
a mi buena conducta e intensa lucha he alcanzado el rango
de mayor. Supongo que por las noticias que ha leído en los
periódicos de los Estados Unidos se habrá formado una muy
mala opinión de México y su gobierno. Pero no se deje llevar
por los prejuicios de una nación que está en guerra con México, ya que no existe un pueblo más amigable y hospitalario
en la faz de la tierra para un extranjero, especialmente si se
trata de un irlandés católico. Por eso me apena tener que

informarle de la muerte de cincuenta de mis mejores y más valientes hombres, a quienes los estadounidenses mandaron a la horca, por la única razón de haber luchado valientemente contra ellos, especialmente mi primer teniente, Patrick Dalton, cuya pérdida lamento profundamente...

RILEY NO PUDO continuar y dejó la pluma a un lado. Escribirle una carta a su antiguo empleador en Michigan, Charles O'Malley, le había parecido un buen recurso, pero ahora no estaba seguro. O'Malley era el único conocido que Riley tenía en los Estados Unidos y, seguramente, un hombre en su posición podría ser capaz de hablar por él. O'Malley siempre había velado por sus compatriotas.

Bajo la sobria luz de la pequeña vela de sebo que se había procurado, leyó nuevamente la última frase y pensó en Patrick. Cómo hubiera deseado no presenciar su ejecución. Quería recordar a su amigo tal y como era antes de la horca, un tipo leal y valiente, un hombre que merecía algo mejor, mucho mejor.

Reanudó la escritura con mano temblorosa.

Tal vez le haya parecido extraño que no le escribiera antes, pero me fue imposible hacerlo al no haber comunicación entre México y los Estados Unidos. En este momento, al ser un prisionero de guerra de los estadounidenses, no puedo exponer los hechos tal y como son, pero en mi próxima carta le daré cuenta completa y real de cómo se ha desarrollado la guerra...

En mi carta olvidé mencionar bajo qué bandera luchamos con enorme valentía. Fue ese glorioso emblema de los derechos de los nativos, que es la bandera que debió haber ondeado sobre nuestra patria desde hace muchos años: San Patricio, el Arpa de Erin, el Trébol sobre un campo verde.

Los días se convirtieron en semanas. Diariamente, a las siete de la mañana, Riley y los demás prisioneros eran sometidos a trabajos forzados. En una ocasión logró escapar uno de sus hombres, Roger Duhan. Su esposa lo sacó a escondidas vistiéndolo de mujer. Tal hazaña sólo podía funcionar con un tipo chaparro y flaco como Duhan. Bien que le quedó la ropa de mujer que su esposa había metido de contrabando. Con un rebozo que le cubría la cabeza y los hombros, ocultó su rostro y burló la vigilancia de los guardias yanquis. Cuando se descubrió su ausencia, impusieron más restricciones a las visitas, por lo que Riley dejó de ver con frecuencia a Ximena. Le avergonzaba admitirlo, pero se alegraba de que ella no estuviera obligada a ver su cara deformada y su cuerpo sucio. No podía recordar la última vez que se había lavado o cambiado la ropa interior. Las pulgas y los piojos eran malos compañeros de cama y lo atormentaban todas las noches. No, él no quería que su amada lo viera así, convertido en un fracaso. Pero el primero de diciembre, el padre Sebastián le trajo la noticia del nacimiento de su hija, Patricia. Sin embargo, como los yanquis no dejaron que Ximena lo visitara para mostrarle a la niña, volvió a maldecirlos y a llorar de tristeza.

El 22 de diciembre los yanquis liberaron a quinientos prisioneros mexicanos, pero se negaron a hacer lo mismo con los San Patricios. Riley y sus hombres fueron obligados a pasar la Navidad en prisión. Ni siquiera se les permitió recibir visitas en ese día tan especial, por lo que se desvaneció la esperanza de que Riley pudiera conocer a su hija y saber cómo estaba. Días después de la Navidad, los yanquis vinieron por ellos. Por un momento, Riley y los demás pensaron que tal vez su suerte había cambiado. Tal vez los dejarían ir y podrían recibir el Año Nuevo como hombres libres. Pero no fue así. Él y los demás infelices simplemente fueron trasladados a otra prisión, al Castillo de Chapultepec, donde la seguridad era más estricta y las celdas aún más miserables.

Los gruesos muros apenas si dejaban que Riley y sus hombres escucharan el sonido de los petardos y los cohetes, la música y los vítores con que el pueblo le daban la bienvenida al año 1848. Las campanas de las iglesias de la ciudad repicaban con fuerza, y Riley sintió el familiar deseo de volver a estar en la capilla de su parroquia. Se refugió en un rincón oscuro y cerró los ojos, mientras escuchaba cómo sus hombres susurraban entre ellos.

—¿Qué nos deparará este año? —dijo John Bartley.

—Sea lo que sea, ¿puede ser peor que esto? —afirmó Hezekiah Akles.

Riley deseó tener fuerza para decirles algo, animarlos y levantar sus espíritus abatidos, mostrarles una salida a su desesperación. Pero había perdido la voluntad de liderar.

Alguien vino a sentarse junto a Riley, en su rincón oscuro, y le dijo:

—Sé muy bien que está despierto, mayor. ¿Nos está ignorando? —Era James Mills, el único que quedaba de los hombres que desde Matamoros habían luchado a su lado.

Aquella primera batalla parecía tan lejana, que ya sólo quedaba el recuerdo de viejas esperanzas de gloria y distinción.

—¿Qué demonios le pasa, John Riley? Sé que le duelen nuestros camaradas muertos, pero ¿cuándo dejará de actuar como si ya todos estuviéramos muertos? Mire a su alrededor, mayor. Algunos de nosotros todavía estamos aquí.

—Déjalo, Mills —dijo Peter O'Brien—. Está claro que ese gallo no volverá a pelear.

—¡Cállate, idiota! —gritó Mills. Le dio una palmadita a Riley en la espalda y susurró—: Será un día negro para nosotros, mayor, cuando tengamos la certeza de que los yanquis han derrotado su espíritu de lucha.

❋

Riley perdió el entusiasmo para pelear. Su corazón ansiaba salir de esa húmeda prisión y escapar de la oscuridad que lo consumía. Al no recibir respuesta de Charles O'Malley decidió escribir otra carta, esta vez al cónsul británico en la ciudad de México.

Su excelencia, aprovecho la oportunidad de escribirle, esperando que se compadezca de mí como súbdito británico, ya que tengo la desgracia de estar aquí en prisión. Le escribo con la esperanza de que interceda ante el general Scott... con la promesa de que no tomaré las armas contra ellos y que me iré a casa, a ese viejo país...

Semanas después, Riley abrió la carta que contenía la respuesta del cónsul británico.

Claro que hablaría con el general, en su nombre, si hubiera alguna posibilidad de que esto le sirviera, pero no veo en este momento que así pueda ser.

Riley leyó esas líneas una y otra vez. ¡Cabrones! Bien sabía al escribir la carta, que era inútil pedir ayuda a los británicos, al igual que había sido inútil escribir a su antiguo jefe. Se apoyó en la pared de su celda y estrujó la carta en su mano. Cerrando los ojos dejó escapar un suspiro. Aunque intentaba apartar a Patrick Dalton de su mente, cada vez que los cerraba veía a su amigo colgado de la soga como una marioneta.

¿Y todo para qué?

No, no tenía que pensar así. Aunque la guerra ya había terminado y estaba consciente de que el Batallón de San Patricio había combatido en el bando perdedor, sabía que habían luchado en el lado correcto, demostrando su valentía. Hacía mucho había soñado en llevar al batallón a Irlanda para luchar por su independencia. Pero, como la mayoría de sus sueños, quizás ése también estaba destinado a jamás realizarse.

Su hija tenía dos meses cuando por fin se le permitió a Ximena visitarlo. Los barrotes de hierro que los separaban no le permitían tener en sus brazos a Patricia, pero podía tocar sus piececitos, acariciar su pelo negro y ondulado, sentir sus dedos enredados en los suyos. Estar con su hija era un gran consuelo para su espíritu debilitado. Cuando ella bostezó, él sonrió al ver su boquita rosada en forma de O. Luego abrió los ojos y lo miró. Bajo la tenue luz de la antorcha esos ojos brillaron como dos zafiros.

—Mi hermoso tesoro —dijo.

Riley y Ximena se quedaron allí mirando a su hija mientras se quedaba dormida meciéndose en los brazos de su madre.

—Perdóname por no estar a tu lado, Ximena —le dijo—. Siento no haber podido acompañarte para darle a nuestra hija la bienvenida al mundo.

—No me debes una disculpa, John. Pronto terminará todo y por fin volveremos a estar juntos. Ahora que México se ha rendido oficialmente...

—¿Qué dices?

—¿No sabías? Sucedió la semana pasada, el 2 de febrero. Ya es un hecho. El llamado tratado de «paz y amistad» se ha pactado en la villa de Guadalupe Hidalgo. Todo lo que Polk deseaba es ahora suyo. De ahora en adelante los mexicanos debemos aceptar el río Bravo como la frontera legítima.

—¿Así que los yanquis ahora son dueños de toda la tierra al norte del río?

Ella asintió.

—Y Nuevo México y Alta California y sus puertos. México es ahora la mitad del país que solía ser. Imagínate. Mi rancho está ahora oficialmente en los Estados Unidos. La frontera me ha cruzado.

—La tierra sigue siendo tuya —le dijo.

Ella se burló.

—¿Crees que me dejarán conservarla? Los yanquis harán todo lo posible para arrebatarle sus tierras a las familias mexicanas que viven allí, como nos lo hicieron en Tejas, recuerda lo que te digo. Los que viven en el territorio robado serán obligados a abandonar sus hogares. Perdimos la guerra, John. El nuevo mapa de México nos recordará para siempre nuestra terrible pérdida. Se han devorado a nuestro país.

—¿Y Santa Anna? ¿Qué ha sido de él?

—Le ha pedido permiso al gobierno para abandonar el país y exiliarse.

—Sin él nos será difícil conseguir que los nuevos gobernantes mexicanos cumplan las promesas que nos hicieron a mí y a mis hombres —dijo Riley—. La guerra está perdida y no ganamos ni una sola batalla. Ni una sola vez probamos la dulzura de la gloria.

Ximena se acercó a los barrotes de hierro y tomó su mano.

—Tenemos nuestro amor. Nuestro futuro es ahora la batalla más importante. Mientras nos tengamos el uno al otro, ganaremos. Podemos reconstruir nuestras vidas.

—Sigo en prisión —dijo—. ¿Qué futuro puedo ofrecerles a ti y a Patricia?

—El tratado exige que los prisioneros de guerra sean liberados tan pronto como sea ratificado. Eso significa que tú y tus hombres serán liberados. No te desesperes, mi amor. Yo voy a esperarte, John Riley. El día que salgas de aquí, nuestra hija y yo te llevaremos a casa. Muy pronto estaremos juntos, y juntos decidiremos nuestro futuro.

※

Él pensó en sus palabras a medida que el tiempo pasaba. A fines de mayo, cuando el gobierno mexicano por fin ratificó el Tratado de Guadalupe Hidalgo y le cedió la mitad de su territorio a los Estados Unidos, se sintió traicionado. Scott no consideraba que Riley y los San Patricios eran prisioneros de guerra, y aunque todos los demás fueron liberados como mandaba el tratado, a él y a sus hombres los trasladaron de nuevo a otra fortaleza de la capital, La Ciudadela. Corrió el rumor de que a su debido tiempo los desertores serían enviados a Nueva Orleans, desde donde serían expulsados del ejército. Riley creyó en los rumores. Quería ser expulsado lejos de esta ciudad, para que Ximena no lo viera avergonzado una vez más.

Por fin, el primero de junio Riley se despertó con el sonido lejano de pasos que marchaban. La puerta de la celda crujió y el teniente Gibson entró junto con algunos de sus soldados de infantería.

—Pónganse de pie, traidores.

Riley y los demás prisioneros se levantaron. No podía apartar la vista de los mosquetes que los soldados sostenían sobre sus hombros.

—¿Adónde vamos? —preguntó. ¿Era cierto entonces que serían enviados a Nueva Orleans?

—¡Vaya! ¡Ustedes son los *Paddies* más afortunados que he visto nunca! —dijo Gibson con desdén—. ¿No es así, muchachos?

Los soldados de infantería asintieron. Uno de ellos escupió al suelo.

—Si yo estuviera al mando los dejaba aquí para que se pudran —dijo el teniente Gibson. Después sacó una carta de su bolsillo y procedió a leer los nombres de los hombres, uno por uno: Hezekiah Akles, John Bartley, Thomas Cassady, John Chambers, John Daily, James Kelly, Alexander McKee, Martin Miles, James Miller, James Mills, Peter O'Brien, John Wilton, Samuel Thomas, Edward Ward, Charles Williams y John Riley.

—Los prisioneros confinados en la ciudadela, conocidos como los San Patricios, serán liberados inmediatamente.

Riley miró a los hombres y halló felicidad en sus ojos. Él fue el único que no se alegró con la noticia. *¿Liberado inmediatamente? Aquí, en la Ciudad de México y no en Nueva Orleans.* Se tocó las mejillas y dejó que su largo cabello cayera sobre su rostro. *Hoy me van a liberar. Hoy tendré que vérmelas con Ximena, con el mundo y con cualquier destino que nos espere.*

—Pero lo primero es lo primero —dijo Gibson. Hizo una señal a sus hombres para que se adelantaran. Agarraron a los prisioneros y Riley luchó por liberarse de ellos.

—¡No me toques con tus asquerosas manos de yanqui! —dijo Riley, con los puños cerrados.

Gibson sacó una navaja y dijo:

—Todavía no. No queremos que salgan a la calle con cara de changos ¿verdad?

Riley estuvo a punto de protestar, pero no quería echar a perder la oportunidad que tenían sus hombres de ser liberados, así que se contuvo y se tragó su orgullo. Lo empujaron sobre un banquito y le cortaron el cabello con unas tijeras. Mantuvo los ojos fijos en el suelo y vio cómo su pelo caía. Ahora ya no podía esconderse. Lo primero que vería Ximena serían sus mejillas marcadas, su rostro desfigurado.

Gibson fue violento con la navaja de afeitar, y Riley se mordió la lengua cuando le lastimó el cuero cabelludo.

—Bueno, ¿qué les parece, muchachos? ¿No creen que me equivoqué de profesión?

Los yanquis se rieron.

Riley miró a James Mills y, por la expresión de su rostro, supo qué aspecto tenía. Se frotó la cabeza, se tocó la barbilla afeitada, vio las vetas de sangre en la palma de su mano. Como si no hubiera bastado que le desfiguraran la cara. Ahora tenía que salir a la calle con la cabeza ensangrentada. Y Ximena, ¿cómo iba a presentarse ante ella con ese aspecto?

—¡El que sigue! —gritó Gibson, empujando a Riley del banquillo después de rasurarle la barba.

Les quitaron las cadenas, sacaron a los prisioneros de la celda y los escoltaron por el pasillo, escaleras abajo hacia donde brillaba la luz del sol. Fuera de la ciudadela los soldados estadounidenses gritaban y protestaban por la liberación de los prisioneros. Riley entornó los ojos bajo la luz brillante, mientras salía de la fortaleza a trompicones con sus hombres. La banda yanqui tocó «La marcha de los pícaros», que sintió como una bofetada en la cara en el momento de ser vergonzosamente retirado del servicio.

> Pobre soldado viejo
> Pobre viejo soldado
> Con chapopote será emplumado
> Y al infierno será enviado
> Por no ser un buen soldado.

Por todas partes había mexicanos llorando y al mismo tiempo animándolos. Los sacerdotes católicos estaban parados en fila.

—Vengan con nosotros, Colorados —les decían a los prisioneros—. Nosotros los cuidaremos. Vengan.

Allí, de pie junto al padre Sebastián, estaba ella con su hija en brazos.

—¡John!

Él volteó a mirarla. Quería correr hacia ella para abrazarla. Pero en lugar de hacerlo Riley se alejó de los sacerdotes y de sus hombres, de la mujer y de la hija que amaba, porque sentía que ahora era una mancha para ellos.

—¡John! —volvió a decirle Ximena, abriéndose paso entre la multitud—. ¿Adónde vas, mi amor? —dijo al alcanzarlo.

—Te mereces más —le dijo. Si ya en la oscuridad se había sentido espantoso, sabía que lo era aún más a la luz del día.

—Lo único que quiero es a ti, John Riley, y nada va a cambiar eso. Ahora ven, déjame llevarte a casa.

✳

Los sacerdotes recibieron a los otros San Patricio para darles cobijo y comida, y Riley permitió que Ximena lo llevara a la casita en donde vivía sola. Al entrar, Riley no dijo nada al ver las paredes de adobe sin recubrir, el piso de tierra dura y una cortina que colgaba de las vigas que separaba la cama del resto de la casa. En un rincón se hallaba una pequeña mesa de cocina con dos sillas, junto a un bracero y una cubeta llena de agua. Había un pequeño altar incrustado en un rincón, con un cuenco de agua, flores y dos velas que ardían débilmente contra la pared manchada de hollín. Alguna vez, Ximena había sido la orgullosa propietaria de un rancho. Ahora estaba luchando para sobrevivir en los barrios bajos de esta ciudad, en donde sin él había tenido que valerse por sí misma.

—¿Por qué no te lavas mientras te preparo la cena? —le dijo, acercándole la cubeta de agua. La bebé se había quedado dormida y la acostó en un cajón acolchado con una manta—. Debes tener hambre.

Mientras se quitaba la suciedad con un trapo la vio encender el carbón del brasero y poner a recalentar los frijoles. De un canasto sacó una bola de masa que había preparado antes y comenzó a hacer tortillas. Riley no recordaba la última vez que había comido una recién hecha.

Cuando se sentó a la mesa, ella le acercó un plato de frijoles y una cesta llena de tortillas bien calientes. Luego cortó un trozo de queso y pedazos de chicharrón y también se los sirvió.

—Come —le dijo.

Partió un pedazo de tortilla y lo uso como cuchara para comer sus frijoles. Ella sonrió y se dispuso a hacer lo mismo. Él agradeció que no lo agobiara con un millón de preguntas y lo dejara tranquilo, respetando su necesidad de silencio. Pero cada vez que lo miraba se sonrojaba y sentía como si lo estuvieran marcando de nuevo. ¿Acaso ella lo consideraba desagradable? No, él no veía asco en su rostro. Compasión, sí. Pero no asco. Aun así, la tortilla se le atoró en la garganta y ya no pudo seguir comiendo. Miró a su alrededor en busca de un espejo, pero no lo encontró. ¿Lo había guardado para que él no pudiera ver su rostro desfigurado? Al notar su repentina pérdida de apetito, Ximena se levantó y se acercó. Tomó su mano y apartó la cortina para obligarlo a sentarse en el pequeño colchón de paja donde había dormido sola todos estos meses. Cuando lo hizo, la humilde cama se hundió bajo su peso. Ella le besó la frente, la punta de la nariz, los párpados, la boca, y luego depositó un beso en cada una de sus desfiguradas mejillas. Él se apartó.

—No te ensucies tocando mi cara con tus labios.

—Shhh —le dijo ella, acercando un dedo a sus labios, y suavemente volvió a hacerlo una y otra vez. Sus besos eran una cascada de flores de azahar con aroma dulce.

Se quitó la blusa y guio las manos de Riley hacia sus pechos. Ximena dejó escapar un gemido y ese sonido de placer lo ayudó a olvidar que ahora era un monstruo. Ella lo deseaba. A pesar de todo seguía deseándolo.

La acostó bocarriba y ella le bajó los pantalones mientras él se quitaba la camisa. Ella rodeó su cintura con las piernas y se aferró a él intensamente. Ximena tuvo un espasmo de placer, mientras él se estremecía y se dejaba caer sobre ella, respirando agitadamente y con dificultad. Luego, de repente, su cuerpo volvió a convulsionarse, pero ahora a causa de sus lágrimas. Ella lo abrazó y lo sostuvo sobre su pecho mientras lloraba. Riley se acordaba de sus hombres colgados de la horca y de la dolorosa muerte de Patrick. Le corroía la culpa al saber que él, John Riley del condado de Galway, había llevado a sus hombres a una muerte brutal. Les había robado su futuro, sus familias, el amor de una mujer. ¿Qué derecho tenía él a esas cosas? ¿Qué derecho tenía a amar y a ser amado, a tener un futuro con Ximena?

Sería mejor dejarla, pensó cuando finalmente logró contener sus lágrimas. Se apartó de los brazos de Ximena, se dio la vuelta para sentarse en el borde del colchón y se secó la cara.

—¡Madre mía! —gritó ella y él volteó a verla, preguntándose qué la había asustado tanto, hasta que se dio cuenta de lo que era. Su espalda desnuda. La piel había sido abierta y desgarrada por el látigo del arriero. Ella recorrió con sus dedos cada una de las cicatrices que se entrecruzaban y zigzagueaban como marcas en un extraño mapa, la geografía de su dolor y su humillación. Las heridas de su carne lacerada se habían curado, pero aún le escocían, como el amargo recuerdo de los yanquis.

Ximena lo abrazó por detrás y llorando besó su espalda una y otra vez. Ahora era ella quien se convulsionaba entre lágrimas; su cuerpo temblaba de pena e impotencia. Él quiso estrecharla entre sus brazos y decirle que no debía llorar, que no se merecía sus lágrimas, su angustia, pero no la consoló. Se sentó, inmóvil, recordando aquel fatídico día en que Twiggs dio la orden de desnudarlo y azotarlo, de marcarlo como si fuera ganado, no una, sino dos veces. Doble era su odio ahora hacia los yanquis.

Ya no supo cuánto tiempo estuvieron sentados así, pero finalmente ella dejó de llorar y lo soltó. Se acercó al altar en la esquina del cuarto y colocó velas frescas e incienso de copal ante la figura de la Virgen de Guadalupe. Se persignó y rezó una oración en silencio. Pronto, las volutas de incienso llenaron el cuarto con una fragancia penetrante. Buscó en su canasto y sacó hierbas, frascos y algunas otras cosas. Luego regresó con una bandeja y le dijo que se acostara.

Frotó su cuerpo con aceite de almendras, deslizando sus manos sobre su pecho, sus brazos, sus piernas. Ese toque curativo le relajó los músculos y deshizo los nudos. Ella murmuró oraciones, suplicándole a la Virgen, a los santos y a Dios mismo para que lo aliviaran de su carga y le devolvieran el pedazo de alma perdido. Él se rindió a la sacralidad con la que ella acariciaba su cuerpo con su pluma de águila.

Ximena tomó un huevo y se lo frotó por el cuerpo, empezando por la cabeza, bajando por el pecho, los brazos, las palmas de las manos y las plantas de los pies. Recordó que ella le había dicho que los huevos absorbían la energía negativa y el daño que tenía dentro el paciente. Ella pasó unas fragantes ramas de epazote suavemente sobre su cuerpo, y él las inhaló, aspirando su aroma hacia lo más profundo de su ser. Ella le pidió que se diera la vuelta y se acostara boca abajo. Trató su espalda con mucha suavidad, tocándolo con compasión. Él quiso decirle que ya no le dolía, aunque se preguntó si no estaría mintiendo. Tal vez sus heridas se habían curado, pero todavía podía sentir el dolor como si lo hubieran azotado ayer. La voz monótona de Ximena orando se elevó por encima de la de él que la acompañaba en un susurro.

Quería que sus palabras se llevaran los recuerdos que le dolían como si fueran espinas enterradas en lo más profundo de su ser. Si ella pudiera arrancarlas una a una, chamuscarlo a él en un fuego abierto, pelarlo como si fuera una tuna, podría finalmente ser libre. Cuando llegó a la última parte de la limpia, Ximena enrolló un puñado de marihuana en una hoja de maíz, la encendió y sopló el humo sobre él. Mientras el humo le flotaba por encima como una nube, pensó en sus cañones, en sus artilleros disparando con pericia bajo sus órdenes, en el humo de la pólvora que se cernía sobre ellos, en los vítores y abrazos que se daban cuando acertaban en el blanco, diezmando las filas yanquis. Así recordaría a sus hombres, con Patrick Dalton a su lado. Todos ellos luchando bajo el estandarte verde de San Patricio.

Se sintió reconfortado y tranquilo.

—Te amo, John Riley —le dijo ella, mientras lo tapaba con la cobija. Besó sus mejillas y lo arropó.

—Y yo a ti —le respondió él, abriendo los ojos para mirarla—. Mi corazón siempre será tuyo. Siempre.

Volvió a cerrar los ojos y se dejó llevar por el sueño. No, no podía dejarla. Mientras ella lo quisiera, se quedaría con ella, haría todo por ella y su hija. No podía dejar que los yanquis destruyeran su amor, que destruyeran su familia. Pero no podía seguir en este país. ¿Cómo podía hacer su vida en donde sus hombres habían sido tan brutalmente asesinados? No, necesitaba las costas de Erin para curar su espíritu y lavar la mancha de su alma.

43

Camino a Veracruz

AL AMANECER DEJARON la capital. Ximena volteó para echar
un último vistazo desde la ventanilla de la diligencia, tirada por
ocho mulas y custodiada por una escolta contratada, mientras
viajaban por la carretera Nacional. El magnífico valle de México,
flanqueado por los dos volcanes nevados y por montañas escar-
padas, se extendía bajo el cielo teñido de rosa. Ximena le dio un
codazo a John y señaló hacia el exterior de la ventanilla para que
también mirara, pero en lugar de hacerlo él se subió el cuello de la
capa para ocultar su rostro y cerró los ojos, fingiendo que dormía.
Era un hombre enorme y por muy pequeño que intentara hacerse
sus largas piernas abarcaban el insuficiente espacio al interior del
carruaje. Ximena no podía dejar de darle un último vistazo a la
belleza y el esplendor del valle. Estos cuatrocientos kilómetros
que iban a recorrer podían ser los últimos que viera de su país.
Su alma era mexicana y siempre lo sería, y aunque sus pies ya no
tocaran su suelo natal nunca dejaría de llevar a México en su

corazón. Así que mientras John y la pequeña Patricia dormían, asomó su cabeza por la ventanilla para absorberlo todo.

Se recostó en su asiento, tratando de evitar que le castañearan los dientes cada vez que la diligencia pasaba sobre un bache o una piedra del camino. Era tal el estruendo de las ruedas que deseaba que el conductor redujera la velocidad y, al mismo tiempo, que sus mulas fueran más rápidas para que los pasajeros dejaran de mirar, con abierta curiosidad, las mejillas marcadas de John. Ella sabía que él se sentía cohibido ante esas miradas, y por eso fingía dormir.

De cualquier manera, estaba agradecida por estar viajando, por finalmente haber conseguido los fondos para pagar sus gastos y haber convencido al cónsul británico para que los ayudara con el pasaje en uno de los barcos ingleses. Después de solicitar su baja del ejército, John había tardado meses en conseguir que el gobierno mexicano le pagara los sueldos que les debía a él y a los San Patricios sobrevivientes, y que les proporcionara a él y a Ximena pasaportes para salir de la república. Una vez que Santa Anna se exilió, el gobierno vaciló a la hora de cumplir las promesas hechas a los San Patricios. Las arcas estaban vacías y el país en ruinas, decían. Sin embargo, el gobierno finalmente le pagó a John lo que le debía, lo nombró coronel y agradeció sus servicios a la república.

Pasaron frente a humildes aldeas con chozas de caña e inmensas haciendas de piedra y argamasa, capillas en ruinas e iglesias antiguas, grandes conventos grises y pequeños santuarios de la Virgen de Guadalupe, cruces blancas y relucientes al lado de la carretera o encaramadas en las rocas, campos de piedra volcánica y pacas de heno, vastas plantaciones y cañaverales, arrieros con sus mulas y pastores con sus rebaños de cabras o manadas de cerdos,

indios recolectando cochinilla de las tunas o extrayendo el agua-
miel del maguey y metiéndolo en sus bolsas de piel. Mientras el
sol acariciaba al Popocatépetl y a su mujer dormida, Iztaccíhuatl,
detrás de ellos, otro volcán aparecía en la distancia: el Pico de Orizaba, el más alto de todo México, la montaña más majestuosa que
Ximena había visto jamás. El volcán se alzaba ante ella, cortando
el cielo con una corona de nieve que atravesaba las nubes.

En Puebla de los Ángeles cambiaron de mulas, pasaron la noche en una modesta posada y se hicieron de una nueva escolta. Al
amanecer del día siguiente, la diligencia dejó atrás la ciudad y se
internaron en el estado de Veracruz. Cuando Santa Anna le habló a Ximena del lugar de su nacimiento, ella había pensado que,
como en todo, él exageraba su grandeza y su belleza. Pero ahora,
frente a ella estaba el lugar más bello que jamás hubiera visto. Todas las tonalidades de verde: los fértiles campos de ondulantes tallos de maíz y las plantaciones de café; los bosques de cedro, roble
y pino; sinuosas colinas alfombradas de hierba y flores silvestres
donde pastaban las vacas y los caballos; los arroyos de color esmeralda que serpenteaban entre la exuberante vegetación y caían en
pequeñas cascadas. Éste era el hogar del xalapeño, este paraíso de
la eterna primavera, con su verde follaje, sus flores tropicales y sus
huertos repletos de papayas, sus platanales y sus campos de piñas.

Cuando al anochecer por fin llegaron a Xalapa y recorrieron la
empinada carretera montañosa, Santa Anna estaba más presente
en la mente de Ximena: el aire de la noche olía a él, a la fragancia
de la plumería aumentada por la humedad. Se detuvieron para pasar la noche en una posada cerca de un antiguo convento. Estaban
tan cansados por el viaje, que se retiraron a su cuarto, donde Ximena y Patricia durmieron en la cama, y John, incapaz de romper

su hábito carcelario, se acostó en el suelo. Ximena ansiaba sentir su cuerpo junto al suyo, hacer el amor bajo la luz de la luna que se colaba por los barrotes de la ventana. Pero él se había encerrado en sí mismo una vez más, y ella se preguntaba cuántas limpias harían falta para que su alma volviera a estar completa, para atraer su espíritu hacia fuera de las oscuras sombras de su celda.

Al amanecer, dejaron aquel paraíso llamado Xalapa. Al suroeste, el nevado Orizaba envuelto en nubes teñidas por el rosa del amanecer, y a lo lejos, más allá de las altas montañas, un atisbo del Golfo de México. Fue entonces cuando los ojos melancólicos de John se iluminaron, como nubes encendidas por un rayo. Pronto estarían viajando por esas aguas, navegando hacia su amado hogar, y las brisas del Atlántico alejarían la oscuridad de su interior.

—Ya no falta mucho —dijo ella.

Él sonrió y la abrazó junto con su hija.

La mayoría de las tierras, desde Xalapa hasta la ciudad de Veracruz, pertenecían a Santa Anna, por lo que la diligencia atravesó su hacienda durante kilómetros. Era un lugar tranquilo y vacío, sin un peón a la vista, ni siquiera una señal de ganado saliendo a pastar. La casa en sí estaba demasiado lejos del camino para que Ximena pudiera verla, pero había oído que los yanquis habían saqueado y destruido la propiedad de Santa Anna con salvaje desenfreno. Cuando El Lencero quedó atrás, la esencia de la plumería desapareció.

Al descender de la montaña, John no pudo apartar la vista del azul resplandeciente que se extendía hacia el horizonte. Cuando el atardecer cayó sobre ellos, una brisa de agua salada y el murmullo de las olas anticiparon la aparición del Golfo de México, que estaba teñido con la abrasadora luz de la puesta del sol, con barcos grandes y pequeños anclados cerca de sus orillas. El puerto de

Veracruz se extendía ante ellos en forma de medialuna, rodeado de una alta muralla, así como de áridas y cambiantes dunas de arena. Las gaviotas volaban en el cielo escarlata y entre las luces centelleantes de la ciudad.

Tan pronto se instalaron en la posada, John quiso salir a llamar al capitán del barco para asegurarse de que todo estuviera en orden. Ximena deseaba darse un baño, sumergir su cuerpo en agua caliente y quitarse la fatiga del viaje, pero se daba cuenta de la desesperación de John al contemplar el mar y el barco que lo llevaría a casa.

—Tú no te detengas, John —le dijo, mientras se acostaba con su hija en la cama—. Le daré de comer a Patricia y pediré agua caliente para lavarme. Me siento como un gorrión que ha estado bañándose en el polvo todo el día.

Se quedó dormida antes de que la puerta se cerrara detrás de él.

❀

Por la mañana le tocó a ella salir.

—Voy a encender una vela en la catedral y rezaré para que haga buen tiempo —dijo ella, besándole la mejilla—. Si tenemos la mala suerte de que nos caiga un norte, nuestra salida se retrasará varios días.

Lo dejó para que se ocupara de su hija y salió muy aprisa. Mientras caminaba por las calles, Ximena podía ver los restos de los cuatro días de bombardeo que había sufrido la ciudad a manos de los yanquis, cuando más de mil veracruzanos, la mayoría mujeres y niños, murieron o quedaron heridos. La mitad de la ciudad había sido destruida y muchas de las casas y edificios públicos habían quedado llenos de agujeros, mientras que otros se habían convertido en un montón de cenizas y ruinas o tenían los muros ennegrecidos. Los zopilotes sobrevolaban la ciudad; dos de ellos se posaron en la calle para pelearse por un montón de basura junto a una casa abandonada. Ximena aceleró el paso.

Al llegar a la catedral buscó al padre en la sacristía.

—¿Padre Bernal? Soy Ximena, esposa del coronel Juan Riley.

—Sí, hija. Pasa, pasa —le dijo el sacerdote—. Le estaba escribiendo una carta al padre Sebastián. Se alegrará de saber que has llegado bien.

—¿Todo en orden? —dijo ella—. ¿Ya llegaron?

—Sí, sí, no te preocupes, hija. Ya están aquí y todo está solucionado.

Ella suspiró aliviada.

—Gracias, padrecito. Le agradezco de todo corazón su ayuda. Sin usted y el padre Sebastián, y el arzobispo, esto no habría sido posible.

—Tu esposo ya ha sufrido mucho por nuestro país. También todos los San Patricios. México no abandonará a sus héroes irlandeses. Que Dios te acompañe, hija. Rezaré para que tú y tu familia tengan un viaje seguro a través del océano.

—Gracias, padre. —Le besó la mano y se despidió, encendiendo una vela en señal de agradecimiento antes de volver a la posada.

✺

Dos días más tarde, aguardaban el momento de embarcarse en el buque que tenía a Cuba como primer destino. Soplaba un viento arenoso que llegaba de las colinas de arena que rodeaban la ciudad.

Ximena miró hacia el Golfo de México, recordando aquel fatídico día en que desde la orilla vio cómo se acercaban los barcos yanquis a El Frontón de Santa Isabel, casi a mil kilómetros al norte de Veracruz. ¿Volverían sus ojos a contemplar las praderas y los chaparrales, los matorrales solitarios de nopaleras espinosas y los árboles retorcidos, las esperanzas brillando al sol con sus flores doradas? ¿Los *mustangs* salvajes corriendo libres por la pradera? Estaba tan lejos del rancho, del nogal donde se hallaban enterrados Joaquín y su hijo, del cementerio de Matamoros donde descansaban eternamente su padre y su abuela, de San Antonio de Béxar donde yacían su madre y sus hermanos. *Siempre los llevaré en mi corazón*, les prometió. Ella sería como un mezquite, con su raíz enterrada en las entrañas de esta tierra mexicana, para nunca soltarla.

Poco a poco, los pasajeros fueron llegando al muelle con sus baúles y cajas. John mantenía la vista fija en el barco anclado en el puerto, ansioso por embarcar, ajeno a la actividad que le rodeaba. Ximena lo vio sobresaltarse cuando escuchó voces familiares.

—A sus órdenes, coronel Riley.

John se dio la vuelta y se halló ante un grupo de hombres que lo saludaban. Los San Patricios sobrevivientes, no todos, pero sí una docena de ellos. Algunos, Ximena lo sabía, habían decidido quedarse en México y formar una familia.

—¡Por Dios! Pero, ¿qué demonios hacen todos ustedes aquí, amigos?

Voltearon a ver a Ximena, con sonrisas en sus rostros.

—Nuestra señora Ximena nos encontró y nos contó que regresaba a casa —dijo James Mills.

—Por eso aquí estamos, para irnos con usted, señor —dijo Peter O'Brien.

John miró a Ximena.

—Pero ¿cómo...?

—La Iglesia —dijo—. Los sacerdotes ayudaron a encontrarlos y se aseguraron de que mis cartas les llegaran. Obligaron al gobierno a cumplir el acuerdo que hiciste con ellos, de que pagarían el pasaje de cualquier San Patricio que quisiera viajar a casa.

Frunció más el ceño, y luego, cuando las palabras de Ximena se desvanecieron, John estalló en una carcajada.

—¡Jesús, María y José, mujer, no hay quien te gane!

Entonces la abrazó a ella junto a su pequeña hija y las hizo girar. Luego abrazó a sus hombres, uno por uno.

—¡Este momento me sabe a gloria, mis muchachos!

Todos los hombres tenían marcas en las mejillas, aunque John era el único con dos. Los yanquis habían intentado avergonzarlos marcándolos como si fueran ganado, pero Ximena esperaba que algún día John aprendiera a ver esas cicatrices como una insignia de honor. Porque eso eran, las marcas de un hombre honorable que había defendido sus convicciones.

La D no era de desertor. Sino de defensor.

—¡Nos vamos a casa, mis valientes compañeros! —les dijo—. Y lucharemos por el bien de Irlanda.

Alexander McKee sacó su anforita y dijo:

—¡*Bás in Éirinn!*

Sonó la sirena del barco y llegó el momento en que los pasajeros debían subir a los botes de remos. Los lugareños se reunieron para verlos partir, y cuando se alejaba de la costa, Ximena les dijo adiós. ¿Volvería a ver a sus compatriotas?

Mientras se alejaban de la orilla, Ximena se quedó en la cubierta, disfrutando del rocío de las olas que rompían contra el barco. Las gaviotas rozaban la superficie de las aguas y los pelícanos se zambullían buscando su desayuno. Sacó su broche y acarició con ternura el águila mexicana, mientras veía como Veracruz iba quedando cada vez más lejos. Las casas blancas, las iglesias, las dunas de arena, la fortaleza de San Juan de Ulúa, todo se alejaba en el horizonte hasta que de su país no quedó más que el azul del cielo y la elevada montaña de Orizaba asomándose entre las nubes de la mañana, que como si fueran una mantilla de encaje envolvían su pecho nevado.

No, ésta no era una despedida para siempre. No era un adiós, sino un hasta luego. John se paró a su lado y la abrazó.

—Hace mucho tiempo crucé un océano, y ahora este golfo me hará volver a ese mismo océano, el gran Atlántico, y de regreso a mi hijo y a mi patria. Ya no seré un extranjero errante.

—No, serás un valiente hijo de Erin que vuelve a casa —le dijo Ximena.

Miraron a su hija, en cuyas venas corría sangre mexicana e irlandesa. Ximena sabía que ella y John, atormentados por los horrores de la guerra, siempre llevarían dentro las cicatrices de la batalla, pero habían sobrevivido, ¿no era así? De un modo u otro encontrarían la manera de prosperar.

Caminaron a lo largo de la cubierta hasta donde los San Patricios miraban cómo los marineros izaban las cuerdas y la brisa doblaba las velas de lona. Juntos iban a encarar el futuro que tenían por delante, rezando para que fuera tan espléndido e inmenso como las doradas aguas que ondulaban ante ellos.

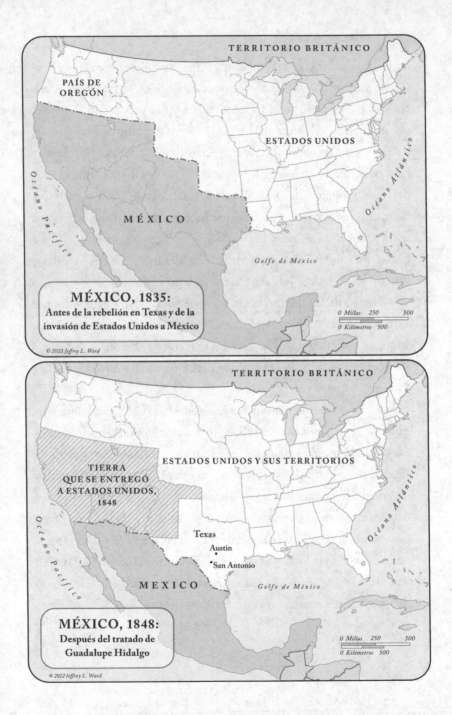

TERRITORIO BRITÁNICO

PAÍS DE
OREGÓN

ESTADOS UNIDOS

Océano Pacífico

MÉXICO

Océano Atlántico

Golfo de México

MÉXICO, 1835:
Antes de la rebelión en Texas y de la
invasión de Estados Unidos a México

0 Millas   250   500
0 Kilómetros   500

© 2022 Jeffrey L. Ward

TERRITORIO BRITÁNICO

TIERRA
QUE SE ENTREGÓ
A ESTADOS UNIDOS,
1848

ESTADOS UNIDOS Y SUS TERRITORIOS

Océano Pacífico

Océano Atlántico

Texas
Austin
San Antonio

MEXICO

Golfo de México

MÉXICO, 1848:
Después del tratado de
Guadalupe Hidalgo

0 Millas   250   500
0 Kilómetros   500

© 2022 Jeffrey L. Ward

Agradecimientos

ESTA NOVELA ES para mí una nueva experiencia en todos los sentidos: mi primera ficción histórica, mi primer intento de escribir desde otra cultura y del punto de vista masculino, mi primera exploración para contar una historia de inmigrantes más allá de mi propia experiencia. Confieso que cada vez que me sentaba para escribir, lo hacía llena de ansiedad y temor. ¿Yo misma me estaba condenando al fracaso? ¿Era realmente capaz de escribir esta historia? Afortunadamente, me abrigaban mis tropas, listas para pelear esta batalla conmigo.

En primer lugar, y sobre todo, quiero agradecerle a mi segundo al mando, mi esposo Cory Rayala, por las interminables horas en que estuvo escuchándome mientras volcaba mis ideas, y luego por apoyarme en la monótona labor de edición que siguió. Gracias por alentarme, por creer en mi capacidad para contar esta historia, aunque yo no me tuviera confianza.

Le agradezco también a Johanna Castillo, mi increíble agente, por estar al pendiente de mí y por apoyarme en cada momento del camino. Tengo mucho que agradecerle a Atria: a mi editora

Michelle Herrera Mulligan; al equipo de Atria, especialmente a Alejandra Rocha, Maudee Genao y Gena Lanzi; así como a todas y todos que entre bambalinas ayudaron a que esta novela saliera a la luz. Le agradezco especialmente a Edward Benítez, mi editor en HarperCollins Español, quien ha hecho posible que esta historia llegue a lectores en mi lengua materna. Y a mis traductores —Raúl Silva y Alicia Reardón— por su gran labor con esta linda traducción.

Mi más profunda gratitud para Elaine Colchie por su cuidado en la edición y por estar conmigo hasta el final. A Leslie Schwartz, por sus consejos y su sabiduría. A Cathal Smith por su invaluable ayuda y profundo conocimiento de la lengua, la cultura y la historia irlandesas. A Pedro Chávez por sus conocimientos sobre Texas y su colaboración para comprobar datos.

El resto de mi batallón lo integran todas mis amistades, colegas, maestros y primeros lectores, cuyos valiosos comentarios hicieron que esta novela sea mejor de lo que había soñado: Diana Savas, María del Toro, Ben Carson, Rigoberto González, Jesse Donaldson, Paco Cantú, Norma Cantú, Micah Perks, Julissa Arce, Macarena Hernández, Jeff Biggers, María Amparo Escandón, Michael Hogan, Breandan O Scanaill, Yareli Arizmendi, Jessica Garrison, Yaccaira de la Torre, Connie Biewald, Monica Tejeda, Robin McDuff, Michael Nava, y Carol Ruxton. Gracias a Yvette Benavides, Rosie Castro, Jesús de la Teja, Joie Davidow, e ire'ne lara silva por verificar algunos fragmentos y responder a mis preguntas. Gracias a Rebeca Gómez Galindo y Marta Navarro por su ayuda con la versión en español.

Quiero agradecer muy especialmente al Retiro de Escritores de Rowland, por darme un lugar para realizar mi trabajo como escritora y por ofrecerme comidas deliciosas. Siempre guardaré como un tesoro los diez días que pasé en Aurora, escribiendo intensamente en un ambiente de amistad y con paisajes hermosos. Le agradezco también al programa de residencia de escritura Bajo el volcán y al Taller de Escritores Macondo por darme un lugar donde conectarme con otros cuando la escritura hacía sentir aislada. Un enorme agradecimiento a todos y todas las volcanistas y macondistas que leyeron un capítulo de esta novela durante el taller, y a las maestras: Valeria Luiselli, Carla Trujillo, Ruth Behar y Sandra Cisneros.

Finalmente, gracias los lectores y lectoras por todo su apoyo.